KATEE ROBERT
Hunt on Dark Waters

KATEE ROBERT

Roman

Ins Deutsche übertragen
von Anika Klüver

LYX in der Bastei Lübbe AG

Die Bastei Lübbe AG verfolgt eine nachhaltige Buchproduktion. Wir verwenden Papiere aus nachhaltiger Forstwirtschaft und verzichten darauf, Bücher einzeln in Folie zu verpacken. Wir stellen unsere Bücher in Deutschland und Europa (EU) her und arbeiten mit den Druckereien kontinuierlich an einer positiven Ökobilanz.

NACHHALTIG PRODUZIERT

MIX
Papier | Fördert
gute Waldnutzung
FSC® C014496
www.fsc.org

Die Originalausgabe erschien 2023 unter dem Titel
»Hunt on Dark Waters« bei Del Rey (Penguin Random House).
Copyright © 2023 by Katee Robert

Für die deutschsprachige Ausgabe:
Copyright © 2025 by
Bastei Lübbe AG, Schanzenstraße 6–20, 51063 Köln, Deutschland
Bei Fragen zur Produktsicherheit wende dich bitte an:
produktsicherheit@bastei-luebbe.de

Textredaktion: Jana Karsch
Umschlaggestaltung: © Kristin Pang unter Verwendung von Motiven von
© Shutterstock (© Nejron Photo / © KuLouKu /
Tani Kuzminka und Chonkz) und © Adobe Stock (© Anlomaja)
Satz: Greiner & Reichel, Köln
Gesetzt aus der Adobe Caslon
Druck und Verarbeitung: GGP Media GmbH, Pößneck

Printed in Germany
ISBN 978-3-7363-2363-6

1   3   5   7   6   4   2

Weitere Informationen unter:
lyx-verlag.de
luebbe.de | lesejury.de

Liebe Leser:innen,

dieses Buch enthält Elemente, die triggern können.

Deshalb findet ihr auf der letzten Seite
eine Triggerwarnung.

Wir wünschen uns für euch alle
das bestmögliche Leseerlebnis.

Euer LYX-Verlag

Für Tim. Dieses Buch wäre nicht entstanden,
wenn du mich nicht dazu gebracht hättest,
die E-Mail abzuschicken, von der ich ständig geschwafelt habe.
Ich liebe dich!

1

Evelyn

Meine Großmutter hat mir alles beigebracht, was ich weiß. Sie war ein verwelktes altes Weib, als meine Mutter starb und mich im hochbetagten Alter von sechs Jahren allein ließ. Bunny – sie bestand darauf, dass ich sie so nenne – fuhr damals in einem uralten Auto vor, warf einen Blick auf mich und schnalzte mit der Zunge. »Du siehst genauso aus wie sie, was? Steig ein, Vögelchen. Es hat keinen Sinn, da dumm rumzustehen und Däumchen zu drehen.«

Sie hatte nicht viel Respekt vor Gesetzen – menschlichen oder sonstigen –, aber Bunny hatte eine endlose Liste mit Regeln, über die man fast unmöglich den Überblick behalten konnte. Führe keine Zauber während einer Sonnenfinsternis durch. Wenn du schon lügst, dann gib dir wenigstens Mühe, damit es glaubwürdig klingt. Welchen Weg du im Leben wählst, spielt keine Rolle, solange es der richtige für dich ist.

Und halte dich verdammt noch mal von Vampiren fern.

Vermutlich dreht sich Bunny gerade im Grab um. Zumindest würde sie das, wenn ich sie beerdigt hätte, als sie einen Tag nach meinem achtzehnten Geburtstag starb. Leute wie wir mögen keine Gräber – auch das hat sie mir beigebracht. Wir bevorzugen es, verstreut zu werden, um uns den Naturelementen anzuschließen. Unsere Asche ist dann wie eine kleine Handvoll Sternenstaub, der zur Erde, ins Meer, in die Luft und ins Feuer zurückkehrt. Bunny hat sich an dieses Leben geklammert, bis sie nicht länger gebraucht wurde, danach ist sie weitergezogen, um Pfade zu beschreiten, auf denen ich ihr nicht folgen kann.

Mir soll es nur recht sein, dass sie nicht mehr da ist, um zu sehen, was aus mir geworden ist.

Paradebeispiel: die umwerfende Vampirin, die neben mir an der Theke lehnt. Lizzie ist nicht meine feste Freundin. Sie hat es nicht so mit Bezeichnungen, und ich bin zu sehr Bunnys Kind, um mit einer Vampirin *zusammen zu sein*.

Aber mit einer zu schlafen?

Ich bin schon immer gern Risiken eingegangen. Hoffentlich wird mir das diesmal nicht zum Verhängnis werden. Meine Erfolgsbilanz sagt etwas anderes, aber hey, ich lerne langsam, wenn Spaß im Spiel ist. Es ist nicht so, als würde ich viel Zeit mit Lizzie verbringen. Wir haben uns vor sechs Monaten kennengelernt, und nachdem wir zwei glorreiche Wochen im Bett verbracht hatten, bei denen ich mir nicht sicher war, ob ich sie überleben würde, sind wir uns immer mal wieder begegnet, um anschließend eigene Wege zu gehen und anderswo Zerstörung anzurichten.

Ich wusste nicht, dass sie wieder in der Stadt ist, bis ich vor zwei Stunden eine Textnachricht mit einer Uhrzeit und einem Ort erhielt. Man stelle sich meine Überraschung vor, als ich in dieser heruntergekommenen Bar auftauchte, die zu gleichen Teilen mit Menschen und übernatürlichen Gestalten gefüllt ist. Meist meiden wir magisch begabten Leute normale Menschen. Sie wissen nicht, dass wir existieren, und wir hätten gern, dass das so bleibt. Aber es gibt Orte, die eine Ausnahme für diese Regel darstellen, und diese Bar ist einer davon.

Die Bar kommt mir nicht wie einer der üblichen Läden vor, in denen Lizzie sich gerne herumtreibt, aber was weiß ich schon? Schließlich verbringen wir unsere gemeinsame Zeit nicht mit *Reden*.

»Was ist mit der da?«

Ich schaue in die Richtung, in die Lizzie mit dem Kinn deutet, und entdecke eine zierliche Frau, die allein am Ende der Theke sitzt. Andere übernatürliche Wesen auf magische Weise zu überprüfen, wird als unhöflich angesehen, also riskiere ich es nicht, sie kommt mir allerdings menschlich vor. Was bedeutet, dass Lizzie spielen will. Das Ganze haben wir schon ein paarmal gemacht. Wir reißen eine Menschenfrau in einer Bar auf und nehmen sie mit ins nächstbeste Hotel, um eine Nacht voller Sex und gelegentlich auch Magie zu erleben. Da Lizzie eine Blutlinienvampirin ist, hat ihr Biss eine luststeigernde Wirkung, was für jede Menge Spaß sorgt.

Ich bin heute Abend nicht in der Stimmung. Ich hätte gar nicht erst auf Lizzies Textnachricht reagieren oder mir zumindest eine Ausrede überlegen sollen. Heute ist der dreiundzwanzigste April, was bedeutet, dass ich gestern fünfundzwanzig geworden bin.

Es bedeutet auch, dass Bunny nun seit sieben Jahren tot ist. Das ist eine Glückszahl, es fühlt sich jedoch gerade nicht so an, als hätte ich sonderlich viel Glück. Trauer ist etwas Seltsames. An den meisten Tagen komme ich zurecht, indem ich die Zauber wirke, die mir Bunny beigebracht hat, oder meine Umgebung mit einer speziellen Mischung aus Küchenhexenmagie reinige, von der sie schwor, dass sie negative Emotionen abwehren würde.

Doch an den schlechten Tagen mache ich einen kompletten systematischen Prozess durch, bei dem ich mich an sie erinnere. Ich putze alles, zaubere und backe ihre Lieblingskekse, was jedes Mal in einem tränenreichen Moment gipfelt, wenn ich die Schachtel mit Fotos durchgehe, die ich in meinem Schrank aufbewahre. Sie würde mir einen Schlag auf den Hinterkopf verpassen, wenn sie mich an diesen Tagen sehen könnte. Sie würde mich daran erinnern, dass die Toten nicht endgültig fort sind und es keinen Sinn hat, mein Leben damit zu verschwenden, um jemanden zu trauern, der lediglich durch eine Tür gegangen ist, um den nächsten Teil dieser großen Reise anzutreten, die wir Existenz nennen.

An den guten Tagen glaube ich ihr. An den schlechten Tagen? Eher weniger. Und der Jahrestag ihres Todes ist immer ein schlechter Tag.

»Evelyn.« Lizzies Stimme ist kalt, aber das ist nichts Neues. Sie mag vor Hitze regelrecht knistern, wenn wir im Bett sind, außerhalb davon hingegen gibt sie sich nicht mit wärmeren Gefühlen ab.

Ich seufze und versuche, mich zu konzentrieren. Ihr weniger als hundert Prozent meiner Aufmerksamkeit zu schenken, ist gefährlich. Und genau aus diesem Grund hätte ich heute Abend nicht herkommen sollen. Ich schaue erneut zu der Menschenfrau hinüber. Sie reibt ihren Strohhalm auf verführerische Weise an ihrer Unterlippe, während sie uns beobachtet … Lizzie beobachtet. »Sie ist hübsch.«

»Hast du eine andere Kandidatin im Sinn?«

Ich lasse den Blick halbherzig durch den Raum schweifen. Fast alle mustern Lizzie, allerdings geben sich die meisten von ihnen Mühe, dabei nicht zu offensichtlich zu wirken. Ich kann ihnen keinen Vorwurf machen. Ihr Anblick ist schlichtweg beeindruckend. Sie ist eine schlanke weiße Frau mit einem strengen dunklen Pferdeschwanz und einem Faible für alltagstaugliche Sportbekleidung. Ihre Leggings und ihr eng anliegendes Langarmshirt sollten sie *eigentlich* wie eine Fußball-Mom erscheinen lassen, die sich zufällig in diese heruntergekommene Bar verirrt hat.

Wie Beute.

Doch als Blutlinienvampirin aus einer Familie, die über die magische Fähigkeit verfügt, das Blut im Körper einer Person zu kontrollieren, darüber hinaus unvorstellbar reich ist und über einen Biss mit luststeigernder Wirkung verfügt, ist Lizzie noch nie in ihrem Leben Beute gewesen.

Die anderen Raubtiere im Raum wissen das ebenfalls. Ich entdecke eine Werwölfin, die ihren Partner zur Tür hinauszerrt. Und in einer Ecke verlangt ein Dämon mit einem wirklich raffinierten Tarnzauber gerade nach seiner Rechnung.

Sie machen den Weg frei, damit Lizzie ungestört auf die Jagd gehen kann.

Zu schade, dass ich heute Abend nicht in der Stimmung bin. Ich kippe meinen dritten – vierten? … fünften? – Tequila hinunter und stelle das Glas auf die Theke. Dabei versuche ich, die klebrige Oberfläche zu ignorieren. »Was auch immer du willst. Sie ist in Ordnung.« An jedem anderen Abend wäre ich zu der Frau am Ende der Theke hinübergeschlendert, um ihr mein charmantestes Lächeln zu schenken, während ich ihr einen Drink ausgebe und sie zurück zu Lizzie führe. Heute Abend fühlt sich dieser Aufwand jedoch zu anstrengend an.

»Bist du etwa eifersüchtig, Evelyn?«

Selbst wenn ich es wäre – und das bin ich nicht –, bin ich klug genug, es nicht zuzugeben. Lizzie mag Spaß daran haben, mit mir ins Bett zu gehen, aber ich bin nicht so dumm, zu glauben, dass Orgasmen sie je davon abhalten würden, mich zu ermorden, falls ihr der Sinn danach steht.

Bunny hatte wirklich recht. Ich bin eine verdammte Närrin. Das ist die einzige Erklärung dafür, dass ich immer wieder mit Lizzie in die Kiste springe. Ein Teil von mir findet es aufregend, am Abgrund des Verderbens zu balancieren. Dieses Verlangen sorgt dafür, dass ich mich zu Lizzie hingezogen fühle. Ich kann mich heute Abend amüsieren. Ich werde mich dazu *zwingen*, mich heute Abend zu amüsieren, selbst wenn es mich umbringt. Normalerweise hege ich keinen Todeswunsch, doch am dreiundzwanzigsten April ist eben nichts normal. Nicht mehr.

»Vielleicht werde ich sie mit nach Hause nehmen, statt sie für dich einzufangen.« Ich grinse Lizzie an. »Willst du dich auf eine Wette einlassen?«

Sie mustert mich mit unheimlichen dunklen Augen. »Bist du betrunken?«

»Nein. Vermutlich nicht. Okay, vielleicht ein bisschen.« Ich bin einfach nur sentimental und lasse mich davon überwältigen. Nicht, dass Lizzie wüsste, dass gestern mein Geburtstag war oder dass der heutige Tag bedeutet, dass Bunny seit sieben Jahren tot ist. Eine derartige Beziehung haben wir nicht. Eigentlich kann man das, was wir miteinander haben, nicht mal als Beziehung bezeichnen. Es ist eher eine … wie nennen die gewöhnlichen Sterblichen das noch mal? Eine Situationship.

»Wenn du nicht betrunken bist, was stimmt dann nicht mit dir? Du verhältst dich sonst nie so.«

Wäre ich jemand anders, wären *wir beide* anders, wäre das hier ein Wendepunkt für uns. Ich würde ihr beichten, warum ich so niedergeschlagen bin, und sie würde etwas unternehmen, um mich zu trösten. So was passiert allerdings nur in romantischen Filmen. Nicht im echten Leben. »Ich will nicht darüber reden.«

»Evelyn.«

»Ist schon gut. *Mir* geht es gut.« Ich hebe eine Hand, um den Barkeeper herbeizurufen, damit er mir einen weiteren Tequila einschenkt, doch Lizzie packt mein Handgelenk. »Die Mühe kannst du dir sparen. Wir gehen.«

Ich blinzle. »Wie bitte?«

»Ich bin es nicht gewohnt, mich zu wiederholen.« Sie wirft ein Bündel Geldscheine auf die Theke und zerrt mich in Richtung Tür. Sie bewegt sich so schnell, dass ich kaum hinterherkomme. Ich erhasche einen Blick auf die Frau am Ende der Theke und bemerke ihren enttäuschten Gesichtsausdruck. Dann haben wir die Tür erreicht. Niemand macht Anstalten, mir zu helfen, obwohl ich nicht wirklich in Gefahr bin.

Zumindest denke ich, dass ich es nicht bin … oder?

»Lizzie?« Ich stoße beinahe mit der Hüfte gegen einen der Tische, doch irgendwie bemerkt Lizzie es und zerrt mich im letzten Moment zur Seite. Ich stoße zischend den Atem aus. »Wo brennt's denn?«

»Du zeigst gerade sehr eindeutig, dass du verletzt bist. Jedes Raubtier in diesem Gebäude war kurz davor, vorbeizukommen und an dir zu schnüffeln.«

Ich blinzle erneut, meine Erwiderung bleibt mir jedoch im Hals stecken, als sie mich durch die Tür bugsiert und mir die kalte Nachtluft ins Gesicht schlägt. *Eigentlich* sollte das dafür sorgen, dass ich sofort nüchtern werde, aber irgendwie führt es bloß dazu, dass ich erkenne, wie betrunken ich tatsächlich bin. Ich schwanke und reiße meinen Arm aus Lizzies Umklammerung. Zumindest versuche ich es. Meine Bemühungen bringen mir allerdings nichts weiter ein als eine schmerzende Stelle auf der Haut, die sich morgen wahrscheinlich in einen beeindruckenden Bluterguss verwandelt haben wird. »Lass mich los.«

Sie ignoriert mich. »Wenn ich dich in ein Taxi setze, wirst du dann nach Hause fahren und deinen Rausch ausschlafen?«

Vor zehn Minuten war das alles, was ich wollte. Nun stemme ich die Füße in den Boden, denn der Tequila, der durch meine Adern schießt, verspricht mir eine tolle Nacht, die auf gar keinen Fall in einer Katastrophe enden könnte.»Es ist noch früh.«

»Evelyn.«

»Lizzie.« Ich ahme ihren Tonfall nach. »Du wolltest die hübsche Lady. Lass uns gehen und sie holen.«

»Ich bin nicht in der Stimmung, auf eine melancholische Betrunkene aufzupassen.«

»Wie unhöflich. Ich bin nicht melancholisch. Melancholie ist was für Dichter und Leute, die vorhaben, den nächsten Bestseller zu schreiben. Ich bin *gut drauf.* Lustig. Jemand, mit dem man verdammt viel Spaß haben kann.«

»Hmm.« Wir erreichen die Bordsteinkante, und sie hebt eine Hand. Ich gehe davon aus, dass sie ein Taxi herbeiwinken will. Doch der Wagen, der vor uns hält, ist dunkel und weist keinerlei Hinweise auf seine Herkunft auf. Ich bin mir nicht mal bezüglich der Marke und des Modells sicher.

Ich starre das Fahrzeug an. »Wird das hier irgendeine besonders kostspielige Aktion? Denn ich mag ja in der Lage sein, meine Rechnungen zu bezahlen, aber das gelingt mir nur, indem ich kein Geld für derartigen Quatsch auf den Kopf haue. Das ist viel zu protzig, Lizzie. Ehrlich, das ist einfach nur verschwenderisch.«

Sie schaut mich an, und ich könnte beinahe schwören, dass ich sehe, wie sie darüber nachdenkt, ob sie mir die Kehle herausreißen soll, um diese wandelnde Katastrophe namens Evelyn einfach hinter sich zu lassen, oder nicht. Schließlich schüttelt sie den Kopf. »Steig in den Wagen, Evelyn, sonst werde ich dich dazu zwingen.«

»Wenn du …«

Offensichtlich haben wir das Ende von Lizzies Geduldsfaden erreicht. Sie vollführt eine Bewegung, die mich vielleicht beeindrucken würde, wenn ich nicht so verdammt genervt wäre, zerrt mich mit einer Hand nach vorn und packt mit der anderen meinen Nacken, während sie gleichzeitig die Autotür öffnet. Ich habe kaum Gelegenheit zu fluchen, als sie mich auch schon auf den Rücksitz stößt.

»Hör auf, mich so zu behandeln, als wäre ich eine Bedrohung!«

»Du bist keine Bedrohung. Du bist eine Belastung.« Sie lässt sich hinter mir ins Auto gleiten und schlägt die Tür zu. Ich strecke die Hand nach dem Griff der anderen Tür aus, doch das Auto fährt so schnell los, dass ich gegen den Sitz geschleudert werde.

Sie hat mich gerade … Sie hat mich gerade ernsthaft … Ich wirbele herum und starre die Person hinter dem Steuer an. Eine kurze magische Überprüfung – unhöflich, ich weiß, aber das kümmert mich in diesem Augenblick nicht – verrät mir, dass es sich um einen Vampir handelt. *Verdammt.* Ich lehne mich vor und klopfe gegen die Rückseite des Fahrersitzes. »Entschuldigung, ich werde entführt.«

Lizzie verdreht die Augen. »Du wirst nicht entführt. Ich rette dich vor dir selbst. Gern geschehen.«

»Nein, ich werde definitiv entführt. Halten Sie den Wagen an.«

Die Person hinter dem Steuer reagiert nicht, doch das habe ich ehrlich gesagt auch nicht erwartet. Es handelt sich um einen von Lizzies Lakaien, einen gebissenen Vampir, der einem Blutlinienvampir dient. Schon witzig, wie die Vampirkultur den Kapitalismus so gründlich nachahmt. Lizzie hat es bisher allerdings nie zu schätzen gewusst, wenn ich sie darauf hingewiesen habe. Bunny hatte mit ihrer Regel, dass man sich von Vampiren fernhalten sollte, wirklich den richtigen Riecher.

»Ich bin keine Belastung«, murmle ich. »Ich muss nicht gerettet werden.«

»Klar.« Sie schnaubt. »Was immer du sagst, Evelyn.«

Ich lasse mich in den Sitz zurücksinken, und mein Hirn schwappt in meinem Schädel hin und her. »Ich glaube, ich hasse dich.«

»Nein, du hasst mich nicht.«

Nein, ich hasse sie nicht. Ich rutsche zu ihr hinüber und lege meinen Kopf auf ihre Schulter. »Na schön, ich hasse dich nicht.«

»Ich weiß.«

Ich stupse ihren Arm an. Immer wenn ich gerade denke, dass Lizzie über keinerlei Sinn für Humor verfügt, lässt sie winzige Anflüge davon durchschimmern. Ich bin mir fast sicher, dass sie sich gerade über mich lustig macht, aber als ich in ihr umwerfendes Gesicht aufschaue, verzieht sie die Lippen nur ganz leicht zu einem kaum wahrnehmbaren Lächeln. In der Dunkelheit des Wagens gelingt es mir fast, mich selbst davon zu überzeugen, dass auch ihre Augen ein klein wenig wärmer geworden sind. »Ich schätze, ich sollte dir dafür danken, dass du mich vor mir selbst gerettet hast. Akzeptierst du Orgasmen als Bezahlung?«

»Evelyn.« In ihrem Tonfall liegt liebevolle Verzweiflung. »Schließ die Augen, und ruh dich aus.«

Ich weiß nicht, ob es Vampirmagie oder der Alkohol ist, doch trotz meiner besten Bemühungen, sie offen zu halten, fallen mir die Augen zu. Schlaf wallt verlockend um mich herum auf und nimmt mich schließlich mit sich, um mich in seine dunkle Umarmung zu schließen. Und während ich davongleite, meine ich zu spüren, dass Lizzie mir mit den Fingern beruhigend über die Haare streicht.

2

Evelyn

»Wach auf, Evelyn.«

Ich hebe den Kopf vom Kissen und blinzle Lizzie an. Mein Schädel pocht im Rhythmus mit meinem Herzschlag, und mein Mund schmeckt … Tja, ich sollte wohl besser nicht zu intensiv darüber nachdenken, was für einen fürchterlichen Geschmack ich gerade auf der Zunge habe. »Ich brauche eine Zahnbürste.« Ich schaue mich um, und mir wird nach und nach klar, wo ich mich befinde. Ich bin hier bisher nur ein paarmal gewesen. Ich erkenne das große Bett mit den extrem edlen Laken und der herrlich angenehmen Daunendecke. Ich bin mir immer noch nicht sicher, ob Vampire schlafen, aber Lizzie macht generell keine halben Sachen. Das Schlafzimmer ist eine luxuriöse dunkle Oase. Zu luxuriös für meinen Geschmack. Zu dunkel. Aber in kleinen Dosen kann ich das wertschätzen.

»Warum bin ich in deinem Bett?« Ich setze mich auf und presse die Lippen zusammen, um zu verhindern, dass ich mich übergebe. »Warum hast du mich hergebracht? Du hättest mich einfach nach Hause schicken sollen.« Ich habe eine vage Erinnerung daran, dass sie mich ins Haus getragen und mich mit ihrer kompetenten und forschen Art ins Bett gebracht hat. Das würde mir vielleicht das Herz wärmen, wenn mir nicht so übel wäre.

Natürlich ruiniert sie es sofort. »Damit du an deinem eigenen Erbrochen erstickst und allein krepierst? Ich denke, das willst du nicht.« Sie wedelt mit einer Hand. »Das spielt jetzt keine Rolle mehr. Uns bleibt keine Zeit. Du musst gehen.« Ihre Miene ist kalt und ihre Stimme entrückt. Keine Spur mehr von der Wärme, an die ich mich gewöhnt habe, und auch von dem geradezu sanften Wohlwollen, das sie mir gestern Nacht entgegengebracht hat, ist definitiv nichts mehr übrig.

Ganz schön dumm von mir, etwas zu vermissen, von dem ich mir fast sicher bin, dass ich es mir ohnehin nur eingebildet habe. Ich streiche mir das Haar aus dem Gesicht und versuche, meinen Kater auszublenden, der dafür sorgt, dass ich mich einfach wieder im Bett verkriechen will, um mich für ein paar weitere Stunden nicht zu bewegen. »Warum? Was ist los?«

»Diese Sache zwischen uns ist zu Ende. Ab sofort.« Sie wendet sich ab. Ihre Haut ist so blass, dass sie im Mondlicht, das durchs offene Fenster strömt, beinahe durchsichtig wirkt. »Ich habe gerade die Nachricht erhalten, dass meine Mutter auf dem Weg zu mir ist. Sie wird schon bald hier sein.«

Plötzlich ist mein verkaterter Zustand meine geringste Sorge. Lizzie mag eine Schwäche für mich haben, ihre Mutter dagegen hat einen sogar noch beängstigenderen Ruf als sie. Wenn sie herausfindet, dass ihre Tochter mit einer niederen Hexe geschlafen hat, wird sie mir wahrscheinlich jeden einzelnen Tropfen Blut aus dem Körper ziehen.

Verdammt, Bunny hatte recht. Ich hätte mich niemals auf Vampire einlassen sollen.

Zufälligerweise mag ich mein Blut genau da, wo es ist, also springe ich auf. Mein Magen rebelliert auf beunruhigende Weise, doch ich habe gerade keine Zeit, mich zu übergeben. Hektisch ziehe ich meine Klamotten an. »Wie lange habe ich?«

»Nicht lange.« Sie klingt beinahe gelangweilt. Als wäre ich ein lustiges Spielzeug gewesen, mit dem sie sich amüsiert hat. Und jetzt ist es an der Zeit, dieses Spielzeug wegzuwerfen.

Es gibt keinen Grund, warum das wehtun sollte. Ich wusste, worauf ich mich einließ, als ich mich vor mehreren Monaten in diesem Club von ihr verführen ließ. Wie dumm von mir, sentimental zu werden. Aber das letzte Nacht hat sich … anders angefühlt. Vielleicht lag das auch nur am Tequila, der mich albern und sentimental werden ließ. Lizzie hat mich zu sich nach Hause gebracht, weil ich mich lächerlich gemacht habe – nicht, weil ich ihr tatsächlich etwas bedeute.

Würde ich ihr etwas bedeuten, würde sie nicht tatenlos dastehen, während sich mein Tod nähert.

Götter, ich bin wirklich eine Närrin. Ich habe wahrhaftig angefangen, mich in sie zu verlieben. Energisch ziehe ich mir meine Stiefel an und binde sie schnell zu. »Wenn du mich einfach nach Hause gebracht hättest, wäre das jetzt gar kein Problem.«

»Nur ein weiterer Fehler in einer langen Reihe von Fehlern.«

Tja, verdammt, das tut *definitiv* weh. Ich atme mühsam ein und versuche, all die Gefühle zu verdrängen, die zusammen mit dem Rest des Tequilas durch meinen Körper strömen, damit ich klar denken kann. Auf mein verletztes Herz kann ich mich später noch konzentrieren. Schließlich wird Lizzies Mutter es mir womöglich direkt aus der Brust reißen, wenn ich jetzt nicht abhaue. »Du musst mich hier rausbringen.« Lizzie verfügt über die gleichen Fähigkeiten wie ihre Mutter – wie der Rest ihrer Familie. Sie ist in der Lage, mich lange genug zu beschützen, damit ich um mein Leben rennen kann.

»Ich habe keine Zeit. Ich muss sie empfangen, wenn sie eintrifft.« Sie zieht ihre Kleidung von letzter Nacht – von heute früh? – aus und macht sich daran, sich ein sauberes Outfit zusammenzustellen. Dumm wie ich bin, kann ich mich nicht davon abhalten, jedem Zentimeter ihrer Haut nachzutrauern, der jetzt von ihrem einfachen Kleid bedeckt wird, während sie die Knopfleiste schließt. Ich war noch nie zuvor mit einer Person im Bett, die körperlich so perfekt war wie Lizzie. Und das, was sie mit Blut anstellen kann, hat jede sexuelle Begegnung, die wir hatten, in ganz neue Höhen katapultiert.

Und sie … hat sich letzte Nach um mich gekümmert? Auch wenn ich es besser weiß, kann ich nicht umhin, an diesen zärtlichen Moment im Auto zu denken. Ich habe mir das nicht eingebildet – das schwöre ich. Ich zögere, während mein Herz wie verrückt pocht. Vielleicht lag ich falsch, als ich dachte, dass das mit uns nichts bedeuten würde. Vielleicht … »Komm mit mir«, platzt es aus mir heraus.

Lizzie zieht eine Augenbraue hoch. »Evelyn.«

Ich weiß, dass es keinen Sinn hat, einen aussichtslosen Kampf zu führen, aber mein törichtes Herz hat die Kontrolle über meinen Mund übernommen. »Bitte, Lizzie. Du bist mehr als die Waffe, als die sie dich benutzen. Du könntest so viel mehr sein.« Ich will sie nicht ändern. Keinesfalls. Doch was könnte sie sein, wenn sie tatsächlich frei von den Zwängen ihrer Familie wäre? Ich hätte es niemals gewagt, sie darum zu bitten, wenn ich nicht Angst um mein Leben hätte.

Sie kommt quer durchs Zimmer auf mich zu und umfasst sanft mein Kinn. Ihre dunklen Augen sind unergründlich. »Ich kann ehrlich nicht beurteilen, ob du versuchst, mich zu manipulieren, oder ob du das tatsächlich glaubst.« Sie schüttelt langsam den Kopf. »Wie dem auch sei, es wird nicht funktionieren. Ich habe kein Bedürfnis, etwas anderes als eine Waffe zu sein. Ich *genieße* es, eine Waffe zu sein.« Ihr Griff wird fester, und mehrere Sekunden lang denke ich, dass sie womöglich etwas wirklich Schockierendes tun wird, wie zum Beispiel mich zu küssen. Auch wenn ich es besser weiß, werde ich als Reaktion darauf ein klein wenig weich.

Dann stößt sie mich von sich. »Verschwinde.«

Ich habe kein Herz mehr, das man mir brechen könnte. Das Leben ist im besten Fall grausam und gnadenlos, andere Leute sind sogar noch schlimmer. Das weiß ich. Natürlich weiß ich das. Das ändert jedoch nichts an der Tatsache, dass es *schmerzt*, als die Frau, mit der ich sechs Monate lang geschlafen habe, im Grunde genommen zugibt, dass es sie nicht kümmert, ob ich lebe oder sterbe.

Nach dem Gefühlschaos von gestern Nacht will sich ein Teil von mir einfach nur zusammenkauern und das, was passieren wird, geschehen lassen.

Der Impuls hält nicht lange an, aber er beschämt mich dennoch.

Ich schaue zu, wie Lizzie das Zimmer verlässt. Ihre langen Schritte wirken wie die eines Raubtiers auf der Pirsch. Sie wird nicht einmal in der Nähe bleiben, um sicherzugehen, dass ich es zu einem Ausgang schaffe, bevor ihre Mutter eintrifft. *So wenig bin ich ihr wert. Weniger als nichts.*

Der Gedanke ist zumindest teilweise eine Lüge, aber irgendwie macht er das Ganze nur noch schmerzhafter. Ich *bedeute* ihr etwas, allerdings nicht genug, dass sie sich zwischen mich und ihre Familie stellt. Nicht genug, um mein Leben zu retten. »Manchmal bist du echt ein *Miststück*, Lizzie.«

So werde ich nicht abtreten.

Ich lasse mich auf die Knie sinken und greife unter das Bett, um den Rucksack hervorzuholen, den ich dort versteckt habe, als mich Lizzie zum zweiten Mal mit nach Hause genommen hat. Wie Bunny immer sagte: Man sollte stets einen Fluchtweg haben – oder sechs. Auf sämtliche Eventualitäten vorbereitet zu sein, zahlt sich schon im normalen Leben aus, und wenn man mit einer Vampirin schläft, dann gilt das doppelt. Man kann nie wissen, wann man der mordlüsternen Mutter seiner Nicht-Freundin über den Weg läuft.

Ich schlinge mir den Rucksack über die Schultern und drehe mich zum Fenster herum. Wir befinden uns im ersten Stock, und das Fenster geht zur Vorderseite des Hauses hinaus, also kommt dieser Ausgang nicht infrage. Kein Grund, ein Ziel abzugeben. Im hinteren Bereich des Hauses gibt es eine Treppe, die die menschlichen Bediensteten benutzen. Dort befindet sich auch eine Tür, die mich nach draußen bringen wird. Das bedeutet, dass ich durch den Wald wandern muss, der das Anwesen umgibt, das ist jedoch ein kleiner Preis, den ich gern zahle.

Ich gehe auf die Tür zu, halte allerdings vor der Kommode mit dem großen antiken Spiegel inne. Lizzie trägt im Allgemeinen keinen Schmuck, aber auf der Kommode steht eine ganze Schale mit wertvollem Glitzerkram, an der man sich einfach bedienen kann. Armreife, Halsketten, Ringe und Broschen, alles mit Juwelen besetzt. Viele der Stücke sehen aus, als seien sie Hunderte von Jahren alt. Eine derartige Beute könnte mich über Jahre hinweg absichern … oder zumindest könnte ich damit ein paar Monate lang ein ausschweifendes Leben führen.

Ich habe nicht die Angewohnheit, Freundinnen oder Liebhaberinnen zu bestehlen, Lizzie dagegen hat gerade bewiesen, dass sie keins von beiden ist. Das macht diesen Schmuck zu leichter Beute. Ich werfe einen wütenden Blick auf die Tür und nehme dann meinen Rucksack ab, um den Schmuck hineinzustopfen. Die Befriedigung, die ich empfinde, als ich mir ihren Zorn vorstelle, wenn sie entdeckt, dass das teure Zeug verschwunden ist, ist unbeschreiblich.

Ich verhalte mich kleinlich, doch das ist mir egal.

Der Flur ist glücklicherweise leer, und ich mache mir nicht die Mühe, leise zu sein, als ich auf die Treppe zulaufe. Vor einem Vampir aus Lizzies Familie kann ich mich ohnehin nicht verstecken. Ihre Magie basiert sogar noch stärker auf Blut als die normaler Blutlinienvampire. Zusätzlich zu einer ganzen Reihe anderer Tricks können sie jedes Wesen mit Blut im Körper in einem gewissen Umkreis erspüren.

Ich kann mir vorstellen, dass Versteckspiele mit ihr deswegen nie lange dauern.

Ich nehme die Treppe nach unten und renne so schnell, dass ich beinahe stolpere. Ich würde gern behaupten, dass der ganze Sex mit Lizzie meine Kondition verbessert hätte, aber die Wahrheit ist, dass ich mich nur dann mit solcher Geschwindigkeit bewege, wenn ein Auftrag schiefgeht – und meine Aufträge gehen selten schief. *Wenn man rennen muss, ist man bereits erledigt.*

Jeder Atemzug sticht wie ein Messer in meiner Lunge, ich kann es mir jedoch nicht leisten, langsamer zu werden. Niemand ist in Sicht, als ich zur Tür am unteren Ende der Treppe hinausstürme. Wo ist die Hintertür? Ich habe mir diesen Ausgang gemerkt, als ich das Haus vor einer Weile erkundet habe, aber Adrenalin und mein Kater sorgen dafür, dass mir der Kopf schwirrt und meine Erinnerung verschwommen ist. Von diesem Flur gehen Dutzende Türen ab. Bedienstetenunterkünfte? War der Ausgang vier oder fünf Türen den Flur entlang?

Ein Schauder läuft mir den Rücken hinunter, als der Warnzauber, den ich rund um das Haus errichtet habe, die Anwesenheit von … fünf … zehn … fünfundzwanzig … Oh verdammt, das sind eine Menge Vampire. Was ist das hier, ein Familientreffen?

Ich reiße die vierte Tür auf und eile hindurch. Geradewegs in ein staubiges Wohnzimmer. Ich halte abrupt inne. »Was in aller Welt …?« Ich war mir so sicher, dass das der Weg nach draußen wäre. Eine von Motten zerfressene Couch steht an einer Wand, direkt gegenüber von zwei ebenso verfallenen Stühlen. Ich entdecke eine Kommode, die aussieht, als könnte sie zusammenbrechen, sobald jemand zu laut niest, und einen großen Drehspiegel auf einem Ständer, der an diesem Ort vollkommen fehl am Platz wirkt.

Gedämpfte Stimmen ertönen im Flur, begleitet vom Klang schneller Schritte. Ich überprüfe die Neuankömmlinge, ohne nachzudenken. Es handelt sich um Menschen, aber das bedeutet nicht, dass ich erwischt werden will. Leise ziehe ich die Tür hinter mir zu und halte den Atem an, während ich darauf warte, dass sie vorbeigehen.

Doch das tun sie nicht.

Sie bleiben ein paar Schritte von der Tür entfernt stehen und sprechen weiter mit leiser, gehetzter Stimme. Ich könnte einfach abwarten, bis sie weggehen, mir bleiben jedoch nur Minuten, bis die Vampire das Haus erreichen.

Also muss ich durch das Fenster fliehen.

Ich eile darauf zu und rümpfe die Nase, weil jeder meiner Schritte eine Staubwolke aufwirbelt. Warum reinigen die Zimmermädchen diesen Raum nicht? Jeder Teil des Hauses, den ich erkundet habe, ist makellos. Ich schiebe die Vorhänge beiseite und bereue es sofort, denn ein Niesen kündigt sich an. Das spielt keine Rolle. Ich muss bloß das Fenster aufbekommen …

Die Farbe am Rahmen ist so dick, dass es verklebt ist und sich nicht öffnen lässt.

»Das soll wohl ein Witz sein.« Ich habe keine Zeit, das verdammte Ding mit einem Messer aufzuhebeln. Bestimmt gibt es hier irgendwo noch einen anderen Ausgang. Ich mache ein paar Schritte auf die Tür zu, halte dann inne, als der Spiegel im Zimmer seltsam flackert. Obwohl ich weiß, dass ich keine Zeit habe, der Sache auf den Grund zu gehen, ergreift Neugier von mir Besitz. Mir das genauer anzuschauen, wird lediglich einen Augenblick dauern. Ich gehe auf den Spiegel zu und schicke einen Hauch Magie in seine Richtung. Was ich entdecke, entlockt mir ein Grinsen.

»Lizzie, du hast Geheimnisse vor mir gehabt.« Sie hat ein *Portal* in ihrem Haus. Kein Wunder, dass das Personal keinen Zutritt zu diesem Zimmer hat. Würde jemand beim Versuch, den Spiegel zu putzen, durch ein Portal fallen, wären die daraus resultierenden Konsequenzen ein Albtraum.

Aber wohin führt es?

Ich werfe einen Blick zur Tür und beiße mir auf die Lippe. Nach dem Ausgang zu suchen, ist immer noch ein guter Plan, aber ich kann mich nicht so schnell bewegen wie die Vampire dort draußen. Und wenn Lizzie herausfindet, dass ich sie bestohlen habe, wird sie mich verfolgen. Und zwar nicht auf spaßige Weise.

Das Portal dagegen? Ich kann hindurchgehen und dafür sorgen, dass mir niemand folgen kann. Das wird sie nicht davon abhalten, mich zu jagen, ich habe allerdings mein ganzes Leben damit verbracht, zu lernen, wie man untertaucht. Ich kann ihr lange genug ausweichen, bis ihre Mutter sie auf irgendeine mörderische Mission schickt oder Lizzie eine andere arme Seele findet, die sie quälen kann.

Ein Kinderspiel.

Die Worte fühlen sich wie eine Lüge an, also ignoriere ich sie.

Ich brauche zwei wertvolle Minuten, um mir in den Daumen zu schneiden und den Rahmen des Spiegels rasch mit einem kleinen Zauber zu belegen. Sobald ich ihn aktiviere, wird er innerhalb von dreißig Sekunden explodieren und das Portal hinter mir schließen. Das stellt ein Risiko dar, Lizzie eine direkte Möglichkeit zu geben, mir zu folgen, ist allerdings noch riskanter.

Hoffe ich.

Mir bleibt keine Zeit zum Zögern. Ich ziehe meine Bluse ein wenig weiter auf, um das Netzwerk aus Tätowierungen auf meiner Brust zu enthüllen. Jede von ihnen ist ein vorbereiteter Zauber, der lediglich auf ein bisschen Blut wartet, mit dem man ihn aktiviert. Ich drücke meinen blutenden Finger auf das Tattoo in der Mitte meiner Brust und errichte einen Schild um mich herum. Er wird nur so lange halten, wie meine Konzentration und Macht Bestand haben, doch ich habe keine Ahnung, wo ich landen werde, sobald ich durch das Portal trete.

Die Tür fliegt auf, als ich einen Schritt in das Portal mache. Lizzie stürmt ins Zimmer. »Was hast du vor, verdammt noch mal?«

»Entkommen.« Ich muss bloß den Zauber auslösen, um den Spiegel zu zerstören, nachdem ich hindurchgetreten bin. Verdammt, ich werde das zeitlich sehr genau abpassen müssen.

In meinem Rucksack klimpert es, als ich mich tiefer in den Spiegel hineinlehne. Sie zieht die Augenbrauen zusammen. »Das hast du nicht getan.«

»Ich weiß nicht, wovon du redest.« Mein Herz schlägt so schnell, dass sie in der Lage sein muss, die Lüge zu spüren. Ich muss verschwinden, und zwar sofort.

Ich dachte, dass bereits sämtliche Wärme aus Lizzie gewichen wäre. Wie sich herausstellt, lag ich damit falsch. Das letzte bisschen Weichheit verschwindet von ihren Zügen, und sie bleckt ihre Fangzähne. »Lass den Rucksack sofort fallen, Evelyn.«

Das wäre die kluge Vorgehensweise, ich habe mich jedoch schon sehr lange nicht mehr für die kluge Vorgehensweise entschieden. Es besteht kein Grund, jetzt damit anzufangen. »Nein.« Ich nehme einen letzten Atemzug und löse den Zauber am Rahmen des Spiegels aus.

Lizzie stürzt auf mich zu, doch es ist zu spät. Das Letzte, was ich sehe, ist ihr wutverzerrtes Gesicht, während sie schreit: »Ich werde dich verdammt noch mal *umbringen*!« Dann explodiert der Spiegel und schneidet die Verbindung zwischen uns ab.

Genau in diesem Moment erkenne ich meinen Fehler. Dies ist gar kein direktes Portal. Natürlich nicht. Ich hätte wissen müssen, dass Lizzie keinen offenen Durchgang zu einem anderen Ort in ihrem Haus haben würde.

Dunkelheit umfängt mich. Sie ist dicht und erdrückend. Ich kann nicht das Geringste erkennen, kann nicht atmen, kann nicht denken. Oh Götter, bitte sagt mir, dass ich nicht vor Lizzie geflohen bin, nur um in dieser Leere zu sterben.

Verdammt, *nein*. Mein Instinkt sorgt dafür, dass ich mich in Bewegung setze, obwohl es schwierig ist, in dieser Umgebung voranzukommen und einen Fuß vor den anderen zu setzen. Die einzige andere Option besteht jedoch darin, stillzuhalten und zu ersticken, und so werde ich nicht abtreten. Panik wallt in meiner Brust auf und schreit in meinem Verstand. Ich habe gehört, dass Ertrinken eine friedliche Todesart wäre, das hier dagegen ist kein bisschen friedlich. Es ist einfach nur entsetzlich.

Geh weiter. Bleib in Bewegung. Einen Fuß vor den anderen. Du hast immer noch Kraft in dir, und du wirst sie verdammt noch mal benutzen.

Ich mache einen Schritt nach dem anderen. Es fühlt sich an, als würde mich ein gähnender Abgrund mit Haut und Haaren verschlingen. Aber ich laufe auf *etwas*, selbst wenn ich es nicht sehen kann. Es muss einen Ausweg geben. Das *muss* es einfach. Ich muss ihn nur finden.

Als meine Lunge anfängt, nach Luft zu schreien, hat sich jedoch immer noch nichts verändert. Vor lauter Verzweiflung laufe ich schneller. Mir bleibt nicht viel Zeit. Ich kann nur schwer beurteilen, ob bereits schwarze Flecken vor meinen Augen tanzen, wenn ich absolut nichts sehen kann. Selbst diese Nicht-Luft, die mich umgibt, scheint gegen mich anzukämpfen und zu versuchen, mich zum Stillstand zu bringen oder wenigstens zu verlangsamen.

Scheiß drauf.

Inzwischen sprinte ich und bewege meine Arme, so schnell ich kann, während meine Lunge kreischt. Ich presse die Lippen zusammen, damit ich nicht keuchend nach Luft schnappe, aber ich bin nur noch Sekunden davon entfernt, dass mein Körper einfach die Kontrolle übernimmt.

Ich presche mit einem solchen Tempo vorwärts, dass mir erst klar ist, dass der Boden unter meinen Füßen verschwunden ist, als ich bereits falle.

Zwischen einem Wimpernschlag und dem nächsten wird die Dunkelheit durch blasses Morgenlicht ersetzt. Ich nehme einen glorreichen salzigen Atemzug … und dann pralle ich so heftig gegen etwas, dass alles schwarz wird.

3

Bowen

»Meerjungfrau an Steuerbord!«

Der Ruf holt mich aus meiner Kajüte. Wir befinden uns nicht in Gewässern, wo sich Meerjungfrauen herumtreiben, aber wenn die Sichtung stimmt, steht uns ein heftiger Kampf bevor. Ich schnappe mir einen Speer aus der Halterung und bemerke, dass mein Quartiermeister Miles das mit einem Bann belegte Netz bereits in den Händen hat.

Wir treffen uns an der Steuerbordseite, und ich kneife ein wenig die Augen zusammen. Das Licht der Sonne spiegelt sich so grell auf dem aufgewühlten Wasser, dass ich kaum etwas sehen kann. Dass die Frau im Ausguck unter diesen Umständen überhaupt etwas erkennen konnte, ist ein verdammtes Wunder. »Wo?«

Miles ist einen Kopf kleiner als ich und drahtig gebaut. Seine Haut ist mit feinen grünen Schuppen bedeckt, ähnlich denen eines Reptils. Er schirmt seine Augen ab und schaut zum Krähennest hinauf, wo Sarah kauert. Ich kann ihr blondes Haar von hier unten kaum ausmachen, doch sie kommuniziert offensichtlich mit ihm, indem sie ihre Luftmagie benutzt. Ein paar Augenblicke später deutet er aufs Wasser. »Dort.«

Ich folge seinem ausgestreckten Finger und entdecke weniger als zehn Meter entfernt eine Gestalt im Wasser. Mein Körper spannt sich an, und ich hebe den Speer, bevor mir klar wird, was ich da vor mir habe. Blasse Haut. Langes Haar, das tatsächlich *Haar* ist und kein Seetang. Ein Gesicht, das entschieden menschlicher wirkt als jene der Mitglieder des Meeresvolks, denen ich in all den Jahren begegnet bin, seit ich begonnen habe, mit den Cŵn Annwn zu jagen. »Das ist keine Meerjungfrau.«

Miles zuckt mit den Schultern. »Dann lass sie dort. Das Meer wird sich darum kümmern.«

Das macht er immer. Wenn es eine Planänderung gibt, würde Miles lieber einfach wie gehabt weitermachen, statt sich an die neuen Umstände anzupassen. Ich könnte schwören, dass er nur deshalb damit angefangen hat, um mich zu untergraben. Wenn ich sage, dass wir nach Norden segeln, fängt er an, zu diskutieren, dass Richtung Süden eine bessere Route wäre. *Jedes ... einzelne ... Mal.*

Seiner Ansicht nach wäre es weniger anstrengend, diese Person einfach dem Meer zu überlassen, anstatt sie an Bord zu holen und sie vor die Entscheidung zu stellen, entweder zu sterben oder sich der Besatzung anzuschließen. Unter den Cŵn Annwn gibt es noch andere, die ihm zustimmen und einfach weitersegeln würden.

Aber ich bin der Kapitän dieses Schiffes, und so machen wir das auf der *Crimson Hag* nicht. An meinen Händen klebt schon genug Blut, dass es für mehrere Leben reichen würde. Wann immer es möglich ist, versuche ich, es zu vermeiden, noch mehr hinzuzufügen.

Ich reiche ihm den Speer. »Wir überlassen diese Person nicht dem Meer. Sie könnte aus dieser Gegend stammen.«

»*Hier draußen* wird sich kein Einheimischer aufhalten.«

Er schüttelt den Kopf. Die Bewegung wirkt zu ruckartig, um wirklich menschlich zu sein. »Wir haben seit Tagen kein anderes Schiff gesehen, und es hat keine Stürme gegeben, die eins hätten erwischen können. Ganz zu schweigen davon, uns eine Überlebende in den Weg zu spülen. Diese Person ist unerlaubt in Threshold eingedrungen.«

Möglich. Sogar wahrscheinlich.

Das bedeutet allerdings nicht, dass ich sie dem Meer überlassen werde, ohne das zu überprüfen und sie anschließend vor eine Wahl zu stellen. Der einzige Zweck der Cŵn Annwn besteht darin, Threshold zu schützen, und damit auch all die Reiche, die durch Portale auf den Inseln, die in der Weite des Meeres verteilt sind, mit unserer Welt verbunden sind. Allerdings befinden sich nicht auf allen Inseln Portale und es *gibt* Bürgerinnen und Bürger des Reiches, die ebenfalls unserem Schutz unterstehen sollten.

Nicht alle unsere Leute erinnern sich daran. Zumindest dann nicht, wenn es ihnen nicht in den Kram passt.

Ich warte ab, bis die *Crimson Hag* ein wenig dichter an die Person herangesegelt ist. Ich könnte ins Wasser springen und sie herausholen, für derartige Theatralik besteht hingegen kein Grund. Stattdessen konzentriere ich meine Macht und sende sie aus. Ich hebe die Person aus dem Wasser und bringe sie vorsichtig an Deck.

Die Crew beäugt dieses Geschehen mit einigem Interesse. Wir fischen nicht jeden Tag Leute aus dem Meer und noch seltener kommt es vor, dass diese noch am Leben sind.

Ich gehe neben unserem Fang in die Hocke, um ihn mir genauer anzuschauen. Es handelt sich um eine Frau. Sie ist menschlich oder stammt aus einem der Reiche, in denen die Bewohnerinnen und Bewohner eher humanoid aussehen. Sie trägt einen Beutel auf dem Rücken und Kleidung, die mir nicht vertraut vorkommt, deshalb brauche ich einen Augenblick, um den Stoff der Hose zuzuordnen. Jeans. Das grenzt die Optionen für ihre Herkunft beträchtlich ein. Die Jeans schmiegen sich an einen Körper, der üppige Oberschenkel, breite Hüften und einen weichen Bauch aufweist. Ihre schwarze Bluse sitzt eng an ihrem Oberkörper und lässt kleine Brüste erahnen.

Ich zwinge mich, den Blick von ihrem Körper abzuwenden und mich auf ihr Gesicht zu konzentrieren. Ich bin fest entschlossen, nicht hier zu hocken und eine bewusstlose Frau zu begaffen, doch der Blick auf ihre Züge hilft nicht wirklich. Sie hat runde Wangen, einen vollen Mund und weit auseinanderliegende Augen. Ihre Haut ist so blass, dass ich sofort den Drang verspüre, sie in den Schatten zu bringen, bevor sie einen Sonnenbrand bekommt. Ihre Haare sind zu nass, um die tatsächliche Farbe beurteilen zu können, aber ich denke, dass sie ein paar Nuancen heller sind als meine.

Ein Speer blitzt in meinem Augenwinkel auf. Ich strecke ruckartig eine Hand aus, um ihn aufzuhalten, bin jedoch zu langsam. »Verdammt!« Mein gesamter Körper spannt sich an, bereit für das Unausweichliche, der Speer hingegen schwebt in der Luft. Seine Spitze befindet sich nur wenige Zentimeter von der Brust der Frau entfernt. Eine Welle heftiger Magie wallt auf, verschwindet dann wieder, und der Speer landet klappernd auf dem Deck.

Ich wirbele herum, um Miles anzuschreien: »Was machst du da, verdammt noch mal?«

»Meine Aufgabe erledigen«, erwidert er tonlos. »Sie ist keine von uns.«

Nein, das ist sie ganz sicher nicht. Ich erkenne die Magie nicht, aufgrund ihres menschlichen Aussehens würde ich allerdings wetten, dass sie eine Hexe ist. Das sollte mich nicht faszinieren. Es bedeutet lediglich, dass sie einen Vorteil für uns darstellen würde, wenn wir sie auf unsere Seite ziehen können. »Unsere *Aufgabe* besteht darin, sie vor die Wahl zu stellen.«

»Die Cŵn Annwn haben keine Verwendung für Frauen wie sie.«

Ich öffne den Mund, um ihm mitzuteilen, dass er sich verziehen soll, aber die Frau reißt schlagartig die Augen auf und lässt mich innehalten. Sie mustert uns mit einem einzigen Blick und schlägt dann eine Hand auf ihre Brust. Magie steigt in einer Welle auf, die mich ein gutes Stück zurückdrängt, bevor ich meine eigene Magie wie einen Schild um mich lege. Einige meiner Leute haben nicht so viel Glück. Lautes Platschen erklingt und gleich darauf folgt der Ruf: »Mann über Bord!«

Miles will nach dem Speer greifen, doch sie stößt die Waffe weg, bevor er sie in die Finger bekommen kann. »Wo in aller Welt bin ich?« Ihre Stimme klingt heiser, als sei sie länger im Meer gewesen, als mir klar war.

»Du da, keine Bewegung.« Ich deute auf sie und richte meinen strengen Blick anschließend auf Miles. »Hol unsere Leute aus dem Wasser. Sofort.«

Für einen Moment befürchte ich, dass er widersprechen könnte, doch schließlich nickt er knapp und macht sich daran, der Mannschaft zackig Befehle zu erteilen. Innerhalb weniger Minuten haben wir alle ins Wasser gefallenen Mitglieder unserer Besatzung wieder an Bord geholt und sichergestellt, dass das Schiff selbst keinen dauerhaften Schaden erlitten hat.

Während ich mich darum gekümmert habe, hat sich die Frau ihrerseits ein wenig umgeschaut. Sie betrachtet mein Schiff auf eine Weise, die dafür sorgt, dass sich alles in mir zusammenzieht. Als würde sie jeden sichtbaren Zentimeter nach Wertgegenständen absuchen. Ich weiß, was dieser Gesichtsausdruck bedeutet.

Sie ist eine Diebin.

Und tatsächlich hat sie etwas in der Hand, mit dem sie herumfummelt. Ich erkenne es sofort und bewege eine Hand an meine Hüfte, wo sich normalerweise meine Flasche befindet. Nun ist sie verschwunden. Sie hat sie mit ihren flinken Händen gepackt, während ich noch dachte, dass sie bewusstlos wäre.

Vielleicht hat Miles recht, was sie betrifft.

Ich schüttle energisch den Kopf. Das ist ein gefährlicher Gedanke. Eine Wahl. Wir bieten immer eine Wahl zwischen zwei Möglichkeiten an. Das ist das, was uns von den Monstern unterscheidet, die wir jagen. *Deren* Opfer bekommen nichts angeboten, was auch nur ansatzweise Gnade ähnelt.

Sie erwischt mich dabei, wie ich sie dabei beobachte, während sie mit der Flasche spielt, und grinst vollkommen reuelos. »Soll ich dich mit Käpt'n anreden?« Ihre Stimme ist kehlig, und der anzügliche Unterton in ihrer Frage ist etwa so subtil wie ein Felsbrocken, der reichen würde, um die *Hag* zu versenken.

Ich mache einen Schritt auf sie zu, bevor ich mich davon abhalten kann. Diese Frau ist keine Sirene – sie sind so gut wie ausgestorben, den Göttern sei Dank –, aber sie verfügt über ihre ganz eigene Anziehungskraft. »Du befindest dich an Bord der *Crimson Hag*, einem Schiff der Cŵn Annwn.«

Interesse blitzt in ihren Augen auf. Zu spät fällt mir auf, dass sie von einem Grün sind, das mich an saftig grüne magische Wälder denken lässt. Sie beugt sich zu mir herüber und mustert mich auf übertriebene Weise von oben bis unten. »Seltsam, du siehst gar nicht aus wie ein Jagdhund.«

»Ein Jagdhund?«, wiederhole ich.

»Hmm.« Ihr Blick bleibt an meiner Brust hängen und verweilt dort. »Die Hunde Annwns, die Wilde Jagd und all das. Mit walisischen Mythen kenne ich mich aus.«

Dazu habe ich nichts zu sagen. Wir sind kein Mythos. Das waren wir nie. Mit genug Zeit und Abstand neigt die Geschichte allerdings dazu, zu einem Mythos zu werden. In vielen Reichen gibt es Erzählungen über die Cŵn Annwn. Solange es Threshold gibt, das, wie der Name schon sagt, als Schwelle zwischen den Reichen fungiert, gibt es auch die Cŵn Annwn, die es beschützen. Sollten die ursprünglichen Mitglieder gelegentlich ihre Gestalt verändert und in anderen Reichen auf die Jagd gegangen sein ...

Tja, wir versuchen aus gutem Grund, es zu vermeiden, die Aufmerksamkeit der ursprünglichen Mitglieder auf uns zu ziehen.

Der Rest von uns Mitgliedern der Flotte aus Schiffen, die unter blutroter Flagge segeln, ist durchaus sterblich. Sogar der Rat, der weit entfernt auf Lyari rumlungert und in Abwesenheit der ursprünglichen Mitglieder über Threshold herrscht, neigt dazu, nur ein wenig langlebiger zu sein.

Nicht, dass ich vorhätte, dieser Fremden eine Geschichtsstunde über meine Leute zu erteilen. »Du hast die Wahl. Schließe dich den Cŵn Annwn an oder kehre ins Meer zurück!«

»Wow, das ist ja eine interessante Wahl. Sehr originell und kein bisschen übertrieben.« Sie verdreht die Augen.

Mir fällt auf, dass sie absolut keine Angst vor mir hat. Ich blinzle. Ich weiß nicht, wie ich damit umgehen soll. Sogar die Leute in Threshold, diejenigen, die wir beschützen sollen, was unser einziger Daseinszweck ist, misstrauen uns und nehmen sich vor uns in Acht. Das Ganze basiert auf einem empfindlichen Gleichgewicht aus gegenseitigem Respekt, und ich tue mein Bestes, um sicherzustellen, dass ich meine Macht nie missbrauche. Aber diese Hexe hat keine Ahnung davon. Sie weiß nichts über mich. »Das ist die einzige Wahl, die du hast«, schnauze ich.

»Niedlich.« Sie dreht sich um und mustert erneut ihre Umgebung, bevor sie sich wieder mir zuwendet. »Aber ich verzichte darauf, irgendeine Wahl zu treffen. Der Echsenmann hat gerade versucht, mir einen Speer ins Herz zu rammen, bevor er wusste, dass ich wach bin, also sieh es mir nach, wenn ich mich eurem kleinen Club der feigen Mörder nicht anschließen will.«

»Du hast dagegen kein Problem damit, uns zu bestehlen.« Ich strecke eine Hand aus. »Gib sie mir zurück.«

»Oh, dieses kleine Ding?« Sie hält die Flasche hoch, als hätte sie sie noch nie zuvor gesehen. »Die gehört mir. Ein altes Familienerbstück.«

»Du …« Ich reiße mich zusammen, bevor ich nach ihr greife. »Wie lautet dein Name?«, verlange ich zu wissen.

»Evelyn.« Sie wirft die Flasche in die Luft und fängt sie gekonnt auf. »Im Universum gibt es eine alles umfassende Regel, lieber Käpt'n. Ich bin überrascht, dass du sie nicht kennst.«

Obwohl ich weiß, dass ich es bereuen werde, seufze ich und frage: »Wie lautet die Regel?«

»Wer es findet, darf es behalten.« Sie grinst. »Die hier gehört mir. Ich werde sie nicht zurückgeben, egal wie sehr du mich anknurrst und die Zähne fletschst. Du nimmst diese ganze Jagdhundsache wirklich zu wörtlich. Ganz schön peinlich.«

So langsam habe ich echt genug davon. Sie will offensichtlich Schwierigkeiten machen, und auch wenn das kein Todesurteil sein sollte, kann ich nicht zulassen, dass sie vor den Augen meiner Besatzung meine Autorität untergräbt. Vor allem nicht, da Miles inzwischen Monate damit verbracht hat, die Meinung der Mannschaft über mich zu schmälern. Zu sehen, wie diese Hexe dermaßen frech mit mir umspringt, wird ihm nur noch mehr Munition verschaffen.

Wie auf allen Schiffen der Cŵn Annwn wählen wir unsere Kapitäne per Abstimmung. Meine Befehlsgewalt hat nur so lange Bestand, wie meine Crew Vertrauen in mich hat. Und ihr Vertrauen steht bereits auf wackligen Füßen.

Wenn ich das Kapitänsamt verliere, wird Miles die Abstimmung gewinnen. Und das Erste, was er tun wird, ist, ihr diesen Speer direkt ins Herz zu stoßen.

Ich sammle meine Macht, was mir so leichtfällt wie Atmen, und wickele sie darin ein. Evelyn quiekt, aber ich bringe sie zum Schweigen, bevor sie weiterplappern kann, indem ich ihren Kiefer versiegele. Sie reißt die Augen auf und verengt sie dann zu Schlitzen. Ihr Blick verspricht Vergeltung.

Ich umfasse ihre Taille und gebe mir große Mühe, nicht zu bemerken, wie verlockend weich sie sich anfühlt. Dann hebe ich sie ohne Probleme hoch und werfe sie mir über die Schulter. Mehrere Besatzungsmitglieder lachen, als sie einen empörten Laut von sich gibt, doch Miles beobachtet das alles mit zusammengezogenen Brauen.

Soll er ruhig zuschauen. Ich habe ihm nichts gegeben, womit er arbeiten kann. Hoffe ich.

Evelyn nimmt die Situation nicht ernst, das ist allerdings häufig der Fall, wenn Leute versehentlich durch ein Portal reisen und an einem Ort landen, an dem sie nichts zu suchen haben. Wie ernst die Lage ist, fällt ihnen erst auf, wenn es zu spät ist. Die Gesetze sind die Gesetze. Ich kann sie nicht brechen, ohne mein Leben und das meiner Mannschaft zu riskieren.

Nicht mal für eine niedliche, vorlaute kleine Hexe.

4

Evelyn

Unfassbar, wie dreist dieser Mistkerl ist!

Ich kämpfe gegen den unsichtbaren Griff an, während der Kapitän das Deck überquert. Telekinetische Fähigkeiten sind selten, und das ist auch gut so, denn sie sind verdammt nervig. Wenn ich die Zauber auf meiner Brust erreichen könnte, sollte ich in der Lage sein, mich zu befreien, aber meine Arme werden durch seinen festen Griff seitlich an meinen Körper gepresst.

Außerdem hat er mich über seine Schulter geworfen wie einen Sack Getreide – ich werde ganz sicher nicht zulassen, dass die Tatsache, dass er mein Gewicht nicht im Geringsten wahrzunehmen scheint, irgendeinen Effekt auf mich hat. Warum sollte er es auch wahrnehmen? Er ist so groß wie ein Haus. Er muss fast zwei Meter messen. Seine Schultern sind derart breit, dass sie die Sicht auf den Himmel versperren, und seine Haut ist stark gebräunt, weil er vermutlich viel Zeit in der Sonne verbringt. Sogar kopfüber kann ich erkennen, dass sein blutroter Mantel dramatisch flattert, während er übers Deck schreitet. Er wirkt wie eine Figur aus einem Film, die den typischen wortkargen Einzelgänger verkörpert.

Er mag auf schroffe Art und Weise auch gut aussehen.

Aber das ist mir natürlich nicht aufgefallen.

Momentan kann ich mich nicht aus seinem Griff befreien, also richte ich meine Aufmerksamkeit auf das Schiff und die Crew. Auf den ersten Blick gleicht es einem Piratenschiff aus einem Film, doch es gibt Abweichungen. Das komplette Gefährt ist von Magie durchdrungen, was sich daran erkennen lässt, dass sich einige Teile ohne Einsatz der Besatzungsmitglieder bewegen. Das große blutrote Segel über uns entfaltet sich, und das Schiff ruckelt ein wenig, als der Wind den Stoff bläht.

Der andere Unterschied zu einem Piratenschiff besteht in der Tatsache, dass alle wie frisch gebadet wirken. Tatsächlich riecht das Schiff ... irgendwie angenehm. Nach Pinien und Zitrone mit einem ganz leichten Hauch von Minze. Es duftet ein bisschen wie der Schutzzauber, den Bunny stets in ihre Reinigungszauber eingebaut hat. Sofort muss ich an die Samstage denken, an denen sie mich in der Früh aus dem Bett gezerrt hat, damit ich ihr bei der Hausarbeit helfe. Ich habe mich immer lauthals beschwert, in diesem Augenblick hingegen trifft mich die Nostalgie so heftig, dass ich hektisch blinzeln muss, um die Tränen zurückzuhalten, die in meinen Augen brennen.

Bunny ist nicht hier, und ich bin in Gefahr.

Ich schließe die Augen und versuche, mich zu konzentrieren. Der Kapitän bewegt sich recht behutsam, beinahe so, als wolle er mich nicht zu sehr durchschütteln und verhindern, dass mein Bauch gegen seine Schulter prallt. Aber das muss Zufall sein. Der Kerl hat mir gerade die Möglichkeit gegeben, mich seiner fröhlichen Mörderbande anzuschließen ... oder zu ertrinken. Nach dieser Reise durch das Portal werde ich *nicht* abtreten, indem ich ertrinke. *Nein danke.*

Ich befinde mich in Threshold.

Das habe ich immer noch nicht so richtig verarbeitet. Ich mag den Kapitän damit aufgezogen haben, dass die Cŵn Annwn ein Mythos sind – jeder weiß, dass sie und die Wilde Jagd tatsächlich existiert haben und in der Dunkelheit gewisser Nächte immer noch reiten –, doch ich dachte wirklich, dass Threshold nicht real wäre.

Vor langer Zeit befanden sich die Reiche sehr viel dichter aneinander. Menschen und Kreaturen konnten mit Leichtigkeit zwischen ihnen hin- und herwechseln, was der Ursprung zahlreicher Geschichten über Mythen und Monster ist. Niemand weiß, welches Ereignis den Übergang so gut wie unmöglich gemacht hat. Klar ist lediglich, dass es vor sehr langer Zeit geschah. Seitdem sind so viele Generationen vergangen, dass sich die Leute diese Frage nicht mehr stellen.

Aber … Threshold? Ein Reich, das nach wie vor mit jedem anderen existierenden Reich verbunden ist? Schier endlose neue Möglichkeiten flackern in meinen Gedanken auf und sorgen dafür, dass meine Handflächen jucken.

Der Kapitän stößt eine Tür auf, und das Licht nimmt ab, als wir das Deck verlassen. Ich weiß ehrlich nicht, was ich erwartet habe. Nichts an diesem Schiff entspricht den Erwartungen in Bezug auf … Piraten? Ich bin mir nicht sicher, ob man diese Mannschaft überhaupt als Seeräuber, so wie ich sie kenne, bezeichnen kann.

Kühle Luft streift meine nackte Haut und meine nasse Kleidung und sorgt dafür, dass ich zittere. Der Kapitän setzt mich ab und ich verschwende keine Zeit, sondern schaue mich sofort um. Ich entdecke einen großen Schreibtisch vor einem Trio aus gewaltigen Fenstern, die eine wunderbare Aussicht aufs Meer und das Kielwasser des fahrenden Schiffes bieten. Der Boden besteht aus gebohnerten Holzdielen. Auf beiden Seiten des Raums befindet sich eine Tür.

Die Kajüte ist größer, als ich erwartet habe, und ich halte inne, um noch einmal alles eingehend zu mustern. Ich bin keine Architektin, aber ich bin mir *sicher*, dass sich die Wände sehr viel weiter erstrecken als bis zu der Stelle, an der das Schiff zu Ende sein sollte. Ist das so eine Art Taschendimension? Doch wie können die Fenster dann eine Aussicht auf das Wasser bieten, über das wir gerade segeln?

Ich richte meine Aufmerksamkeit auf den Schreibtisch. Er besteht aus irgendeinem mir unbekannten Holz und die Oberfläche schimmert ganz leicht. Magie? Ich versuche, einen Schritt vorzutreten, stehe jedoch immer noch unter dem Bann der Macht des Kapitäns.

Ich starre ihn finster an. Götter, nun ist er noch attraktiver als zu dem Zeitpunkt, an dem ich zum ersten Mal die Augen geöffnet habe. Sein dunkles Haar ist gerade lang genug, um als verwegen beschrieben zu werden. Sein Kiefer ist kantig und würde vermutlich die Faust von jedem zerschmettern, der versucht, ihm einen Schlag zu verpassen. Und sein muskulöser Körper ist offensichtlich an harte Arbeit gewöhnt. Er steckt in einer gut geschnittenen Hose und einem locker sitzenden schwarzen Hemd mit einem V-Ausschnitt, der einen verlockenden Blick auf eine breite, leicht behaarte Brust gewährt. Und der lange Mantel, den er trägt, gefällt mir so gut, dass ich ihn ihm am liebsten sofort stehlen würde. Seine Augen sind beinahe so dunkel wie Lizzies … Nein, ich sollte besser nicht an Lizzie denken oder daran, wie wütend sie gewirkt hat, als ich sie das letzte Mal gesehen habe. Wie *mordlüstern*.

Wenn ich durch ein anderes Portal gelangen kann, werde ich wirklich außerhalb ihrer Reichweite sein.

Ich verdränge den Gedanken fürs Erste. Das ist ein potenzieller Plan für die Zukunft, zuerst muss ich mich jedoch aus dem Schlamassel befreien, in den ich hier geraten bin.

Der Kapitän mustert mich mit kritischem Blick. Seine Miene besteht nur aus strengen Linien, was ich *kein bisschen* aufregend finde. »Wenn ich dir den magischen Knebel abnehme, wirst du dich dann benehmen?«

Auf gar keinen Fall. Ich versuche, einen aufrichtigen Ausdruck aufzusetzen, während ich nicke. Er scheint nicht überzeugt, aber die Macht, die meinen Kiefer zusperrt, löst sich. Ich öffne und schließe ein paarmal den Mund. Es tut nicht wirklich weh – er war bemerkenswert sanft und hat überragende Kontrolle über seine Magie bewiesen –, doch ich werde jede Gelegenheit nutzen, ihm ein schlechtes Gewissen zu machen. Das ist ein ausgezeichnetes Druckmittel, um die Leute dazu zu bringen, das zu tun, was man will.

Leider entdecke ich in seiner Miene nicht das geringste Schuldbewusstsein. Wenn überhaupt, wirkt er nur noch verärgerter. »Ich habe dir nicht wehgetan, also hör auf mit diesen Spielchen.«

»Vielleicht habe ich ein empfindliches Kinn.«

»Hast du nicht.«

Er hat recht. Ich verlasse diesen Pfad der Manipulation und betrete den nächsten. »Ich wollte nicht hier landen. Das Portal, das ich benutzt habe, hatte eine Fehlfunktion. Ich habe eine Familie, die mich braucht. Kinder. Vier Stück. Wenn ich nicht zurückkehre, werden sie verhungern.«

Seine Züge bleiben so ungerührt wie die einer Statue aus Granit. »Wie lauten ihre Namen?«

Ich blinzle. »Was?«

»Deine verhungernden Kinder. Ihre Namen.« Er schnippt mit den Fingern. »Schnell.«

»Dean, Sam, John und … Cas.«

Der Kapitän wirkt nicht überzeugt. »Selbst wenn das stimmen sollte, was ich ernsthaft bezweifle, würde das keinen Unterschied machen. Unsere Gesetze existieren nicht grundlos.«

»Es sind eure Gesetze. Nicht meine.«

»Du befindest dich in Threshold, Evelyn. Nun sind es auch deine Gesetze.«

Er spricht meinen Namen so streng aus, dass ich nicht weiß, wie ich mit meiner körperlichen Reaktion darauf umgehen soll. Ich will gleichzeitig aus dem Raum fliehen und ihn besteigen wie einen mürrischen Berg. Was bloß ein weiterer Beweis dafür ist, dass man meinen Hormonen nicht trauen kann.

Zuerst Lizzie, die absolut bereit war, mich sterben zu lassen, und zweifellos versuchen wird, mich aufzuspüren und umzubringen, weil ich sie hintergangen habe.

Und nun dieser Kapitän, der mir die Option gab, mich seiner Crew anzuschließen, aber offensichtlich kein Problem damit hat, mich zu töten, falls ich ablehne.

Die beste Methode, einen Kampf mit einer telekinetisch begabten Person zu gewinnen, besteht darin, sich gar nicht erst auf einen einzulassen. Die zweitbeste Methode besteht darin, sie mit einem schmutzigen Angriff auszuknocken und dann verflucht schnell wegzurennen. Keine von beiden ist momentan eine Option. Ich befinde mich auf einem Schiff mitten im Ozean. Ich kann nirgendwohin, selbst wenn meine Arme frei wären.

Es gibt einen Ausweg. Ich muss ihn nur finden. »Wie lautet dein Name, Käpt'n?«

Er spannt den Kiefer an, als wolle er nicht antworten, sagt jedoch schließlich: »Bowen.«

»Ein schöner Name für einen schönen starken Burschen.«

Er lächelt nicht. »Du hast die Wahl, Evelyn. Triff sie.«

Also geht es nun schon wieder darum. Ich verlagere mein Gewicht und versuche, mich gegen seine telekinetische Umklammerung zu pressen. Der Mistkerl ist stark, das muss ich ihm lassen. Ich *glaube*, dass ich die Magie, die mich umgibt, mit dem richtigen Zauber durchbrechen könnte, aber je länger er mich festhält, desto mehr frage ich mich, ob das tatsächlich stimmt.

Die meisten Leute lassen sich durchschauen, weil sie verräterische Anzeichen aufweisen, selbst wenn man sie gerade erst kennengelernt hat. Ihr Gesicht oder ihr Körper verrät sie und liefert mir Druckmittel, mit denen ich bekommen kann, was ich will. Eine Unterhaltung mit diesem Mann zu führen ist dagegen so, als würde ich meinen Kopf gegen eine Steinmauer hämmern. Ich denke nicht, dass ich mich aus dieser Notlage herausreden kann.

Echte Angst kriecht meinen Rücken hinauf und legt einen Hauch von Verzweiflung in meine Stimme. »Setz mich an einem Portal ab. Oder wirf mich zurück ins Meer, dann werde ich mir mein eigenes Portal suchen.«

»Wir sind mehrere Tage von der nächsten Insel entfernt. Ohne Schiff wirst du es nicht schaffen.«

Wenn das stimmt, hat er vermutlich recht. Theoretisch könnte ich mich mithilfe meiner Magie für eine beträchtliche Zeit durchs Wasser bewegen, meine Energiereserven sind allerdings nicht unbegrenzt, und ich kann einen Zauber nicht tagelang aufrechterhalten. Vor allem keinen, der so viel Macht erfordern würde.

Aber keine der anderen beiden Optionen ist gut. »Tja, dann treffe ich eben keine Wahl.«

Er wirft einen Blick über meine Schulter zu der Tür, durch die wir gerade gekommen sind. »Keine Wahl zu treffen ist dennoch ein Entschluss. Mit *jeder* Entscheidung, die nicht darin besteht, dich den Cŵn Annwn anzuschließen, wählst du den Tod.«

Mir wird eiskalt, und das hat nichts mit der angenehm kühlen Luft in diesem Raum oder meiner nassen Kleidung zu tun. »Was sollte mich davon abhalten, mich deinem kleinen Fanclub anzuschließen und euch dann bei erster Gelegenheit zu hintergehen?«

»Es gibt Schwüre.«

Schwüre wurden dazu gemacht, gebrochen zu werden. Bunnys Stimme flüstert die Worte in meinem Kopf. Vielleicht kann ich damit arbeiten? Ich zucke mit den Schultern und täusche Gelassenheit vor. »Oh, na ja, wenn das so ist …«

»Was auch immer du gerade ausheckst, vergiss es«, fällt er mir ins Wort. »Falls jemand seinen Schwur bricht und desertiert, wird eine Jagd ausgerufen, an der die gesamte Flotte teilnimmt. Länger als drei Tage hat bislang noch keine desertierte Person überlebt.«

Drei Tage. Das ist … nicht lange. »Also stattest du die Leute mit einem magischen Peilsender aus, wenn sie den Schwur leisten. Das ist wohl kaum fair.«

Bowen starrt mich sehr lange an. »Das ist kein Spiel. Ich bin mir sicher, dass deine Macht beeindruckend ist, uns kannst du jedoch nicht das Wasser reichen. Leiste den Schwur und nimm die Angelegenheit ernst. Trauere um dein altes Leben, wenn es sein muss, aber lass es hinter dir.« Schatten lauern in seinen Augen, doch er blinzelt, und sie sind verschwunden. »Dem Schicksal, das dich erwartet, wenn du versuchst davonzulaufen, willst du dich nicht stellen. Glaub mir.«

Er klingt so ernst, dass ich gegen einen grauenvollen Schauer ankämpfen muss. Ich bin geübt darin, unterzutauchen und mich nicht erwischen zu lassen, doch diese Leute sind die *Cŵn Annwn*. Die Wilde Jagd existiert in zahlreichen volkstümlichen Sagen, aber alle stimmen darin überein, dass sie unaufhaltbar ist. Wenn sie reitet, verstecken sich kluge Leute. Wenn man von der Jagd mitgerissen wird, bedeutet das möglicherweise, dass man viele Kilometer – und manchmal Jahre – von seinem Ausgangspunkt entfernt landet … Es könnte hingegen auch bedeuten, dass man als *Beute* endet.

Die Beute entkommt nie.

Diese Cŵn Annwn haben ihren Namen entweder von dem Mythos erhalten – oder der Mythos hat seinen Namen von ihnen bekommen. Keine der beiden Optionen erscheint mir ideal, was meine Chancen angeht, mich auf unbestimmte Zeit vor ihnen zu verstecken. *Drei Tage.* Ich verkneife mir die Frage, um wen es sich gehandelt hat. So wie Bowen davon spricht, wette ich, dass er Teil dieser Jagd war. Hat es sich einfach nur um eine ganz normale Person gehandelt? Oder um jemanden mit magischer Begabung? Ich habe im Vergleich zu jener Person doch sicher einen Vorteil.

Ich räuspere mich. »Warum die Wahl? Mir scheint, die Leute zurück in ihr Heimatreich zu bringen, wäre eine sinnvollere Möglichkeit als alles andere. Eure Besatzungen durch widerwillige Leute zu erweitern, kann nicht gut fürs Geschäft sein.«

Wieder flackert in seinen Augen etwas auf, aber ich kann die Emotion dahinter nicht deuten. Die Vorstellung, dass er einer Meinung mit mir sein könnte, scheint mir zu viel verlangt zu sein. Schließlich zuckt Bowen mit den Schultern. »Ich mache die Gesetze nicht, Evelyn. Ich setze sie durch. Und jetzt hast du die Sache lange genug hinausgezögert. Wenn du keine Wahl triffst, werde ich sie für dich treffen.«

Um ein Haar rutscht mir die Frage heraus, welche Entscheidung er für mich treffen würde, ich glaube allerdings nicht, dass ich das wirklich wissen will. Er mag sein Crewmitglied davon abgehalten haben, mich anzugreifen, doch er hat ganz offensichtlich genug von meinen Sperenzchen, also ist es durchaus wahrscheinlich, dass er mich über Bord werfen und mich meinem Schicksal überlassen würde, wenn er mich nicht eigenhändig tötet.

Toll.

Großartig.

Ich schließe die Augen und versuche nachzudenken. Es gibt einen Ausweg. Ich muss bloß herausfinden, wie er aussieht. Was ich brauche, ist ein Hintertürchen. Keine Organisation oder Person ist frei von Dingen, die sie lieber geheim halten würden. Wenn die Cŵn Annwn schon so lange existieren, wie es den Anschein hat, dann wette ich, dass sie irgendwo eine ganze Bootsladung voller Geheimnisse versteckt haben. Eins davon muss fies genug sein, um sie davon zu überzeugen, dass sie mich freilassen müssen. *Ohne* mir einen magischen Peilsender anzuheften.

Nur gut, dass ich so hervorragend darin bin, Geheimnisse zu stehlen.

Oder verdammt, im schlimmsten Fall kann ich ein Portal ausfindig machen, hindurchspringen und einfach losrennen.

Auf jeden Fall werde ich unter keinen Umständen den Rest meines Lebens hier festsitzen, Schwur hin oder her. Ich hebe das Kinn und starre Bowen tief in die Augen. »Na schön. Wie du willst. Ich werde eine Wahl treffen. Ich werde mich den Cŵn Annwn anschließen.« Fürs Erste.

5

Bowen

»Du wirst dich uns anschließen.« Ich starre die Hexe an und
warte auf die nächste schlechte Nachricht. Sie hat viel zu bereitwillig zugestimmt. Ich kenne sie nicht gut, aber ich habe
Jahre damit verbracht, mich mit einer widerspenstigen Crew
herumzuschlagen, von der die Hälfte mit der gleichen Begeis-
terung zu Cŵn Annwn geworden ist wie die Frau vor mir …
Womit ich sagen will: mit gar keiner. »Einfach so.«

»Tut mir leid, hattest du vor, mich zu fesseln und zu foltern,
bis ich zur Vernunft komme?« Sie zieht die Augenbrauen hoch.
Ihr Haar hat bereits angefangen zu trocknen und ist heller, als
ich zuerst angenommen habe, nicht braun, sondern blond. Das
lässt ihre Augen sogar noch grüner wirken. Vielleicht liegt das
allerdings auch daran, dass ihr hübsches Gesicht wieder ein
wenig Farbe bekommen hat.

»Ich habe nicht die Angewohnheit, Leute zu foltern. Das ist
unappetitlich, und sie erzählen einem nur das, was man hören
will. Keine gute Methode, um an brauchbare Informationen zu
gelangen.«

Sie zieht die Augenbrauen noch weiter nach oben. »Du
machst keine Witze, oder? Wie entsetzlich.«

Ich erwische mich dabei, wie ich erröte, und hasse es, dass es

ihr gelungen ist, selbst eine so kleine Reaktion in mir hervorzurufen. »Über Folter scherzt man nicht.«

»Ich denke, dass du ein Thema, über das man Witze machen
darf, nicht mal dann erkennen würdest, wenn es dir ins Gesicht
schlagen würde.« Sie windet sich und drängt sich gegen meine
Magie, mit der ich sie nach wie vor gefangen halte. »Nun, da
ich Teil deiner Besatzung bin, solltest du mich freilassen. Du
verstößt gerade gegen eine ganze Menge maritimer Gesetze.«

»Das tue ich keineswegs.« Mit einer Sache hat sie allerdings
recht. Ich sollte sie freilassen. Ihre Brust hebt und senkt sich
auf sehr ablenkende Art und Weise und presst sich gegen den
durchscheinenden Stoff ihres Oberteils. Meinen Blick auf ihr
Gesicht zu fokussieren, stellt eine größere Herausforderung
dar, als es sollte. »Das einzige maritime Gesetz in Threshold ist
das, was der Rat der Cŵn Annwn bestimmt. Du befindest dich
nicht mehr in deinem Reich. Pass dich an.«

»Pass dich an«, wiederholt sie langsam. Ich kann praktisch
sehen, wie ihr gerissener Verstand auf Hochtouren läuft und
nach einer Möglichkeit sucht, ein Druckmittel ausfindig zu
machen, das ihr einen Vorteil verschaffen wird. »Warte, du hast
›Rat‹ gesagt. Ihr habt eine Art Herrschaftsorgan?«

Sie wird eine schreckliche Nervensäge sein. Ich kann bereits
sehen, wie sie nach einer Möglichkeit sucht, die Situation auszunutzen. Für einen kurzen Moment bin ich versucht, Miles'
Idee zu folgen und sie über Bord zu werfen, damit sich jemand
anders mit ihr herumschlagen muss. Doch ich verwerfe den
Gedanken sofort wieder. So machen wir das auf diesem Schiff
nicht. »Bete, dass du niemals einen Grund haben wirst, ihnen
zu begegnen. Sie sind nicht so nett wie ich.« Man kann Lyari nicht komplett meiden, nicht wenn von Kapitänen verlangt
wird, regelmäßig dort aufzutauchen und beim Rat vorstellig
zu werden. Ich plane meine Routen jedoch sehr bewusst so,

dass ich den Südwesten meide, damit sie keine Ausrede haben, mich öfter als unbedingt nötig zu sich zu bestellen.

»Nett«, sagt sie schwach. »Klar.«

Sie nimmt die Angelegenheit immer noch nicht ernst, aber dagegen kann ich nicht viel ausrichten. »Sobald du deinen Schwur abgelegt hast, werde ich dich freilassen und dich in deiner neuen Koje unterbringen.«

»Eine Koje. Natürlich.« Sie rümpft die Nase. Es ist eine niedliche Nase, und ich hasse die Tatsache, dass mir diese Niedlichkeit auffällt. »Na gut, bringen wir es hinter uns. Wie lautet der Schwur?«

»Ich verpflichte mich den Cŵn Annwn. Ich werde jagen, wenn der Mond voll ist, und heulend nach dem Tod von Monstern verlangen. Ich werde in ihrem Blut baden und die Schwachen beschützen.«

»Entzückend.«

»Das ist Tradition.« Ich hebe eine Hand. »Bevor du den Schwur aufsagst, wird ein wenig Blut nötig sein.« Ich bemerke ihren verschlagenen Blick nur, weil ich sie so genau beobachte. Und ich beobachte sie nur deshalb so genau, weil sie eine Bedrohung darstellt, nicht weil mir gefällt, wie sich das schwache Licht in ihren strahlend grünen Augen spiegelt. Sie wirken beinahe unnatürlich grün. Unheimlich.

»Natürlich. Schließlich darf man nicht zulassen, dass zwielichtige Gestalten ihr Wort brechen.« Sie grinst. Ärger. Diese Frau bedeutet *Ärger*. Ich habe ein ganzes Schiff voll mit dieser Art von Leuten, also sollte ich mittlerweile daran gewöhnt sein. Evelyn hingegen hat etwas an sich, das mir einen Schauer über die Haut jagt. Sie in die Mannschaft aufzunehmen, ist ein Fehler. Und ich werde derjenige sein, der irgendwann den Preis dafür zahlt. Aber mir bleibt keine andere Wahl. Die Gesetze sind aus gutem Grund die Gesetze. Es steht mir – oder sonst jemandem – nicht zu, sie zu ignorieren, nur weil sie unbequem sind.

Ich nicke in Richtung ihrer Brust. Genauer gesagt, in Richtung der Tattoos, die sich dort befinden. »Ich habe noch nie gesehen, dass eine Hexe auf diese Weise Zauber wirkt.«

»Baby, ich denke, wir beide wissen, dass du noch nie einer Hexe wie mir begegnet bist.« Ihr Grinsen wird breiter, und sie lässt ihren unheimlichen Blick zu meinen Hüften herabwandern.

Ich muss meine gesamte Selbstbeherrschung aufbringen, um nicht auf die unverhüllte Anspielung in ihrem Tonfall zu reagieren. Sie meint es nicht erst. Sie versucht lediglich, mich zu einer Reaktion zu provozieren. Wenn ich ihr einen Vertrauensvorschuss entgegenbrächte, könnte ich zugeben, dass sie vermutlich schreckliche Angst hat und versucht, diese Situation mit reinem Draufgängertum zu überstehen.

Allerdings wäre ich ein Narr, wenn ich ihr einen Vertrauensvorschuss entgegenbrächte. Sie mag Angst haben, doch das ist nicht die vorherrschende Emotion. Ich bezweifle, dass diese Frau je in eine Situation geraten ist und nicht sofort nach Möglichkeiten gesucht hat, sie zu ihrem Vorteil zu wenden – und nebenbei noch irgendwas zu stehlen.

Der Schwur wird sie an uns binden. Er hat bislang auch jeden anderen an uns gebunden, und ich sehe keinen Grund, warum sie die Ausnahme bilden sollte, selbst wenn sie glaubt, dass sie sich aus der Sache herauswinden kann. Ich konzentriere mich auf meine Magie, mit der ich sie gefangen halte, und lasse einen ihrer Arme frei. Ich könnte schwören, dass ich sehen kann, wie sie über einen Angriff nachdenkt, bevor sie süß lächelt, als würde sie nicht die geringste Bedrohung darstellen. »Ich werde etwas brauchen, womit ich mich schneiden kann, wenn ich diesen Schwur ablegen soll.«

Wieder verlangt mein Instinkt danach, alles, was auch nur ansatzweise als Waffe dienen könnte, von den Händen dieser Frau fernzuhalten. Leider stellt sie als Hexe *selbst* eine Waffe dar. Vor allem mit diesen Zaubersprüchen, die in ihre Haut eintätowiert sind. Die meisten Hexen, denen ich im Laufe der Jahre begegnet bin, sind lediglich in der Lage, eine kleine Anzahl an Zaubern vorzubereiten. Sie sind auf die magischen Materialien beschränkt, die sie bei sich tragen. Doch da Evelyn die Zaubersprüche eintätowiert hat, besteht keine Notwendigkeit zur Vorbereitung. Ihre Fähigkeit, Magie zu wirken, stellt also ihre einzige Einschränkung dar.

Widerwillig nähere ich mich ihr und ziehe einen Dolch aus der Scheide an meinem Gürtel. Ich reiche ihn ihr nicht. Stattdessen packe ich ihr Handgelenk und drehe ihre Hand herum, damit die Handfläche nach oben zeigt. Ihre Haut ist überraschend weich. Das sollte mir nicht auffallen. Ich drücke die Spitze des Dolchs in den fleischigen Teil ihrer Handfläche.

Evelyn starrt auf den winzigen Blutstropfen. »Das ist alles?«

»Die Menge an Blut spielt kaum eine Rolle. Gerade du solltest das wissen. Selbst ein Tropfen ist mit deiner Lebenskraft verbunden. Jetzt sprich den Schwur.«

Sie runzelt ganz leicht die Stirn. Der Ausdruck ist so flüchtig, dass er beinahe schon wieder verschwunden ist, als ich ihn bemerke. »Hast du viele Hexen in deiner Besatzung?«

»In Kürze wird es genau eine sein.« Ich starre nachdrücklich auf ihre Handfläche. »Du verschwendest unser beider Zeit. Entweder legst du jetzt den Schwur ab, oder ich werfe dich zurück in den Ozean.«

»Jemand sollte deinem Cŵn-Annwn-Rat wirklich mal mitteilen, dass diese Regeln echt ätzend sind.«

Ich mache mir nicht die Mühe, auf diese lächerliche Aussage zu reagieren. Der Rat macht die Regeln nicht. Sie stammen von den ursprünglichen Mitgliedern, die sie aufgestellt haben, bevor sie in den Untiefen der Geschichte verschwanden und nicht mehr gesehen wurden, solange sich die Mitglieder der Cŵn Annwn zurückerinnern können. Und manche unserer Leute leben Tausende von Jahren. Kein Mitglied meiner Crew hat eine derartige Lebensspanne, aber es gibt einen alten Jäger, der als Quartiermeister auf der *Harpy* dient. Als wir einmal zufällig zur selben Zeit in einen Hafen einliefen, haben wir miteinander getrunken. Die Geschichten, die er erzählte, hatte er von seinem Großvater gehört, der ebenso lange gelebt hat wie er. Und sie reichten aus, um mich dankbar dafür sein zu lassen, dass uns die ursprünglichen Mitglieder nicht länger behelligen.

Am besten tut man nichts, was ihre Aufmerksamkeit auf einen ziehen oder sie dazu bringen könnte, sich von dort, wo sie sich nun aufhalten, zu entfernen. Ich bin mir nicht sicher, dass das irgendjemand von uns überleben würde. »Der Schwur, Hexe.«

Sie schnaubt, gibt allerdings nach einem Moment der unangenehmen Stille nach. »Ich verpflichte mich den Cŵn Annwn. Ich werde jagen, wenn der Mond voll ist, und heulend nach dem Tod von Monstern verlangen. Ich werde in ihrem Blut baden und die Schwachen beschützen.«

Diesen Kampf zu gewinnen, sollte sich bedeutender anfühlen, als es der Fall ist. Stattdessen fühle ich mich bloß furchtbar erschöpft. Dies ist nur der erste Kampf von vielen mit dieser Frau, und ich kämpfe an Bord der *Hag* bereits an mehreren Fronten. Ein falscher Schritt wird ausreichen, um das heikle Gleichgewicht, für das ich so hart gearbeitet habe, zu kippen … ebenjenes Gleichgewicht, das Miles ständig zu untergraben versucht.

»Es ist erledigt.« So gern ich diese Frau auch gefangen halten würde, bis ich mir sicher sein kann, dass sie sich benehmen wird, steht mir diese Möglichkeit nicht länger zur Verfügung. Widerwillig ziehe ich meine Magie zurück und setze sie vorsichtig auf dem Boden ab.

Evelyn streicht ihre Kleidung auf eine Weise glatt, die mich offensichtlich ablenken soll. »Ich bin noch nie zuvor Piratin gewesen. Wohin sind wir unterwegs, Käpt'n? Werden wir einem reichen Kaufmann die Beute unterm Hintern wegstehlen?«

»Ich wäre dir dankbar, wenn du in meiner Gegenwart nie wieder das Wort ›Hintern‹ erwähnen würdest.« Ich bedeute ihr, vorauszugehen. »Wir jagen ein Seeungeheuer. Es terrorisiert eines der hiesigen Dörfer, also besteht unsere Aufgabe darin, die Bedrohung auszumerzen.«

»Wow. Also macht ihr tatsächlich auch noch was anderes, als hilflose Zivilistinnen zu entführen? Wie edelmütig.«

»Ja, *wir* machen tatsächlich mehr als das.« Ich halte die Tür für sie auf und folge ihr zurück in den Sonnenschein. Ich kann unmöglich ignorieren, wie das Licht ihr Haar beinahe liebevoll umspielt. Es ist, als würde ihre Energie die Sonnenstrahlen mehr als alles andere auf dem Deck anziehen.

»Kit!«

»Hier oben, Käpt'n.« Kit lässt sich so schnell an einem der Taue heruntergleiten, dass ich vor lauter Mitgefühl das Gesicht verziehe. Ne landet mit einem lauten Aufprall auf dem Deck. Es klingt, als würde eine Kanone feuern. Dann kommt ne auf uns zustolziert. Kit ist eine große Person mit warmer dunkelbrauner Haut und Schultern, die in einem Wirbelsturm einen Mast aufrecht halten könnten. Außerdem ist ne eins der wenigen Besatzungsmitglieder, die Miles nicht umstimmen kann. Ich vertraue nem, Evelyn auf dem Schiff unterzubringen und ihr alles zu erklären, was sie wissen muss, ohne einen Zwischenfall auszulösen.

Kit beäugt Evelyn. »Also ist sie doch keine Meerjungfrau.«

»Sie ist ein neues Mitglied unserer Mannschaft. Sorg dafür, dass sie ausgestattet wird, und weise ihr eine Koje zu.« Ich widerstehe nur knapp dem Drang, Kit zu sagen, dass ne sie gut im Auge behalten soll. Das ist unnötig. Kit ist in der Lage, sich um die Angelegenheit zu kümmern, ohne sich von Evelyns listigen Worten beeinflussen oder zu irgendeiner törichten Handlung hinreißen zu lassen. Wenn das Miles nach monatelangen Versuchen schon nicht gelungen ist, wird Evelyn das innerhalb weniger Stunden ebenfalls nicht schaffen.

»Geht klar, Käpt'n.«

»Du.« Ich werfe Evelyn einen eindringlichen Blick zu. »Mach ja keinen Ärger.«

»Das würde mir nicht mal im Traum einfallen.«

Kit gibt sich offensichtlich Mühe, ein Lächeln zu verbergen. »Hier entlang, Miss.«

»Kein Grund, so förmlich zu sein. Nenn mich Evelyn.« Sie schaut lächelnd zu Kit hoch, ganz die charmante Schönheit.

Erst als sie davongehen, fällt mir auf, dass mir etwas fehlt. Ich taste nach der leeren Scheide, in der vor wenigen Augenblicken noch mein Dolch steckte. Verärgerung flammt in mir auf. Wie in aller Welt hat sie es geschafft, mich schon wieder zu bestehlen, verdammt noch mal? Diesmal befand ich mich noch nicht mal in ihrer unmittelbaren Nähe. Das hätte gar nicht möglich sein sollen. Sie hat keine Magie angewandt. Zumindest was das betrifft, bin ich mir sicher.

Ich werde sie im Auge behalten müssen. Sehr genau. Dieser Gedanke sollte mich mit Grauen erfüllen, stattdessen huscht zum ersten Mal seit Jahren ein Gefühl der Vorfreude durch meinen Körper. Diese Frau ist ganz anders als der Rest meiner Crew und all die Leute, denen ich in Threshold begegnet bin. Es fühlt sich an, als hätte der Wind gedreht, aber ich weiß noch nicht, ob das für eine gesegnete Reise spricht – oder ob uns ein Wirbelsturm droht.

Ich wende mich dem Steuer zu und stoße beinahe mit Miles zusammen. Er wirkt nicht glücklicher als vorhin. Seine Verärgerung spiegelt sich in seiner Haut wider, die sich zu einem stumpfen Orange verfärbt hat. Außerdem lässt er die Zunge in regelmäßigen Abständen hervorschnellen, was ebenfalls kein gutes Zeichen ist. Er schaut zu der Stelle hinüber, wo Kit Evelyn gerade hinab zu den Mannschaftsquartieren führt. »Das ist ein Fehler. Der Rest der Besatzung sieht das genauso.«

»Das ist ja auch kein Wunder, nachdem du ihnen nur Schlechtes über sie erzählt und damit ihre Gedanken vergiftet hast.« Ich kann die Wut nicht so recht aus meiner Stimme heraushalten. »Du hattest kein Recht, zu versuchen, sie zu töten, bevor ich sie vor die Wahl stellen konnte.«

Miles richtet seine tintenschwarzen Augen auf mich. »Es gibt einen guten Grund dafür, dass die meisten Hexen in Threshold nicht lange überleben. Töte sie jetzt, oder bring sie später um – so oder so wird sie es nicht lange machen, und das weißt du verdammt gut.«

Wie in jeder Gruppe gibt es auch bei den Cŵn Annwn verschiedene Lager. Ich denke nicht gerne darüber nach. Wir sollten eine geeinte Truppe sein. *Eigentlich* sollte das Ganze eine klare Sache sein – die Gesetze existieren, wir befolgen sie, Ende der Geschichte. Leider sieht das nicht jeder so, und sie behandeln nicht alle Eindringlinge gleich.

Sie behandeln selbst die Einheimischen nicht gleich.

Ich verdränge den Gedanken. Das hier ist anders. Ein paar unserer Mitglieder betrachten Hexen als Monster. Was bedeutet, dass sie Hexen nicht die Wahl lassen, vor die ich Evelyn eben gestellt habe. Sie töten sie, sobald sie sie zu Gesicht bekommen.

Ich halte Miles' Blick stand. »Sie hat den Schwur abgelegt. Sie ist nun Teil der Crew. Ein Angriff auf sie ist ein Angriff auf mich und den Rest der Cŵn Annwn. Ich vertraue darauf, dass du das nicht vergisst.«

»Kein Grund, mir zu drohen.« Er hebt die Hände, hat allerdings ein Funkeln in den Augen, das mir nicht gefällt. Sie ist Teil der Besatzung, solange ich Kapitän bin, sollte sich das jedoch ändern, erlischt ihr Schutz in dem Moment, in dem er die Position einnimmt. Der Rat mag über die Cŵn Annwn herrschen, aber jedes einzelne Schiff wird von seinem Kapitän angeführt, und manche gehen mit den Regeln lockerer und ungezwungener um als andere.

»Das ist keine Drohung. Das ist eine Erinnerung. Verlange nach einer Abstimmung, wenn du willst, doch bis du das tust, bin *ich* der Kapitän dieses Schiffs, und du *wirst* mir gehorchen.«

»Ja, du bist der Kapitän … für den Augenblick.«

Mehr gibt es nicht zu sagen. Ich gehe an ihm vorbei zu Dia, die am Steuer steht. Sie ist ein runzliges altes Weib, allerdings zur Hälfte Fee, also wissen nur die Götter, wie alt sie wirklich ist. Auch wenn ihr mittelbraunes Gesicht voller Falten ist und ihr Haar mittlerweile mehr weiße als schwarze Strähnen aufweist, ist sie immer noch sehr agil und verfügt über den schärfsten Verstand, dem ich je begegnet bin. »Käpt'n.«

»Dia. Wie sieht es aus?« Wir bewegen uns nicht so schnell vorwärts, wie ich es gern hätte. Der Wind scheint seit dem Moment, in dem wir unsere Befehle für die Jagd auf dieses spezielle Seeungeheuer erhalten haben, gegen uns zu arbeiten. Wir kennen nicht viele Einzelheiten zu unserer Beute, abgesehen von der Tatsache, dass sie mehrere Leute in dem Dorf auf Sarvi getötet hat. So verhält es sich jedoch bei den meisten unserer Befehle – es kommt zu Todesfällen, und man schickt uns los, um der Sache auf den Grund zu gehen und das wie auch immer geartete Monster auszumerzen, das dafür verantwortlich ist.

Dias braune Augen werden milchig weiß. Ihre Art von Magie ist eine der seltsamsten – und nützlichsten –, die mir je untergekommen sind. Sie ist eine Wettermagierin. Doch aufgrund einer Windung in ihrer Familienerblinie ist sie nicht in der Lage, das Wetter zu kontrollieren, sondern verfügt über die Fähigkeit, den bevorstehenden Verlauf des Wetters vorauszuahnen. Wir werden so gut wie nie von einem Sturm überrascht, wenn sie an Bord ist.

Schließlich schüttelt sie den Kopf, und ihre Augen werden wieder klar. »Wir haben ein Problem. Diese kleine Sturmbö, die wir nutzen wollten, um schneller voranzukommen, hat sich zu einem Schiffszerstörer entwickelt. Wir können das Gebiet umfahren, aber das wird uns deutlich von Kurs abbringen und unsere Reise um fast eine Woche verlängern.« Sie tippt mit einem runzligen Finger ans Steuer. Ich lasse sie in Ruhe nachdenken. Ich kenne diesen Teil von Threshold ebenso gut wie sie, habe jedoch schon vor langer Zeit gelernt, dass der beste Umgang mit den starken Persönlichkeiten in meiner Mannschaft darin besteht, sie mitreden zu lassen. Vor allem wenn ich mit ihnen einer Meinung bin. »Wenn wir nach Westen segeln, können wir genau dann, wenn der Sturm zuschlägt, vor Yaltia anlegen. Das Ganze dürfte ein wilder Ritt werden, allerdings nichts, womit wir nicht umgehen könnten. Am nächsten Tag sollte der Sturm vorbei sein. Auf diese Weise verlieren wir nur zwei statt sieben Tage.«

Dann ist das gar keine Frage. Ich werfe einen Blick zu Miles. Ausnahmsweise scheint er mal nicht widersprechen zu wollen, nur um seine eigene Dominanz zu demonstrieren. Er zuckt mit den Schultern. »Klingt nach einem Plan.«

Ich hasse es, dass es sich so anfühlt, als würde er *mir* die Erlaubnis erteilen statt umgekehrt. »Du weißt, was zu tun ist.«

Er nickt und macht sich daran, Befehle zu blaffen. Die Crew setzt sich wie eine gut geölte Maschine in Bewegung, um die neuen Anforderungen zu erfüllen.

Hinzu kommt der Vorteil, dass Yaltia sich nah genug an der Region befindet, wo die Angriffe stattgefunden haben, sodass wir dort vielleicht aktuellere Neuigkeiten darüber bekommen können, in was für eine Situation wir uns mit diesem speziellen Ungeheuer begeben. Meine Mannschaft ist erfahren und gut in dem, was sie tut, doch jedes bisschen an Informationen, das wir vorzeitig sammeln können, ist Gold wert.

Außerdem wird mir das eine Möglichkeit verschaffen, zu sehen, ob die Hexe vorhat, sich an ihren Schwur zu halten … oder bei erster Gelegenheit einen Fluchtversuch zu unternehmen.

6

Evelyn

Nach der Sache mit der Taschendimension, aus der die Kajüte des Kapitäns besteht, sollte ich nicht überrascht sein, als mich Kit durch eine Tür am unteren Ende der Treppe und in einen Bereich hineinführt, der eindeutig zu groß ist, um sich innerhalb der Wände des Schiffs zu befinden. Ich werfe einen Blick auf den gebohnerten Boden und den Gang, von dem locker ein Dutzend Türen abgehen. »Netter Trick.«

»Ja, nicht wahr?« Kit lächelt. Ne ist nicht wie Miles oder der Kapitän.

Ne strahlt etwas Entspannendes aus, das sich ein bisschen so anfühlt, als würde ein Beruhigungsmittel aus nir Poren quellen.

Ich presse meinen Daumen auf die Glyphentätowierung direkt unterhalb meines linken Schlüsselbeins, aber das Gefühl verändert sich nicht. Also ist es kein Zauber. Vielleicht ist es eine Eigenschaft, die etwas mit Kits Abstammung zu tun hat. Ich denke nicht, dass ne menschlich ist, zumindest nicht auf die Art und Weise wie die Menschen, denen ich zuvor begegnet bin. »Stammst du aus meinem Reich?«

»Ich bezweifle es.« Kit folgt dem Korridor und macht so große Schritte, dass ich gezwungen bin, mich zu beeilen, um mitzuhalten. »Es sei denn, du stammst aus einem Reich, in dem alles bis auf die höchsten Gipfel in einem giftigen Meer versunken ist und ein Großteil der Bevölkerung auf Luftschiffen lebt.«

»Nein.« Ich weiß, dass es dort draußen zahllose Reiche gibt, einen Flickenteppich aus unterschiedlichen Existenzen, die kaum zu begreifen sind. Bisher musste ich allerdings noch nie darüber nachdenken. Heutzutage wechseln die Leute eigentlich nur dann zwischen den Reichen hin und her, wenn sie sich auf ein Geschäft mit einem Händlerdämon einlassen. Und dann springen sie auch nur in *ein* Reich und landen nicht in Threshold.

Heilige Scheiße, ich bin in Threshold.

Irgendwann werde ich das wahrhaftig begreifen, für den Moment hingegen bin ich immer noch im Überlebensmodus. Ich mache mir nicht die Mühe, Kit nach den Rahmenbedingungen des Schwurs zu fragen. Es besteht kein Grund, mir vorzeitig in die Karten schauen zu lassen. »Wenn das Schiff untergeht und ich mich hier drinnen befinde, werde ich dann auch untergehen?«

»Ja.« Kit deutet auf die Tür am Ende des Gangs. »Da durch geht es zur Messe und zur Krankenstation. Deine Kajüte befindet sich hier.« Ne geht zu einer Tür, die mit den anderen identisch ist. Sie führt in einen relativ netten Raum, den man auf jedem College-Campus in den Vereinigten Staaten vorfinden könnte. »Das Bad wirst du dir mit der Person teilen, die mit dir in diesem Zimmer wohnt – Lucky.«

Ich blinzle. »Jedes dieser Zimmer verfügt über ein eigenes Bad?« Als Teenagerin habe ich eine *extreme* Piratenphase durchgemacht; damals erschien mir die Vorstellung eines solchen Lebens ziemlich glamourös, bis sich Bunny mit mir hingesetzt und über Skorbut und hygienische Missstände und die Tatsache geredet hat, dass alle während dieser langen Seereisen schrecklich gestunken haben. Das hat mir jeden Wunsch, eine richtige historische Piratin zu werden, rasch ausgetrieben.

Das hier ist etwas vollkommen anderes.

Kit bricht in Gelächter aus. »Glaub mir, so ist es für alle besser. Bevor sich der Kapitän für die extragroße magische Erweiterung entschied, haben sich die Leute hier häufiger um die Duschen als um Mahlzeiten oder Schichten gestritten. Abgesehen davon sind die Bedürfnisse jedes Einzelnen bei einer so unterschiedlichen Crew ein wenig anders.«

Das kann ich mir problemlos vorstellen, aber das erklärt nicht, warum das Bowen – ähm, den Kapitän – kümmern sollte.

»Und womit bezahlt er dafür?«

Kits Miene, bisher so offen und freundlich, wirkt mit einem Mal verschlossen. »Darüber solltest du besser mit ihm reden, wenn du mehr Informationen haben willst.« Ne zögert. »Jeder braucht ein wenig Zeit, um sich anzupassen, wenn er neu an Bord kommt. Das wird dir eine kleine Schonfrist gewähren, jedoch nicht, wenn du versuchst, Ärger zu machen. Ich schlage vor, dass du sie nicht missbrauchst.«

Ich starre Kit mit großen, unschuldigen Augen an. »Das würde mir nicht mal im Traum einfallen.« Ich weiß, wie man eine Täuschung im großen Stil aufbaut und für eine Weile aufrechterhält, auch wenn ich normalerweise nicht die Geduld für so etwas habe. Außerdem kann ich nicht wie selbstverständlich davon ausgehen, dass mir irgendjemand auf diesem Schiff bereitwillig Gehör schenken wird. Es ist durchaus möglich – sogar wahrscheinlich –, dass alle hier ebenso mordlüstern wie Miles oder so entsetzlich langweilig wie der gesetzestreue Bowen sind.

Allerdings habe ich noch niemanden gesehen, der so attraktiv ist.

Nein.

Absolut nicht.

Was meine Partnerinnen und Partner betrifft, mag ich einen fürchterlichen Geschmack haben, aber sogar ich habe meine Grenzen. Würde ich mich auf einen mürrischen, verklemmten Piraten mit Edler-Ritter-Komplex einlassen, würde das sicher dazu führen, dass Bunny aus der wie auch immer gearteten Existenzebene herabsteigt, auf der sie im Leben nach dem Tod gelandet ist, um mir ordentlich den Hintern zu versohlen. Nicht, dass sich Bowen selbst als edler Ritter betrachten würde, doch wenn es watschelt wie eine Ente und quakt wie eine Ente, dann ist es ein verdammter edler Ritter.

Verlieb dich niemals in einen edlen Ritter, Vögelchen. Seine erste Liebe wird immer wie eine Gottheit auf einem goldenen Podest stehen, und du wirst dich mit einem Platz ganz weit hinten begnügen müssen. Wenn diese Gottheit danach verlangt, dass man ihr dein blutendes Herz auf einem Altar opfert, dann wird dein Ritter weinen und sich in Schuldgefühlen suhlen, aber er wird dir das Organ ohne Zögern direkt aus der Brust schneiden.

»So übel ist es gar nicht.« Kits Stimme unterbricht meine düsteren Gedanken. Ne beobachtet mich mit Mitgefühl in den dunklen Augen. »Niemand auf diesem Schiff hat sich dieses Leben ausgesucht. Doch wir haben alle das Beste daraus gemacht. Ich weiß, dass es sich jetzt gerade nicht so anfühlt, aber der Kapitän ist ein guter Mann, und wir leisten gute Arbeit. Wichtige Arbeit.«

»Indem ihr Monster tötet.«

Kit nickt. »Ganz genau.«

Ich sollte nichts tun, um diese Leute noch mehr zu verärgern als ohnehin schon, aber Zurückhaltung gehört nicht zu meinen Tugenden. »Schon witzig. In meinem Reich haben wir auch Monsterjäger. Wer entscheidet, wer ein Monster ist und wer nicht?« Ich werde nicht so tun, als gäbe es keine Monster, die

Jagd auf die menschliche Bevölkerung machen, eine Menge dieser Monster sind allerdings nicht im Geringsten übernatürlich. *Sie* werden von den Jägern in meinem Reich jedoch nicht verfolgt. Zu oft benutzen diese Jäger den Begriff »Monster«, um jeden zu bezeichnen, der sich nicht an ihre Kriterien dessen hält, was eine Person menschlich macht.

Viele dieser Gruppen hatten bis vor nicht allzu langer Zeit Hexen auf ihrer Liste stehen.

Bei manchen ist das nach wie vor der Fall.

Kit starrt mich sehr lange an und schüttelt dann den Kopf. »Du wirst eine schreckliche Nervensäge sein, oder?«

»Zweifellos.« Ich ringe mir ein Lächeln ab, ein echtes. »Ich weiß den Empfang jedoch zu schätzen. Ich kann nicht besonders gut damit umgehen, wenn mich jemand ins Abseits drängt, aber ich werde mein Bestes tun, um mich hier einzugewöhnen.« *Zumindest bis ich einen Ausweg aus diesem Schlamassel gefunden habe.* Allerdings weiß ich noch nicht, wie mein Plan aussehen könnte. Weglaufen? Versuchen, mehr über diesen Rat herauszufinden, der sogar dem Kapitän Unbehagen zu bereiten scheint, und die Mitglieder irgendwie erpressen, damit sie mich nach Hause schicken? Was ich brauche, sind mehr Informationen, und an die kann ich nur gelangen, indem ich hier auf dem Schiff ausharre.

In mein Reich zurückzukehren bedeutet, dass ich mich mit Lizzie auseinandersetzen muss und mit der Tatsache, dass ich ihr etwas gestohlen habe, das sie definitiv zurückhaben will. Ich bin nicht so dumm zu glauben, unsere bisherige Beziehung würde dafür sorgen, dass sie mir gegenüber Milde walten lässt. Ich weiß, wie sie auf Verrat reagiert – mit Blut und Gewalt. Sie klang wirklich so, als würde sie es ernst meinen, als sie gedroht hat, mich umzubringen.

»Das Abendessen findet in Schichten statt. Schicht eins

geht in etwa einer Stunde in die Messe; ab morgen kannst du dich dieser Gruppe anschließen.« Kit deutet auf die Truhe am Fuß des Betts. »Darin befindet sich übrig gebliebene Kleidung. Wir werden dich anständig ausstatten, wenn wir den nächsten Hafen anlaufen. Bis dahin solltest du darin etwas finden, um vorübergehend zurechtzukommen. Nachdem du gegessen hast, meldest du dich in der Küche. Du wirkst nicht so, als hättest du Segelerfahrung, also ist das vorerst der beste Ort, um mit der Arbeit anzufangen, bis Miles einen dauerhaften Posten für dich findet.« Ohne ein weiteres Wort dreht sich Kit herum und verlässt das Zimmer.

Ich zähle zweimal langsam bis zehn. Dann gestatte ich es mir, zusammenzusacken und mich an die Bettkante zu lehnen. Was für ein Schlamassel. Das alles ist viel zu viel und geht viel zu schnell. Meine Hände zittern trotz meiner Bemühungen, mich selbst unter Kontrolle zu halten. Stress und Angst neigen dazu, früher oder später an die Oberfläche zu treten, egal wie gut meine Selbstbeherrschung ist. Ich hole tief Luft und erlaube meinem Körper seine Reaktion. Ich werde nicht weinen – ich bin noch nicht mal ansatzweise so niedergeschlagen, dass ich angesichts der Umstände tatsächlich Tränen vergießen werde –, doch meine Brust verkrampft sich, und meine Haut heizt sich auf, während meine Gliedmaßen beben.

Fünfzehn Minuten fühlen sich wie eine Ewigkeit an, dennoch taucht in dieser ganzen Zeit niemand auf, um nach mir zu suchen. Erschöpfung überrollt mich wie eine Welle, und ich lasse mich nach hinten auf die Matratze fallen. *Okay, Evelyn. Denk nach. Es gibt einen Ausweg, aber du brauchst nicht jetzt sofort eine Lösung. Wenn sie einen Hafen anlaufen müssen, um dich auszustatten, dann wird das deine erste Chance auf Flucht sein. In der Zwischenzeit … Benimm dich.*

Leichter gesagt, als getan.

Ich zwinge mich dazu, mich wieder aufzuraffen. Eine schnelle Durchsuchung der Truhe bringt eine traurige Ansammlung aus Kleidungsstücken zum Vorschein. Schließlich finde ich eine Hose, die mir einigermaßen gut passt, und ein locker sitzendes weißes Hemd, das jedem Piraten auf dem Buchdeckel eines Liebesromans Ehre machen würde. Ich entdecke keine BHs, also verziehe ich das Gesicht und lege meinen eigenen, noch völlig durchnässt, zum Trocknen beiseite. Schuhe stellen ebenfalls ein Problem dar, und ich bin überaus froh, dass ich meine Stiefel anhatte, als ich durch das Portal getreten bin.

Das Bad ist rustikal eingerichtet, verfügt aber über fließendes Wasser und eine echte Toilette. Ich starre sie einige Sekunden lang mit gerunzelter Stirn an, bevor ich entscheide, dass mich die genauen Details der Entsorgung nicht kümmern. Alles hier ist derart seltsam, dass ich mir sogar vorstellen könnte, dass die menschlichen Abfallprodukte als Treibstoff für die Magie dienen, die diese Taschendimension aufrechterhält.

Ich dusche rasch und flechte mein Haar, damit es mir nicht mehr ins Gesicht hängt. Dann ziehe ich meine neuen Klamotten an. Ich kann nicht anders, als dabei leise ein Piratenlied vor mich hin zu summen. Diese ganze Situation ist einfach zu lächerlich. Oder zumindest ist das der Teil, auf den ich mich konzentrieren muss, um zu verhindern, dass ich angesichts meiner prekären Umstände einen kompletten Zusammenbruch erleide.

Die Tür öffnet sich, und eine Person mit graublauer Haut, kurzem dunkelgrauem Haar und Augen, in denen keinerlei Weiß zu sehen ist, kommt herein. They ist kurvig gebaut, etwas weniger füllig als ich und hat ein Gesicht, das ich als unschuldig bezeichnen würde ... wenn diese Augen nicht wären. Oder die zierlichen spitzen Ohren, die aus dem Haarschopf herausragen. Ein weiteres Halbfeenwesen, doch wenn die andere Hälfte menschlich ist, fresse ich einen Besen.

»Du bist vermutlich Lucky, oder?«

»Ja.« Their Stimme ist sanft und gleichzeitig seltsam rau.

»Der Kapitän will dich in seiner Kajüte sehen.«

Ich ziehe die Augenbrauen hoch. »Ganz schön dreist von ihm.«

Luckys Lippen zucken und deuten beinahe so etwas wie ein Lächeln an. Dabei blitzen Zähne auf, die … sehr, sehr scharf sind. Je genauer ich die Person, mit der ich mir das Zimmer teilen werde, anschaue, desto mehr muss ich an einen Hai in menschlicher Gestalt denken. »Er isst immer mit neuen Besatzungsmitgliedern zu Abend, wenn sie ihre erste Nacht an Bord verbringen. Das ermöglicht es ihm, ihnen zu erklären, was von ihnen erwartet wird, damit es keine … Missverständnisse gibt.«

Oh. Natürlich. Das ergibt absolut Sinn, denn auf diese Weise lassen sich unnötige Komplikationen und Konflikte vermeiden. Und Bowen scheint mir ein zu großer Kontrollfreak zu sein, um so etwas seinem Quartiermeister oder einem anderen Crewmitglied zu überlassen. So wenig mir die Vorstellung, noch mehr Zeit mit ihm allein zu verbringen, auch gefällt, würde ich mich jederzeit doch lieber mit ihm als mit dem Quartiermeister abgeben. »Klingt toll.«

»Kennst du den Weg?«

Ich verkneife mir eine höhnische Erwiderung. Ich will diese Leute dazu bringen, mich zu mögen, und das ist unmöglich, wenn ich sie weiterhin anschnauze. Abgesehen davon erweckt Lucky bei mir den Eindruck, dass they nur zu gern zubeißen würde, wenn ich them verärgere. »Ja. Danke.«

Weitere Besatzungsmitglieder sind unterwegs und kreuzen meinen Weg, als ich durch den Gang eile und zu der Tür zurückkehre, die zum Rest des Schiffes führt. Sie kommen in sämtlichen Gestalten und Farben daher, ein paar von ihnen weisen eindeutig nichtmenschliche Züge auf. Der einzige Ort, an dem ich bisher eine vergleichbare Ansammlung derart unterschiedlicher Personen gesehen habe, ist der Schattenmarkt, der an Samhain stattfindet. Und selbst dort kann ich die meisten Arten der übernatürlichen Wesen, die daran teilnehmen, zuordnen. Bei dieser Crew kann ich das nicht behaupten.

Ich trete zur Tür hinaus und stoße beinahe mit dem Quartiermeister zusammen. Seine schuppige Haut ist tiefrot, was dafür sorgt, dass ich einen Schritt zurückweiche, bevor ich mich wieder unter Kontrolle habe. Ich bin mir sicher, dass er vorhin grün war. Ziemlich sicher.

Er lässt seine Zunge hervorschnellen. »Morgen hast du die erste Schicht in der Küche. Wenn du dich vor deinen Pflichten drückst, wirst du bestraft werden.«

»Oooh, versprochen?« *Verdammt, warum habe ich das gesagt?*

Er verengt den Blick. »Auf See ist es gefährlich. Unruhestifter neigen dazu, Unfälle zu erleiden. Merk dir das, Hexe.«

Es bleibt keine Zeit, mir eine schlagfertige Erwiderung zu überlegen, denn er drängt sich bereits an mir vorbei und verschwindet unter Deck. Offensichtlich wird er nicht so bald meinem Fanclub beitreten. Schockierend. Ich mache mich auf den Weg zur Kapitänskajüte, und erst als ich die Tür öffne und eintrete, droht mich meine Nervosität zu überwältigen.

Vielleicht ist es auch der Anblick des Kapitäns, der mich abrupt innehalten lässt. Er hat sich seit unserer letzten Begegnung umgezogen. Er trägt nach wie vor den blutroten Mantel, darunter hat er jedoch nun eine enge schwarze Hose an, die in kniehohen Stiefeln steckt. Dazu trägt er ein weißes Hemd, das perfekt zu meinem zu passen scheint.

Tatsächlich zieht er die Augenbrauen zusammen, als er mich erblickt. »Hast du mein Hemd gestohlen?«

Ausnahmsweise kann man mir mal keinen Diebstahl vorwerfen, ich werde allerdings nicht zulassen, dass das meinem Ruf in die Quere kommt. »Wer es findet, darf es behalten, erinnerst du dich?«

Er öffnet den Mund, als wolle er das Hemd zurückverlangen, scheint sich aber zu beherrschen, bevor ihm die Worte über die Lippen kommen. Vermutlich weil es einem Machtmissbrauch gleichkommen würde, von einem Mitglied seiner Besatzung zu verlangen, sich auszuziehen. *Typisch edler Ritter.*

Er schüttelt den Kopf. »Setz dich hin, damit wir das hier hinter uns bringen können.«

7

Bowen

Meine gesamte Besatzung kennt meine Gewohnheit, mit neuen Mitgliedern zu Abend zu essen, wenn sie ihre erste Nacht an Bord verbringen. Es wäre seltsam, wenn ich dieses Ritual bei der Hexe auslassen würde. Dies könnte den Leuten einen falschen Eindruck vermitteln und würde Miles nur noch mehr Munition gegen mich verschaffen. Ich habe schließlich gesehen, wie mich meine Leute vorhin an Deck beäugt haben. In ihren Blicken lag Zweifel, der vor wenigen Monaten noch nicht da war.

Das Schlimmste daran ist, dass ich nicht weiß, wie ich dagegen vorgehen soll. Ich bin ein guter Kapitän. Ich wurde von den Besten ausgebildet, um ehrenhaft und gerecht zu sein. Wir tun unsere Pflicht und führen die Befehle aus, die uns der Rat erteilt, um Monster zu töten und Threshold zu beschützen. Und jede Crew wird dafür großzügig belohnt. Ich habe sichergestellt, dass das Leben auf diesem Schiff so angenehm wie möglich ist und es niemandem an etwas fehlt.

Ich mag nicht der charmanteste oder überschwänglichste Kapitän sein, doch ich kümmere mich um meine Leute. Ich hätte niemals gedacht, dass einmal ein Tag kommen würde, an dem das nicht ausreicht, aber egal was ich tue, Miles sägt weiterhin an dem Wohlwollen, das meine Besatzung mir gegenüber hegt.

Evelyns Ankunft mag sich als der Tropfen erweisen, der das Fass zum Überlaufen bringt und die Mehrheit meiner Mannschaft dazu bewegt, für ihn zu stimmen. Das wird definitiv passieren, wenn ich anfange, mich untypisch zu verhalten.

Dennoch wäre das möglicherweise besser, als allein in einem Raum mit Evelyn zu stehen, die ein Hemd trägt, von dem ich mir beinahe sicher bin, dass es mir gehört. An ihr sieht der V-Ausschnitt regelrecht unanständig aus. Ihre Hose macht es nicht viel besser. Sie schmiegt sich ebenso liebevoll an ihre runden Schenkel wie ihre Jeans vorhin. Mir wird klar, dass ich ihren Körper anstarre, also zwinge ich mich, den Blick wieder auf ihr Gesicht zu richten. Das ist allerdings nicht besser als beim letzten Mal. Es liegt nicht allein daran, dass sie schön ist, auch wenn das definitiv der Fall ist. Die Gefahr geht von dem Funkeln in ihren unheimlichen grünen Augen aus, das jeden dazu einlädt, sich in den Witz einweihen zu lassen.

Wenn man bedenkt, dass *ich* in diesem Szenario der Witz bin, gefällt mir das ganz und gar nicht.

Am besten bringe ich die Sache einfach hinter mich. Ich deute auf den kleinen Tisch, der direkt an einer Wand steht. »Wollen wir?«

»Nur zu.« Sie dreht sich um und geht auf den Tisch zu, was an sich schon problematisch ist, denn das verschafft mir einen uneingeschränkten Blick auf ihre komplette Rückseite. Diese Frau wird eine andere Hose tragen müssen, die sich nicht so eng an ihren Körper schmiegt. Sie ist die perfekte Definition des Wortes Ablenkung. Vielleicht kann ich Kit bitten, etwas für sie aufzutreiben. Ne ist sowohl größer als auch muskulöser gebaut, und ich bin mir sicher, dass Evelyn in nir Kleidung reichlich Platz hätte …

73

Ich weiß nicht, was mit mir los ist. Ich habe mich schon öfter in der Gesellschaft schöner Leute befunden und dabei noch nie so schnell oder so gründlich die Selbstbeherrschung verloren. Die Tatsache, dass sie jetzt eines meiner Besatzungsmitglieder ist, macht das Ganze nur noch komplizierter. Egal was sonst zutreffen mag, zwischen mir und meiner Mannschaft besteht ein großes Machtungleichgewicht. Die einzige Ausnahme bildet vielleicht Miles, den Mann kann ich jedoch kaum leiden und werde ganz sicher nicht mit ihm in die Kiste springen. Mein Verlangen stille ich in Hafenstädten mit Partnerinnen und Partnern, die nichts außer der Lust erwarten, die ich ihnen liebend gern verschaffe. Es ist ein gleichberechtigtes Geben und Nehmen, bei dem am Ende alle Beteiligten befriedigt ihrer Wege gehen. So etwas ist unmöglich, wenn ich tagein, tagaus in unmittelbarer Nähe dieser Person lebe.

»Woher kommt dieses Stirnrunzeln, Käpt'n?« Dem verspielten Tonfall in ihrer kehligen Stimme nach zu urteilen, hat sie bereits eine Ahnung. »Hat es dir die Sprache verschlagen?«

»Ich hätte gern meinen Dolch zurück.«

Evelyns Lächeln wird breiter. »Welchen Dolch?«

»Den, den du mir vorhin gestohlen hast. Wenn du hier zurechtkommen willst, solltest du deine Kolleginnen und Kollegen besser nicht bestehlen.« Ich gehe zu dem kleinen Tablett, das wenige Minuten vor ihrer Ankunft bereitgestellt wurde, und trage es zum Tisch. »Du scheinst das hier für ein Spiel zu halten. Es ist alles andere als das.«

»Und *du* scheinst mich für nichts weiter als eine verräterische Diebin zu halten. Pass lieber auf, Käpt'n. Wenn du so weitermachst, verletzt du am Ende noch meine Gefühle.« Wann immer sie »Käpt'n« sagt, fühlt es sich an, als würde sie einen Arm über den Tisch ausstrecken und mit einem dieser Fingernägel, die mit pinkfarbenen Spitzen versehen sind, über meine Brust streichen. Das macht sie mit Absicht. So muss es ein.

Es sei denn … Was, wenn es nicht so ist? Was, wenn ich die Situation vollkommen falsch deute?

Ich habe im Laufe der Jahre nicht viel mit Hexen zu tun gehabt und schon gar nicht mit einer wie ihr. Aber sogar ich weiß, dass Hexen in den meisten Reichen die Nachkommen von Menschen sind, die Kinder mit einer übernatürlichen Person bekommen haben. Menschen sind nicht von Natur aus magisch begabt, doch sie eignen sich hervorragend dafür, magische Energie zu leiten und auf ihren Nachwuchs zu übertragen. Es ist durchaus möglich, dass einer von Evelyns Vorfahren ein Kind mit irgendeiner Art von übernatürlichem Wesen gezeugt hat, das eine geradezu selbstverständliche Anziehung auf andere Leute ausgeübt hat. Ein Sukkubus oder eine Sirene … Letzteres ist allerdings eher unwahrscheinlich, denn sie sind in jedem Reich so gut wie ausgestorben.

Den Göttern sei Dank dafür. Ich habe gesehen, welchen Schaden eine Sirene mit ihrem Gesang anrichten kann. Bei der Erinnerung daran wird mir ganz heiß. Es ist besser, solche Kreaturen nicht frei herumlaufen zu lassen, damit sie ihr … *Chaos* … verbreiten können, wo immer sie auftauchen.

Auf jeden Fall steht fest: Wenn Evelyn diese Anziehungskraft ganz natürlich und unbeabsichtigt ausstrahlt, dann bin ich ein richtiger Mistkerl, wenn ich mich auch nur ansatzweise darauf einlasse. Ich nehme die Warmhaltehaube vom Essen und schiebe ihr ihren Teller hin. »Erzähl mir von dir.«

»Ich werde dir jetzt mal einen Tipp vom Profi geben, und zwar gratis.« Sie starrt ihr Essen an, als wolle sie ergründen, worum es sich dabei handelt. Mir scheint, dass das recht leicht zu erkennen ist, auch wenn die Mahlzeit ziemlich fischlastig ist. Womöglich gibt es dort, wo sie herkommt, keine solche

Auswahl. Evelyn mustert mich mit halb gesenkten Lidern. »Wenn du nach Informationen bohrst, hilft es, sie mit Schmeicheleien hervorzulocken, statt einfach danach zu verlangen. Wenn du diesen Tonfall anschlägst, könnte ich auf den Gedanken kommen, dass das hier keine Unterhaltung, sondern ein Verhör ist.«

Sie hat recht, aber ich kann nicht anders. Mir ist unbehaglich zumute, und ich fühle mich irgendwie aus dem Tritt gebracht – dabei bin ich schon in meinen besten Momenten nicht unbedingt die charmanteste Person. »Beantworte die Frage, Evelyn.«

»Wenn du darauf bestehst.« Sie greift nach einer Gabel und stochert versuchsweise an dem Fisch herum, bevor sie mit den Schultern zuckt und einen Bissen nimmt. Sie reißt die grünen Augen auf. »Oh. Das ist wirklich gut.«

»Wir haben mehrere Brownies in der Küche. Sie sind stolz darauf, Mahlzeiten zuzubereiten, die viel zu gut für die Mitglieder dieser Besatzung sind. Wir haben gelernt, das nicht zu hinterfragen – oder uneingeladen in die Küche zu spazieren.«

»Brownies? Wie ist denn einer von denen in Threshold gelandet, ganz zu schweigen von mehreren?«

Mir wird immer unbehaglicher zumute. »Eine Familiensippe wurde vom Besitzer ihres Hauses durch ein Portal gezwungen. Wir haben sie aus dem Meer gefischt, genau wie dich.«

Evelyn erstarrt. Ausnahmsweise spiegelt sich mal keine Belustigung auf ihrem hübschen Gesicht. Sie runzelt die Stirn. »Und du findest das kein bisschen problematisch? Ich schätze, man kann es mir durchaus vorhalten, dass ich durch ein Portal gesprungen bin, ohne mir vorher sämtliche Informationen über das Ziel zu besorgen. Das habe ich mir selbst zuzuschreiben. Aber dir ist doch sicher klar, wie ungerecht dein Vorgehen im Fall dieser Brownies ist, oder? Sie sind nicht aufgrund ihrer eigenen Entscheidung hierhergelangt, ob diese nun töricht war oder nicht.«

Das Unbehagen in mir wird noch größer. Ich schlucke und tue mein Bestes, um ruhig sitzen zu bleiben und mir das Gefühl nicht anmerken zu lassen. Ihnen den Schwur abzunehmen, hat mir kein Vergnügen bereitet, ihr Tod hingegen hätte mir sogar noch weniger gefallen. »Das Gesetz ist das Gesetz. Wie ich dir vorhin schon erklärt habe, spielt die Absicht weniger eine Rolle als die Tatsache, dass sie hier gelandet sind.«

»Faszinierend. Du bist wie ein Aufziehspielzeug. Wenn man die Gesetze hinterfragt, ist das deine einzige Antwort.«

»Du kannst sicher verstehen, wie wichtig Regeln in einer Welt sind, die an jedes existierende Reich grenzt. Ohne die Cŵn Annwn würde hier Anarchie herrschen. Die Monster würden von einem Reich ins nächste wechseln und alle jagen, die nicht gut genug ausgerüstet sind, um sich gegen sie zu wehren. Sie würden willkürlich töten.« Ich gebe den Versuch stillzuhalten auf und fahre mir mit einer Hand durchs Haar. »Die Dinge sind aus einem bestimmten Grund so, wie sie sind.«

»Warum sind die Cŵn Annwn diejenigen, die die Regeln festlegen dürfen?«

Einen kurzen Augenblick bin ich abgelenkt, weil sie sich eine Olive in den Mund wirft und sie langsam kaut. Ich schüttle energisch den Kopf und versuche, mich zu konzentrieren. »Was meinst du damit?«

»Ich würde meinen, dass die Frage selbsterklärend ist. In meinem Reich gab es mal eine Zeit, in der die Mythen über die Cŵn Annwn nicht existiert haben, was den Verdacht nahelegt, dass es eine Zeit gab, in der *sie* nicht existiert haben. Oder sich zumindest nur in dem Reich aufhielten, das sie hervorgebracht hat. Wer hat sie als die Beschützer von Threshold eingesetzt?

Irgendjemand profitiert von diesem System. Ich wüsste gern, wer das ist.«

»Die Bewohner in Threshold profitieren davon«, presse ich durch zusammengebissene Zähne hervor. »Selbst wenn wir unsere Aufgabe so gut wie möglich erfüllen, gibt es Leute, die wir nicht retten können. Gäbe es die Gesetze nicht, würden sogar noch mehr von ihnen auf schreckliche Weise ums Leben kommen. Unsere Ursprünge sind weniger wichtig als das, was wir in der Gegenwart leisten.«

»Herrje.« Sie erschaudert auf übertriebene Weise. »Vielleicht stimmt das. Vielleicht auch nicht. Auf jeden Fall ist es nicht sehr piratenhaft, antiautoritär und antikapitalistisch von dir, herumzusegeln, Flüchtlinge aufzugabeln und ihnen dann einen schwachsinnigen Deal vorzuschlagen, bei dem es nur eine mögliche Wahl gibt, weil die Alternative den *Tod* bedeutet. Ich bitte dich.«

Sie nimmt ein paar weitere Bissen, während ich stotternd um Worte ringe.

»Hör zu, ich bin nicht von hier, aber stell wenigstens ein paar Fragen, Mann. Du befindest dich ebenso in einem Käfig wie der Rest von uns. Willst du die Grenzen nicht kennen?«

»Hast du mir nicht zugehört, als ich gesagt habe, dass wir Leben retten?«

»Ich habe dir zugehört.« Sie nippt an ihrem Wein und gibt einen anerkennenden Laut von sich, den ich deutlich mehr zu würdigen wüsste, wenn ich nicht so frustriert wäre. »Ich denke immer noch nicht, dass das die Leben aufwiegt, die ihr ruiniert, indem ihr die Leute unter Zwang für eure Sache rekrutiert.«

Ich bin seit zwanzig Jahren Mitglied der Cŵn Annwn. Seit ich mit dreizehn Jahren völlig durchnässt und halbtot auf dem Deck eines Schiffs aufwachte. Dieses Schiffs, um genau zu sein. Meine Erinnerungen an mein Leben vor diesem Zeitpunkt sind nie zurückgekehrt, doch Ezra, der damalige Kapitän der *Crimson Hag*, nahm mich unter seine Fittiche, als wäre ich sein eigener Sohn. Ihm bereitete es ebenso wenig Vergnügen, die Gesetze der Cŵn Annwn zu befolgen, wie mir, doch er geriet nie ins Wanken.

Und ich werde nun ebenfalls nicht ins Wanken geraten.

»Ich habe dir mitgeteilt, was passiert, wenn du deinen Schwur brichst. Das gleiche Schicksal erwartet jeden, der das tut. Der Rat mag die meisten unserer Kapitäne derzeit nicht mit allzu strenger Hand führen, das liegt jedoch bloß daran, dass sie nach wie vor die Rolle erfüllen, die ihnen in Threshold zugeteilt wurde. Sollte ein Kapitän dem entgegenhandeln? Sollte ich dem entgegenhandeln? Dann würden sie nicht nur ein Exempel an mir statuieren, sondern meiner gesamten Besatzung das Gleiche antun. Von diesen Entscheidungen hängt nicht nur ein einzelnes Leben ab, Evelyn. Ich muss an meine Leute denken.«

»Klar.« Sie zuckt mit den Schultern. »Wie ich schon sagte, ich verstehe, dass du diese Gesetze nicht brechen willst, wenn die Konsequenzen so ernst sind. Ich bin allerdings von Natur aus neugierig, und ich denke nicht, dass es schlimm ist, zu hinterfragen, warum Dinge so sind, wie sie sind. Das ist das Erste, was mir meine Großmutter beigebracht hat.«

Es ist geradezu erbärmlich, wie dankbar ich für die Gelegenheit bin, diese Unterhaltung auf sicherere Themen zu lenken. Dennoch: Um die Wahrheit zu sagen, will ich mehr über Evelyn wissen und darüber, was für ein Leben sie geführt hat, um zu der Person zu werden, die sie heute ist ... Außerdem wüsste ich gern, wie es dazu gekommen ist, dass ihr Weg meinen gekreuzt hat. »Deine Großmutter hat dich aufgezogen?«

»Ich bin mit sechs Jahren zur Waise geworden. Bunny hat mich abgeholt, und ich habe nie zurückgeschaut. Sie hat mir alles beigebracht, was ich weiß.« Sie starrt auf ihren Teller, doch es ist sehr offensichtlich, dass sie eigentlich in die Vergangenheit blickt.

Ich erkenne die Trauer, die über ihr Gesicht flackert. Ich verspüre sie ebenfalls, wenn ich an Ezra denke, der bereits seit drei Jahren tot ist. Ohne ihn ist das Schiff einfach nicht dasselbe. Sogar Jahre später gibt es noch Momente, in denen ich mich mit schwierigen Entscheidungen konfrontiert sehe und mich dabei erwische, wie ich zum Steuer schaue, wo er stets auf seinem Posten stand. Dabei komme ich mir jedes Mal dumm vor. Er hat mir jeden Rat erteilt, den er mir nur geben konnte, als er noch lebte. Er hat mich ausgebildet, damit ich in der Lage sein würde, diese Entscheidungen selbst zu treffen, sobald er nicht mehr da sein würde.

Aber das bedeutet nicht, dass ich ihn nicht vermisse.

»Wie bist du hier gelandet?«

Ich rechne mit einem weiteren Lachen oder vielleicht einem scherzhaften Kommentar, doch Evelyn erstarrt. Ist das echte Angst in ihrem Gesicht? Behutsam legt sie ihre Gabel ab. »Wir sind immer noch unterwegs, oder? Wir sind nicht mehr in der Nähe der Stelle, an der ich durch das Portal gekommen bin?«

»Mittlerweile sind wir viele Seemeilen davon entfernt.« Ich lehne mich vor. »Warum?«

»Ich habe das Portal beschädigt, aber Lizzie ist verdammt noch mal zu klug, um nur eine verfügbare Route zu haben. Es muss noch ein weiteres Portal in diesem Haus geben, wenn nicht sogar mehr. Wie funktionieren Portale in Threshold überhaupt? Das hätte ich schon in dem Moment fragen sollen, in dem ich aufgewacht bin.« Ihre Worte sprudeln regelrecht aus ihr heraus, ihre Panik ist offensichtlich. »Es war wirklich dumm von mir, sie zu bestehlen, zu dem Zeitpunkt kam es mir allerdings wie eine gute Idee vor, außerdem hätte sie sich nicht wie ein Miststück aufführen und mich aus ihrem Haus werfen müssen, denn ich wollte schließlich von Anfang an nicht dort sein. Sie hat mich praktisch entführt. Wogegen ich normalerweise nichts einzuwenden hätte. Allerdings sah die Sache so aus, dass ihre komplette Familie aufgetaucht ist und mich zweifellos nur so zum Spaß umgebracht hätte, wenn man mich dort erwischt hätte, was ein ziemliches Problem dargestellt hat. Also war ich eigentlich sogar dazu berechtigt, sie zu bestehlen.«

Ich blinzle. »Ist Lizzie eine … Freundin? Eine feste Freundin?«

»Lizzie hält nichts von solchen Bezeichnungen. Genauso wenig wie ich«, erwidert Evelyn in spitzem Tonfall. Zumindest versucht sie es. Sie ist blass geworden und bewegt sich zu ruckartig. Sie redet immer noch zu schnell, sogar für ihre Verhältnisse. »Aber ich gehe davon aus, dass ›Liebhaberin‹ wohl der passendste Begriff wäre, wenn man der Sache denn unbedingt einen Namen geben will. Darum geht es allerdings nicht. Es geht darum, dass durchaus die Chance besteht, dass sie mir allein aus Prinzip nach Threshold folgen wird, schließlich hat sie mein Leben bedroht und all das. Wenn sie das tut, sind wir alle in Gefahr. Sie ist eine Blutlinienvampirin und die Macht, über die sie verfügt …« Evelyn erschaudert. »Glaub mir, ich kenne keine einzige Person, die einen Kampf mit ihr überleben könnte. Ich würde das ganz sicher nicht schaffen.«

Ich weiß nicht, was es über diese Lizzie aussagt, dass Evelyn durch ein Portal geflohen und an einem Ort zwischen den Reichen gelandet ist, kurz darauf angegriffen wurde, während sie kaum bei Bewusstsein war, und dass dennoch nichts davon die gleiche heftige Angst in ihr ausgelöst zu haben scheint, die sie gerade zeigt. Das alles sorgt dafür, dass ich einen Arm über den Tisch ausstrecken und ihre Hand ergreifen will. Um sie zu trösten. Um ihr zu versprechen, dass ich zwischen ihr und der wie auch immer gearteten Gefahr stehen werde, die diese Lizzie darstellt.

Der Impuls ist so stark, dass ich ihn mir beinahe instinktiv ausrede. Aber ich bin der Kapitän, nicht wahr? Es liegt in meiner Verantwortung, mich um das Wohlergehen meiner Besatzung zu kümmern, und das schließt auch ihr emotionales Wohlbefinden ein. Diese Logik kommt mir verdammt fadenscheinig vor, dennoch setze ich mich in Bewegung, bevor ich zu intensiv darüber nachdenken kann.

Ich greife über den Tisch hinweg und nehme ihre Hand. Ihre Finger zittern ganz leicht. Das löst ein seltsames Gefühl in meiner Brust aus. »Du hast nichts zu befürchten. Threshold ist riesig, und auch wenn ich dir erzählt habe, dass meine Leute alle zufällig hier gelandet sind, kommt das wirklich nicht so oft vor, wie man es erwarten würde. Portalreisen sind normalerweise auf die Reiche beschränkt, in denen die Portale selbst existieren. Sogar in Threshold sind unsere Portale, die zu dem Netzwerk aus Reichen führen, auf die Inseln beschränkt. Es gibt für jedes Portal eine eigene Insel und während sie hier einen festen Standort haben, ist das in ihren Heimatreichen nicht der Fall. Absichtlich herzukommen ist so gut wie völlig unmöglich. Zu glauben, dass sie dir folgen könnte, ob sie nun eine mächtige Vampirin ist oder nicht, verstößt gegen jede Wahrscheinlichkeit.«

»Wenn du das glaubst, dann kennst du Lizzie nicht.«

Ich drücke ihre Hand. »Selbst wenn du recht hast und es ihr irgendwie gelingen sollte, allen Widrigkeiten zu trotzen und dich aufzuspüren, bist du jetzt ein Teil der Cŵn Annwn und der Crew der *Crimson Hag*. Alle an Bord, ich selbst eingeschlossen, werden sich zwischen dich und jede Bedrohung stellen, die sich ergibt.«

Evelyn starrt mehrere Sekunden lang auf unsere miteinander verschränkten Finger. Als sie den Blick hebt, um mir in die Augen zu schauen, wirkt sie nicht besonders beruhigt. »Auch wenn ich deinen Versuch, mich zu trösten, zu schätzen weiß, muss ich dir leider sagen, dass wir alle erledigt sind, wenn Lizzie herkommt.«

8

Evelyn

Ich weiß nicht, was ich mir vorhin dabei gedacht habe, beiläufig das Schiff zu erkunden. Ich hätte mir über Lizzie den Kopf zerbrechen sollen. Ich hätte über die Tatsache nachdenken sollen, dass sie auf gar keinen Fall nur ein einziges Portal in ihrem Haus hat, egal wie schwer es laut Bowen angeblich ist, nach Threshold zu gelangen. Sie hat eine weitere Möglichkeit, hierherzukommen. Da bin ich mir sicher.

Ich schaue mich erneut in Bowens Kajüte um. Dieses Mal halte ich nach einer Karte Ausschau. Egal wie magisch ein Reich auch sein mag, egal wie oft sich Dinge innerhalb seiner Grenzen bewegen, es gibt immer eine Karte, die einem den Weg weisen kann. Zumindest ist das normalerweise der Fall. Hier hingegen kann ich nichts dergleichen entdecken. »Wie navigiert ihr?«

Er wirft mir einen eindringlichen Blick zu. »Wenn du über Flucht nachdenkst, werde ich dich einmal mehr daran erinnern, dass das ein unmögliches Unterfangen ist. Selbst wenn du zu einer der Inseln gelangen könntest, auf denen sich die Portale befinden, die in die diversen Reiche führen, herrschen in gut der Hälfte von ihnen für Menschen lebensfeindliche Bedingungen. Ich rede davon, dass sogar die Luft dort giftig ist,

Evelyn. Mir ist klar, dass du dir dieses Leben nicht ausgesucht hast, aber es ist doch sicher besser, als zu sterben.«

Natürlich ist es besser, als zu sterben. Frei zu sein ist allerdings bedeutend besser, als Teil von etwas zu sein, das sich langsam, aber sicher wie eine Sekte anfühlt. »Hör zu, ich werde nicht so tun, als hätte ich nicht über Fluchtmöglichkeiten nachgedacht, aber das ist nicht der Grund für meine Frage.«

»Lizzie.« Mich stört, wie verächtlich er ihren Namen ausspricht. Er nimmt die Bedrohung, die von ihr ausgeht, nicht ernst, das sollte er allerdings, und zwar dringend.

»Ja, Lizzie. Die Sache ist ernst, Bowen.«

Er betrachtet mich sehr lange, und ich hasse den Umstand, dass ich meine Angst nicht so recht verbergen kann. Wenigstens ist sie in diesem Moment nützlich. Seine dunklen Augen werden weich, und er seufzt. »Also gut. Komm her.« Er steht auf.

Die Tatsache, dass er so verdammt *groß* ist, lenkt mich fürchterlich ab. Niemand sollte so groß sein. Das ist ehrlich gesagt ziemlich unhöflich. Um ein Haar schleicht sich ein Lächeln auf meine Lippen, bis mir wieder einfällt, warum wir diese Unterhaltung führen. Sofort ist meine Angst wieder da. Was er sagt, spielt keine Rolle, aber jede Information, an die ich gelangen kann, könnte sich als hilfreich erweisen, also stehe ich auf und folge ihm zu dem Schreibtisch, der mir schon bei meinem ersten Besuch in seiner Kajüte aufgefallen ist.

Während wir zu Abend gegessen haben, war er dunkel, doch als Bowen mit einer Hand über dem Schreibtisch herumwedelt, erwacht die Oberfläche zum Leben. Das Möbelstück muss auf magische Weise mit ihm verbunden sein. Bunte Farben wirbeln umher und fügen sich schließlich zu etwas zusammen, das eine Karte zu sein scheint. Sie ist größtenteils blau und weist überall verteilte Inseln auf. Manche von ihnen sind schwarz, andere lila.

Ich deute auf eine der lilafarbenen. »Warum sieht die anders aus?«

»Nicht alle Inseln sind ortsgebunden. Einige wandern in regelmäßigen Mustern umher. Manche tauchen nach ihrem eigenen Zeitplan plötzlich auf und verschwinden dann wieder. Sie aufzuspüren und zu verfolgen, ist keine perfekte Wissenschaft, aber wir tun unser Bestes. Jetzt gerade fehlt etwa die Hälfte von ihnen, was an diversen Faktoren wie der Jahreszeit und ihrem eigenen internen Zeitplan liegt.«

Ich betrachte die Karte genauer und bin dankbar, dass ich etwas habe, worauf ich mich konzentrieren kann, damit ich nicht mehr darüber nachdenken muss, wovor ich weglaufe – vor *wem* ich weglaufe. Ich versuche, die Inseln zu zählen, bin jedoch sofort überfordert. »Das sind so viele.« Und jede steht für ein Reich, das ebenso groß und vielseitig ist wie das, in dem ich aufgewachsen bin. Der Gedanke haut mich um. Mir war klar, dass das Universum groß genug ist, um unbegreiflich zu sein, den Beweis vor Augen zu haben, sorgt allerdings dafür, dass mir der Kopf schwirrt. »Wow.«

»Siehst du?«, sagt Bowen sanft. »Das ist der Grund, warum mich die Bedrohung, die eine einzelne Vampirin darstellt, nicht beunruhigt. Sich in Threshold zurechtzufinden, ist keine leichte Aufgabe, selbst wenn sie es irgendwie hierherschaffen sollte.«

Ich bin nicht vollkommen beruhigt, doch er könnte möglicherweise recht haben. »Wenn du das sagst.«

»Das ist auch der Grund, warum die Cŵn Annwn notwendig sind. Diese Karte repräsentiert die Leute, die in Threshold leben, ja, aber sie repräsentiert auch zahllose andere Leben. Kreaturen, die auf andere Jagd machen, zu gestatten, Threshold zu benutzen, um zwischen anderen Reichen hin- und herzuwechseln, steht außer Frage.«

Ich will ihm auf keinen Fall zustimmen, nicht mal in diesem Punkt, doch es gibt Gründe, warum wir in meinem Reich ein paar ziemlich schreckliche Legenden über Monster haben. Und ich rede nicht von den sogenannten Monstern, die in Form von Vampiren oder Gestaltwandlern oder, ja, auch Hexen daherkommen. Ich rede von jenen, die ganze Städte zerstören, um an ihre bevorzugte Beute zu gelangen. Die zahlreichen Mythen über Drachen und die häufig damit verbundenen Gerüchte über Jungfrauenopfer existieren nicht grundlos.

Nicht einmal die Jäger in meinem Reich wären in der Lage, einen Drachen zu erledigen.

Dennoch kann man einem Drachen nur schwer einen Vorwurf dafür machen, dass er sich mit Nahrung versorgt, wenn er in einem fremden Reich gestrandet ist. Was sollte er sonst tun? Sterben? Das ist lächerlich. Bestimmt gibt es eine Lösung, bei der man ihn nicht töten muss. Spontan fällt mir allerdings keine ein, und ich bezweifle, dass Bowen es zu schätzen wissen wird, wenn ich seine geliebten Cŵn Annwn weiter hinterfrage. Er hat endlich angefangen, mir gegenüber Mitgefühl zu zeigen, und ich gebe gern zu, dass mich die Karte beeindruckt hat, deshalb kann ich ebenso gut versuchen, sein Wohlwollen noch ein wenig zu fördern, oder?

»Also, was hast du für eine Geschichte?« Noch während ich die Frage stelle, rede ich mir ein, dass ich es nur tue, um mehr Informationen zu erhalten, die ich als Druckmittel einsetzen kann, um mein Ziel zu erreichen und meine Freiheit wiederzuerlangen. Ich tue es nicht, weil ich tatsächlich neugierig bin. Dieser Pirat mag auf verwegene Weise sexy sein, gleichzeitig ist er engstirnig und unnachgiebig, während ich so flatterhaft wie der Wind bin.

Außerdem steht er zwischen mir und meiner Freiheit, was ihn zu meinem Feind macht.

Wieder hält er so lange inne, dass ich schon glaube, er könnte womöglich nicht antworten. Und wieder überrascht er mich, indem er es trotzdem tut. »Ich wurde aus dem Meer gefischt, als ich dreizehn war. Gleich hier, um genau zu sein.« Er deutet auf eine Stelle auf der Karte mitten in dem blauen Bereich. »Ich erinnere mich nicht an mein Leben vor diesem Zeitpunkt und habe keine Ahnung, wie lange ich tatsächlich im Wasser trieb. Ich befand mich in einem ziemlich schlechten Zustand, als sie mich fanden. Seitdem lebe ich auf der *Crimson Hag*.«

Ich starre die Stelle an. Ich habe keinerlei Vorstellung von dem tatsächlichen Maßstab, sie scheint allerdings sehr weit von sämtlichen in der Nähe gelegenen Inseln entfernt zu sein. Wäre das Schiff nicht zufällig in der Gegend gewesen, als er durch das Portal kam, wäre er gestorben. Der Gedanke löst einen schmerzhaften Stich in meiner Brust aus. Er war noch ein Kind. »Wie es scheint, passiert das ganz schön oft.«

»Wie ich schon sagte, nicht so oft, wie du glaubst. Aber wenn Leute durch Portale fallen, die eine Fehlfunktion aufweisen oder sonst wie gestört werden, tauchen sie willkürlich an zufälligen Orten auf, was bedeutet, dass sie nicht immer an Land herauskommen.«

»Wie viele Leute sterben, nur weil sie ins Wasser fallen und gerade kein Schiff in der Nähe ist?«

Er zögert. »Es gibt keine Möglichkeit, die genaue Zahl zu bestimmen, es können jedoch nicht allzu viele sein.«

Ich weiß nicht, ob er das sagt, damit ich mich besser fühle oder damit er sich selbst besser fühlt. Es scheint bei uns beiden nicht so recht zu funktionieren. Kein Wunder, dass er so ein muffeliger Spielverderber ist. Er hat nichts, womit er seine derzeitige Realität vergleichen kann, und selbst wenn er etwas hätte, ist er seit seiner Kindheit darauf getrimmt worden, die Dinge auf eine gewisse Weise zu betrachten. Ich bin mir sicher, dass alle Reiche auf ihre eigenen Weise brutal sind – meins stellt keine Ausnahme dar –, aber Threshold ist besonders schlimm. Ich verspüre einen Anflug von Mitgefühl, ringe ihn aber aggressiv nieder.

Was dieser Mann durchgemacht hat, spielt keine Rolle. Dass ich mich ihm auf seltsame Weise verbunden fühle, spielt ebenfalls keine Rolle. Keiner von uns hat jemanden. Nein, das stimmt nicht. Ich mag den letzten Rest meiner Familie verloren haben, als Bunny gestorben ist, ich habe allerdings Freundinnen und Freunde. Eine Gemeinschaft.

Und eine wütende ehemalige Vampirgeliebte, die mir zweifellos jeden Tropfen Blut aus dem Körper saugen will.

Ich erschaudere, bevor ich mich zusammenreißen kann. Bowen sieht aus, als wolle er die Hand nach mir ausstrecken, hält sich jedoch davon ab, bevor er sie mehr als ein paar Zentimeter in meine Richtung bewegen kann. »Du hast hier nichts zu befürchten. Du bist jetzt eine von uns. Ich habe gesagt, dass wir dich beschützen werden, und das habe ich auch so gemeint.«

Es ist wirklich erschreckend, wie sehr ein Teil von mir ihm glauben will. Wie sehr dieser Anteil einfach … nachgeben will. Ob ich zu Hause nun Freundinnen und Freunde habe oder nicht, ich kann zugeben, dass ich den Großteil meines Erwachsenenlebens ziellos umhergewandert bin. Manche Leute mögen plötzlich wissen, was ihr Daseinszweck ist, wenn sie achtzehn werden, mir dagegen hat sich diese Erkenntnis immer entzogen. Die Vorstellung, sich der Bestimmung einer anderen Person anzuschließen, vor allem wenn diese Person verspricht, einen zu beschützen und wie ein Familienmitglied zu behandeln, ist reizvoller, als ich zugeben will.

Außerdem ist sie eine Falle.

Ich will kein Mitglied einer Gruppe sein, die bedingungslosen Gehorsam leisten muss. Und ich bin ganz sicher nicht mit diesem vage formulierten Missionsziel einverstanden, bei dem es darum geht, »Monster« zu töten. Und ich werde niemals damit einverstanden sein, dass sie unschuldige Leute zwingen, sich ihnen anzuschließen, indem sie ihnen mit dem Tod drohen.

Ich bemühe mich um ein charmantes Lächeln, spüre jedoch, wie angespannt es wirkt. »Wie ich bereits gesagt habe: Wenn du denkst, dass es nichts zu befürchten gibt, dann kennst du Lizzie schlecht.« Es fällt mir leichter, mich auf die Bedrohung zu konzentrieren, die sie darstellt, als auf die Sehnsucht in mir, die ich viel zu lange ignoriert habe. Dass sie ausgerechnet jetzt beschlossen hat, ihr hässliches Antlitz zu zeigen, ist verdammt lästig.

Er zieht die Augenbrauen zusammen. Seine Frustration lässt ihn fast schon niedlich wirken. »Was muss ich sagen, damit du mir glaubst? Ich werde dich mit meinem Leben beschützen. Ich werde jede Bedrohung gegen ein Mitglied meiner Besatzung ausschalten. Du bist hier in Sicherheit. Versprochen.«

Ich weiß nicht, was ich darauf erwidern soll. Diese Aussicht ist sowohl erschreckend als auch seltsam beruhigend zugleich. Denn die Wahrheit ist, dass ich Lizzie nicht tot sehen will. Selbst wenn das bedeuten würde, dass ich in Sicherheit wäre. Sie bedeutet mir etwas, rachsüchtige Vampirin hin oder her. Bunny hat immer gesagt, dass ich zu sentimental sei, und ich kann nicht mal so tun, als hätte sie damit unrecht gehabt.

Aber das bedeutet nicht, dass ich lebensmüde bin … oder eine Idiotin.

Ich lege die Hände zusammen, senke den Kopf und lasse eine Schulter leicht nach unten sacken – eine perfekte Zurschaustellung von Niedergeschlagenheit und Angst. Ich würde gutes Geld darauf wetten, dass Bowen Gefühle oder die Energie, die eine Person umgibt, nicht so gut lesen kann wie manche Mitglieder der übernatürlichen Gemeinschaft. Was eine Erleichterung ist, denn auch wenn ich recht gut darin bin, künstliche Emotionen vorzutäuschen, ist das anstrengend. Mit meinem Körper und meinen Worten zu lügen, ist deutlich leichter.»Du verstehst das nicht. Aber ich weiß die Tatsache zu schätzen, dass du bereit bist, mich zu beschützen. Mir ist klar, dass ich bislang wohl kaum das unkomplizierteste Besatzungsmitglied gewesen bin.«

Bowen stößt erneut einen dieser Seufzer aus, die klingen, als würde er die Last der ganzen Welt auf seinen breiten Schultern tragen.»Niemand ist erpicht darauf, sich den Cŵn Annwn anzuschließen, Evelyn. Du bist nicht die Erste, die eine Phase der Anpassung durchmachen muss. Und du wirst nicht die Letzte sein. Versuch einfach, es dir so leicht wie möglich zu machen ... und uns.«

Das ist nicht sehr wahrscheinlich.

Ich schenke ihm ein zittriges Lächeln.»Ich werde mein Bestes tun.«

Er beäugt mich immer noch, als wäre ich eine Schlange, die in sein Bett gekrochen ist, doch der schroffe Ausdruck auf seinen Lippen scheint nun ein wenig weicher zu sein, was darauf hindeutet, dass ich Fortschritte mache. Jemanden mit aller Macht zu bekämpfen, ist anstrengend, und es ist offensichtlich, dass er mich lieber für einen Feigling halten würde, als den Kampf fortzusetzen. Ich weiß wirklich nicht, wie es ihm gelungen ist, als Kapitän einer so widerspenstigen Truppe aus Piraten so lange an der Macht zu bleiben, wenn er derart leichtgläubig ist. Gleichwohl bin ich keine Närrin. Ich kann es mir nicht leisten, davon auszugehen, dass er ab jetzt nach meiner Pfeife tanzt.

Ich werfe erneut einen Blick auf die Karte. Sie ist weniger nützlich, als ich mir erhofft hatte. Die Inseln sind nicht beschriftet, und selbst wenn sie es wären, würde ich Stunden brauchen, um all die Namen zu lesen und zu bestimmen, welche von ihnen das Portal beherbergt, das mich nach Hause bringen kann. Ich werde eine andere Möglichkeit finden müssen.

»Warum gehst du nicht ins Bett, Evelyn?« Ist seine Stimme gerade tiefer geworden? Ich könnte schwören, dass es so ist. Er scheint mir außerdem näher zu sein, auch wenn ich davon überzeugt bin, dass er sich keinen Zentimeter bewegt hat.

Obwohl ich es besser weiß, kann ich nicht anders, als den Kopf zu heben und in seine dunklen Augen aufzuschauen. Ernst. Götter, er ist so unglaublich ernst. Das sollte extrem nervig sein, aber wenn er so aussieht, als würde er jeden Moment vor mir auf die Knie gehen und mir sein Schwert darbieten … Ich bin auch nur ein Mensch. Mein Magen vollführt einen Hüpfer, und Hitze rauscht durch meinen Körper. Ich habe gar nicht vor, mir über die Lippen zu lecken, doch ich bin froh, dass ich es getan habe, als ich sehe, wie er den Blick auf meinen Mund senkt und seine ganze Aufmerksamkeit auf mich richtet.

Der Augenblick zieht sich in die Länge und wiegt immer schwerer, während er sich mit all den Möglichkeiten schlechter Entscheidungen füllt. Früher an diesem Tag hat dieser Mann noch buchstäblich mein Leben bedroht. Allerdings hat ihm das kein Vergnügen bereitet.

Dieser Gedanke reicht aus, um mich aus meiner lustvollen Benommenheit zu reißen. Was in aller Welt mache ich hier? Er ist der Feind, selbst wenn er von Minute zu Minute attraktiver zu werden scheint. Ich weiß, dass meine Ansprüche ziemlich niedrig sind, aber bis zu einem gewissen Maß sind sie dann doch noch vorhanden, und das Verlangen, mich an seinen harten Körper zu pressen und herauszufinden, ob ich diesen edlen Ritter-Piraten um den Verstand bringen kann, ist ein eindeutiger Verstoß gegen sie.

Ich weiche hastig zurück. Bowen spannt sich an, als wolle er den neu entstandenen Abstand zwischen uns überwinden. Doch dann schüttelt er langsam den Kopf. »Äh, wo waren wir gerade?«

»Du wolltest mich ins Bett schicken.« Verdammt, meine Stimme ist ganz tief und heiser geworden, als würde ich *ihn* in mein Bett einladen.

»Richtig.« Er zieht sich vorsichtig erst einen und dann noch einen Schritt von mir zurück und entfernt sich schließlich so weit, dass er um den Schreibtisch herumgehen und sich auf den Stuhl dahinter sinken lassen kann. »Wir werden schon sehr bald einen Hafen anlaufen. Dort werden wir dich mit allem ausstatten, was du benötigst. Ich weiß, dass das einiges an Anpassung erfordert, aber du bist eine anpassungsfähige Frau, und ich hege keinen Zweifel, dass du das Beste daraus machen wirst.«

Ich hole tief Luft und versuche, einen klaren Kopf zu bekommen. »Anpassungsfähig ist mein zweiter Vorname«, sage ich schwach.

Erst als ich seine Kajüte verlasse und die frische Seeluft auf meinem Gesicht spüre, wird mir klar, was er gesagt hat. Wir werden einen Hafen anlaufen. Das bedeutet, dass es dort eine Stadt geben wird. Und das wiederum heißt, dass ich eine Chance zur Flucht bekommen werde. Ich habe angenommen, dass es womöglich Wochen dauern könnte, bis sich eine solche Gelegenheit ergeben würde. Doch offensichtlich schaut irgendwo irgendein Gott wohlwollend auf mich herab. Endlich.

Die Möglichkeit, aus Threshold zu verschwinden, reicht beinahe aus, um die Tatsache zu verdrängen, dass ich mir gerade eben in der Kajüte sehnsüchtig gewünscht habe, dass Bowen mich küsst. Und wenn er es getan hätte, wäre ich unglaublich stark in Versuchung geraten, die Stabilität seines Schreibtisches zu testen. Die Erkenntnis, wie leichtsinnig ich tatsächlich bin, ist mehr als nur ein wenig deprimierend, aber wenigstens hat sich daraus etwas Gutes ergeben.

Ein Hafen. Flucht. Das ist alles, worauf ich mich konzentrieren muss.

Noch während ich über diese glückliche Fügung des Schicksals nachdenke, nimmt der Wind zu, bis mein Haar so heftig um meinen Kopf herumpeitscht, dass die Strähnen beinahe blutige Striemen hinterlassen. Ich erschaudere. Ich weiß, dass man das Schicksal nicht herausfordern sollte, selbst wenn Bunny fest davon überzeugt war, dass es wohl kaum launisch genug sei, um sich durch die albernen Gedanken einer einzelnen Person ändern zu lassen. Bunny wusste eine Menge und hat in ihrem Leben ein paar heftige Erfahrungen durchgemacht. Ich hingegen habe schon immer geglaubt, dass das Schicksal ebenso launisch und boshaft ist wie jedes andere Wesen.

Ich habe so ein Gefühl, dass ich einmal mehr recht behalten werde. Die dichten Sturmwolken, die sich am Himmel zusammenbrauen, scheinen das definitiv ähnlich zu sehen. Ich habe eine Menge Stürme miterlebt, ein Wirbelsturm war bisher noch nicht dabei – vor allem nicht aus nächster Nähe, während ich auf dem Deck eines Schiffs stehe. Es fühlt sich an, als befände ich mich in einem Fingerhut, der in einer Badewanne schwimmt. Selbst mit Magie ist fraglich, ob wir die Gewalt, die derzeit die Wellen und die Luft aufpeitscht, überleben können.

»Es ist keine gute Idee, hier draußen zu sein, zumindest nicht, bis du dich richtig an die Bewegungen des Schiffs gewöhnt hast.«

Ich drehe mich um und sehe mich einer kleinen alten Frau

gegenüber, die ein paar Schritte entfernt steht. Ihre mittelbraune Haut ist mit Lachfalten übersät und zeugt von einem genussvollen und ereignisreichen Leben. Ihr Haar, das sie größtenteils zu einem festen Knoten am Hinterkopf zusammengebunden hat, ist beinahe komplett weiß. Obwohl das Deck unter meinen Füßen so heftig schwankt, dass mir ein wenig übel wird, verneige ich mich leicht vor ihr. Wenn es eine Regel gibt, nach der ich lebe, dann ist es die, älteren Leuten mit Respekt zu begegnen. »Ich war gerade auf dem Weg zu meinem Zimmer. So schlimm war das Wetter noch nicht, als das Abendessen losging.«

Sie zuckt mit den Schultern. »Viel ist nicht nötig, um Llŷr das Gefühl zu geben, jemand hätte ihm in die Suppe gespuckt. Wenn man auf See ist, ist das Wetter wechselhaft und ändert sich oft schlagartig. Du wirst dich daran gewöhnen.«

Es dauert mehrere Sekunden, bis ihre Worte zu mir durchdringen. Llŷr. Das ist der walisische Meeresgott. Ich werfe ihr einen eindringlichen Blick zu, kann jedoch unmöglich beurteilen, ob sie lediglich eine metaphorische Anspielung macht oder ob sie buchstäblich meint, dass der echte Gott des Meeres sauer ist. Durch die älteren Leute, mit denen ich im Laufe meines Lebens zu tun hatte, habe ich gelernt, dass tatsächlich beides der Fall sein könnte. Wenn man lange genug gelebt hat, sind nicht einmal mehr echte Götter beeindruckend.

»Da bin ich mir sicher.« Meine Beziehung zu mehreren Besatzungsmitgliedern mag bereits eine relativ feindselige sein, aber diese Frau strahlt etwas Beruhigendes aus, was dazu führt, dass ich mich nicht von ihr entfernen will. Vielleicht erinnert mich irgendetwas an dieser Fremden auch einfach an meine Großmutter.

Sie holt etwas hervor, das wie eine selbst gerollte Zigarette aussieht. »Ich bin die Steuerfrau. Das bin ich schon seit Jahrzehnten. Ich bin unter Ezra, dem vorigen Kapitän, an Bord gekommen.« Sie lässt eine Flamme aufflackern, ohne dass ich den Ursprung erkennen kann, und zündet das Ende der Zigarette an. Erst als sie eine Rauchwolke ausstößt, wird mir klar, dass sie keinen gewöhnlichen Tabak raucht.

Ich grinse. »Gibst du mir was ab, Oma?«

Sie stößt ein gackerndes Lachen aus, das jeder Hexe zur Ehre gereicht hätte. »Kleines, ich mag dich, aber ich bin niemandes Großmutter. Du kannst mich Dia nennen.« Sie reicht mir den Joint und beobachtet interessiert, wie ich einen langen Zug nehme. »Es wird leichter werden. Ich weiß, dass das abgedroschen klingt, doch es ist die Wahrheit. Ich war auch nicht glücklich, als mich Ezra vor die Wahl gestellt hat. Ich habe ein Dutzend Mal versucht, ihn umzubringen, bis ich endlich erkannt habe, dass es kein Entkommen gibt.« Sie nimmt den Joint wieder entgegen, pafft ein paarmal daran und bläst dann einen perfekten Rauchkringel in die Luft, der trotz des Windes eine Sekunde lang bestehen bleibt. »Man darf sich nicht gegen die Cŵn Annwn wenden. Ich habe eine Weile gebraucht, um *das* zu begreifen, aber ich lerne auch sehr langsam. Das bedeutet jedoch nicht, dass das bei dir ebenfalls so sein muss. Dieses Schiff ist eine Familie, wenn auch manchmal eine dysfunktionale. Wenn du dir genug Zeit gibst, könntest du hier glücklich werden.«

Sie wirkt aufrichtig, also verrate ich ihr nicht, dass ich nicht vorhabe, lange genug zu bleiben, um von dieser sogenannten Familie aufgenommen zu werden. Das ist nichts Persönliches.

Ich nehme den Joint erneut von ihr entgegen, gönne mir einen weiteren langen Zug und lasse zu, dass sich der brennende Rauch einen Weg meine Kehle hinab bahnt. »Hatte der alte Kapitän kein Problem damit, dass du versucht hast, ihn zu töten?« Ich kann mir nicht vorstellen, dass ich Bowen irgendwie überrumpeln könnte, um ihn auszuschalten. Seine verdammten telekinetischen Fähigkeiten verschaffen ihm einen eindeutigen Vorteil. Meine Zaubersprüche sind schneller als die der meisten Hexen, er dagegen benötigt lediglich einen Gedanken, um anzugreifen oder sich zu verteidigen.

Dia stößt ein weiteres gackerndes Lachen aus. »Für ihn war das praktisch das Vorspiel.« Sie grinst, und ihre Augen verschwinden fast unter den tiefen Falten ihres Gesichts. »Wie sich herausgestellt hat, war es auch für mich praktisch das Vorspiel. Ezra und ich hatten damals eine Menge Spaß.«

Viel mehr gibt es dazu nicht zu sagen. Ich stehe neben ihr, rauche noch ein paar Minuten lang und beobachte, wie der Himmel dunkler und aufgewühlter wird. So langsam wird es zur Herausforderung, mich auf den Beinen zu halten. Vor allem weil das Gras allmählich dafür sorgt, dass mir der Kopf schwirrt. »Bist du dir sicher, dass wir nicht sinken werden?«

»Keine Sorge. Das ist kaum mehr als ein laues Lüftchen. Das wird lustig.« Sie legt mir eine Hand auf den Rücken und schiebt mich zurück zu der Tür, die nach unten zu den Kajüten führt. »Schlaf ein wenig, Kleines. Morgen früh wird jede Menge Arbeit auf dich warten.«

9

Bowen

Nach dem Abendessen mit Evelyn ist es eine Erleichterung, mich auf die Arbeit zu konzentrieren. Über das Nachrichtensystem, das auf magische Weise in meinen Schreibtisch integriert worden ist, sind keine neuen Berichte hereingekommen, also wird unser Plan, auf Yaltia Zuflucht vor dem Sturm zu suchen, bestens funktionieren. Nun, da dieser Plan feststeht, trete ich aufs Deck hinaus.

Wir haben gerade einmal den Randbereich des Sturms erreicht, den Dia vorhergesehen hat, dass es sich dabei um ein richtig fieses Unwetter handelt, wird allerdings jetzt schon deutlich. Ich übernehme das Steuer, während die Besatzung meine gebrüllten Befehle ausführt. Stürme stellen eine Gefahr dar, weswegen ich sie nicht liebe, ich kann jedoch nicht leugnen, dass in Momenten wie diesen ein gewisser Frieden liegt. Ich bin hier und messe mich mit Mutter Natur persönlich. Es gibt keine Vergangenheit, keine Zukunft. Es gibt nur diesen Augenblick, in dem man versucht, am Leben zu bleiben.

Wie immer ist das Ganze viel zu schnell vorbei.

Miles taucht an meiner Seite auf. Seine Schuppen glänzen im Regen. Seine Zunge schnellt hervor. »Die Insel ist gesichtet worden. Wir sind fast da.«

Sarah befindet sich wie immer oben im Krähennest und gibt das, was sie sieht, mithilfe ihrer Magie an Miles weiter. Dafür benutzt sie den Wind, der ihre Worte an sein Ohr trägt, als würde sie direkt neben ihm stehen. Es gab mal eine Zeit, da hat sie noch direkt mit mir gesprochen, sie gehört allerdings zu Miles' unerschütterlichen Unterstützerinnen und zieht es inzwischen vor, ihre Sichtungen über den Quartiermeister zu übermitteln. Das mag nur ein kleines Anzeichen von Rebellion sein, aber derartiges Verhalten wird unter den Mitgliedern der Besatzung immer beliebter.

Doch mir bleibt keine Zeit, mir jetzt darüber Gedanken zu machen.

Wir umschiffen die Felsen, die die Insel umgeben, mit Leichtigkeit, obwohl uns der Sturm mit gefährlicher Geschwindigkeit vorantreibt. Der relative Schutz der Bucht erlaubt es uns, unser Tempo genug zu drosseln, um sicher anzulegen. Ich streiche mir das nasse Haar aus dem Gesicht und atme tief ein. »Wir sollten in Sicherheit sein, aber überprüf das Schiff auf Schäden und sorg dafür, dass alles vertäut und festgezurrt ist. Dieser Sturm wird heftig werden, und ich will nicht, dass wir uns hinterher mit Reparaturen befassen müssen, die unsere Weiterreise verzögern könnten. Lass die Besatzungsmitglieder wissen, dass ich von ihnen bestes Benehmen erwarte, während sie sich in der Stadt befinden.«

Miles wirft mir einen undurchschaubaren Blick zu. »Wir sind Cŵn Annwn. Wir sorgen für ihre Sicherheit. Sie sollten uns wie Götter begrüßen.«

Das ist eine uralte Meinungsverschiedenheit. Ich habe festgestellt, dass sich die Leute, die sich den Cŵn Annwn anschließen, in drei Kategorien einteilen lassen. Die erste umfasst solche wie Evelyn, die ihr neues Schicksal verabscheuen und keinerlei Wunsch verspüren, etwas über die Geschichte der Cŵn Annwn zu erfahren. Die zweite schließt Leute wie Miles ein, diejenigen, die den Status sehen, den eine Mitgliedschaft bei den Cŵn Annwn mit sich bringt, und denken, dass man ihnen Respekt schuldet, bloß weil sie Teil der Besatzung sind. Und die dritte Kategorie … Tja, das sind all jene, die die Verantwortung tragen und eine undankbare Aufgabe nach der nächsten erfüllen, von denen jede gefährlicher als die vorherige ist, während wir die ganze Zeit über die Pflicht im Auge behalten müssen, die wir geerbt haben. Wir sind sehr viel seltener.

»Teil es ihnen mit, Miles. Sonst werde ich das machen.« Und wir beide wissen, wie *das* laufen wird. Die Besatzung mag mir zutrauen, dass ich sie am Leben halte und führe, aber sie kann mich nicht leiden. Ich bin zu streng, wenn es um die Gesetze geht. Zumindest hat man mir das schon öfter gesagt. Miles hat das immer und immer wieder zu seinem Vorteil genutzt, doch ich habe keinen Schimmer, wie man sich anders verhält. Wir sind *keine* Götter, denen man huldigen sollte. Wir handeln im Dienst der Leute, die in Threshold und darüber hinaus leben. Diese Überzeugung ist heutzutage unter den Cŵn Annwn allerdings nicht sehr beliebt, weder bei meiner Besatzung noch auf anderen Schiffen.

Miles' Echsenschwanz zuckt unruhig hin und her. »Ich werde es ihnen mitteilen, Käpt'n.«

Ich schaue zu, wie er davongeht. Erneut frage ich mich, ob heute der Tag sein wird, an dem er mich herausfordert, um mir den Rang des Kapitäns streitig zu machen. Es ist nur eine Frage der Zeit. Ezra hat mir stets erklärt, dass die beste Art von Partnerschaft zwischen einem Kapitän und einem Quartiermeister eine leicht streitsüchtige ist. Der Quartiermeister kümmert sich um die Interessen der Besatzung, während der Kapitän derjenige ist, der die aktuelle Mission im Auge behält und sowohl Besatzung als auch Schiff führt. Es ist nur natürlich, dass es hin und wieder zu Konflikten kommt, aber mit Miles ist die Lage dauerhaft angespannt. Ich bin mir zunehmend sicher, dass ich verlieren werde, wenn er mich zu einer Abstimmung herausfordert. Und ich habe keine Ahnung, was ich dann tun werde.

Ich weiß nicht, wer ich bin, wenn ich nicht der Kapitän der *Crimson Hag* bin.

»Das ist also unser Hafen.«

Ich zucke nicht vor Schreck zusammen, allerdings gelingt es mir nur knapp, diesen Impuls zu unterdrücken. Ich habe nicht gehört, wie sich Evelyn genähert hat. Nun steht sie neben mir, als wäre sie schon die ganze Zeit über dort gewesen. Sie hat sich wieder die Kleidung angezogen, die sie anhatte, als wir sie aus dem Meer gefischt haben, doch sie muss sie irgendwie magisch bearbeitet haben, denn der Regen scheint den Stoff nicht zu berühren. Oder ihr Haar, wie mir auffällt, als ich genauer hinschaue.

Ich trete zurück und betrachte sie von oben bis unten. Um sie herum befindet sich eine dünne Blase, an der der Regen hinuntergleitet. »Netter Trick.«

»Besser Köpfchen benutzen, statt sich abzurackern und nachher im Regen zu stehen.« Sie beäugt das kleine, verschlafene Städtchen immer noch mit viel zu viel Interesse. Sie wird versuchen zu fliehen. Etwas anderes habe ich zwar nicht erwartet, ich kann jedoch nichts gegen die Frustration ausrichten, die im Zuge dieser Erkenntnis in mir aufsteigt.

Ich habe keine Zeit, einer eigensinnigen Hexe hinterherzujagen, die Schwüre ebenso leicht bricht, wie sie sie leistet. »Muss ich dich für die Dauer unseres Aufenthalts hier in meiner Kajüte einsperren?«

Sie zieht die Augenbrauen hoch. »Du flirtest ja schon wieder mit mir.«

Ich hasse mich ein wenig dafür, dass ich als Reaktion darauf erröte. Hoffentlich kann sie das in dem schummrigen Licht und bei dem stürmischen Wetter nicht sehen. »Ich flirte nicht mit dir.« Mag sein, dass ich nach dem Abendessen in meiner Kajüte darüber nachgedacht habe, sie zu küssen, aber ich habe nicht *geflirtet*.

»Bist du sicher? Denn mir damit zu drohen, mich in deiner Kajüte einzusperren, klingt doch sehr nach Flirten.« Sie rückt näher an mich heran, bis sie sich beinahe an mich schmiegt. »Wenn du mich ganz für dich allein in deiner Kajüte hättest, was würdest du dann mit mir anstellen?«

Alles.

Ich schaffe es kaum, die instinktive, unverzeihliche Antwort zurückzuhalten. Sie versucht, mich zu provozieren, mich so sehr in Verlegenheit zu bringen, dass mir vollkommen entgeht, was sie vorhat. Ich mag an ihr interessiert sein, doch ich weiß nur zu gut, dass ich nicht zulassen darf, dass das meinen Umgang mit ihr beeinflusst. Zumindest hoffe ich, dass ich das weiß. Ich bin mir in der Gegenwart einer potenziellen Liebhaberin noch nie so dumm vorgekommen.

Was denke ich denn da? Potenzielle Liebhaberin? Diese Frau ist eine götterverdammte Bedrohung. Sie hat ein hübsches Gesicht und einen umwerfenden Körper, aber sie hat bereits bewiesen, dass sie ein Bündel aus chaotischer Energie ist. Außerdem bin ich der Kapitän. Auch wenn ich meine Macht niemals missbrauchen würde, besteht ein unweigerliches *Machtungleichgewicht* zwischen mir und dem Rest der Besatzung. Ich muss mein Interesse für mich behalten.

Zu spät wird mir klar, dass ich sie befangen und schweigend anstarre. Normalerweise bin ich nicht so verdammt unbeholfen. Sie scheint diese Seite von mir besonders zum Vorschein zu bringen. Das ist ärgerlich. »Geh zurück in deine Kajüte,

Evelyn. Sobald der Morgen anbricht, kannst du zusammen mit den anderen an Land gehen.« Das wird nicht bei Anbruch des Tages geschehen. Alle werden ausschlafen, weil sie eine lange Nacht hinter sich haben. Und die meisten Geschäfte werden ohnehin erst am späteren Vormittag öffnen.

Sie wirft mir einen langen Blick zu und lächelt süß. Es ist das Lächeln einer Lügnerin. Diese Frau mag mich nicht und will nicht hier sein. Dass sie glaubt, ich würde sie nach nur wenigen Stunden für folgsam halten, ist ein wenig beleidigend. »Ja, Käpt'n.« Sie salutiert auf charmant respektlose Weise und dreht sich mit einem Klicken ihrer Absätze um.

Ich kann nicht anders, als ihren breiten Hintern in dieser engen Jeans zu beobachten, während sie davongeht. Ich hege keinen Zweifel, dass sie ein wenig zusätzlichen Schwung in ihre Schritte legt, weil sie weiß, dass ich ihr nachschaue. Diese kleine Hexe. Erst als sie unter Deck verschwindet, kommt mir in den Sinn, zu überprüfen, ob sie mir schon wieder etwas gestohlen hat.

Und tatsächlich fehlt der Ring, den ich normalerweise am Daumen meiner rechten Hand trage. Wie ist ihr das gelungen? Sie ist mir nie nah genug gekommen, um mich richtig zu berühren. Dass sie Gegenstände stibitzt, die ich am Leib trage, und ich die Berührung noch nicht einmal spüren darf, ist furchtbar ungerecht.

Ich schüttle den Kopf. Hoffentlich wird der Sturm schnell vorüberziehen, damit wir bald in der Lage sind, wieder in See zu stechen. In einem Hafen zu liegen, so nah an den Portalen, die sich auf den jeweiligen Inseln befinden, sorgt dafür, dass meine Haut kribbelt.

Vielleicht ist es aber auch die Tatsache, dass ich den starken Verdacht hege, dass sich Evelyn davonschleichen wird, sobald sie denkt, dass ich ihr den Rücken zugewandt habe. Mit all den

Zaubersprüchen, die ihr zur Verfügung stehen, ist es durchaus möglich, dass sie erfolgreich sein wird. Es sei denn …

Ein langsames Lächeln, das sich auf meinen Lippen fremdartig anfühlt, überkommt mich. Die kleine Hexe hat mir schon mehrfach eins ausgewischt, seit sie an Bord gekommen ist. Möglicherweise ist es an der Zeit, dass ich den Spieß mal ordentlich umdrehe. Normalerweise würde ich mich nicht auf so etwas einlassen, doch an dieser Situation ist kaum etwas normal.

Sie plant einen Fluchtversuch und denkt, dass ich vollkommen ahnungslos bin. Wenn ich es schaffe, ihr zuvorzukommen, mich auf die Lauer zu legen … Bricht sie tatsächlich ihren Schwur und flieht, wenn sie *zu* mir gelaufen kommt?

Etwas Fremdartiges und Kribbelndes macht sich in meinem Magen breit. Ich bin mir nicht sicher, was ich von dieser Empfindung halten soll. Es fühlt sich beinahe wie Aufregung an, das kann jedoch unmöglich sein. Ich entdecke Dia drüben beim Mast. Der helle orangefarbene Punkt, der in der Nähe ihrer Lippen aufglüht, macht es mir leicht, sie auszumachen. »Dia.«

Sie hetzt sich nicht, aber das erwarte ich auch nicht von ihr. Außerdem bin ich kein Kapitän, der von seinen Leuten verlangt, dass sie alles stehen und liegen lassen und zu mir gerannt kommen, sobald ich nach ihnen rufe. Meine Steuerfrau schlendert auf mich zu und hält mir einen Joint hin. »Hast du Lust, dich mir anzuschließen?«

»Du weißt, dass ich das Zeug nicht anrühre.«

Sie zuckt mit den Schultern. »Du solltest es irgendwann mal versuchen. Vielleicht macht dich das ein bisschen lockerer und sorgt dafür, dass du mal den Stock aus deinem Hintern ziehst.«

Ich weiß nicht, wie ich reagieren soll, wenn sie derartige Kommentare von sich gibt. Sie sind ausgesprochen unangemessen, diese Frau befindet sich allerdings schon länger auf diesem Schiff, als ich auf der Welt bin. Wenn Ezra für mich so etwas wie ein Großvater war, dann macht das Dia vermutlich zu einer Art Großmutter. Das bedeutet nicht unbedingt, dass sie eine Sonderbehandlung erhält. Es ist eher so, dass sie entscheidet, welche Befehle sie befolgen will, und niemand kann sie zwingen, etwas anderes zu tun. *Ich* werde es ganz sicher nicht versuchen. »Wirst du noch ein wenig länger wach sein?«

Sie nimmt einen langen Zug und stößt einen perfekten Rauchkringel aus, um direkt danach einen zweiten in die Mitte hineinzublasen. Ich bin mir nicht sicher, wie sie das bei diesem Regen hinbekommt, doch Dia verfügt über eine Menge magischer Fähigkeiten. »Kommt drauf an. Warum willst du, dass ich das Schiff im Auge behalte?«

Sie anzulügen hat keinen Zweck. Sie würde mich sofort durchschauen und meine Bitte dann einfach ignorieren. Ich blinzle Regenwasser aus meinen Augen. »Die Hexe wird versuchen zu fliehen. Ich habe vor, sie aufzuhalten.«

»Du könntest sie einfach gehen lassen.« Sie schnipst Asche fort. »Wenn sie so fest entschlossen ist, ihrem blutigen Schicksal entgegenzutreten, könntest du es schlichtweg zulassen. Niemand entkommt den Cŵn Annwn. Du weißt das, und ich weiß das.«

Das ist das Problem. Ich kann den Gedanken, dass Evelyns grüne Augen im Tod starr und ausdruckslos werden, nicht ertragen. Ich habe oft genug mit angesehen, wie ein Leben ausgelöscht wurde. Wenn ich das erklären würde, würde Miles jedoch zweifellos sagen, ich sei weich und schwach, und das würde das Vertrauen der Besatzung in mich nur noch weiter zerrütten. Er würde behaupten, dass ich nicht aus dem unnachgiebigen Holz geschnitzt sei, aus dem ein Kapitän der Cŵn Annwn gemacht sein sollte. Vielleicht stimmt das sogar. Es gibt mehr als ein paar Kapitäne, wie Hedd von der *Audacity*, die kein Problem damit haben, Besatzungsmitglieder, die zu viele Befehle hinterfragen, kurzerhand zu erhängen.

Doch wenn Evelyn flieht und eine Jagd ausgerufen wird, spielt es keine Rolle mehr, dass ich kein Kapitän von *jener* Sorte bin. Ich werde keine andere Wahl haben, als mich der Jagd anzuschließen.

»Ich würde sie lieber jetzt erwischen, solange noch eine Chance besteht, sie zu retten, statt sie mit einer Klinge in der Hand zu schnappen.«

Dia lässt sich das Ganze durch den Kopf gehen. Ich kann die Gedanken, die sich auf ihrem runzligen Gesicht spiegeln, nicht lesen. Ich mache mir gar nicht erst die Mühe, es zu versuchen. Sie hatte noch nie ein Problem damit, mir genau zu sagen, was sie denkt, und ich bezweifle ernsthaft, dass diese Unterhaltung die Ausnahme der Regel darstellen wird. »Na dann los. Wenn du sofort aufbrichst, kannst du ihr zuvorkommen.« Sie nimmt einen weiteren langen Zug von ihrem Joint. »Ihr wird klar sein, dass es nichts bringt, im Dorf Schutz zu suchen, also wird sie sich in Richtung Waldrand aufmachen. Wäre ich eine Frau, die gern wettet, würde ich sagen, dass sie nach Osten gehen wird. Dort kommt man leichter voran, und diese Route wird sie weiter vom Meer wegbringen.«

Weiter fort von mir.

»Danke.« Ich weiche zurück, damit sie meinen Posten am Steuer einnehmen kann. »Die Besatzung kennt die Vorschriften. Ich werde zurück sein, um dich abzulösen, sobald ich mich um diese Situation gekümmert habe.«

Sie lacht gackernd. »Lass dir Zeit, Käpt'n. Diese alten Knochen wurden für das Meer gemacht. Ich habe kein Interesse daran, an Land zu gehen.« Ein durchtriebenes Funkeln schleicht sich in ihre dunklen Augen. »Vielleicht nimmst du dieses Mädchen mal ordentlich ran. Das könnte ausreichen, um sie zum Bleiben zu bewegen.«

Mein Gesicht läuft knallrot an, und ich bin sofort davon überzeugt, dass *sie* es bemerkt hat – es ist völlig unmöglich, dass ihr das entgangen sein könnte. »Deswegen mache ich das nicht.«

»Ich weiß.« Sie grinst. »Aber es gibt keinen Grund, warum du nicht auch mal ein bisschen Spaß haben kannst, während du deine Pflicht erfüllst.«

Sie kichert nach wie vor, als ich an der Reling entlanggehe und die Kapuze meines Mantels nach oben schlage, um sie über meinen Kopf zu ziehen. Ich nehme einen tiefen Atemzug, sammele meine Macht um mich herum und erhebe mich vom Deck. Ich überquere das Wasser innerhalb von Sekunden und lasse mich ein Stück außerhalb des Dorfs zu Boden sinken. Es ist immer noch so früh, dass die Morgendämmerung kaum am Horizont zu erkennen ist. Hier wird noch für eine ganze Weile niemand unterwegs sein.

Ich grübele über die unterschiedlichen Routen nach, die durch den Ort und aus ihm hinausführen, bevor ich zu dem Schluss komme, dass ich Dia zustimme. Die Hexe wird nach Osten gehen. Nun muss ich nur noch eine gute Stelle finden, an der ich warten kann, bis sie ihren Fluchtversuch unternimmt.

Jede einzelne Insel hat sich so entwickelt, dass sie zu dem Portal passt, das sie beherbergt. Diese hier ist nicht anders. Bei den Bäumen handelt es sich um gewaltige, dicke und knorrige Gewächse in Blau-, Grün- und Lilatönen. Ich hasse es, diese Insel zu betreten – so sehr, dass ich es vermeide, wann immer ich es kann. Ich bin jedoch noch nie in der Lage gewesen, den Grund dafür genau zu benennen. Es gibt andere Inseln, die sogar noch beunruhigender sind. Inseln, auf denen die Bäume verkehrt herum wachsen. Inseln, auf denen es keinerlei organisches Leben gibt, sondern nur Felsen und Dreck und Tod. Es gibt sogar Inseln, auf denen sich die Schwerkraft je nach Tageszeit zu verändern scheint.

Aber keine von denen löst in mir ein dermaßen ungutes Gefühl aus wie diese hier.

Die feinen Härchen in meinem Nacken stellen sich auf, als ich mich langsam im Kreis drehe und mit zusammengekniffenen Augen durch den Regen starre, der trotz der miteinander verschlungenen Äste über mir in Strömen um mich herum fällt. Ich befinde mich nah genug am Dorf, um die Leitern und den Aufzug zu sehen, die nach oben zu den Laufstegen führen, die zwischen den Bäumen gespannt sind. Selbst an einem klaren Tag lassen sich die Gebäude kaum von den Bäumen, in die sie hinein- und um die sie herumgebaut sind, unterscheiden. Heute, da der Regen meine Sicht trübt, könnten sie ebenso gut gar nicht existieren.

Ich bin überrascht, dass die Bewohner die Leitern unten gelassen haben, weiß allerdings nicht, warum. In diesen Wäldern gibt es Raubtiere, diese wagen sich jedoch nicht nah an das Dorf heran. Und sie haben ganz sicher keine Hände, um Leitern hochzuklettern.

Nein. Das Gefühl, das mich beunruhigt, ist nicht das, gejagt zu werden. Das ist mir nur allzu vertraut. Stattdessen fühlt es sich beinahe … wie eine Erinnerung an.

Ich schüttle den Kopf und tue mein Bestes, um dieses Gefühl zu ignorieren. Ich werde mich um die Hexe kümmern und mich dann zurück zum Schiff aufmachen. Wir haben genügend Vorräte an Bord, also werden wir nicht zum Dorf hinaufgehen müssen, um zu verhandeln oder Tauschgeschäfte durchzuführen. Meine Besatzung kennt die Regeln und auch die Konsequenzen, die drohen, wenn man gegen sie verstößt. Alles in allem sollte das hier ein ereignisloser Zwischenhalt sein.

Wenn bloß die Hexe nicht wäre.

Ich drehe mich um und mache mich gen Osten auf, tiefer in den Wald hinein. Das Gefühl, das mich plagt, wird mit jedem Schritt stärker. In diese Richtung habe ich mich bisher noch nie vorgewagt, aber dem ausgetretenen Pfad nach zu urteilen, dem ich folge, sind vor mir schon andere hier gewesen. Ich gehe ihn weiter entlang und bin dankbar, dass mir der Regen die Sicht erschwert.

Ich weiß nicht, was mit mir los ist. Dieser Ort ist mir nicht vertraut. Das Dorf habe ich bereits besucht, diesen Pfad hingegen habe ich noch nie beschritten, und ich habe auch noch nie Zeit in diesen Wäldern verbracht. Es gibt nicht den geringsten Grund, mich zu fühlen, als könnte ich jedes einzelne Exemplar in der Ansammmlung aus blauen Blumen benennen, die an einem nahe gelegenen Baumstamm emporranken. Sie sind hübsch. Das ist alles, was ich wissen muss.

Das ist alles, was ich *weiß*.

»Das ist weit genug.« Ich benutze meine Magie, um aufzusteigen und auf einem gut verborgenen Ast zu landen. Er ist mehr als dick genug, um mein Gewicht zu tragen, dabei handelt es sich um einen der kleineren Äste. Ich muss nicht einmal meine Macht benutzen, um das Gleichgewicht zu halten, während ich mich zusammenkauere und den Pfad unter mir beobachte. Ja, das ist eine gute Stelle. Nun muss ich nur noch warten.

10

Evelyn

Einer der ersten Zauber, die ich eigenständig gelernt habe, ist die Fähigkeit, das Geräusch meiner Schritte zu dämpfen und sämtliche Laute auszublenden, die entstehen, wenn ich mich bewege. Wenn man das mit dem Unsichtbarkeitszauber kombiniert, den mir Bunny beigebracht hat, kann man wohl behaupten, dass ich als Teenagerin *sehr gut* darin war, mich aus dem Haus zu schleichen. Heutzutage machen mich diese Begabungen zu einer verdammt guten Diebin.

Nicht, dass ich mir das zunutze machen würde … zumindest nicht allzu oft.

Ich warte in meiner Kajüte, bis das Getrampel der Besatzungsmitglieder verstummt. Und dann warte ich noch ein wenig länger. Lucky scheint so tief zu schlafen wie ein Toter. Das könnte tatsächlich wörtlich gemeint sein, denn ich bin mir fast sicher, dass they nicht atmet. Dank meiner Zeit mit Lizzie habe ich mich einigermaßen daran gewöhnt, aber der Anblick jagt mir nach wie vor kleine Schauer über den Rücken. Lebende Wesen sollten atmen. Ich wirke die beiden Zauber und schlüpfe aus dem Bett. Meinen Rucksack nehme ich mit. Draußen im Gang ist niemand zu sehen. Als ich die Treppe hochsteige und aufs Deck hinaustrete, umfängt mich der Regen. Es wäre

nett gewesen, wenn ich meinen Trockenzauber hätte aufrechterhalten können, ich kann jedoch nur eine gewisse Anzahl an
Zaubern gleichzeitig wirken. Und jetzt gerade ist Heimlichkeit
das Entscheidende.

Ich entdecke Dia, die neben dem Steuer herumlungert, und
verspüre den absolut lächerlichen Drang, mich von ihr zu ver-
abschieden. Das hat keinen Zweck. Ich kenne sie nicht und
sie kennt mich nicht. Eine Unterhaltung macht uns nicht zu
Freundinnen. Vermutlich bin ich sentimental, weil ich Bunny
vermisse, und auch wenn Dia wohl kaum eine exakte Kopie
meiner Großmutter ist, denke ich doch, dass sich die beiden
blendend verstanden hätten.

Eine Welle aus Trauer steigt so heftig in mir auf, dass meine Knie nachgeben. Ich muss die Augen schließen und mir
die Hände auf die Brust pressen, damit sie aufhören zu zittern.
Sosehr ich diese Zeit des Jahres auch hasse, ein Teil von mir
genießt sie auch ein wenig. Werde ich anfangen, sie zu vergessen, wenn die Trauer nachlässt? Der Gedanke löst schreckliche
Übelkeit in mir aus. Ein paar Kleinigkeiten und Details sind
bereits in den Tiefen der Vergangenheit verschwunden. Der
menschliche Verstand ist nicht dafür gemacht, Informationen
für alle Ewigkeit abzuspeichern, und ohne Bunny an meiner
Seite, die diese Erinnerungen verstärkt, habe ich den genauen
Klang ihres Lachens vergessen. Klang es wirklich genau wie
meins, oder hat mich mein Verstand überlistet und dafür gesorgt, dass ich das glaube?

Das hier ist weder der richtige Zeitpunkt noch der richtige
Ort, um sich darüber den Kopf zu zerbrechen.

Ich schlucke die drohenden Tränen herunter und gehe zur
Seite des Schiffs. Sie haben keinen Landungssteg aufgebaut,
doch ich habe auch nichts anderes erwartet. Ich schwinge mich
über die Reling. Wenigstens gibt es jede Menge Vertiefungen

und Ritzen im Holz, die ich benutzen kann, um zum Wasser hinunterzuklettern. Ich könnte vermutlich springen, denn der Lärm des Winds und des Regens würde das Platschen übertönen, aber das ist das Risiko nicht wert.

Durchs Wasser zu schwimmen, um die kurze Strecke bis zum Ufer zu überwinden, ist elendig, dauert jedoch immerhin nicht lange. Als ich mich taumelnd den Strand hochkämpfe, verfluche ich leise Bowens Namen. Hätte er mich einfach gehen lasse, wäre das alles nicht nötig gewesen. Ja, streng genommen wäre ich vielleicht im Meer ertrunken, wenn er mich zurück über Bord geworfen hätte, ich bin allerdings nicht in der Stimmung, dankbar zu sein.

Ich streiche mir das nasse Haar aus dem Gesicht und betrachte das, was ich von der Insel sehen kann. Ich brauche viel zu lange, um zu verstehen, dass ich das Dorf deswegen nicht sehen kann, weil ich es am falschen Ort suche. Es befindet sich nicht am Boden, sondern in den Bäumen.

Mittlerweile muss ich davon ausgehen, dass mir jeder in Threshold feindlich gesinnt ist. Ich bin mir sicher, dass es hier Leute gibt, die nichts mit den Cŵn Annwn zu tun haben wollen. Die muss es geben. Das Problem ist, dass ich keinen Schimmer habe, wer sie sind, und ich kann es nicht riskieren, Bowen und seiner Besatzung erneut ausgeliefert zu werden. Ich bezweifle ernsthaft, dass sie Verständnis für meinen Fluchtversuch haben werden. Also kann ich das Dorf auf gar keinen Fall betreten.

Nein, die bessere Option besteht darin, in der Nähe der Küste zu bleiben …

Doch noch während ich das denke, entdecke ich die bedrohlich aussehenden Klippen auf der anderen Seite des Strands. Vielleicht könnte ich sie bei gutem Wetter erklimmen, aber wenn ich das jetzt versuche, kommt das einem To-

deswunsch gleich. »Okay, dann werde ich eben ins Landes-
innere gehen.«

Ich schleiche mich langsam um den Rand der Siedlung herum, und meine Neugier brodelt regelrecht in mir. Ich denke,
dass jedes Kind eine Phase durchmacht, in der es überzeugt ist,
das Baumhaus sei die tollste Erfindung, die die Menschheit
je gemacht hat. Ich hatte sogar eins, als ich klein war. Es war
nicht viel mehr als ein kleiner Unterschlupf, der hauptsächlich
aus Zweigen bestand, aber es hat *mir* gehört. Es war ein Ort, an
dem ich mich verstecken konnte, wenn die Welt zu überwältigend wurde. Dort habe ich kleine Schätze aufbewahrt, hübsche
Steine und Blumen, die ich zwischen den Bäumen gefunden
hatte, die an Bunnys Haus grenzten.

Dieses Dorf ist … vollkommen anders.

Im Regen ist es nur schwer zu erkennen, es handelt sich
allerdings eindeutig um Gebäude, die erbaut wurden, damit
Leute darin *wohnen* können. Das ist etwas anderes als ein Geheimversteck für ein Kind. Ein paar von ihnen scheinen in die
riesigen Baumstämme selbst geschnitzt worden zu sein, während andere sich in gewaltigen Spiralen zwischen den Ästen
emporwinden.

Ich entdecke kleine Hinweise auf die Leute, die hier leben
müssen. Blumentöpfe säumen einen der Laufstege. Die Blüten
hängen wie kunterbunte Girlanden über das Geländer. Jemand
hat seine Wäsche vergessen, die noch an einer Leine hängt.
Ein Kleid flattert nass im Sturm. Hier unten auf dem Boden
befindet sich ein Bild, das offenbar von Kindern gemalt wurde, zumindest lassen die bunten Farben und die ungelenk dar-
gestellten Gestalten das vermuten. Ich bleibe davor stehen und
betrachte die Linien, die langsam zerfließen, während der Regen sie fortwäscht. Menschlich anmutende Figuren, die zu tanzen scheinen. Ein Regenbogen. Blumen. Kinderkram.

Ich wünschte, ich hätte mehr Zeit, um dieses Dorf zu erkunden. Ich würde liebend gern sehen, was für Waren man hier in den Geschäften verkauft, oder eine Nacht in einem Gasthaus verbringen, das sich so weit oben über dem Boden befindet, dass mir dort allein das Geräusch der Äste, die sich im Wind wiegen, Gesellschaft leistet. Ich würde gern die Leute kennenlernen, die hier und in dem Reich leben, mit dem die Insel verbunden ist.

Doch das sind alles abstruse, törichte Gedanken. Das Dorf ist nicht magischer als jedes andere. Es liegt eben nur zufällig oberhalb des Bodens. Der Morgen dämmert bereits. Ich muss mich in *Bewegung* setzen, wenn ich von hier verschwinden will, bevor jemand bemerkt, dass ich weg bin.

Wenn ich das Portal dieser Insel finden kann, das aus Threshold herausführt, dann bin ich meinem Zuhause einen Schritt näher. Zwischen den Reichen hin und her zu reisen, mag so gut wie unmöglich sein, das bedeutet allerdings nicht, dass es vollkommen unmöglich ist. Es gibt Händlerdämonen, die dazu in der Lage sind, und ich würde meinen besten Zauber darauf verwetten, dass noch andere übernatürliche Wesen existieren, die das ebenfalls können. Ich muss sie bloß finden.

Aber zuerst muss ich aus diesem götterverlassenen Reich verschwinden.

Ich schiebe meinen Rucksack auf meinem Rücken ein Stück weiter nach oben und gehe auf die Bäume zu. Ich bin gern draußen, das bedeutet jedoch nicht, dass ich mich draußen gern *aktiv* betätige. Bis jetzt war der Gedanke an eine Wanderung für mich in etwa so attraktiv wie die Vorstellung, dass mir jemand Bambussplitter unter die Fingernägel schiebt. Aber über eine Insel zu laufen, die mit einem fremden Reich verbunden ist, wird sicher nicht so schlimm sein. Ja, ich kann etwas im Unterholz rascheln hören. Klar, diese Spinnweben sehen aus, als wären sie von etwas gewebt worden, das die Größe eines kleinen Ponys hat. Und ich schätze, dass ich angesichts des gelben Augenpaars, das dort in der Ferne glüht, vermutlich ebenfalls besorgt sein sollte.

»Verdammt.« Ich umklammere meinen Rucksack so fest, dass meine Fingerknöchel weiß hervortreten. »Ich bin die fieseste Hexe weit und breit. Wenn sich irgendjemand mit mir anlegt, werde ich einen Krater in diesen verdammten Wald reißen.«

Mein Versuch, mich draufgängerisch zu geben, hilft nur wenig dabei, meine Furcht unter Kontrolle zu bringen, was nicht weiter überraschend ist. Ich habe mich mordlustigen Piraten und einer schlecht gelaunten Lizzie gestellt. Ich habe an dem Wettkampf teilgenommen, der jedes Jahr zu Samhain auf dem Schattenmarkt abgehalten wird. Ich bin eine verdammte Hexe. Gruselige Wälder sollten genau mein Ding sein.

Die Sache ist bloß, dass das leider ein dämliches Klischee ist, das nichts mit der Realität zu tun hat.

Nach einer kurzen Debatte mit mir selbst gebe ich meinen Heimlichkeits- und meinen Unsichtbarkeitszauber auf. Beide funktionieren gut bei Menschen, aber wenn das, was ich in diesem Wald antreffen werde, eher tierischer Natur ist, wird mich mein Geruch viel schneller als alles andere verraten. Ich sollte lieber ein paar Verteidigungsmaßnahmen vorbereiten.

Ich mache ein paar Schritte in den Wald hinein und unterdrücke ein Schaudern. Ohne die Sonne am Himmel hat sich die Luft bisher wohl kaum mild angefühlt, doch zwischen den Bäumen kommt sie mir regelrecht eisig vor. »Ich hab's kapiert, okay? Gruseliger Wald. Unheimliche Kälteschauer.« Ich wedele mit den Fingern. Das ist in Ordnung. Hier ist sonst niemand. Wenn ich Selbstgespräche führen muss, um mich von meiner Angst abzulenken, damit ich weitergehen kann, dann ist das ein kleiner Preis, den ich gern zahle. Es ist schließlich nicht so, als würde irgendjemand Zeuge dieser Schwäche werden.

Die Augen in der Ferne sind verschwunden, und ich bin mir nicht sicher, ob das ein Segen oder ein Fluch ist. Die Kreatur, zu der sie gehören, mag entschieden haben, dass ich mehr Ärger bedeute, als ich wert bin … oder sie verfolgt mich gerade, um sich an mich heranzuschleichen.

Fröhliche Gedanken. *Schöne* Gedanken.

Ich ziehe den Dolch, den ich Bowen stibitzt habe, hervor und presse die Spitze gegen meinen Daumen. Nicht jede Magie benötigt Blut als Bestandteil, aber wenn man sich in einer Notlage befindet, bietet es eine praktische Abkürzung. Meine Tätowierungen erledigen einen Großteil der Arbeit. Jede einzelne ist mit einer spezifischen Kombination aus Komponenten in meine Haut eingearbeitet, die nur für diesen speziellen Zauber gedacht sind. Und nachdem ich diesen benutzt habe, muss ich die dazugehörige Tätowierung erneuern. Manche von ihnen kann man nur ein einziges Mal einsetzen. Auf andere kann ich mehrfach zugreifen, bevor ich sie wiederaufladen muss. Auf jeden Fall sind die Tätowierungen die beste Entscheidung, die ich je getroffen habe.

Sich ohne den geringsten Grund extra viel Mühe zu geben, macht dich nicht zu einer Heiligen, sagte ich im Stillen zu mir selbst. *Effizienz ist nichts Schlechtes, solange man seine Wurzeln nicht vergisst.*

Wenn ich noch länger in Threshold festsitze, werde ich gezwungen sein, mich auf diese Wurzeln zu besinnen. Irgendwie glaube ich nicht, dass sie hier Tätowiermaschinen herumliegen haben. Und ich will von hier verschwinden, bevor ich herausfinde, ob es etwas Vergleichbares gibt.

Ich schinde definitiv Zeit.

Ich drücke meinen Daumen auf die Glyphe, die einen mittelstarken Verteidigungszauber auslöst, den ich für längere Zeit aufrechterhalten kann. Er wird mich nicht davor bewahren, blaue Flecken zu bekommen, er sollte jedoch einen tödlichen Schlag aufhalten.

Jetzt muss ich mich nur noch in Bewegung setzen. Ich fluche leise vor mich hin und wähle die Richtung, in der die Bäume nicht so dicht stehen, dass es unmöglich scheint, sich zwischen ihnen zurechtzufinden. »Ich kann das schaffen. Ich muss das schaffen.« Ich mache drei große Schritte … und pralle mit dem Gesicht voran gegen eine unsichtbare Wand.

Mein eigener Schwung wirft mich zurück, und ich lande auf meinem Hintern. Meine Nase schmerzt heftig. »Was soll das, verdammt noch mal?«

Etwas packt mich am Knöchel und hebt mich hoch. Instinktiv feuere ich einen Zauber ab, aber es gibt nichts, worauf er treffen könnte. Er fliegt einfach davon und löst sich mit einem schwachen Knistern zwischen den Bäumen auf. Als ich mich nach oben beuge und nach meinem Knöchel taste, um das Seil zu packen, das mich erwischt haben muss, finden meine Finger nichts, was sie losbinden könnten. Da ist nur Luft. Ich hänge nicht in einer gewöhnlichen Falle fest. Das ist Magie. Und ich kenne nur einen nervtötenden Mistkerl, der Dinge mithilfe seines Verstands bewegen kann.

Ich winde mich und zappele hin und her. Mein Haar macht es mir fast unmöglich, etwas zu erkennen. »Wo bist du, du Arschloch?«

»Das ist eine kühne Äußerung, wenn man bedenkt, dass sie von einer Schwurbrecherin kommt.« Seine Stimme klingt, als befände er sich in meiner Nähe, aber nicht in meiner Reichweite.

Ich weiß nicht, ob ich aufgebracht oder erleichtert sein soll, dass Bowen derjenige ist, der für meine aktuelle Notlage verantwortlich ist. Einerseits bedeutet das, dass er meine Flucht vorausgesehen und mir hier draußen eine Falle gestellt hat. Andererseits muss ich mich keinem neuen Feind stellen. Bowen ist wohl oder übel so etwas wie eine bekannte Größe. Zumindest theoretisch.

»Lass mich los.«

»Damit du wieder weglaufen kannst?« Er schnaubt, ohne dass ich ihn sehen kann. »Ich denke nicht. Du und ich werden uns jetzt mal ernsthaft unterhalten.«

Nicht schon wieder. Er kann doch sicher nicht mit Absicht dermaßen begriffsstutzig sein, dass er glaubt, mich davon überzeugen zu können, die Dinge auf seine Weise zu sehen. Ja, ich habe ihn ein bisschen belogen. Aber das ist ja jetzt offensichtlich. Nun kann ich ihn wohl kaum noch irgendwie davon überzeugen, dass ich nicht wieder weglaufen werde, und das zu Recht. »Wie wäre es, wenn du dir stattdessen ein totes Pferd suchst, das du reiten kannst?«

Er schweigt ein paar Sekunden zu lange. »Ich gehe davon aus, dass das eine Art Metapher ist, denn die Alternative scheint sehr untypisch für dich zu sein.«

Um Himmels willen. Wie soll ich mit diesem Mann reden? Mir ist klar, dass ich mich in einem anderen Reich mit anderen kulturellen Berührungspunkten befinde, aber es fühlt sich dennoch so an, als würde ich mich mit jemandes Urgroßvater unterhalten, der sich noch nicht so recht an die bewegten Bilder in seinem Fernseher gewöhnt hat. Ich hole tief Luft und bemühe mich um Geduld. »Bowen, lass mich runter.«

Statt auf mich zu hören, dreht er mich mithilfe seiner Magie so herum, dass ich ihm zugewandt bin, und streicht mir das Haar aus dem Gesicht. Das erschreckt mich mehr als alles andere, was er seit unserer ersten Begegnung getan hat. Ich bin hin und wieder telekinetisch begabten Personen begegnet, daher weiß ich, dass große Zurschaustellungen dieser Macht eigentlich ziemlich einfach sind. Die kleinen, feinfühligen Aufgaben erfordern hingegen die größte Kontrolle.

Bowen tut mir nicht weh. Er zieht nicht mal versehentlich an einer einzigen Haarsträhne. *Heilige Scheiße.*

»Mir ist klar, dass du nicht die Art von Person bist, die dazu neigt, Drohungen ernst zu nehmen.« Er tritt aus der Dunkelheit zwischen zwei Bäumen hervor und geht ein paar Schritte von mir entfernt vor mir in die Hocke. Götter, er ist ein wirklich gut aussehender Mistkerl. Als ich ihn das erste Mal gesehen habe, war ich nicht der Ansicht, dass er irgendwelche Schönheitswettbewerbe gewinnen könnte, doch je öfter ich ihn anschaue, desto attraktiver scheint er zu werden. Seine breiten Schultern blockieren das bisschen Licht, das durch das Blätterdach bis zum Waldboden durchdringt. Sie scheinen sogar den Regen abzuhalten, der immer noch um uns herum vom Himmel prasselt. Er schnippt vor meinem Gesicht mit den Fingern und zwingt mich damit, mich auf ihn zu konzentrieren. »Nimm mich jetzt ernst, Evelyn. Du sagst, dass du den Ruf der Cŵn Annwn kennst. Was machen wir?«

Ich bin angesichts der Demonstration seiner telekinetischen Kontrolle immer noch zu verstört, um mir eine schlagfertige Antwort zu überlegen. »Ihr jagt«, bringe ich mit tauben Lippen hervor.

»Ja, wir jagen.« Er lehnt sich vor, und seine dunklen Augen wirken erschreckend ernst. »Wenn du wegläufst, wirst du uns dazu zwingen, dich zu jagen. Du wirst *mich* dazu zwingen, dich zu jagen.«

»Ich …«

Er spricht weiter, als hätte ich nicht versucht, etwas zu sagen. »Threshold zu verlassen, wird nicht reichen, um dich zu retten.

Auch wenn die Cŵn Annwn normalerweise nicht in anderen Reichen jagen, gibt es Zeiten, in denen das notwendig ist. Ein abtrünniges Mitglied unserer Gruppe wäre ein Grund dafür. Du kannst dieser Situation nicht entfliehen, Evelyn. Die Jagd ist unser Geschäft. Wenn wir dich finden – und das werden wir –, wird es für dich keine Verhandlung geben, keine Gelegenheit, deine geistreichen Worte zu benutzen, um dich zu verteidigen. Wir werden dich in Stücke reißen und den Boden mit deinem Blut besudeln. Verstehst du mich?«

Ich kann nicht atmen. Ich will es auf das Summen in meinem Schädel schieben, weil ich nun schon seit einer Weile kopfüber hänge, aber der wahre Grund dafür ist Panik. Denn er prahlt nicht. Er brüllt nicht herum und stößt auch keine großtuerischen Drohungen aus. Er beschreibt lediglich eine Zukunft, als wäre sie ganz selbstverständlich.

Wenn ich weglaufe, werden sie mich töten.

Morgen werde ich mir einreden, dass ich nicht kurz davor war, mir vor Angst in die Hose zu machen. Morgen werde ich anfangen, über eine Zukunft nachzudenken, in der ich diese Unausweichlichkeit umgehen kann. Morgen …

Aber jetzt gerade haben sich sämtliche Gedanken aus meinem Hirn verflüchtigt. »Warum tust du mir das an?«

»Ich versuche, dich zu *beschützen*.«

Bowen will mir nicht wehtun. Ich glaube, dass ich das bereits wusste, doch es ist noch nie eindeutiger gewesen als in diesem Moment. Wenn ich ehrlich bin, muss ich zugeben, dass ich meinen Schwur gebrochen habe, indem ich mich vom Schiff geschlichen habe. Das war definitiv meine Absicht. Dennoch hat er mich bisher nicht in Stücke gerissen und den Waldboden mit meinem Blut besudelt.

Ja, er hält mich gefangen. Seine Stimme klingt allerdings so verdammt erschöpft, dass ich den seltsamen Drang verspüre, ihn in den Arm zu nehmen. Ich habe keine Ahnung, was in aller Welt es damit auf sich hat.

»Du musst mir versichern, dass du mich verstehst, Evelyn.« Plötzlich verschwindet jeglicher Kampfeswille, den ich noch in mir habe. Zumindest für den Augenblick. Ich nicke, und obwohl ich immer noch schreckliche Angst habe, fällt mir auf, dass er seinen magischen Griff an meinem Haar anpasst, um sicherzustellen, dass er nicht daran zieht. Wer *ist* dieser Mann? Wie kann er so behutsam mit mir umgehen und zugleich eine der entsetzlichsten Drohungen aussprechen, die ich je gehört habe? Denn er blufft nicht. Er droht mir auf die gleiche Art wie Lizzie: indem er eine Tatsache ausspricht. Indem er mir die Konsequenzen erklärt.

Ich weiß nicht, ob ich mich aus dieser Situation herauswinden kann.

»Ich verstehe«, bringe ich schließlich hervor.

Bowens Magie bewegt sich um mich herum, während er mich aufrichtet und auf die Füße sinken lässt. Sofort rauscht mir das Blut aus dem Kopf, und ich gerate ins Stolpern. Als er mich auffängt, nutzt er dafür dieses Mal nicht seine Magie.

Er nutzt seine Hände. Es sind sehr schöne Hände. Breit und so rau, dass ich sie durch mein dünnes Oberteil spüren kann. Und auch stark.

Die Empfindung muss mir die Sinne vernebelt und meine Instinkte verwirrt haben. Das ist die einzige Erklärung, und es ist nicht mal eine besonders gute. Denn anstatt zurückzuweichen und ein wenig dringend benötigten Abstand zwischen uns zu bringen, beuge ich mich vor, um ihm näher zu kommen.

Und was noch schlimmer ist: Ich packe den vorderen Teil seines Hemds und zerre ihn zu mir heran.

Und dann küsse ich Bowen.

11

Bowen

Ich wünschte, ich könnte behaupten, dass es so schnell passierte, dass ich es nicht verhindern konnte. Aber das ist eine Lüge. Die Wahrheit ist, dass ich zuließ, dass mich Evelyn zu sich herunterzog, um meinen Mund zu erobern. Ich zögerte nicht einmal. Ich wollte sie unbedingt küssen – dieser Drang war viel stärker als jener, das Richtige zu tun.

So viel zum Thema Ehre.

Sie schmeckt nach Freiheit. Wie die Luft auf meinem Gesicht und die See unter dem wogenden Deck meines Schiffs. Ich bin kein Dichter, aber die erste Berührung ihrer Zunge an meiner sorgt dafür, dass ich gern einer wäre.

Ich entscheide mich nicht bewusst dafür, mich zu bewegen, doch sie stößt ein leises Wimmern aus, und plötzlich sind meine Hände in ihrem Haar und streichen über ihren Rücken, um sie dichter an mich zu ziehen. Sie ist so verdammt weich, dass es mich kirre macht. Ich umfasse ihre vollen Hüften und gebe einen Laut von mir, der beinahe ein Knurren ist.

Ich muss aufhören.

Vor gerade einmal einer Minute habe ich ihr noch auf die gewalttätigste Art und Weise gedroht, die mir eingefallen ist. Ich habe kein Recht, ihren Hintern zu packen und sie anzuheben, damit sie ihre Beine um meine Taille schlingen kann. Und ich sollte mich ganz sicher nicht umdrehen und mehrere wankende Schritte machen, damit ich sie gegen den nächstbesten Baum pressen kann.

Ich tue es trotzdem.

Und die ganze Zeit über küsst sie mich, als würde sie niemals eine weitere Gelegenheit dazu erhalten, als wollte sie sich jede Empfindung tief in die Seele einprägen. Mir geht es ganz genauso. Ich will mehr. Ich will alles. Und doch wäre ich damit zufrieden, diese Frau einfach nur für den Rest meiner Tage zu küssen.

Ihre Zunge ist ebenso schnell wie ihre Worte. Sie neckt mich, wagt sich vor und zieht sich dann wieder zurück, beinahe so, als wollte sie mich herausfordern. Aber was sage ich da? Natürlich fordert sie mich heraus. Ihre Hände sind in meinem Haar, und sie zieht daran, bis sie meinen Mund genau in den Winkel gebracht hat, den sie bevorzugt. Sie zögert nicht. Wenn sie es täte, könnte ich mich vielleicht davon abhalten, mich an ihr zu reiben.

Wieder gibt sie dieses berauschende Wimmern von sich. Es ist das schönste Geräusch, das ich je gehört habe. Ich reibe mich erneut an ihr. Ich würde nichts lieber tun, als ihr die Jeans vom Körper zu reißen, damit ich uneingeschränkten Zugang zu ihr haben kann, ich habe allerdings gerade noch genug Kontrolle über mich, um diesem animalischen Impuls nicht nachzugeben.

Sie bohrt ihre Fersen in mein Kreuz und drängt mich so dichter an sich heran, während sie ihren Körper an der harten Länge meines Schwanzes reibt. Ich will ihr sagen, dass sie aufhören soll. Ich will ihr sagen, dass sie niemals aufhören soll. Ich habe nicht genug Atemluft, um irgendetwas zu sagen.

Ihre Bewegungen werden verzweifelter. Ich passe mich ihnen instinktiv an, während ich gleichzeitig gegen die Lust an-kämpfe, die an meiner Wirbelsäule entlang nach unten schießt und sich in meinem Schwanz sammelt. Ich habe mich in der kurzen Zeit unserer Bekanntschaft wegen dieser Frau schon zu oft zum Narren gemacht. Das wird nicht noch mal passieren. Nicht hier. Nicht so.

Evelyn reißt ihren Mund von meinem, und ihr ganzer Kör-per spannt sich an. Ich muss schnell reagieren, um ihren Hin-terkopf zu umfassen, damit ich verhindern kann, dass sie damit gegen den Baum hinter ihr prallt. »Oh verdammt, Bowen.« Sie erschaudert und klammert sich an mich.

Hatte sie gerade…?

Sie verkrampft die Finger rhythmisch in meinem Haar, und die Anspannung verlässt ihren Körper. Ganz sicher nicht. Be-stimmt deute ich die Anzeichen falsch. »Hattest du gerade…?«

»Kein Wort.«

Ihre knappe Antwort reicht als Bestätigung. Sie hatte gerade einen Orgasmus. »Aber ich bin nicht mal…«

Evelyn bedeckt meinen Mund mit ihrer Hand. »Kein. Wei-teres. Wort.« Ihre Haut an meinen Lippen ist angenehm warm. Am liebsten will ich ihre Handfläche küssen, überlege es mir jedoch im letzten Moment anders und kann mich gerade noch davon abhalten. »Lass mich runter.«

Ich will es nicht tun. Das liegt nicht nur an dem Verlangen, das im Gleichklang mit meinem rasenden Herzen durch mei-nen Körper pulsiert. Es liegt daran, dass sie so weich ist, dass sich ihre Beine so gut anfühlen, wenn sie fest um meine Taille geschlungen sind. »Wir sollten darüber reden«, murmele ich an ihrer Handfläche, ohne wirklich darüber nachzudenken. Ich will den Augenblick, in dem ich zurücktreten muss und die Realität in den neu entstandenen Abstand zwischen uns rau-schen wird, einfach nur noch ein wenig hinauszögern.

»Es genügt wohl zu sagen, dass wir *niemals* darüber reden werden.« Sie erschaudert, und ihre Oberschenkel spannen sich enger um mich. »Das hier ist kompliziert – und etwas Kompliziertes kann gerade keiner von uns beiden gebrauchen. Es ist eine furchtbare Idee, und ich habe schon genug furchtbare Ideen für ein ganzes Leben gehabt. Lass mich runter, Bowen.«

Ich lasse sie runter. Mein Schwanz drückt sich mit seiner ganzen Länge schmerzhaft gegen den vorderen Bereich meiner Kniehose. Doch genau wie ich es befürchtet hatte, trifft mich nun die Realität wie ein eisiger Schwall Meerwasser ins Gesicht und zeigt mir, was ich gerade getan habe.

Evelyn ist eine Verräterin. Diesmal mag ich sie aufgehalten haben, sie wird jedoch erneut versuchen zu entkommen. Der Gedanke, sie zu verletzen, hat mir bereits widerstrebt, bevor ich wusste, wie sie schmeckt. Ich kann es mir nicht leisten zu zögern, falls es so weit kommen sollte. Wenn ich das tue … dann wird mich das ebenso sehr zu einem Verräter machen wie sie.

Das würde bedeuten, dass all die schrecklichen Dinge, die ich getan habe, seit mich Ezra aus dem Wasser gezogen hat, umsonst gewesen wären. Dass sie nichts bedeutet hätten.

Das reißt mich mehr als alles andere aus dem Nebel des Verlangens. Ich könnte ihr vorwerfen, mich mit einem Zauber belegt zu haben, aber Lust braucht keine Magie, um zum Leben zu erwachen. Ich wollte sie von dem Moment an, in dem ich sie zum ersten Mal gesehen habe. Ich hätte niemals den ersten Schritt gemacht, doch als sie mich geküsst hat … Ja, das, was mich in ihre Arme getrieben hat, war keine Magie.

Das war Verlangen.

Ich setze sie behutsam ab und trete zurück. Sogar in der Dunkelheit kann ich die Röte in ihren Wangen und ihre vom Küssen geschwollenen Lippen erkennen. Das sorgt dafür, dass ich sie erneut küssen will. Und weckt in mir den Wunsch, den verdammten Mond anzuheulen, weil diese ganze Situation so ungerecht ist.

»Du darfst nicht noch mal weglaufen, Evelyn.« Ich klinge kaum wie ich selbst. Meine Stimme ist tief und heiser. »Zwing mich nicht dazu, dich zu töten. Bitte.«

Sie wendet sich kurz ab und dreht sich dann wieder herum, um mir direkt ins Gesicht zu schauen. »Dieses Versprechen kann ich dir nicht geben.«

Allein mit dieser Aussage bricht sie ihren Schwur. Zumindest würde das für manche Kapitäne bereits ausreichen. *Miles würde es definitiv so sehen.* »Evelyn.«

»Sag meinen Namen nicht so.«

»Wie denn?«

»Als würde ich dich auf die Palme bringen und als wolltest du mich noch mal küssen.«

Das entlockt mir ein überraschtes heiseres Lachen. »Du bringst mich *durchaus* auf die Palme, und ich *will* dich noch mal küssen.«

»Bowen! Sei nicht so süß. Das ist beunruhigend und verwirrend.«

Sie ist diejenige von uns beiden, die unglaublich süß wirkt, vor allem jetzt, da sie so durcheinander ist. Das Wissen, dass ich es bin, der sie derart aus der Fassung gebracht hat, löst ein merkwürdiges Gefühl in meiner Brust aus. Diese Frau ist auf eine Weise gefährlich, mit der ich nicht umgehen kann, weil ich nicht darauf vorbereitet bin. Ich habe im Laufe der Jahre einige Geliebte gehabt, aber keine von ihnen ist auch nur ansatzweise an das herangekommen, was Evelyn in zwei kurzen Tagen gelungen ist.

Sie löst … *Sehnsucht* in mir aus.

»Komm mit zurück aufs Schiff.«

»Ich habe wohl kaum eine Wahl, oder?« Sie wirft einen

sehnsüchtigen Blick in Richtung der Dunkelheit zwischen den Bäumen. »Ich denke nicht, dass ich fürs Meer geschaffen wurde. Ich vermisse die Erde unter meinen Füßen.«

Dieses seltsame Gefühl in meiner Brust zwickt so fest, dass ich meine Hand auf die Stelle presse, als wäre es eine körperliche Empfindung. Ich halte es kaum aus, sie so traurig zu sehen. Aber ich *muss* sie traurig machen, um sie am Leben zu halten. »Komm schon.«

Ein leises Geräusch lässt mich abrupt innehalten. Es ist nicht wirklich ein Knurren, sondern eher ein bedrohliches Zischen. Evelyn wirbelt herum, um in die Dunkelheit zu starren, aber ich packe ihren Arm. »Keine Bewegung.«

»Was ist …?«

»*Still*, Frau.« Ich spähe über ihre Schulter zu den zwei glühenden Augen hinüber, die nicht weit entfernt mitten in der Luft zu schweben scheinen. Wäre ich nicht so sehr von ihr abgelenkt gewesen, hätte die Bestie niemals so nah an uns herankommen können. »Wenn ich dir sage, dass du laufen sollst, dann lauf zurück zum Dorf, als würde dein Leben davon abhängen. Denn so ist es.«

Ein leichtes Zittern geht durch ihren Körper, dies ist jedoch nicht der passende Moment, mir Gedanken um ihre Angst zu machen. Ich werde den richtigen Zeitpunkt sehr sorgfältig abpassen müssen. Die Kreatur wird uns anspringen, und es wird nur einen einzigen Augenblick geben, in dem wir ihr ausweichen können. Diese Tiere besitzen die Fähigkeit, die Ebenen der Existenz teilweise zu verschieben, was es ihnen ermöglicht, sowohl körperlichen als auch magischen Angriffen auszuweichen.

Woher weiß ich das?

Wir haben im Laufe der Jahre ein paarmal auf Yaltia Halt gemacht, allerdings habe ich mich bisher noch nie aus dem

Dorf hinausgewagt. Ein Blick auf die Häuser in den Bäumen reichte aus, um sämtliche Neugier, die ich verspürt habe, verkümmern zu lassen. Bis zu diesem Moment hätte ich geschworen, dass ich keine Ahnung habe, was in diesem Wald haust.

Die Augen verändern ihre Position und sinken ein paar Zentimeter weiter nach unten. Die Bestie ist kurz vor dem Sprung. Ich stoße Evelyn in Richtung des Dorfes. »Lauf!« Dann greife ich auf meine Magie zu, während ich mein größtes Messer aus meinem Stiefel ziehe. Mein Schwert nicht mitzunehmen, war dumm, aber ich hatte nicht erwartet, es mit mehr als einer eigensinnigen Hexe zu tun zu bekommen. Um mein Leben zu kämpfen stand eigentlich nicht auf dem Plan.

Ich kann meinen ersten richtigen Blick auf die Kreatur werfen, als sie aus der Dunkelheit herauspirscht. Es handelt sich um eine riesige schwarze Katze mit einem schneeweißen Fleck auf der Brust. Ihre Schultern sind gewaltig und würden mir sicher bis zur Brust reichen, wenn sie lange genug still stehen würde. Ihre Klauen sind mit Sicherheit so lang wie meine Hände. In den glühenden Augen schimmert eine Intelligenz, die kaum tierisch anmutet. Der Blick strahlt Bedrohlichkeit aus, sogar Hass.

Die Bestie stürzt sich auf mich. Ich erschaffe einen magischen Schild, und das Tier verschwindet spurlos. Erst ist es noch da, und einen Augenblick später ist es fort. Auf der anderen Seite meines Schildes taucht es wieder auf und ist mir plötzlich viel zu nah. Das verdammte Ding hat sich teleportiert. Ich wusste, dass es dazu in der Lage ist, doch es mit eigenen Augen bestätigt zu sehen, ist etwas vollkommen anderes. Einen Schild um meinen Körper herum aufrechtzuerhalten, ist in einem Kampf so gut wie unmöglich. Und gegen einen Feind wie diesen wird er nichts nützen. Stattdessen gehe ich zum Angriff über. Ich schlage mit einem konzentrierten Magiestoß zu, der direkt auf den Kopf der Bestie gerichtet ist.

Das verdammte Ding weicht aus und springt geradewegs nach oben, sodass meine Magie unter ihm hindurchschießt, ohne etwas auszurichten. »Verdammt.« Offensichtlich hat es Erfahrung im Kampf gegen magisch begabte Menschen. Ich stecke in Schwierigkeiten. Wenn ich weder zuschlagen noch mich verteidigen kann ... dann könnte es das für mich gewesen sein.

Mir bleibt kaum genug Zeit, um diesen Gedanken und die widersprüchlichen Gefühle, die er mit sich bringt, zu verarbeiten, als eine Kugel aus flackerndem lilafarbenem Feuer seitlich gegen die Großkatze prallt. Sie jault schmerzerfüllt auf, während die Flammen sie mit unnatürlicher Geschwindigkeit umfangen. Die Bestie verschwindet, aber als sie wieder auftaucht, breitet sich das Feuer immer noch in ihrem Fell aus.

Mit einem Schrei, der mir durch Mark und Bein geht, macht die Großkatze kehrt und flieht tiefer in den Wald hinein. Sofort verlischt das violette Lodern. Doch das Tier hält nicht inne. Ich schaue zu, wie es verschwindet. Dann drehe ich mich zu der Stelle um, an der Evelyn kauert.

Ihre Fingerspitzen sind schmutzig, weil sie damit einen groben Kreis in die Erde gezogen hat, in dem sie nun hockt. Sie atmet ebenso angestrengt wie ich. Als sie zu mir hochschaut, glühen ihre grünen Augen beinahe ebenso hell wie die der Katze eben. »Ich wollte dem Tier nicht wehtun.«

Ich blinzle. »Was?«

»Ich konnte nicht zulassen, dass es dich umbringt.« Sie wankt ganz leicht und stützt sich mit der Hand am Boden ab. Ihr Haar fällt nach vorn und verbirgt ihr Gesicht vor mir. »Und es befindet sich zu nah am Dorf. Es könnte leicht passieren, dass ein Kind bis hierher in den Wald hineinwandert. Immerhin sind wir nicht allzu weit gelaufen. Es ist nur eine Frage der Zeit, bis es jemanden tötet.« Ihre Stimme klingt belegt, als würde sie gegen Tränen ankämpfen.

Rein instinktiv trete ich näher an sie heran. »Du hast mich gerettet.«

»Tiere zu töten, nur weil sie gefährlich sind, ist nicht richtig. Dieser Logik zufolge müsste man auch dich und mich töten.«

Bei allen guten Göttern, meine diebische Hexe hat ein weiches Herz.

Ich halte nicht inne, um nachzudenken, sondern hebe sie hoch und schließe sie in meine Arme. »Du hast es nicht getötet. Und es ist klug genug, um sich in ein weniger gefährliches Gebiet zurückzuziehen und dort zu jagen. Du hast mir das Leben gerettet und vermutlich auch das Leben mehrerer Dorfbewohner.« Ich presse ihr einen Kuss auf die Schläfe, eine weitere rein instinktive Handlung. »Und die Dorfbewohner hätten es garantiert getötet, wenn es einen von ihnen umgebracht hätte. Du hast etwas Gutes getan, kleine Hexe.«

Sie stößt ein trauriges kleines Lachen aus. »Ich kann mir vorstellen, was du jetzt denkst. Es ist albern, wegen so etwas traurig zu sein. Aber wir Menschen verbocken einfach zu viel, weißt du? Dass wir so fest entschlossen sind, überall aufzutauchen, wo man uns gar nicht haben will, ist nicht die Schuld der Wildnis.«

Ich drücke sie sogar noch fester an mich. »Wirst du von mir verlangen, dass ich die Bestie aufspüre und heile?«

»Was?« Dieses Mal klingt ihr Lachen ein wenig mehr wie das der Frau, die ich immer besser kennenlerne. »Natürlich nicht. Hier könnte es noch weitere geben, und auch wenn mich der Gedanke, dass ich es verletzt haben könnte, traurig stimmt, will ich nicht sterben. Und ich will auch nicht, dass du stirbst.«

Sie neigt den Kopf zurück und schaut mich an. Ihre Stirn ist gerunzelt. »Du würdest es wirklich tun, nicht wahr?«

Ich will es nicht tun. Die Vorstellung, mich tiefer in diesen Wald hineinzuwagen, jagt mir einen Schauer über den Rücken. Ich weiß nicht, ob das Raubtier an diesen Ort zurückkehren wird, sobald seine Verletzungen verheilt sind, aber es ist möglich. Dass sich dieses Wesen so nah am Dorf aufhält, bedeutet, dass eine Katastrophe vorprogrammiert ist. Sollten die Dorfbewohner nicht in der Lage sein, damit umzugehen, würde man die Cŵn Annwn zurück an diesen Ort rufen, damit sie sich um das Problem kümmern. Und sie ... *wir* ... würden nicht aufhören, bis es tot wäre.

»Es aufzuspüren und zu heilen, wäre eine schlechte Idee«, sage ich schließlich.

»Oh, Bowen.« Sie lehnt ihren Kopf an meine Schulter. Das fühlt sich ziemlich angenehm an. »Ich werde dir erlauben, mich zu tragen, weil es ein wenig leichtsinnig von mir war, diesen Zauber ohne Vorbereitung durchzuführen. Aber denk ja nicht, dass das bedeutet, dass ich dich mag.«

Ich lächle an ihrem Haar. »Natürlich nicht.«

»Denn ich mag dich nicht.«

»Mmh.«

Sie seufzt. »Klar. Ich klinge nicht mal für meine Ohren überzeugend. Was auch immer. Bring mich zurück zum Schiff, Käpt'n. Ich werde eine brave kleine Matrosin sein, zumindest für eine Weile.«

12

Evelyn

Bowen spricht kein weiteres Wort, während er mich um die Außenbezirke des Dorfs herum und zurück zum Schiff trägt. Vermutlich weil er eben ein Mann ist, der nicht sonderlich stark mit seinen Gefühlen verbunden ist, und ich mein Bestes tue, um nicht wegen eines mörderischen Katzenmonsters zu weinen.

Bunny hat immer gesagt, dass ich zu weich sei, wenn es um pelzige Tierchen geht. Allerdings war sie da selbst nicht viel anders. Sie hat ständig Streuner gefüttert und kranke oder halb tote Kreaturen wieder aufgepäppelt. Und sie ist nie einem Schwan begegnet, mit dem sie nicht tratschen wollte, als wäre er ein Mensch.

Sie hätte mir keinen Vorwurf dafür gemacht, dass ich mich verteidigt habe … nur dass ich eben nicht *mich* verteidigt habe. Ich habe Bowen verteidigt. Ich hätte wegrennen können, wie er es mir befohlen hat. Um die Wahrheit zu sagen, war ich sogar schon losgerannt. Erst als ich mich umgedreht und erkannt habe, dass sich die Katze teleportieren kann, um seiner Magie auszuweichen, ist mir klar geworden, in was für Schwierigkeiten er tatsächlich steckt.

Der Idiot hatte nicht einmal sein Schwert dabei, und das war definitiv meine Schuld. Er ist in den Wald gekommen, um mich zurückzuholen und mich vor mir selbst zu retten. Die Tatsache, dass er keine Waffe mitgebracht hat, spricht Bände ... und hätte im Kampf gegen diese Bestie seinen Tod bedeutet.

Wäre er gestorben, hätte Miles das Kommando über die *Crimson Hag* übernommen, und dieser Ausgang ist nicht akzeptabel. Das ist der einzige Grund, warum ich ihn gerettet habe. Jawohl. Dass mir dieser Gedanke gerade erst gekommen ist, spielt keine Rolle. Das ergibt total Sinn.

Bowen bleibt stehen; ich hebe den Kopf und stelle fest, dass wir uns in der Nähe des Hafens befinden. Nicht nah genug, um vom Schiff aus gesehen zu werden, aber er kann mich auf keinen Fall dorthin zurücktragen, ohne dass es jemand mitbekommt. Ich räuspere mich. »Schon in Ordnung. Du kannst mich runterlassen.«

»Evelyn.« Er legt die Arme ein klein wenig fester um mich. »Danke.«

Mein verräterisches Herz vollführt einen kleinen Hüpfer. Zu viel ist in zu kurzer Zeit passiert. Von meinem vereitelten Fluchtversuch über meinen unüberlegten Kuss und die Demütigung, dass ich allein durch ein wenig körperliche Reibung zum Höhepunkt gekommen bin, bis hin zu dem Angriff der Riesenkatze.

»Was war das für ein Vieh?« Ich habe so etwas noch nie gesehen. Zu Hause haben wir ebenfalls große Raubtiere, und manche von ihnen sind sogar übernatürlichen Ursprungs, das hingegen war etwas vollkommen anderes.

»Eine Sìth-Katze.« Er runzelt die Stirn und schüttelt den Kopf. »Ich habe keine Ahnung, woher ich das weiß. Ich habe noch nie zuvor eine gesehen.«

Er setzt mich ab, und ich kann nicht anders, als nachdenklich seine Miene zu betrachten. Er wirkt beunruhigt, jedoch auf vollkommen andere Weise als sonst. Denn diesmal bin *ich* nicht der Grund für dieses Stirnrunzeln. »Nur weil du noch keine gesehen hast, bedeutet das nicht, dass du nicht weißt, was das für ein Tier ist. Ich habe noch nie einen Löwen gestreichelt und kann trotzdem einen erkennen, wenn ich ihn sehe.«

Er verzieht die Lippen ganz leicht, aber in seinen Augen schimmert nach wie vor dieser entrückte Ausdruck. »Ich … Ich bin mir fast sicher, dass ich diesen Begriff noch nie gehört habe.« Er schüttelt erneut den Kopf. »Das spielt keine Rolle. Ezra hat mir eine Menge Lektionen erteilt, als ich noch ein widerspenstiger Teenager war. Es ist durchaus möglich, dass mir der Name von damals unbewusst im Gedächtnis geblieben ist.«

Ich kenne ihn nicht gut genug, um nachzubohren, auch wenn ich sehen kann, dass er das selber nicht wirklich glaubt. »Vielleicht ist das hier dein Heimatreich, und deswegen weißt du darüber Bescheid.«

Bowens Miene wirkt mit einem Mal verschlossen. Mir war nicht klar, wie sehr er sich entspannt und geöffnet hatte, bis dieser Ausdruck plötzlich von seinem Gesicht verschwunden ist. »Das ist nicht der Grund. Ich habe keine Vergangenheit. Mein Leben hat begonnen, als ich zu den Cŵn Annwn kam. Du solltest nicht versuchen, ein Problem zu erschaffen, wo es keins gibt.«

Es liegt mir auf der Zunge, ihn darauf hinzuweisen, dass niemand einfach so mit dreizehn in der Welt auftaucht, egal was für eine Art übernatürliches Wesen man auch sein mag. Und Bowen stammt eindeutig von menschlichen Vorfahren ab. Er wurde nicht als einer der Cŵn Annwn geboren.

Aber ich bin müde.

Der Zauber hat mir eine Menge abverlangt. Jedes Wesen, das über Magie verfügt, trägt eine begrenzte Quelle in seinem Inneren. Sie füllt sich regelmäßig neu auf, es sei denn, etwas vollkommen Verrücktes geschieht, man muss allerdings aufpassen, dass man sie nicht komplett erschöpft. Ich bin nie nah dran gewesen, meine gesamte Energie aufzubrauchen. Ich bin auch jetzt nicht nah dran, aber ich habe mehr benutzt, als angenehm ist. Ich brauche etwas zu essen und eine ganze Nacht Ruhe, um mich zu erholen.

Strategisch betrachtet war es eine schlechte Entscheidung, Bowen zu retten. Ich hätte die Tatsache, dass er abgelenkt war, nutzen können, um zu fliehen. Dann könnte ich jetzt schon jede Menge Abstand zwischen mich und all jene bringen, die mich jagen werden. Der Gedanke ist mir jedoch nie in den Sinn gekommen. Ich habe instinktiv reagiert, und ich denke, dass mittlerweile klar ein sollte, dass meine Instinkte ziemlich mies sind.

Damit will ich eigentlich nur sagen, dass ich weder die Zeit noch die Energie habe, mich mit ihm zu streiten. Es fällt mir schon schwer genug, einfach nur dazustehen, ohne ins Wanken zu geraten. »Wenn du das sagst.«

Er starrt mich mit gerunzelter Stirn an. »Brauchst du einen Heiler?«

»Es geht mir gut.« Bei meinem Glück würde er diese Gelegenheit nutzen, um mich mit einem Verfolgungszauber zu belegen, den ich dann erst loswerden müsste, bevor ich einen weiteren Fluchtversuch unternehmen könnte.

Und ich *werde* einen weiteren Fluchtversuch unternehmen. Nur … nicht jetzt sofort.

»Evelyn.« Er wartet, bis ich ihn anschaue, bevor er weiterspricht. »Sobald das Wetter aufklart, werden wir weitersegeln. Es ist wichtig, dass du nichts tust, um unseren Aufbruch zu verzögern. Die Monster, die wir jagen, haben Leute getötet. Wir sind uns immer noch nicht sicher, um was für eine Art von Wesen es sich genau handelt, aber dessen sind wir uns *sicher*.

Unsere Aufgabe besteht darin, sicherzustellen, dass nicht noch mehr Leute sterben.«

So wie wir es mit der Sìth-Katze gemacht haben.

Der Gedanke löst heftige Übelkeit in mir aus. »Weißt du, ich bin eine Lügnerin und eine Betrügerin und eine Diebin, aber ich habe noch nie zuvor etwas – oder jemanden – ermordet. Ich freue mich nicht darauf, das zu ändern.«

»Wenn es sich um ein Monster handelt, ist es kein Mord.« Er tut es schon wieder. Er öffnet den Mund, und die Worte eines anderen kommen heraus.

Ich halte seinem Blick stand. »Woher weißt du das? Du hast gerade zugegeben, dass du keine Ahnung hast, welche Gestalt dieses Monster hat. Du weißt lediglich, dass es Leute umgebracht hat.«

Er seufzt. »Manchmal kommen unsere Befehle nicht mit allen notwendigen Einzelheiten. So funktioniert das eben. Wir werden dazu ausgebildet, uns an jedes Monster anzupassen, dem wir uns stellen müssen. Der Rat traut uns zu, dass wir in der Lage sind, damit fertigzuwerden, selbst wenn wir nicht alles über die Situation wissen, in die wir uns begeben.«

»Du machst es schon wieder. Du wirfst mit diesem Wort um dich, als würde es tatsächlich etwas bedeuten. Ich vermute, dann macht es einen auch zum Monster, wenn man seinen Schwur bricht, was? Denn ihr tötet ja Leute, die vor euch fliehen.«

Bowen hält inne und seufzt erneut. »Ich verstehe, was du meinst, aber das ist etwas anderes. Wir haben keine Wahl.«

»Man hat immer eine Wahl. Aber es gibt leider nichts als schlechte Optionen. So ist das im Leben eben.« Ich bin völlig durchnässt, erschöpft und todunglücklich. Ich drehe mich um und trotte auf das Schiff zu. Diese ganze Sache war ein Fehler. Nicht nur weil mich Bowen erwischt hat … und mir dann einen besonders herausragenden Orgasmus beschert hat.

Nichts als schlechte Optionen. Allerdings.

Wäre ich aus Lizzies Haus geflohen, ohne in ein anderes Reich zu reisen, hätte mich ihre Familie höchstwahrscheinlich umgebracht. Und nicht auf schnelle, schmerzlose Weise. Lizzie ist nicht grundlos zu der Person geworden, die sie ist. Sie ist durch ihre Geburt und ein sehr langes Leben voller Konditionierung geprägt worden. Ich könnte mir vorstellen, dass ihre Eltern sogar noch schlimmer sind. Der Gedanke lässt mich erschaudern.

Ein warmes Gewicht legt sich auf meine Schultern. Bowens Mantel. Noch während ich mich ermahne, es nicht zu tun, ziehe ich ihn enger um mich und atme tief ein. Sein Zederduft beruhigt etwas in mir. Das Gleiche gilt für die Wärme, die der Stoff noch in sich trägt. Ich weiß nicht, was ich davon halten soll, also denke ich lieber gar nicht darüber nach.

Ich stapfe zum Schiff zurück. In der Dunkelheit vor der Morgendämmerung ist alles still und ruhig. Außerdem gibt es keinen Landungssteg. *Verdammt.* Der Gedanke ist mir gerade erst in den Sinn gekommen, als mich Bowens Magie umfängt und mich in die Luft hebt. Sein Griff schwankt ein wenig, bevor er mich stabilisiert. Ich schaue nach unten und stelle fest, dass seine Miene angestrengt wirkt. Auch er hat heute Nacht eine Menge Magie benutzt. Obwohl er ebenso erschöpft sein muss wie ich, tut er immer noch sein Möglichstes, um sicherzustellen, dass ich bequem an Bord gelange. Das ist unnötig und leichtsinnig und … verdammt, es wärmt mir das Herz.

Mein Aufstieg zur Reling geht nur langsam voran, beinahe so langsam, als wäre ich eigenhändig hinaufgeklettert. Das verschafft mir zu viel Zeit zum Nachdenken. Er hält mich so behutsam fest, obwohl er vollkommen ausgelaugt ist, und ein Teil meines Verstands kann nicht aufhören, die Möglichkeiten zu analysieren. Vorhin hatte ich zu viel Angst, um wahrzunehmen, wie attraktiv ihn die Tatsache macht, dass er über so viel Macht verfügt. Über so viel Kontrolle.

Jetzt habe ich keine Angst mehr.

Wer braucht schon Bondage-Seile, wenn einen der Partner mit dem Verstand fesseln kann? Wenn er einen anheben und bewegen und *berühren* kann, ohne einen einzigen Finger zu heben?

Nein. Darüber werde ich auf keinen Fall nachdenken.

Doch das tue ich bereits, nicht wahr? Das, was zwischen uns passiert ist, lässt sich nicht rückgängig machen. Und nun, da ich weiß, wie unglaublich gut er schmeckt, wie es sich anfühlt, wenn er mich hält, als wäre ich das Wertvollste auf der Welt, wie er *knurrt*, wenn er kurz davor ist, die Kontrolle zu verlieren … Eine Frau könnte süchtig danach werden, auf diese Weise berührt zu werden und nur mit einem Kuss und einer Umarmung derart heftige Auswirkungen auf ihren Partner zu haben.

Ich mache mir bezüglich meines Aussehens nichts vor. Ich bin dick und sexy und habe im Laufe der Jahre keinen Mangel an Partnerinnen und Partnern gehabt. Aber es war immer ein Spiel, ein Tauziehen, bei dem es um Spaß oder Dominanz ging – oder in Lizzies Fall um das perverse Verlangen, ihre epische Kontrolle ins Wanken zu bringen. Ich war nie erfolgreich. Selbst wenn sie von einem Orgasmus überrollt wurde, war sie eiskalt. Das hat nur dafür gesorgt, dass ich sie noch mehr wollte.

Bowen ist anders. Mit ihm ist es kein Spiel. Er ist so entsetzlich ernst. Ich weiß nicht, wie ich damit umgehen soll. Ich sollte *gar nicht* damit umgehen. Egal wie sehr ich mich zu ihm hingezogen fühle, ich werde von hier verschwinden.

Ja, die Cŵn Annwn sind beängstigend, bei Lizzie ist das jedoch nicht anders. Ich hatte bereits geplant, den Rest meines Lebens damit zu verbringen, ihr auszuweichen. Letztendlich ist es Jacke wie Hose, vor wem ich davonlaufe.

Bowen setzt mich sanft auf dem Deck ab und klettert dann eigenhändig nach oben, statt seine Magie für sich selbst zu benutzen. Wie ich vermutet habe, sieht er aus, als würde er jeden Moment umkippen, als er sich ein paar Augenblicke später an Bord hievt. Als ich mich anschicke, aus seinem Mantel zu schlüpfen, schüttelt er den Kopf. »Behalte ihn fürs Erste.«

Es ist unmöglich, nicht zu bemerken, wie der Regen dafür sorgt, dass sein weißes Hemd an seiner breiten Brust klebt. Der Stoff ist praktisch durchsichtig, und jede Muskelwölbung und Narbe ist deutlich zu erkennen. Er hat eine *Menge* Narben. Das versetzt mir einen seltsamen Stich ins Herz, mein Herz war allerdings schon immer ein launisches Ding. Natürlich empfindet es Mitgefühl für diesen Mann, der ebenso sehr ein Monster ist wie die Sìth-Katze.

»Danke.« Ohne ein weiteres Wort wende ich mich ab und gehe unter Deck. Lucky ist nirgends zu entdecken, als ich unser Zimmer betrete. Das soll mir nur recht sein. Ich bin nicht in der Stimmung, mich mit their seltsamem Gehabe abzugeben.

Ich befreie mich einmal mehr von meiner durchnässten Kleidung und starre sie finster an. Das waren nun schon zwei vereitelte Fluchtversuche – einer vor Lizzie und einer vor der *Crimson Hag*. Vielleicht sind die Klamotten verflucht. Wenn ich das nächste Mal weglaufe, werde ich etwas anderes tragen.

Zugegeben, die Kleidung, die man mir zur Verfügung gestellt hat, passt nicht richtig, aber das ist ein Problem für einen anderen Tag. Es gibt Magie, mit der man Nähte anpassen kann, ich habe mir jedoch nie die Mühe gemacht, sie zu lernen, weil ich darin wirklich schlecht war. Wie Bunny immer gesagt hat: *Bleib bei dem, was du gut kannst.*

Ich atme ein, doch die Luft bleibt mir im Hals stecken. Götter, was mache ich hier nur? Dies war meine beste Gelegenheit für eine Flucht, und ich bin kaum ein paar Hundert Meter weit gekommen. Bowen war mir gleich mehrere Schritte voraus. Ich hatte nie eine Chance.

Wie im Namen der Götter soll ich mich befreien? Ich habe mich im Laufe der Jahre aus zahlreichen heiklen Situationen herausgewunden, dies hingegen ist bei Weitem die heikelste. Es muss eine Möglichkeit geben …

Ich lasse mich auf mein Bett fallen und schlinge Bowens Mantel eng um mich. Dabei verspüre ich lediglich einen flüchtigen Anflug von Schuld. Ich sollte keinen Trost in der Erinnerung an den Mann finden, der mich gefangen genommen hat, dennoch kann ich nichts gegen das wohlige Gefühl ausrichten, das sie in mir auslöst.

Schlaf überkommt mich von einem Atemzug auf den nächsten, und die Erschöpfung zieht mich hinunter in die Tiefen.

13

Bowen

Der Sturm zieht pünktlich vorbei. Wir verbringen ganze vierundzwanzig Stunden im Hafen, gerade lange genug, dass in-
teressierte Besatzungsmitglieder von Yaltias Gastfreundschaft
Gebrauch machen können. Der Kneipenbesitzer wird sich
über die Einkünfte aus der ganzen Trinkerei freuen, und ich
habe Kit losgeschickt, um anständige Kleidung für Evelyn zu
besorgen.

Nicht, dass die Hexe in dieser Zeit noch einmal aufgetaucht
ist. Ich rede mir ein, dass es ein Segen ist, dass sie nicht herum-
läuft und für Ärger sorgt, während wir uns darauf vorbereiten,
in See zu stechen. Das hält mich jedoch nicht davon ab, mich
immer und immer wieder mit Gewalt von der Tür abzuwenden, die unter Deck führt, während der Sturm nachlässt und
zu einem leichten Regenschauer wird, den eine verspielte Brise
begleitet, bis er schließlich ein paar Stunden später vollständig
verstummt.

Ich muss nicht nach ihr sehen. Es geht ihr *gut*. Es gibt keinen
Ort, an dem sie vor Angriffen von außen sicherer ist als auf der
Crimson Hag. Und meine Besatzung weiß, dass alle sich unter-
einander auf gutmütige Neckereien beschränken sollten. Von
anderen Schiffen der Cŵn Annwn kann man das nicht behaup-

ten, aber … Ich kann nur dieses Schiff und diese Crew kontrollieren. Um die anderen darf ich mir keine Gedanken machen. Wenn ich versuche, gegen jede Ungerechtigkeit in dieser Welt vorzugehen, werde ich im Wasser als Futter für die Meerjungfrauen enden. Ezra hat mir beigebracht, dass es lebenswichtig ist, gut abzuwägen, welchen Kämpfen man sich stellt, und nur jene zu beschützen, die man tatsächlich verteidigen kann, denn in einer ungerechten Welt ist es unmöglich, jeden zu retten. Manchmal schmerzt diese Lektion mehr als alles andere.

»Ich habe, wonach du verlangt hast, Käpt'n.«

Ich nicke Kit zu. Ne hat einen Beutel in der Hand, der deutlich voller aussieht, als ich erwartet habe. Ich ziehe die Augenbrauen hoch. »Hast du den ganzen Laden leer gekauft?«

Ne grinst. »Keineswegs. Auf Yaltia gibt es allerdings viel Durchgangsverkehr, also haben die Landbewohner hier eine Menge Dinge auf Lager, die sie mit unseren Leuten tauschen können.«

In einem Reich voller sich ständig bewegender Inseln – und Portale – sind stationäre Handelsposten Gold wert. In Threshold gibt es vier ortsgebundene Inseln von gewisser Größe – Sarvi, Drash, Lyari und die Three Sisters. Letztere besteht aus drei Inseln, wie der Name schon vermuten lässt, aber sie liegen so dicht beieinander, dass sie als Einheit angesehen werden. Unter den Einheimischen sind die einzelnen Teile der kleinen Inselgruppe allerdings auch als First, Second und Third Sister bekannt.

Yaltia befindet sich an einer perfekten Schnittstelle inmitten der Routen zwischen den feststehenden Inseln, was bedeutet, dass hier eine beträchtliche Menge an Durchgangsverkehr herrscht. Die Lage macht Yaltia auf einigen der längeren Reisen zu einem unschätzbar wertvollen Zwischenhalt für die Bevorratung.

Ich strecke die Hand aus, um Kit den Beutel abzunehmen, aber im letzten Moment hält mich meine Vernunft davon ab. Ich muss ein Schiff führen und eine Besatzung befehligen. Und so gern ich auch nach Evelyn sehen würde, um mich mit eigenen Augen davon zu überzeugen, dass sie sich erholt hat, nachdem sie eine beträchtliche Menge ihrer Magie eingesetzt hat, um uns zu retten, gibt es andere Dinge, die nach meiner Aufmerksamkeit verlangen.

Wie etwa das Seeungeheuer, das Sarvi bedroht. Dem aktuellen Bericht zufolge, der gestern Nacht auf meinem Schreibtisch aufgetaucht ist, hat es erneut mehrere Leute getötet. Teenager, die an einem Strand schwammen, der sicher hätte sein sollen. Den Schuldgefühlen, die mich heimsuchen, kann ich nicht entkommen. Wir hätten nicht durch diesen Sturm segeln können, dennoch fühlt sich die Verzögerung wie ein Versagen an. Allein deswegen sind Leute gestorben. Allein deswegen sind *Kinder* ums Leben gekommen.

Hinzu kommt, dass die Tode darauf hinzuweisen scheinen, dass sich das Monster in einem Jagdgebiet niedergelassen hat, statt zu versuchen, zurück in das Reich zu gelangen, aus dem es gekommen ist. Nicht, dass es sich durch eine Flucht retten könnte. Sobald ein Monster genug Aufmerksamkeit auf sich zieht, müssen sich die Cŵn Annwn auch außerhalb von Threshold auf die Jagd begeben. Selbst wenn es niemals in unser Territorium übertritt. Ich bin mir sicher, dass meine kleine Hexe *dazu* etwas zu sagen hätte, sollte das Thema zur Sprache kommen, was allerdings nur selten der Fall ist.

»Bitte bring die Sachen zu ihr.«

Kit zieht die Augenbrauen hoch. »Bist du sicher, dass du sie nicht eigenhändig ausliefern willst?«

Ich verschlucke mich beinahe. Nur dank der Tatsache, dass ich Kits Neckereien schon seit Jahren kenne, habe ich genug

Übung, um nicht darauf zu reagieren. »Ich glaube kaum, dass das nötig ist.«

»Wenn man immer nur das tut, was nötig ist, hat man nie Spaß, Käpt'n.« Kit grinst. »Wir alle sehen, wie du sie anschaust. Wie sie dich anschaut. Ein Geschenk vom gut aussehenden Kapitän wäre sicher nicht verkehrt.«

Ich werde nicht erröten. *Auf gar keinen Fall.* »Ich bin der Kapitän dieses Schiffes, und mich mit einem Mitglied meiner Besatzung einzulassen, wäre höchst unangemessen.« Nur gut, dass Kit ein Mensch ist. Ne verfügt über keinerlei Magie, also kann ne die Spuren der Erinnerung an Evelyns Mund auf meinem nicht wahrnehmen – ein Ereignis, das gerade einmal vierundzwanzig Stunden her ist.

»Du weißt, dass das kein wirkliches Gesetz ist, oder?« Ne schüttelt den Kopf. »Genieße das Leben ein wenig, Käpt'n. Wir mögen nach den Cŵn Annwn benannt sein, aber keiner von uns ist unsterblich. Das Leben ist zu kurz, um auf die wenigen Freuden zu verzichten, die es zu bieten hat.« Ne macht kehrt und geht davon, bevor ich *darauf* reagieren kann, was mir nur recht ist.

Die nächsten paar Stunden vergehen wie im Flug und sind von hektischer Betriebsamkeit gekennzeichnet, während wir ablegen und gen Norden aufbrechen, indem wir um die Küste der Insel herumsegeln. Dann gibt es nur noch das offene Meer und den weiten Horizont. Hier draußen habe ich das Gefühl, endlich richtig atmen zu können.

Das ist zweifellos eine Illusion.

Threshold ist mit Inseln übersät, sowohl mit stationären als auch mit beweglichen. Wir sind nie weiter als ein paar Tagesreisen von einer von ihnen entfernt. Nicht alle sind bewohnt, und auf manchen gibt es nicht einmal Süßwasser. Doch sie dienen als Erinnerung daran, dass wir nie wirklich frei sind.

Ich halte inne. *Wo ist dieser Gedanke denn plötzlich hergekommen?* Wenn ich es nicht besser wüsste, würde ich meine Hexe aufspüren und ihr vorwerfen, dass sie ihn mir direkt in den Kopf eingepflanzt hat. Es wäre eine falsche Anschuldigung. Sie mag teilweise für den merkwürdigen Gedanken verantwortlich sein, er basiert allerdings nicht auf Magie. Er basiert auf ihren unablässigen Fragen. *Warum* machen wir die Dinge so, wie wir sie machen? Er basiert auf ihrer Trauer, die sie wegen des Schadens empfindet, den sie einer wilden Bestie zugefügt hat, die uns töten wollte.

Das hätte ich niemals von ihr erwartet.

Sie hat meinen Erwartungen nicht oft entsprochen, seit wir sie aus dem Meer gefischt haben.

»Guter Wind.«

Ich sehe, wie Miles auf mich zukommt, und sofort kippt meine gute Laune. »Wir werden Sarvi trotz der Verzögerung schnell erreichen.« Ich habe meinen Quartiermeister während der Zeit, die wir aufgrund des Sturms in der Bucht von Yaltia festgesessen haben, nicht viel zu Gesicht bekommen. Er ist mit einem Großteil der Besatzung an Land gegangen. Zweifellos hat er den Aufenthalt gut genutzt, um sich weiter bei ihnen einzuschmeicheln.

Die Abstimmung wird kommen. Ich kann es spüren, so wie Dia den Verlauf des Wetters spüren kann. Ich tue mein Bestes, um stets nach bestem Gewissen zu handeln, ich bin jedoch auch nur ein Mensch, und der Ehrenkodex, den mir Ezra anerzogen hat, passt manchen Leuten nicht sonderlich gut in den Kram. Nur ein Augenblick wird nötig sein, eine einzige falsche Entscheidung, und Miles wird seinen Sieg bekommen.

Der Gedanke sollte mich in Rage versetzen, aber ich bin so verdammt müde. Ich will es auf meine Befürchtung schieben, dass sich Evelyn erneut davonschleichen wird, oder auf die hundert anderen kleinen Einzelheiten und Sorgen, die damit einhergehen, ein Schiff zu führen, und die mich nachts wachhalten.

So langsam frage ich mich, ob sich diese Erschöpfung womöglich schon seit Jahren ankündigt. Evelyns Anwesenheit an Bord hat sie nicht ausgelöst. Sie hat nur das enthüllt, was bereits da war und unter der Oberfläche brodelte.

Miles bleibt neben mir stehen und dreht sich lässig zu mir um. Ich nicke Sarah zu, und sie verpasst uns mithilfe ihrer Magie einen kleinen Schub, füllt die Segel und schickt uns über die Wellen hinaus, immer weiter fort von Yaltia.

Ich rede mir ein, dass mir das Atmen nicht leichter fällt, je weiter wir uns von der Insel entfernen, doch das ist eine Lüge.

Sekunden vergehen, dann Minuten. So lange hat sich Miles seit Wochen nicht mehr in meiner Gegenwart aufgehalten. Ich werfe ihm einen Blick zu. »Brauchst du etwas?«

Er zuckt mit den Schultern. »Ich will nur sichergehen, dass sich der Plan für Sarvi nicht geändert hat.«

Mir gefällt nicht, wie beiläufig er das sagt. Es fühlt sich an, als würde hinter diesen scheinbar schlichten Worten wesentlich mehr stecken, als man vermuten würde. Die meiste Zeit über spricht Miles nicht in Rätseln, sondern sagt geradeheraus, was er meint – das macht es nur umso schwieriger, ihn zu durchschauen, wenn er es *nicht* tut. »Warum sollte sich etwas daran geändert haben?«, frage ich schließlich.

Sein geschuppter Echsenschwanz zuckt. Es ist nur eine winzige Bewegung, dennoch spricht sie Bände. »Die Frau spielt mit deinem Verstand.«

»Sie spielt nicht mit meinem Verstand.« Ich rede zu schnell, klinge zu barsch. Dieser Satz ist mir zwar schon selbst gekommen, aber ihn von Miles ausgesprochen zu hören, macht mich nervös.

»Bist du sicher?« Seine Stimme ist ausdruckslos. »Ist nichts Berichtenswertes passiert, seit sie an Bord gekommen ist?«

So etwas wie Schuld steigt in meiner Kehle auf. Er kann auf keinen Fall die Sith-Katze meinen. Das war keine offizielle Jagd, und Evelyn war die einzige Zeugin des Zwischenfalls. Und *sie* hat niemandem davon erzählt, da bin ich mir sicher. Miles versucht, mich in eine Falle zu locken, damit ich zugebe, dass ich einen Fehler gemacht habe. Ich muss mich bewusst dazu zwingen, meinen Griff am Steuer zu lockern. »Offensichtlich beschäftigt dich etwas. Spuck es aus.«

»Lucky ist aufgewacht und hat festgestellt, dass their Mitbewohnerin verschwunden war. In jener ersten Nacht in der Bucht von Yaltia wurde die Hexe mehrere Stunden von niemandem gesehen ... bis Sarah mitbekommen hat, wie *du* mit ihr an Bord zurückgekehrt bist. Wenn sie ihren Schwur gebrochen hat ...«

»Das hat sie nicht.« Ich darf ihn diesen Gedankengang nicht weiterverfolgen lassen. Ich mag bereit sein, Evelyn den Raum zu geben, den sie benötigt, um sich mit ihrem neuen Leben abzufinden, Miles hingegen wird ihr das nicht gönnen. Das hat er immer wieder bewiesen, seit wir sie aus dem Meer gezogen haben. »Sie wollte die Insel sehen, also habe ich ihr eine kurze Tour gegeben.«

»Mitten in der Nacht, während wir hier wegen eines heftigen Sturms festsaßen?« Seine Ungläubigkeit ist so deutlich zu hören, dass sie nahezu greifbar erscheint.

Wenn ich ihn weiter mit mir diskutieren lasse, wird er mir auf die Schliche kommen. Weder Evelyn noch ich hatten einen guten Grund dafür, zu jenem Zeitpunkt an Land zu gehen. Es sei denn, wir führten nichts Gutes im Schilde. Oder sie führte nichts Gutes im Schilde, und ich habe sie zurück zum Schiff gezerrt, bevor irgendjemand ihr Verschwinden bemerken konnte.

Am besten wechsele ich einfach komplett das Thema. »Während wir im Wald waren, sind wir einer Kreatur begegnet, die ich noch nie zuvor gesehen habe. Sie konnte zwischen den Existenzebenen hin und her wechseln. Hast du je von einer riesigen Katze gehört, die dazu in der Lage ist?«

Miles lässt seine Zunge hervorschnellen und kostet die Luft. Als würde er nach einer *Lüge* suchen. »Ist das etwas, worum wir uns kümmern müssen?«

»Nein, wir haben uns bereits darum gekümmert.« Ich drücke mich bewusst vage aus, damit er das so interpretieren kann, wie er will. Er wird davon ausgehen, dass wir das Wesen getötet haben. Das haben wir nicht, da es bei dem Zwischenfall jedoch so schwer verletzt worden ist, wird es das Dorf sicher hinter sich lassen und sich leichtere – weniger gefährliche – Beute suchen. Natürlich kann ich das nicht mit Gewissheit sagen, aber …

Der Gedankengang beunruhigt mich. Das fühlt sich alles zu sehr nach Gehirnakrobatik an, und mit so was gebe ich mich normalerweise nicht ab.

»Um deine Frage zu beantworten: Nein, einer derartigen Bestie bin ich noch nie begegnet.« Er verengt seine wachsamen Augen zu Schlitzen. »Warum fragst du?«

Weil ich offensichtlich von dieser Kreatur gehört habe. Ich kenne ihren Namen und besitze viel zu viele Informationen über sie. Details, über die ich eigentlich nicht verfügen dürfte. Nicht, dass ich das ihm gegenüber zugeben werde. Er sucht bei mir bereits nach Schwachstellen, die er ausnutzen kann. Es besteht kein Grund, sie ihm auf dem Silbertablett zu präsentieren. »Wenn es sich um eine Kreatur handelt, die sehr viel häufiger vorkommt, als mir klar war, dann wäre es nützlich, die Besatzung für den Umgang mit ihr auszubilden.«

»Darüber musst *du* dir keine Gedanken machen. Du wirst

nicht mehr sehr viel länger Kapitän sein.« Er macht auf dem Absatz kehrt und geht ohne ein weiteres Wort davon.

Ich blicke ihm hinterher und spüre, wie sich Grauen auf meine Schultern legt, schwer wie eine bleierne Decke. Wenn wir jetzt schon zu offenen Drohungen übergegangen sind, dann denkt er, dass er sich die Stimmen der Crewmitglieder so gut wie gesichert hat. Darum werde ich mich bald kümmern müssen ... aber nicht sofort. Zuerst müssen wir ein paar Leben retten.

Ich richte meine Aufmerksamkeit wieder auf den Horizont. Mit Miles werde ich mich befassen, sobald wir dieses Seeungeheuer erledigt haben. Auch ohne sämtliche Einzelheiten über das Wesen zu kennen, das wir jagen, können wir davon ausgehen, dass es sich dabei wahrscheinlich um eine Art Schlange handelt. Dem aktuellsten Bericht zufolge wurden die Teenager am Strand selbst getötet, was bedeutet, dass die Kreatur aus dem Wasser kam, zumindest teilweise. In Kombination mit der Tatsache, dass sie im seichten Wasser angreift, schließt dies bereits eine gewisse Anzahl an Möglichkeiten aus.

Seeschlangen kommen in Threshold recht häufig vor, aber alle Arten, die ursprünglich von hier stammen, halten sich normalerweise in den Tiefen des Meeres auf und kommen nur während der Paarungszeit an die Oberfläche. Und selbst dann halten sie sich für gewöhnlich von den bewohnten Inseln fern. Denn diejenigen, die das nicht tun, überleben es nicht. Das hat vermutlich für eine Art natürliche Evolution gesorgt.

Probleme bereiten uns lediglich die Arten von außerhalb. Auch wenn Portale ausschließlich auf den Inseln existieren, sind einige dieser Landmassen im Laufe der Generationen unter den Meeresspiegel gesunken. Unsere Aufzeichnungen sind recht genau, wenn es um jene Inseln geht, die wir aus irgendeinem Grund verloren haben. Aber nur weil eine Insel nicht länger für Landlebewesen bewohnbar ist, bedeutet das nicht, dass ihr jeweiliges Portal nicht mehr funktioniert. Wenn Monstrositäten aus dem Meer eintreffen, dann sind das die magischen Pforten, die sie benutzen.

Wenn ich Mitleid mit ihnen empfinde, rufe ich mir ins Gedächtnis, dass ich gegenüber den Einwohnerinnen und Einwohnern von Threshold mehr Verantwortung habe als gegenüber irgendeiner Kreatur, die sich verirrt hat. Es gibt keine geeignete Methode, sie in das Reich zurückzubefördern, aus dem sie gekommen ist, und selbst wenn es eine gäbe, entspricht so etwas nicht dem Vorgehen der Cŵn Annwn. Wir jagen. Wir töten. Ende der Geschichte. Das belastet mich, doch ich verdanke ihnen *alles*.

Diese Gedanken tun mir nicht gut. Hier gibt es kein Problem zu lösen, selbst wenn Evelyn mich das glauben machen will. Sie verfolgt ihre eigenen Interessen, und das darf ich nicht vergessen.

Also rufe ich mir das in den Sinn und denke daran … bis zu dem Moment, in dem ich Kit zurück aufs Deck kommen sehe. Ich winke nem zu mir heran, obwohl ich keinen guten Grund dafür habe. Und ne weiß das auch. Kit grinst und kommt herübergeschlendert. »Was gibt's, Käpt'n?«

Ich laufe Gefahr, mich zum Narren zu machen, scheine hingegen nicht damit aufhören zu können. »Hat sie die Kleidung problemlos erhalten?«

Kits Grinsen wird noch breiter, falls das überhaupt möglich ist. »Natürlich. Sie war angesichts all der hübschen Sachen ganz hingerissen. Ich habe darauf geachtet, ihr mitzuteilen, dass sie sich dafür allein bei dir zu bedanken hat und bei niemandem sonst.« Bevor ich mir eine Erwiderung darauf überlegen kann, winkt mir Kit mit den Fingern zu und macht sich in Richtung Achterdeck auf.

Ich habe ihr die Kleidung nicht besorgt, damit sie einen Grund hat, mich aufzusuchen oder mir zu danken. Trotzdem freue ich mich darauf, wieder in ihrer Gegenwart zu sein. Ich bekomme die Erinnerung daran, wie sie in meinem Armen gelegen hat, nicht aus dem Kopf. Ihre Abwesenheit während der vergangenen vierundzwanzig Stunden hätte ausreichen sollen, um das Schlimmste davon aus meinen Gedanken zu verbannen, doch das ist nicht der Fall. Wenn überhaupt, sehne ich mich noch mehr nach ihr.

Das ist ein Problem.

Ich werde es einfach meiner Liste hinzufügen.

14

Evelyn

Ich kann mich nicht für immer verstecken. Als mich Miles für die Arbeit in der Küche eingeteilt hat, hat mir der Gedanke zuerst widerstrebt, aber ehrlich gesagt war das eine nette Erholung von … allem. Ich habe ein wenig Erfahrung mit Brownies, also trete ich ihnen im Gegensatz zu ein paar Mitgliedern der restlichen Besatzung nicht auf die Füße. Im Gegenzug muss ich nicht die harte Arbeit erledigen, die mit der Schufterei an Deck einhergeht, oder befürchten, dass ich auf den Quartiermeister treffen könnte, der mich offensichtlich hasst. Ich rede mir ein, dass es das wert ist.

Ich kann allerdings nicht umhin, Bowen zu vermissen.

Den Mann zu vermissen, der mich gefangen hält und extrem nervtötend ist, weil er einfach nicht bereit ist nachzugeben, ist lächerlich. Doch nach drei Tagen finde ich mich erneut an Deck wieder. Die Aufregung der Mannschaft hat mich nach oben gelockt, denn wir nähern uns unserem Ziel. Ich gehe allen aus dem Weg, so gut ich kann, und schaffe es schließlich bis zur Reling.

Der Himmel über uns ist wolkenlos und so blau, dass er beinahe unecht wirkt. Der Anblick erinnert mich an Sommertage in meinem früheren Zuhause, und die Sehnsucht trifft mich derart heftig, dass ich tatsächlich zusammenzucke. Dass ich an diesem magischen Ort sein kann und der Himmel dennoch so vertraut aussieht, ist wirklich seltsam. Er ist strahlend und blau und absolut endlos. Ich versuche, die Tatsache, dass ich in Threshold bin, wertzuschätzen, in letzter Zeit fällt es mir jedoch schwer, positiv zu denken, weil ich mich so hin- und hergerissen fühle.

Unser Ziel liegt direkt vor uns, eine Insel, die bedeutend größer als die letzte ist. Sie erstreckt sich bogenförmig gen Osten – zumindest denke ich, dass das Osten ist – und wölbt sich dann so weit herum, dass sie außer Sichtweite gerät. Aus dieser Richtung scheint es keine Möglichkeit zu geben, an Land zu gelangen. Die gesamte Küste besteht aus hohen Klippen, die mich an die Bilder von Irland erinnern, die ich mal gesehen habe. Nur dass diese hier nicht weiß sind. Die Steilwände weisen eine prachtvolle grüne Farbe auf, die von Blau und Gold und Silber durchzogen ist, und schimmern so strahlend, dass mir der Anblick den Atem verschlägt. Die metallischen Elemente fangen das Licht ein, während wir in Richtung Nordwesten segeln.

»Für das, was als Nächstes kommt, willst du lieber unter Deck sein.«

Ich zucke erneut zusammen und entdecke Lucky direkt neben mir. Ich habe nicht mal gehört, wie they sich mir genähert hat. Zum ersten Mal seit unserer Bekanntschaft umspielt ein kleines Lächeln die Winkel des lippenlosen Mundes dieses Wesens, das sich das Zimmer mit mir teilt. Es ist kaum ein richtiger Gesichtsausdruck, aber bei Lucky kommt es praktisch einem Freudenschrei gleich.

»Was meinst du damit?«

»Hier sind Monster.« They stößt ein barsches Lachen aus. »Das ist kein Ort für Leute wie dich.« They legt eine Hand auf die Reling und hievt sich darüber hinweg.

Es geschieht so schnell, dass ich noch mit offenem Mund dastehe, während Lucky ins Wasser fällt und unter die Oberfläche sinkt. Ich wirbele herum und will gerade rufen, dass eine Person über Bord gegangen ist, doch Kit kommt auf mich zugeeilt. Nir Gesicht ist zu einer strengen Miene verzogen. »Du solltest nicht hier draußen sein, Evelyn.«

»Das sagen ständig alle.« Ich lehne mich über die Reling, doch von Lucky fehlt jede Spur. »They ist einfach …«

»Ich weiß.« Kit nimmt meinem Arm und zieht mich von der Reling weg. »They ist unser Kundschafter. Lucky ist halb Meerjungfrau, was bedeutet, dass they magische Überwachungssysteme nicht auf die gleiche Weise auslöst, wie es eine Sonde tun würde – oder das Risiko eingeht, zu ertrinken. They kommt dort im Wasser klar. Dir wird es nicht so ergehen. Wir wissen noch nicht so recht, womit wir es zu tun haben, und der Kapitän würde mir den Kopf abreißen, wenn dir etwas zustoßen sollte.«

Mir bleibt keine Zeit, das zu verdauen, nicht wenn mich Kit bereits in Richtung der Treppe schleppt, die unter Deck führt. »Aber …«

»Beim nächsten Mal.« Ne legt an Tempo zu. »Du musst …«

Ich finde nie heraus, was Kit als Nächstes sagen will. Ein gewaltiges Brüllen ertönt. Es ist so laut, dass sich mir die Nackenhaare aufstellen. Dann kippt das komplette Schiff mit voller Wucht zur Seite. Kit fängt mich mit nir muskulösen Armen auf, dennoch prallen wir beide gegen die gegenüberliegende Reling. Allein Kits Kraft hält uns an Bord und verhindert, dass wir ins Wasser stürzen.

Ich schaue mich hektisch um, der Rest der Besatzung scheint jedoch mit der Situation zurechtzukommen. Ein paar von ihnen lachen sogar – die Idioten. Zumindest bis sich Lucky wieder an Deck hievt und überall Meerwasser verteilt. Their schwarze Augen sind weit aufgerissen und wirken panisch. »Drache!«

Und ganz plötzlich ändert sich die Stimmung komplett.

»Kanoniere, an eure Stationen!« Bowens laut gebrüllter Befehl sorgt dafür, dass sich jeder schlagartig in Bewegung setzt.

Kit flucht leise vor sich hin und stößt mich von der Treppe weg. »Jetzt ist keine Zeit mehr, um unter Deck zu gehen. Beeilung. Am Steuer ist noch Platz hinter dem Kapitän. Er wird dich beschützen.«

Ausnahmsweise habe ich mal kein Interesse daran, zu widersprechen. Ich bin im Laufe der Jahre in jede Menge Kämpfe verwickelt gewesen und kann auf mich aufpassen, das hier ist allerdings etwas vollkommen anderes. Allein zu kämpfen ist eine Sache. Diese Crew ist eine gut geölte Maschine, und während ich vor Angst bebe, bewegen sie sich, als würden sie von einem einzigen Verstand gesteuert. Ich weiß, dass hier keine Magie dahintersteckt, was bedeutet, dass es an Bowens Führungsqualitäten liegt.

Offensichtlich laufe ich nicht schnell genug, denn seine Magie umfängt mich und befördert mich kurzerhand in die Lücke, die sich hinter seinem Rücken befindet. Ich weiß nicht, was es über mich aussagt, dass ich den sanften Griff seiner Magie beruhigend statt unangenehm finde, doch das hier ist weder der richtige Zeitpunkt noch der richtige Ort, um diesem Gefühl auf den Grund zu gehen.

Es ist auch nicht der passende Augenblick, um zu bemerken, wie großartig er aussieht. Er hält das Steuer in seinen starken Händen, der Wind bläst ihm das dunkle Haar aus dem kantigen Gesicht. Er trägt einen anderen blutroten Mantel, und sosehr ich das, wofür diese Farbe steht, auch hasse, kann ich nicht leugnen, dass sie an ihm umwerfend aussieht.

»Bleib hinter mit. Ich werde dich beschützen.« Er schaut mich nicht an.

Mir bleibt keine Zeit, etwas zu erwidern. Das Schiff wird in die andere Richtung herumgerissen und neigt sich so stark, dass ich gegen Bowens Rücken pralle. Wieder legt er seinen magischen Griff um mich und hält mich behutsam an Ort und Stelle fest.

Aber ich habe nur Augen für die Kreatur, die neben dem Boot aus den Wellen aufsteigt. Es ist das prachtvollste, entsetzlichste Wesen, das ich je gesehen habe. Gewaltig und schlangenartig, allerdings mit einem Gesicht, das gleichzeitig reptilienhaft und seltsam katzenähnlich wirkt. Es hat eine tiefblaue Farbe und einen helleren Unterbauch, ganz ähnlich wie bei einem weißen Hai. So kann es während der Jagd besser mit seiner Umgebung verschmelzen.

Sein Brüllen sorgt dafür, dass ich mir die Hände auf die Ohren presse und dagegen ankämpfen muss, mich nicht zusammenzukauern, als würde das in diesem Kampf einen Unterschied machen. Eine Bewegung auf der anderen Seite des Schiffs lässt mich herumwirbeln, und mein Verstand versucht verzweifelt, die schiere Größe dieses Dings zu begreifen. Denn das, was dort so wild hin und her peitscht, ist sein Schwanz, der viele Meter von seinem Kopf entfernt ist. Es geht auf den Mast los, erwischt ihn jedoch nicht, weil es vorher auf eine unsichtbare Wand stößt. Ich kenne diese Wand. Ich bin letztens in der Nacht auf der Insel dagegen gelaufen. Es handelt sich um einen Schild, den Bowen mithilfe seiner Magie erschaffen hat. Und tatsächlich spüre ich das Beben, das als Reaktion auf den Kontakt durch seinen Körper geht. Diese Verteidigungsmaßnahme fordert ihren Tribut. Er ist stärker, als ich mir vorstellen kann, aber nicht einmal er kann das Schiff auf unbestimmte Zeit vor derart heftigen Angriffen schützen.

»Holt die Speere!«

Auf Bowens Befehl hin tauchen Miles und Kit zusammen mit mehreren anderen Besatzungsmitgliedern auf, die ich vom Sehen her, wenn nicht sogar namentlich kenne. Jedes von ihnen hält einen langen Speer in den Händen und trägt einen entschlossenen Ausdruck im Gesicht. Ich kann keinerlei Angst erkennen, was mir nahezu unbegreiflich ist.

Die Speere hingegen erkenne ich sofort. Sie sind von der gleichen Art wie der, mit dem mich Miles an meinem ersten Tag an Bord aufzuspießen wollte. Ich mag den Mistkerl hassen, ich kann jedoch nicht leugnen, dass er die Waffe handhabt, als wäre er dafür geboren worden. Er setzt beim Wurf seinen ganzen Körper ein und lässt den Speer mit mehr Kraft durch die Luft schnellen, als ich erwartet habe.

Die Waffe bohrt sich in den Leib des Drachen und verkeilt sich zwischen seinen Schuppen. Wir hätten ebenso gut einen Zahnstocher in einen Riesen stecken können. Zumindest denke ich das, bis der Speer explodiert.

Der Drache jault vor Wut und Schmerz auf und geht ein zweites Mal auf das Schiff los. Wieder wehrt Bowen den Angriff ab.

»Ich kann …« Aber was kann ich tun? Ich habe mehrere Zauber, die auf weite Entfernung wirken, wie das Feuer, das ich gegen die Sìth-Katze eingesetzt habe. Doch sie benötigen Vorbereitung, was unmöglich ist, solange sich das Schiff auf derart Übelkeit erregende Weise unter meinen Füßen bewegt. Wenn ich es versuche, werde ich im Wasser landen.

Und das ist der letzte Ort, an dem ich sein will.

»Bleib, wo du bist.«

In einer anderen Situation würde ich mich der Anweisung einfach aus purem Trotz widersetzen. Aber ich will wirklich nicht sterben, also tue ich, was Bowen sagt. Besatzungsmitglie-

der schleudern eine zweite, dritte und vierte Salve an Speeren –
Wurfspießen? – auf den Drachen, was zu einer weiteren Runde
Explosionen und einem dritten Angriff führt.

Dieses Mal ächzt Bowen leise, als er ihn abwehrt.

Der nächste könnte seinen Schild durchschlagen.

Oh verdammt. Ich weiß nicht, was ich tun soll. Bunny hatte eine Menge Regeln, aber nur eine, wenn es um Drachen
ging. *Halte dich unter allen Umständen vom Schatz eines Drachen fern. Die meisten von ihnen sind alte Mistkerle, die sich nicht
dazu aufraffen können, eine lästige Hexe zu fressen, aber sie werden die ganze Welt niederbrennen, um ihr Eigentum zu beschützen
und zurückzuholen.* Das trifft hier doch sicher nicht zu, oder?
Nach dem, was Bowen gesagt hat, hat er seine Befehle erst ein
paar Tage vor meinem Auftauchen in seinem Reich erhalten,
was bedeutet, dass sich dieser Drache noch nicht sehr lange in
Threshold befindet.

*Denk nach, Evelyn. Du hast aus gutem Grund ein Gehirn.
Wenn die meisten Drachen nicht angreifen, wenn man sie nicht
provoziert, dann …*

Ein weiterer Schlag seines Schwanzes erschüttert den
Schild, der das Schiff umgibt, so heftig, dass das Deck unter
meinen Füßen wankt, was meine Gedanken zerstreut. »Wie
viele weitere dieser Attacken kannst du noch abwehren?«

Ich rechne nicht damit, dass Bowen antwortet, aber er dreht
den Kopf leicht in meine Richtung und murmelt: »Ein paar.
Ich hätte eine bessere Chance, wenn ich in die Offensive gehen
würde, aber ich kann es mir nicht leisten, das Schiff schutzlos
zurückzulassen.«

Was das betrifft, kann ich ihm auch nicht weiterhelfen. Ich
kenne eine Handvoll Schutzzauber, ein guter Schild hingegen
lässt nichts rein – oder raus. Ich mag in der Lage sein, uns zu
beschützen, dann wären wir allerdings nicht mehr imstande

anzugreifen. Abgesehen davon ist meine Kraft ebenso wenig unerschöpflich wie Bowens. Wenn der Drache seine Angriffe fortsetzt, *wird* er irgendwann durchbrechen. Und dann sind wir erledigt.

Ich hasse diese Situation.

Ich will diesen Kampf nicht, aber ich will auch nicht sterben.

Noch während ich mit mir selbst debattiere, eilen Kit und ein Trio aus Crewmitgliedern an die Seite des Schiffs, um Miles und die drei anderen zu ersetzen, die den letzten Angriff ausgeführt haben. Ich kann nicht wirklich behaupten, dass es so aussieht, als würden sie echten Schaden anrichten, und wann immer sie einen Treffer landen, greift der Drache seinerseits an.

Tatsächlich hat er unser Schiff erst attackiert, nachdem wir ihn mit verdammten Speeren beworfen haben. Was nicht bedeutet, dass er uns nicht irgendwann auch so angegriffen hätte, aber wir waren in dieser Situation eindeutig die Aggressoren. Natürlich waren wir das – der Drache hat Leute gefressen, und selbst wenn ich für die Cŵn Annwn nicht viel übrighabe, kann ich zugeben, dass das keine gute Sache ist. Vermutlich.

Nein, verdammt. Ich tue es schon wieder. Ich suche nach einer Möglichkeit, einen Vorteil für mich herauszuschlagen, wo es keine gibt. Wir kämpfen hier um unsere Leben. Keine Zeit für heimliche Schachzüge.

Es gibt immer einen heimlichen Schachzug, Vögelchen. Wenn du ihn noch nicht gefunden hast, dann liegt das daran, dass du nicht gründlich genug suchst.

Drachen *beschützen*. Das war mein Gedanke, bevor mich der letzte Angriff aus dem Konzept gebracht hat. Also was beschützt dieser Drache?

Ich habe nicht vor, mich von Bowens Rücken wegzubewegen, erwische mich jedoch dabei, wie ich näher an die Reling heranrutsche, die dem Drachen am nächsten ist. Er hat nicht noch einmal angegriffen. Er windet sich und brüllt und macht ein Riesentheater, hat allerdings keinen weiteren Schlag gegen das Schiff ausgeführt.

Sein Verhalten fühlt sich beinahe … verteidigend an. *Beschützend.*

Mein Instinkt leitet mich, und ich wirbele zur Mitte des Schiffs herum, wo Lucky steht. They hat ein Schwert in der Hand und ein Grinsen auf dem Gesicht, das scharfe, spitze Zähne präsentiert.

Ich packe their Arm. »Was hast du dort unten sonst noch gesehen?«

They schüttelt mich ab und hält den schwarzen Blick fest auf den Drachen gerichtet. »Verschwinde von hier.«

»Er beschützt etwas, nicht wahr?« Ich packe erneut Luckys Arm und zerre daran. »Raus damit!«

Lucky bleckt die Zähne und schnappt in meine Richtung, was mich so sehr erschreckt, dass ich them loslasse. »Um das Baby werden wir uns kümmern, sobald wir die Mutter erledigt haben. Kein Grund, unbesonnen zu werden.«

Ein Baby.

Eine *Mutter.*

Selbst in meinem Reich wissen wir, dass es nie klug ist, eine wilde Kreatur zu verärgern, die ihr Junges beschützt. Ich weiß nicht, ob dieser Drache tatsächlich Leute getötet hat, aber würde es nicht mehr Sinn ergeben, ihn nach Hause zu schicken? Oder buchstäblich irgendetwas anderes zu tun, als ihn für die Sünde zu ermorden, dass er einfach nur existiert und seinen natürlichen Instinkten folgt?

Das hier ist falsch.

Niemand beachtet mich, als ich an der Reling entlang zum Oberdeck hochlaufe. Da sich der Drache um die Mitte des

Schiffs gewunden hat, haben sich alle dort versammelt. Ich halte lange genug inne, um zu bemerken, dass es eine Menge Besatzungsmitglieder gibt, die angesichts dieses Geschehens nicht übermäßig begeistert zu sein scheinen. Das hat sie jedoch nicht davon abgehalten, sich Waffen zu schnappen. Darüber kann ich mir später noch Gedanken machen.

Bunny hat mir beigebracht, immer Kreide bei mir zu haben, also habe ich ein Stück in meiner Tasche verstaut. Niemand behelligt mich, als ich einen unordentlichen Kreis zeichne und die Glyphen aus dem Gedächtnis dazuschreibe. Das wird nicht ewig halten, aber hoffentlich lange genug.

Ich ziehe meinen gestohlenen Dolch hervor und ritze oberflächliche Wunden in meine Unterarme. Meine Hände werde ich brauchen, falls es zum Kampf kommt. Schnell streiche ich mit den Fingerspitzen durch das hervorquellende Blut. Dann presse ich sie auf das hölzerne Deck und spreche die Worte, die den Zauber auslösen.

Und das keinen Augenblick zu früh.

Miles schleudert einen Speer, der den Drachen an der Kehle erwischen wird. Mein Schild baut sich vollständig auf und steht eine Sekunde, bevor der Speer die Begrenzung meines Zaubers verlassen kann. Der Speer explodiert mitten in der Luft.

Sämtliche Augen auf dem Schiff richten sich schlagartig auf mich.

15

Bowen

Ich werde die kleine Hexe umbringen. Ich werde keine Wahl haben. Ich weiß nicht, ob sie einen Todeswunsch hegt oder ob sie denkt, dass sie einen Bluff durchschaut hat, der nicht existiert, doch sie zwingt mich zum Handeln.

Während ich auf die Stelle auf dem Oberdeck zustürme, an der sie sich befindet, behalte ich die Barriere um das Schiff herum aufrecht. Nur für den Fall, dass das hier eine Falle ist. Ich versuche, über die Linien ihres Kreises zu treten, aber ein sekundärer Schild wirft mich zurück. »Was verdammt noch mal machst du da?«

»Das ist eine Mutter. Sie verteidigt ihr Baby.« Ihre grünen Augen glühen förmlich vor Gefühlen. »Das hier ist *falsch*.«

Etwas, das an Entsetzen erinnert, dreht mir den Magen um. Ich dränge es mit einer Mühelosigkeit, die ich jahrelanger Übung verdanke, zurück. Ein Mitglied der Cŵn Annwn zu sein bedeutet, dass man schwere Entscheidungen treffen muss. Das war schon immer so. Das Allgemeinwohl ist das Einzige, was zählt.

»Mutter hin oder her, dieses Vieh hat auf dieser Insel Leute umgebracht.«

»Wer hat dir das gesagt?«

Ich zucke zurück. »Du kannst doch nicht ernsthaft die Ehre meiner Leute anzweifeln? Die Ehre des Rats?«

Evelyn wendet den Blick nicht ab. Ausnahmsweise liegt einmal keine Belustigung oder Hinterlist auf ihren Zügen. Nur Zorn. »Sie hat erst angegriffen, nachdem wir sie attackiert haben. Sie ist erst aufgetaucht, nachdem Lucky ins Wasser gesprungen ist. Schau hin!« Sie streckt den Arm aus und deutet auf die Stelle, wo der Drache teilweise aus dem Wasser ragt.

Er windet sich immer noch vor Schmerz, aber … sie hat recht. Er hat uns nicht erneut angefallen. Mehr noch: Nun, da ich einen Augenblick zum Innehalten habe, kann ich zugeben, dass er keine seiner zerstörerischen Angriffe benutzt hat. Aus welchem Reich sie stammen, spielt keine Rolle, Drachen sind magisch bis ins Mark. Diese Kreatur könnte deutlich katastrophalere Schläge gegen uns ausführen. Doch das hat sie nicht getan.

Ich will den Schmerz in diesen riesigen goldenen Augen nicht sehen. Ich will das Mitgefühl, das sich in meiner Brust ausbreitet, nicht empfinden. Es tut verdammt weh. Es lässt Zweifel in mir aufkommen, was sogar noch schlimmer ist.

Nein. Ich werde jetzt nicht anfangen zu zweifeln. Ich habe den ursprünglichen Befehl und den aktuellen Bericht gelesen. Dieser Drache hat Leute getötet. Teenager. Es darf keine Gnade geben. »Das hier ist das, was wir tun, Evelyn.«

Sie starrt vollkommen furchtlos zu mir hoch, während ihre Magie um sie herum flackert und ihre Kraft offenbar an ihre Grenzen kommt. »Warum?«

Warum? Warum? Warum? Ständig fragt sie nur: *Warum?* »Senke den Schild, Evelyn.«

»Nein.« Ihre Stimme bebt ebenso heftig wie ihr Körper. Sie hat die Hände fest aufs Deck gepresst, und die Glyphen glühen sporadisch, während ihre Magie versucht, sie weiterhin mit Energie zu versorgen.

Echte Angst lässt meine Stimme barsch klingen. »Du erschöpfst dich zu schnell. Senke sofort den verdammten Schild.«

»Nein«, keucht sie. Evelyn reißt den Kopf zur Seite herum. »Schau hin.«

Noch während ich mir einrede, dass ich es nicht tun sollte, gehorche ich dem Befehl in ihrer Stimme.

Der Drache hat sich beruhigt. Die Wunden, die Miles und Kit ihm zugefügt haben, schließen sich dank der Heilmagie der Kreatur allmählich von selbst. Das Wesen taucht ins Wasser ein und erschafft dadurch eine Welle, die uns weiter aufs Meer hinausschwemmt.

Ein paar Augenblicke später durchbricht es die Oberfläche, um dann direkt wieder unterzutauchen. Diesmal ist es nicht allein. Ein kleinerer Drache windet sich um seine Mutter, und die beiden entfernen sich von der Insel. Kurz darauf sind sie verschwunden.

Zu meinen Füßen bricht Evelyn zusammen, und der Schild löst sich auf.

Mir kommt nicht einmal in den Sinn, den Drachen zu verfolgen. Ich beuge mich vor und hebe meine Hexe mit einer einzigen Bewegung in meine Arme. Anschließend marschiere ich auf die Treppe zu. Miles erwartet mich am oberen Ende. Er ist so wütend, dass seine Bewegungen ruckartig und eher reptilienhaft als menschlich wirken. Sogar seine Klauen sind länger.

Das Einzige, was seinen Zorn Lügen straft, ist der siegreiche Ausdruck in seinen dunklen Augen. »Was verdammt noch mal war das, Käpt'n?« Er deutet mit einer Hand in die Richtung, in die der Drache verschwunden ist. »Wir müssen ihm folgen und die Sache zu Ende bringen. Oder hast du dich so gründlich und so schnell vergessen, dass du dich von deinem Schwur abkehren wirst?«

Ich bin mir nicht ganz sicher, ob Evelyn noch atmet. Dies ist der Moment. Der Augenblick der Entscheidung. Wenn ich nicht jetzt sofort etwas sage oder tue, laufe ich Gefahr, alles zu verlieren. Ich öffne den Mund, aber … Mein Blick fällt auf die Frau in meinen Armen. Sie ist zu blass. Noch während ich sie anschaue, schließen sich ihre grünen Augen, ihre Lider flattern, und sie erschlafft. »Verdammt.«

Ich dränge mich an Miles vorbei, stürme die Treppe hinunter und rufe brüllend nach unserer Heilerin Aadi. Die Besatzung läuft herum und wirkt unsicher, doch Aadi taucht beinahe umgehend neben mir auf.

»Bring sie in deine Kajüte. Ich werde mich um sie kümmern, während du das hier klärst.«

Ich weiß nicht, wie ich irgendetwas klären soll, wenn ich mir so verdammt große Sorgen um meine kleine Hexe mache. Sie bringt mich auf die Palme wie niemand sonst, aber der Gedanke, dass sie sich nicht wieder erholen könnte, löst in mir heftige Übelkeit aus. Ich trete die Tür zu meiner Kajüte auf. Aadi ist mir dicht auf den Fersen. »Sie muss wieder in Ordnung kommen.«

»Und *du* musst mir ein wenig Platz zum Arbeiten geben.« Sie scheucht mich mit einem azurblauen und silbernen Flügel zur Seite. »Gib mir zehn Minuten, damit ich sie stabilisieren kann. Dann kannst du wiederkommen.«

Ich will sie nicht einmal für so kurze Zeit allein lassen, allerdings kann ich hören, wie Miles und die Crew direkt vor der Tür diskutieren. Ich muss *nachdenken*. Ich muss mich um diese Angelegenheit kümmern. Wenn sie mich jetzt von meinem Posten wählen, werden sie Evelyn umbringen. Verdammt, vielleicht werden sie mich ebenfalls töten, aber das bereitet mir weniger Sorgen.

Ich hole tief Luft und straffe die Schultern. Ich werde nie der charismatischste Kapitän sein, aber verdammt noch mal, ich *werde* dafür sorgen, dass man mir Gehorsam entgegenbringt. Zumindest für den Moment. Ich stapfe zurück aufs Deck hinaus. Zwar hat sich nicht die gesamte Besatzung hier versammelt, es sind jedoch genug Leute anwesend, dass das Ganze ein Problem darstellt. »Setzt Kurs auf die Insel. Ich will mit der Person reden, die den Bericht an den Rat gesandt hat.«

Miles drängt sich durch die Menge nach vorn. »Wir verschwenden Zeit. Diese Frau ist eine Verräterin, und wenn du nicht bereit bist, deine Pflicht zu tun, dann übergib sie der See und lass die Natur ihren Lauf nehmen. Wir müssen die Sache mit diesem Drachen zu Ende bringen.«

Ein paar Mannschaftsmitglieder brummen zustimmend. Ich nehme mir die Zeit, ihnen einzeln in die Augen zu schauen. Einer nach dem anderen verstummt. Als ich spreche, hören alle zu. »Ich werde herausfinden, wer von den Dorfbewohnern den Bericht abgegeben hat, und dieser Person dann die Fragen stellen, die ich nach dieser Begegnung habe. Danach werde ich die Entscheidung treffen, was wir mit der Hexe machen werden. Sollten wir den Drachen jagen müssen, werden wir den Drachen jagen. Er ist nach Westen verschwunden und wird Tage brauchen, bis er eine weitere Insel erreicht, wenn überhaupt. Die Jagd ist unser Geschäft, und ich werde das hier nicht überstürzen.« Ich wende mich an Dia. »Bring uns um die Insel herum zum Dorf.«

»Vorsichtig, Käpt'n.« Miles hebt die Stimme nicht, die Drohung darin ist dennoch unmissverständlich. »Wenn du dich weiterhin den Befehlen der Cŵn Annwn widersetzt, könntest du Gefahr laufen, zusammen mit dieser Hexe als Verräter gebrandmarkt zu werden.«

Ich starre ihn an, bis er den Blick senkt. Es dauert länger als normalerweise. Wenn das so weitergeht, wäre ich nicht überrascht, wenn Miles die Abstimmung einfach überspringen und direkt versuchen würde, mir ein Messer zwischen die Rippen zu rammen. »Alle auf ihre Stationen. Ich werde ins Dorf gehen, nachdem die Hexe aufgewacht ist. Alle anderen werden an Bord bleiben.« Das stellt ein Risiko dar, aber Dia wird sie unter Kontrolle halten. Zumindest lange genug, um mir die Rückkehr zu ermöglichen.

Evelyn mitzunehmen, birgt ebenfalls ein gewisses Risiko, sie muss jedoch ein für alle Mal begreifen, dass wir keine Monster sind. Sie ist so fest entschlossen, das Schlimmste von mir – von uns – zu denken. Vielleicht wird sie aufhören, gegen mich anzukämpfen, wenn sie hört, wie viele Leute der Drache getötet hat.

Möglicherweise wird sie dann nicht länger versuchen zu fliehen.

Die Meinung einer einzigen Frau sollte nicht ausreichen, um mich dazu zu bringen, den Kurs unseres Schiffs komplett zu ändern. In diesem Moment ist mir das allerdings vollkommen egal. Ich mache auf dem Absatz kehrt und gehe auf direktem Weg zurück in meine Kajüte.

Evelyn, die verdammte Unruhestifterin, ist wach. Sie blinzelt mich an, während sich in der Luft über ihrem Körper Aadis Heilmagie sammelt. »Was ist passiert?«

Aadi ist diejenige, die antwortet. »Es ist gefährlich für dich, deine Magie so sehr zu beanspruchen, dass deine Energiereserven dermaßen stark sinken. Zum Glück hat dein Körper schlappgemacht, bevor es deine Magie tun konnte. Ansonsten würden wir diese Unterhaltung vermutlich nicht führen.«

Erst vor ein paar Tagen hat sie mich von der Sìth-Katze gerettet. Bestimmt hat sie sich davon mittlerweile ausreichend erholt, sodass dieser magische Zwischenfall für sich allein steht. Ich kann nichts gegen die Schuldgefühle ausrichten, die mit aller Gewalt durch meinen Körper rauschen. Sie ist diejenige, die alles verbockt hat, dennoch bin *ich* derjenige, der sich deswegen schlecht fühlt. Ich weiß nicht, wie sie das anstellt, ohne ein einziges Wort zu sagen, aber sie schafft es immer und immer wieder.

»Sorg dafür, dass sie fit genug ist, um zu laufen. Wir legen einen Zwischenhalt ein.« Ich sollte es dabei belassen, doch ich hasse die Furcht, die in ihren grünen Augen schimmert. Ich sollte zufrieden sein – wenn sie genug Angst hat, wird sie womöglich anfangen, klügere Entscheidungen zu treffen. Aber ich will auf jeden Fall verhindern, dass diese Hexe, diese Frau mich je fürchtet. »Wir werden mit den Dorfbewohnern über die Angriffe des Drachen reden.«

»Ich bin startklar.« Evelyn setzt sich auf und durchbricht die hübschen Bänder aus Magie, die Aadi gewoben hat.

Die Vogelfrau schnaubt. »Du bist eine ebenso fürchterliche Patientin wie der Rest von ihnen.« Sie wirft mir einen strengen Blick zu. »Sie wird noch eine Weile lang benommen sein. Lass nicht zu, dass sie stürzt und sich weitere Verletzungen zuzieht.«

Es liegt mir auf der Zunge, Evelyn anzubieten, sie zu tragen, das ist jedoch kein vernünftiges Angebot. Der Impuls ist ebenfalls nicht vernünftig. Alles an dieser Frau sorgt dafür, dass ich komplett durcheinandergerate. Und das Schlimmste ist, dass ich nicht weiß, ob ich dieses Gefühlschaos in meinem Kopf in Ordnung bringen will … oder ob ich sie dazu drängen will, mich fester an sich zu binden.

Ich kann mir vorstellen, wie ihre Antwort lauten würde. Immerhin besteht ihre oberste Priorität darin, von mir wegzukommen. Oder zumindest fort von den Cŵn Annwn. Aber das macht im Grunde genommen keinen Unterschied, weil ich ein Teil der Cŵn Annwn *bin*.

Ich gehe zur Tür und halte sie auf. Dann beobachte ich aufmerksam, wie sie auf mich zugewankt kommt. »Fall nicht hin.«

»Ich soll dir also die Gelegenheit rauben, mich aufzufangen?« Sie bewegt sich an mir vorbei und wird mit jedem Schritt sicherer. »Das wäre doch unfair, nicht wahr, Käpt'n?«

Die Besatzung hat sich verzogen, ich kann jedoch ihre Blicke spüren, während wir in die Bucht segeln, in der sich das Dorf befindet. Sehr wenige von ihnen sind mit dieser Wende der Ereignisse zufrieden, aber damit sind sie nicht allein, denn mir geht es genauso. Ich habe meine Aufgabe bisher nie hinterfragt. Und ich gebe mir große Mühe, sie auch jetzt nicht zu hinterfragen.

Allerdings scheine ich gerade genau das zu tun, nicht wahr? Der Befehl kam direkt vom Rat. Ich habe ihn ein halbes Dutzend Mal auf meinem Schreibtisch gelesen, seit Evelyn an Bord gekommen ist. Die Einzelheiten mögen ein wenig spärlicher sein als bei manch anderen Aufträgen, doch das Ganze ist recht eindeutig. Und der folgende Bericht hat bestätigt, dass der Drache mehr als eine einzige Person getötet hatte, auch wenn bereits ein Tod ausreichen würde, um ihn zu verdammen.

Ich habe noch nie aus eigenem Antrieb Nachforschungen angestellt, um einen meiner Befehle zu bestätigen. Ich habe niemals auch nur in Betracht gezogen, dass das irgendwann einmal nötig sein würde. Ich schüttle energisch den Kopf. Nein, verdammt. Ich bin kein Verräter. Ich tue das allein für Evelyn, um sicherzustellen, dass sie die Realität ihrer Situation akzeptiert und aufhört, Dinge zu tun, die mich dazu zwingen werden, ihr wehzutun.

Ich will unbedingt, dass sie in Sicherheit ist, sogar vor uns. Vor allem vor uns.

Keiner von uns beiden spricht, während ich meine Magie benutze, um uns auf den Anlegesteg zu befördern. Das Dorf ist von hier aus nicht zu sehen, also bedeute ich Evelyn, auf dem Trampelpfad, der zwischen den Bäumen verschwindet, vorauszugehen. Erst da fällt mir der seltsame Ausdruck auf ihrem Gesicht auf. »Was ist los?« Ich drehe mich um, um ihrem Blick zu folgen, und versuche, die Gefahr auszumachen, die für diese erschrockene Miene verantwortlich sein muss. »Hast du was entdeckt?«

»Ich erkenne diese Bäume«, sagt sie leise. »Sie sind genau wie die, die um das Haus meiner verstorbenen Großmutter herum wuchsen.«

Ein seltsames Gefühl überkommt mich. Es liegt durchaus im Bereich des Möglichen, dass in mehreren Reichen die gleiche Art von Bäumen wächst. Manche sind mit anderen so gut wie identisch. Es besteht kein Grund, davon auszugehen, dass wir unter Hunderten von Inseln zufällig auf der einen gelandet sind, die tatsächlich zurück in Evelyns Heimatreich führt. Die Wahrscheinlichkeit ist verschwindend gering. Geradezu winzig.

»Deswegen sind wir nicht hier.«

»Wenn ich dir jetzt entwischen würde, würde ich vielleicht nicht zu Hause landen, aber ich habe das Gefühl, dass mir dieses Reich nicht allzu fremdartig vorkäme.« Sie spricht immer noch leise, beinahe so, als würde sie laut nachdenken.

Wieder überkommt mich diese merkwürdige Angst. »Ob dir das Reich vertraut ist oder nicht, spielt keine Rolle. Wenn du fliehst, wirst du gejagt werden.«

»Ich werde bereits gejagt. Das ist nichts Neues.« Sie läuft den Weg entlang, und mir bleibt nichts anderes übrig, als ihr zu folgen. Als wir die Bäume erreichen, merkt man ihr nicht mehr an, dass sie vor gerade einmal einer Stunde verletzt worden ist.

Widerwillige Bewunderung vermischt sich mit meiner Sorge um sie. Evelyn ist so verdammt hart im Nehmen und mag regelmäßig Niederlagen einstecken, doch sie steht immer direkt wieder auf. Ja, ihre Ehre scheint etwas fragwürdig zu sein ... allerdings bin ich mir nicht mal sicher, ob ich das noch glaube. Jemand ohne Ehre weint nicht um das Leben eines bösartigen Monsters. Sie hat getan, was sie tun musste, um mich und sich vor der Sìth-Katze zu beschützen, hat dabei jedoch keine Freude empfunden. Das verstehe ich nur zu gut.

Nach einem kurzen Fußmarsch erreichen wir das Dorf, und nur weil ich Evelyn so genau beobachte, fällt mir auf, dass sie kurz ins Stolpern gerät. Ich sehe die Erkenntnis in ihren grünen Augen, als sie die Gebäude und die Leute betrachtet, die ihren täglichen Geschäften nachgehen.

Das Portal dieser Insel führt tatsächlich in ihr Reich zurück.

Sie wird erneut versuchen zu fliehen.

16

Evelyn

Die Gebäude und die Leute in diesem Ort könnten direkt aus einem Geschichtsbuch stammen. Zumindest wenn dieses Geschichtsbuch zahlreiche unterschiedliche Kulturen darstellen würde, die überall auf der Welt verteilt sind. Ich sehe die typischen Dachformen von Pagoden und ihr genaues Gegenteil in einem Rumah Gadang mit seinen spitz aufragenden, kunstvoll geschwungenen Giebeln. Am Ortsrand entdecke ich sogar mehrere Grassodenhäuser. Die chaotische Mischung schafft irgendwie, ein zusammenhängendes Ganzes zu bilden.

Die Leute sind ähnlich unterschiedlich. Sie weisen jede nur vorstellbare Hautfarbe und alle möglichen Körpertypen auf. Heute muss Markttag sein, denn in dem offenen Bereich zwischen den Gebäuden hat sich eine kleine Menge versammelt. Stände mit bunten Markisen bieten Obst- und Gemüsesorten an, die ich erkenne – Äpfel und Granatäpfel und Kürbisse. Die Leute verhandeln über die Preise, was mir so vertraut vorkommt, dass es regelrecht schmerzt.

Menschen. Sie sind alle eindeutig Menschen.

Nur um sicher zu sein, greife ich auf meine nahezu erschöpften Magiereserven zu und sende sie kreisförmig um mich herum aus. Ja, das sind definitiv Menschen, wenn auch von der magisch begabten Sorte. Die Leute, die uns am nächsten sind, werfen mir einen strengen Blick zu, als ich sie überprüfe, wenden sich jedoch hastig ab, sobald sie Bowen hinter mir entdecken. Ihre Angst ist derart offensichtlich, dass sie mich einen Moment innehalten lässt.

Ich schaue mich erneut um und stelle fest, dass die Leute vor uns zurückgewichen sind, bis wir in einem großen Kreis stehen. Sie haben nicht wirklich die Flucht ergriffen, aber ich sehe einen Elternteil, der den Arm seines Kindes packt und mit erschrockener Miene davoneilt. »Bowen ...«

Vorsichtig legt er die Finger um mein Handgelenk. »Überprüfe sie nicht. Das ist unhöflich.«

»Sie reagieren nicht auf *mich*«, sage ich leise. Sie beäugen ihn mit einem Misstrauen, das man einem hungrigen Wolf entgegenbringen würde, der unerwartet aufgetaucht ist und nun zwischen ihnen herumspaziert. Ich betrachte seine Miene und frage mich, ob er es ebenfalls wahrnimmt. Den Bowen, den ich kennengelernt habe, würde diese Reaktion extrem stören. Und tatsächlich kann ich eine neue Anspannung in seinen Schultern ausmachen. Er scheint allerdings immer noch nicht richtig zu begreifen, wie misstrauisch diese Leute wirklich sind. »Reagiert jedes Dorf so auf dein Eintreffen?«

»Evelyn.« Seine Stimme ist tiefer als normalerweise. Gegen meinen Willen rücke ich dichter an ihn heran. Dieser Mann übt eine ganz eigene Anziehungskraft aus. »Hör auf, ständig zu versuchen, mich von der Tatsache abzulenken, dass du nach einem Fluchtweg suchst.«

Ausnahmsweise habe ich mal nicht nach einem Fluchtweg gesucht. Ich kann mir nicht vorstellen, dass das Portal mit einem riesigen Schild versehen ist, das seinen Standort offenbart. Und es wird sich ganz sicher nicht mitten im Dorf befinden, wo jeder hindurchstolpern könnte.

Ich wette, dass es wie die Portale in unserer Welt ist, verborgen in einem Feenring, in einem Zwieselbaum, der dicht am Wasser steht, oder in einem Spiegel. Tja, Letzteres vielleicht nicht unbedingt. Die Portale existieren schon länger als die Methode, mit der man Spiegel herstellt. Also müssen sie natürlichen Ursprungs sein.

Doch das spielt keine Rolle. Zumindest nicht in diesem Augenblick. Er hat mich aus einem bestimmten Grund hergebracht, und ich will die Antworten hören, die er zu bieten hat. Ich will, dass *er* die Antworten erhält, die er sucht. Möglicherweise irrt sich mein Instinkt, und diese Situation ist gar nicht so ungewöhnlich, wie sie mir vorkommt ... aber das glaube ich nicht. »Wir sind aus einem bestimmten Grund hergekommen, nicht wahr? Lass uns mit der Befragung anfangen.«

Für einen Moment sieht es so aus, als wolle er mir widersprechen, schließlich flucht er leise vor sich hin und geht die Hauptstraße entlang. Mich zieht er dabei hinter sich her. Ich könnte seinen Griff problemlos abschütteln. Ich entscheide mich allerdings dagegen, auch wenn ich über die Gründe dafür nicht genauer nachdenken will.

Mit jedem Schritt erhasche ich Gerüche, die mir gleichermaßen vertraut und fremdartig vorkommen. Eine Person mit heller Haut und Sommersprossen brät Fleisch und schneidet kleine Stücke davon ab, um sie eingewickelt in einer Art Teigtasche zu servieren. Eine andere Person mit dunkelbrauner Haut und jener Art von Falten, die für ein gutes Leben spricht, frittiert Gemüse und wirft es dann in eine Schüssel mit Brühe und Nudeln. Eine dritte Person mit hellbrauner Haut und rasiertem Kopf hobelt Eis von einem Block ab und füllt es für eine Gruppe kleiner Kinder in Becher.

Wir laufen an den Imbissbuden vorbei zu den Ständen, an denen die Leute alles von Schmuck über Stoffe bis hin zu

Kräuterbündeln anbieten. Letzteres lässt mich langsamer werden, weil ich gern einen genaueren Blick darauf werfen möchte, Bowen dagegen ist so zielstrebig unterwegs, dass ich ihn nicht zum Anhalten bringen kann.

Jede einzelne Person verzieht das Gesicht oder zuckt zusammen, sobald wir in Sicht kommen. Sobald sie *ihn* sehen. Es passiert immer wieder auf genau die gleiche Weise. Zuerst werfen sie ihm einen neugierigen Blick zu. Dann bemerken sie seine Größe. Und schließlich sehen sie den blutroten Mantel und setzen abrupt eine verschlossene Miene auf. Manche von ihnen wirken regelrecht verängstigt. Bowen muss doch sicher klar sein, dass das nicht die Reaktion von Leuten ist, die den Cŵn Annwn dankbar für ihre Einmischung sind.

Die Straße endet vor einem großen Steingebäude, das mir von einer Reise nach Europa bekannt vorkommt, die ich nach meinem Schulabschluss unternommen habe. Meine Erinnerung ist eine verschwommene Mischung aus Alkohol, Sex und Trauer, aber selbst inmitten dieses Durcheinanders entsinne ich mich noch an die Kirchen. Dies ist nicht die größte, die ich je gesehen habe – sie ist in etwa so hoch wie die restlichen Gebäude entlang der Hauptstraße –, sie verfügt jedoch definitiv über all die Einzelheiten, die mir vertraut sind. Bis hin zu den Wasserspeiern, die auf den Ecken hocken und missbilligend herunterstarren.

»Welche Götter verehren sie hier?«

»Eine große Vielzahl. Genau wie auf jeder anderen Insel.« Bowen schiebt die Türen auf und betritt das Gebäude, als wäre er schon mal hier gewesen. Im Inneren ist die Kirche noch schöner als von außen. Die bunten Fensterscheiben werfen abstrakte Muster auf den Boden, die sich verändern, wann immer die Wolken am Himmel weiterziehen. Die Bänke sind nicht die kunstvollsten, die ich je gesehen habe, und die Kanzel besteht aus einfachem Holz, doch allem hier wohnt ein Gefühl von Geschichte inne. Von Macht. Ich mische mich nicht in organisierte Religionen ein, Bunny hat jedoch stets gesagt, dass es dumm ist, sich nicht mit all den unterschiedlichen Glaubens- und Magierichtungen auszukennen.

Vor allem da uns manche von ihnen gern zwei Meter tief unter der Erde sehen würden.

Ich bekomme jedoch nicht die Gelegenheit, die Atmosphäre auf mich wirken zu lassen. Bowen tut mir nicht weh, zerrt mich auch nicht mit Gewalt hinter sich her. Aber sein Tempo macht deutlich, dass er nicht verweilen will, und ich bin mir nicht sicher, ob es ihm direkt auffallen würde, falls ich stehen bleiben sollte.

Ein Mann tritt aus der Tür in der Nähe des hinteren Bereichs des Gebäudes. Er wirkt klein und drahtig, seine Haut ist von einem kühlen dunklen Braun. Ich rechne damit, dass er um Hilfe rufen wird. Das würde ich tun, wenn ein wütend aussehender Bowen auf mich zukommen würde.

Dieser Fremde wirft ihm die gleiche Art von Blick zu wie jeder andere bislang – zuerst Erkenntnis, dann Angst. Der einzige Unterschied ist, dass die Furcht sofort verschwindet und durch Hohn ersetzt wird. »Ein Besucher. Wie reizend.«

Bowen bleibt etwa drei Meter von ihm entfernt stehen. Meine Hand lässt er jedoch nicht los. Als er spricht, ist sein Tonfall vollkommen ruhig und respektvoll. Als würde es ihn nicht kümmern, dass er hier offensichtlich nicht willkommen ist. »Wir wurden hergerufen, um uns um einen Drachen zu kümmern, der eure Küsten unsicher macht. Ich würde gern mit der Person reden, die den Vorfall gemeldet hat. Wir hatten im Umgang mit der Bestie ein paar Schwierigkeiten, und jede Information, die ihr uns geben könnt, wäre unglaublich wertvoll.«

Der Mann schüttelt energisch den Kopf. »Dann seid ihr umsonst gekommen. Niemand in diesem Dorf hat eurem Rat irgendetwas gemeldet.«

Bowens Hand zuckt an meinem Handgelenk, was mich so sehr überrascht, dass ich einen kleinen Laut von mir gebe. Er lässt mich sofort los, lässt den Mann allerdings nicht aus den Augen. »Das ist unmöglich. Ich habe den Bericht mit eigenen Augen gesehen. Man hat mir mitgeteilt, dass mehrere junge Leute getötet worden seien.«

»Das stimmt schon.« Der Mann wendet sich ab, und ein Teil seines Zorns verwandelt sich in Trauer. »Mehrere junge Leute haben trotz unserer Warnungen beschlossen, sich ins Gebiet des Drachen zu wagen. Wir wussten, dass sie gerade ein Junges bekommen hat und daher angriffslustiger ist als üblich. Man stellt sich nicht zwischen eine Mutter und ihr Kind.«

Man könnte die Anspannung im Raum mit einem Messer schneiden. Ich weiß nicht, ob dieser Mann der Anführer dieses Ortes, ein Priester oder irgendetwas ganz anderes ist, aber offensichtlich kann er Bowen ebenso wenig leiden wie der Rest von ihnen. Ich trete vor und ziehe damit seine Aufmerksamkeit auf mich. »Ich bin Evelyn.«

Einen Moment lang denke ich, dass er einfach verlangen wird, dass wir von hier verschwinden, doch schließlich gibt er nach. »Ich bin Elijah.«

»Bowen.« Der Kapitän schaut mich an. In seinen Augen liegt kein siegreicher Ausdruck, nur Mitgefühl, als müsse er jemandem eine schlechte Nachricht überbringen. Er denkt, dass er recht hatte und dass mich das umstimmen wird, Freude bereitet ihm das hingegen nicht. »Der Drache hat mehrere Leute getötet, genauso wie es im Bericht stand.«

»Ich kann voller Überzeugung sagen, dass keiner meiner Leute diesen Bericht eingereicht hat, von dem du sprichst.

Ich weiß nicht, wie dein Rat an diese Informationen gelangt ist, aber es geschah nicht über offizielle Kanäle.« Elijah verschränkt die Arme vor der Brust. »Drachen kommen nicht oft an unsere Küsten, um dort ihre Jungen aufzuziehen, so was kommt nur etwa einmal pro Generation vor. Wenn es zu unseren Lebzeiten geschieht, ist das ein Geschenk. Auf den Klippen gibt es eine Stelle, von der aus man den Strand aus sicherer Entfernung beobachten kann. Die Leute auf dieser Insel versammeln sich dort immer, wenn ein Drache herkommt, und zwar bereits seit der allerersten Sichtung vor vielen Jahrhunderten. Oder dachtet ihr, dass die Bevölkerung unseres Dorfes groß genug wäre, um die Menge dort draußen zu erklären?«

Nun, da er es erwähnt, muss ich zugeben, dass sich da draußen tatsächlich eine Menge Leute aufhalten, zumindest für einen Ort, der so klein ist, dass man ihn getrost als Dorf bezeichnen kann. »Also ist es ein Ereignis.«

Bowen verspannt sich. »Leute sind *gestorben*.«

»Ja.« Elijah seufzt. »In jeder Generation verhalten sich ein paar unserer Leute töricht und dringen in ein Gebiet sein, in dem sie sich nicht aufhalten sollten, anstatt am Aussichtspunkt auf den Klippen zu bleiben, wo es sicher ist. Ich werde nicht behaupten, dass sie ihr Schicksal verdient hätten, denn der Tod ist eine schreckliche Konsequenz für Torheit. Ich glaube allerdings kaum, dass man die Kreatur für menschliche Dummheit bestrafen sollte.«

Ich beobachte Bowen aufmerksam. Ich werde nicht so tun, als würde ich ihn sonderlich gut kennen, doch sogar ich kann erkennen, dass er hin- und hergerissen ist. Diese Antwort hat er offensichtlich nicht erwartet. Wenn man bedenkt, wie er und der Rest der Cŵn Annwn reden, habe ich auch nicht damit gerechnet.

Schließlich gibt es in unserem Reich ebenfalls Monsterjäger. Die meisten Menschen würden besagtes Monster lieber töten, als sich zu fragen, ob die Schuld vielleicht bei allen anderen liegt. Es stimmt, dass es Monster gibt, die speziell Menschen angreifen, das hier ist jedoch nicht das Gleiche. *Das hier* ist so, als würde man eine Bärenmutter provozieren, nachdem sie gerade ein Junges geworfen hat. So tragisch der Verlust von Leben auch ist, kommt er in derartigen Fällen nicht allzu unerwartet.

»Aber der Bericht ...«

Elijah fällt ihm mit einer abwehrenden Geste ins Wort und wendet sich ab. »Soweit es mich betrifft, gab es keinen Bericht. Lasst den Drachen in Ruhe. Innerhalb eines Monats wird sie mit ihrem Jungen in ihr Heimatreich zurückkehren. Bis dahin werden unsere Leute den westlichen Strand meiden, also sollte es keinen weiteren Zwischenfall geben.«

Diesmal bin ich diejenige, die eine Hand ausstreckt und Bowens ergreift.

Elijah hält inne, dreht sich aber nicht noch einmal um. »Ich kenne die Behauptung der Cŵn Annwn, welchem Zweck ihre Jagden angeblich dienen. Doch meistens gelingt es euch lediglich, eine Tragödie in eine Katastrophe zu verwandeln. Kein Lebewesen sollte dafür bestraft werden, dass es sein Kind beschützt, egal ob die Menschen es als ›Monster‹ betrachten oder nicht. Jeder von uns hätte in dieser Situation so gehandelt wie die Drachenmutter. Sie zu ermorden und ihr Kind ohne Mutter zurückzulassen, ist nicht die Lösung.« Schließlich dreht er sich doch noch einmal halb herum, um uns über seine Schulter hinweg anzuschauen. Seine Miene ist ernst. »Oder würdet ihr das Kind ebenfalls töten, weil es die Sünde begangen hat, geboren worden zu sein?«

Allem, was er sagt, stimme ich voll und ganz zu, aber es ist, als wären seine Worte Steine, die er Bowen entgegenschleudert. Jeder Satz lässt die Schultern des großen Mannes weiter nach unten sinken. Ich lasse meine Hand in seine gleiten und bringe ein Lächeln zustande, auch wenn es sich gestelzt anfühlt. »Danke für deine Zeit.«

Dass ich in der Lage bin, Bowen zu einer der Kirchenbänke zu führen und ihn dazu zu bringen, sich dort hinzusetzen, kommt mir mehr als nur ein wenig beunruhigend vor. Mir liegt ein Scherz auf der Zunge, um die Atmosphäre zu lockern und den schrecklichen Sturm aufzulösen, der sich auf seinen Zügen zusammenbraut. Doch ich verkneife ihn mir. »Geht es dir gut?«

»Er irrt sich.« Er klingt allerdings nicht, als würde er das glauben. »Er muss sich irren. Wir *beschützen* Leute. Sie sind dankbar für unseren Schutz.«

Wie viel Druck soll ich ausüben? Das ist schwer zu sagen. Möglicherweise wird sich nie wieder ein Moment ergeben, in dem ich zu ihm durchdringen kann. Ich muss ihn nicht mit einem Hammer bearbeiten. Ich brauche lediglich ein Skalpell. »Wie viele Dörfer oder Städte empfangen dich mit offenen Armen? Oder begrüßen sie dich alle wie dieses hier, als wärst *du* das Monster, das sich unter ihrem Bett versteckt?«

»Was?«

»Wenn ein Retter in die Stadt kommt, freuen sich die Leute normalerweise, ihn zu sehen. Das ist ein Anlass zum Feiern.« Ich habe es bei den Jägern bei mir zu Hause miterlebt. Die Leute fürchten sich vor der Dunkelheit und verehren jene, die bereit sind, zu den Waffen zu greifen und unvorstellbare Monster zu bekämpfen.

Aber genau das ist das Problem. Ich werde nicht so tun, als würden in den Schatten nicht jede Menge Monster lauern. Viele Leute sehen jedoch etwas Andersartiges und entscheiden, dass es monströs ist, einfach nur, weil sie sich nicht selbst darin wiedererkennen.

In meiner Welt ist es für Monsterjäger viel zu leicht, weitaus monströser zu werden als die Wesen, die sie jagen. Den Blicken nach zu urteilen, die uns die Leute hier zugeworfen haben, als wir durch ihr Dorf gegangen sind, ist das in Threshold nicht anders.

»Manche Leute verstehen das nicht«, murmelt er. »Sie denken, dass wir kommen, um ihre Kinder zu entführen, damit sie sich uns anschließen. So funktionieren die Gesetze nicht. Wir *beschützen*. Wie entführen und morden nicht, egal was Elijah sagt.«

Mir kommt plötzlich in den Sinn, dass ich mich in diesen gefallenen Helden von einem Mann verlieben könnte. Die Art, wie er sich an die Gesetze klammert, als wären sie jedem anderen ebenso heilig, sorgt dafür, dass ich ihn umarmen will. »Nicht jedes Mitglied der Cŵn Annwn ist wie du, Bowen. Du bist doch sicher nicht naiv genug, zu denken, dass keiner von ihnen seine Macht missbraucht, oder? Und dabei haben wir noch nicht mal in Betracht gezogen, dass der Rat den Bericht, der zu deinem Befehl geführt hat, den Drachen zu töten, offensichtlich gefälscht hat. Wie viele andere Berichte haben sie gefälscht, ohne dass du es bemerkt hast?«

»Ich kann nicht … Das ist nicht …« Er starrt auf seine Hände. »Das ist komplett verkorkst.«

»Allerdings.« Ich stupse mit meiner Schulter gegen seine. »Die einzige Frage lautet: Was wirst du dagegen unternehmen?« Ich gehe nicht davon aus, dass eine einzige Unterhaltung ausreichen wird, um seine komplette Haltung auf den Kopf zu stellen. Aber er kann doch sicher begreifen, dass es falsch ist, diesem Drachen nachzujagen, oder?

Bowen lehnt sich seufzend auf der Bank zurück. »Ich wüsste gern, wer im Namen von Leuten, die kein Interesse daran haben, gerettet zu werden, Berichte einreicht.«

»Nur weil es nichts gab, wovor man sie hätte retten müssen.«
Ich komme nicht umhin, mich zu fragen, wie viele Generationen von Drachen ihre Jungen an diesem Strand zur Welt gebracht haben, während das Dorf darüber Stillschweigen bewahrt hat. Ich mochte wetten, dass es mehr waren, als sich einer von uns beiden auch nur vorstellen könnte. »Wirst du sie verfolgen?«

»Nein.« Er schüttelt den Kopf, seine Stimme wird fester. »Nein. Wenn sie ohnehin von selbst in ihr Reich zurückkehren wird, wäre das bloß Zeit- und Ressourcenverschwendung. Solange sie niemanden mehr verletzt oder tötet, erscheint es mir ... grausam, sie zu töten. Ganz zu schweigen von ihrem Jungen.« Seine Miene wirkt besorgt. »Egal was sonst stimmen mag, damit hatte Elijah recht. Einem Kind die Mutter zu nehmen, wenn sie nur versucht, es zu beschützen, ist falsch. Mir gefällt nicht, dass sie Leute umgebracht hat, aber ...«

»Es ist komplizierter, als dir bewusst war«, beende ich den Satz für ihn.

»Ja. Sehr viel komplizierter.«

Dieses zarte Gefühl in meiner Brust nimmt zu. Ich wusste, dass es an diesem nervtötenden Mann viel zu bewundern gibt, doch die Tatsache, dass er sich so schnell anpasst? Es bricht mir das Herz, dass ich nicht hier sein werde, um seine abschließende Entwicklung mitzuerleben.

Falls es überhaupt dazu kommt. Die Cŵn Annwn scheinen nicht dazu zu neigen, ihren Leuten zu erlauben, Befehle zu hinterfragen.

Ein angstvoller Schauer läuft mir den Rücken hinunter. Nein. Verdammt, *nein*. Bowen ist nicht mein Problem. Selbst wenn er es wäre, bin ich nicht diejenige, an die man sich wendet, wenn man Hilfe oder Schutz braucht. Mit mir kann man Spaß haben und für eine Weile der Realität entfliehen, ich bin jedoch kein sicherer Hafen, der Schutz vor Stürmen bietet.

Aber … ich will nicht, dass ihm etwas zustößt.

»Ich weiß, dass die Besatzung nicht begeistert sein wird, das zu hören, aber vielleicht kannst du es ihnen so mitteilen, dass es vernünftig klingt und keinen Aufstand auslöst.«

Endlich schaut er mich an. Einer seiner Mundwinkel zuckt nach oben. »Machst du dir Sorgen um mich?«

»Vielleicht.« Ich schnaube. »Okay, meinetwegen, ja, ich mache mir Sorgen um dich. Du warst bereit, dich im Kampf mit einer Sìth-Katze zu opfern, um mir das Leben zu retten. Deine Instinkte sind ziemlich fragwürdig.«

Seine dunklen Augen sehen zu viel. Zum Glück behält er seine Beobachtungen für sich und steht auf. »Lass uns zur *Hag* zurückkehren. Hoffentlich fällt mir in der Zwischenzeit ein brillantes Argument ein, mit dem ich sie überzeugen kann, nicht zu meutern.«

Wieder steigt in mir diese schreckliche Sorge um ihn auf. Ich habe mitbekommen, wie manche Mitglieder der Besatzung über ihn reden. In der Küche hört man eine Menge Dinge, und auch wenn ich nicht vorhabe, länger als unbedingt nötig in Threshold zu bleiben, war es mir unmöglich, nicht zu bemerken, dass die Besatzung in drei Lager aufgespalten ist. Jene, die denken, dass Bowen übers Wasser laufen kann. Jene, die glauben, dass Miles das, was die Cŵn Annwn sein sollten, besser repräsentiert. Und jene, die sich noch nicht entschieden haben.

Es übersteigt immer noch mein Vorstellungsvermögen, dass diese beängstigenden Monsterjäger ihren Kapitän … per Abstimmung wählen. Dem Tratsch nach zu urteilen, der mir zu Ohren gekommen ist, ist es möglich, dass es bei einem solchen Machtwechsel zu einem Kampf oder einer echten Meuterei kommt. Im Allgemeinen ist das hingegen nicht die Methode, mit der über die Führung eines Schiffes entschieden wird. Der

Kapitän, der abgewählt wird, wird am nächstgelegenen Hafen abgesetzt – sofern er bei der Crew noch ein gewisses Maß an Wohlwollen genießt. Dann muss er sich eine andere Besatzung der Cŵn Annwn suchen, der er sich anschließen kann, um sich in der Hierarchie von ganz unten hochzuarbeiten.

Seit mich Bowen aus dem Wasser gezogen hat, scheint er die Unterstützung seiner Leute jeden Tag ein wenig mehr zu verlieren. »Wird dies die Entscheidung sein, die das Machtgleichgewicht letztendlich zu Miles' Gunsten neigt?«

»Das ist möglich. Sogar wahrscheinlich.« Bowen zuckt mit den Schultern. Er streckt mir eine große Hand entgegen, und auch wenn ich definitiv keine Hilfe beim Aufstehen brauche, ergreife ich sie und gestatte es ihm, mich auf die Füße zu ziehen. Erst als wir das Gebäude verlassen und ins schwache Sonnenlicht hinaustreten, beantwortet er meine Frage. »Eine Menge Leute sind mir gegenüber loyal, die Crew als Ganzes ist jedoch ein wankelmütiger Haufen, und Miles beherrscht es ausgezeichnet, genau zu wissen, wie er sie dazu bringen kann, ihm zuzuhören.« Er zuckt erneut mit den Schultern. »Das spielt keine Rolle. Ich muss das Richtige tun.«

Wieder steigt in mir dieser schreckliche Drang auf, ihn zu beschützen.

Pass stets zuallererst auf dich selbst auf, Vögelchen. Niemand sonst wird es tun.

Bunnys Regel hallt in meinem Kopf wider, während wir über den Lehmpfad zurück zum Hafen stapfen. Sie hat nicht *unrecht.* Ich habe nicht die Absicht, bei den Cŵn Annwn zu bleiben, und selbst wenn ich das vorhätte, würde ich mich weigern, Bowen zu schaden, sogar indirekt. Ich kann mir nicht vorstellen, dass mir Miles erlauben würde, an Bord zu bleiben, wenn er Kapitän werden würde. Sehr viel wahrscheinlicher ist, dass er das zu Ende bringen würde, was er am Tag meiner Ankunft begonnen hat, indem er erneut versuchen würde, mich zu töten. Draußen auf dem Wasser und mit der gesamten Besatzung, die hinter ihm steht, hätte ich nicht die geringste Chance.

Ich bin verdammt, wenn ich fliehe, ich bin verdammt, wenn ich bleibe.

Ich bin so sehr mit meinen düsteren Gedanken beschäftigt, dass ich erst merke, dass Bowen stehen geblieben ist, als ich gegen seinen Rücken pralle. »Hey!«

Seine Macht steigt so schnell in ihm auf, dass sie sich wie ein jagender Raubvogel anfühlt, der im Sturzflug an mir vorbeischießt. Ich springe zur Seite, doch seine Aufmerksamkeit ist nicht auf mich gerichtet. Sein suchender Blick gilt dem Anlegesteg und der umliegenden Bucht. Der Bucht, die aktuell leer ist. »Wo *verdammt noch mal* ist mein Schiff?«

17

Bowen

»Miles hat es sich unter den Nagel gerissen.«

»*Was?*« Ich wirbele herum und entdecke Dia, die an einem Baum lehnt. Ihr Joint klemmt zwischen zwei Fingern.

Sie stößt eine Rauchwolke aus. »Er hat die Besatzung dazu gebracht abzustimmen. Hat mühelos gewonnen, konnte sie jedoch nicht dazu überreden, dich als Verräter zu brandmarken. Das wird allerdings nur so lange anhalten, bis du etwas Dummes machst.« Sie beäugt mich. »Oder etwas *Dümmeres.*«

Ihre Worte treffen mich mit voller Wucht. Sie haben abgestimmt. Sie haben sich *mein verdammtes Schiff* unter den Nagel gerissen. Mir war klar, dass es irgendwann dazu kommen würde, doch ein Teil von mir hat nie geglaubt, dass es tatsächlich passieren würde. Man hat mich zum Kapitän gewählt, nachdem Ezra während eines besonders heftigen Sturms ums Leben gekommen ist. Seine angeschlagene Gesundheit zu diesem Zeitpunkt sowie die Tatsache, dass er mir sehr nachdrücklich mitgeteilt hat, dass er stolz auf mich sei, bevor er mich unter Deck geschickt hat, sind beides Punkte, die dafürsprechen, dass er wusste, dass ihm nicht mehr viel Zeit blieb. Und er hat sich selbst entschieden, auf welche Weise er diese Welt verlassen wollte. In den Jahren, die seitdem vergangen sind, habe ich meinen Frieden damit gemacht, allerdings hat Ezra während meines gesamten Lebens in Threshold als Kapitän gedient – und bereits ein gutes Jahrzehnt vor unserer ersten Begegnung. Ich hatte wirklich gedacht, dass es bei mir genauso laufen würde. Dass ich die Crew der *Hag* anführen würde, bis mich das Meer am Ende in seine ewige Umarmung schließt.

»Es ist fort. Alles ist fort.« Die Welt um mich herum verschwimmt ein wenig. »Ich habe alles verloren. Sie hatten nicht das Recht dazu.«

»Du weißt, dass das nicht stimmt. Sie hatten jedes Recht dazu. Ein Kapitän ist nur so lange Kapitän, wie seine Besatzung hinter ihm steht. Sie haben den Glauben an dich verloren.« Sie nimmt einen weiteren Zug von ihrem Joint.

Der Geschmack des Verrats sammelt sich zähflüssig und erstickend ganz hinten auf meiner Zunge und schnürt mir die Kehle zu. Ich muss mehrfach schlucken, um nicht zu würgen. Ich weiß, dass ich mich in den Griff bekommen muss, dass ich planen muss, was ich als Nächstes tun werde, aber ich kann nicht denken. Ich kann nur *fühlen*.

Ich bin jahrelang der Kapitän dieser Besatzung gewesen. Ich habe sie durch gute und schlechte Zeiten geführt und dabei die Gesetze der Cŵn Annwn immer – *immer* – an erste Stelle gestellt. Ich habe ihre Ausschweifungen im Zaum gehalten und dafür gesorgt, dass sie ein Leben führen, das des Namens, den sie tragen, würdig ist. Ich bin gerecht gewesen, und wenn ich mich unnachgiebig verhalten habe, dann diente das stets dem Allgemeinwohl. Und es hat trotzdem nicht gereicht.

»Was machst du hier?« Ich klinge verbittert und wütend, kann jedoch nichts dagegen ausrichten. Ich *bin* verbittert und wütend. »Warum bist du nicht mit ihnen davongesegelt, um dich sämtlichen Ausschweifungen hinzugeben, die ich euch verwehrt habe? Das hat Miles ihnen doch versprochen, oder? Dass sie sich nehmen können, was sie zu verdienen glauben, statt sie daran zu erinnern, dass wir *dienen*.«

»Meine Jahre der Ausschweifungen liegen bereits hinter mir. In meinem Alter klingt das alles viel zu anstrengend.« Dia drückt sich von dem Baum ab und schlendert auf das Dorf zu. »Außerdem fühlt sich dieses Schiff nicht wie ein Zuhause an, wenn Miles am Steuer steht. Ich gehe davon aus, dass ein paar Leute bis zur nächsten Mondphase zu einer anderen Crew wechseln werden. Schwer zu sagen.«

Mein ganzes Leben bricht um mich herum zusammen. Ich stehe am Abgrund und kann nicht das Geringste unternehmen, um zu verhindern, dass ich hinabstürze. Seit ich nach Threshold gekommen und aus dem Meer aufgetaucht bin, um ein neues Leben zu beginnen, ist meine gesamte Identität mit der *Crimson Hag* verwoben. Ich habe als Schiffsjunge angefangen. Ezra hat mir beigebracht, wie man segelt, navigiert und *anführt*, bis ich mich bis zum Quartiermeister hochgearbeitet hatte. Jahrelang habe ich in dieser Position gedient, bis Ezra starb und ich zum Kapitän gewählt wurde. »Was soll ich jetzt tun, verdammt noch mal?«

Sie seufzt. »Das wirst du schon herausfinden, Junge. Um diese Jahreszeit wird es ein oder zwei Wochen dauern, bis ein Schiff vorbeikommt, das uns zurück nach Lyari bringen kann, also kannst du die Zeit ebenso gut nutzen, um ein bisschen in dich zu gehen. Auf dem nächsten Schiff wirst du ganz unten anfangen, genau wie es auf der *Hag* der Fall war.« Dann ist sie fort und verschmilzt mit den Bäumen, als wäre sie für den Wald statt für die Wellen geboren worden.

Eine Leere tut sich in meinem Inneren auf und droht, mich zu verschlingen. Ganz unten anfangen. Neues Schiff. Neue Mannschaft. Neuer Kapitän. Und wer wird mich aufnehmen?

Im Laufe der Jahre bin ich mit mehr als nur ein paar Kapitänen aneinandergeraten, und ich habe mir nie die Mühe gemacht, mein Missfallen zu verbergen, nicht wenn so viele von ihnen die Gesetze nach ihren eigenen Vorstellungen auslegen. Wenn ich nach Lyari zurückkehre, werde ich vielleicht in der Lage sein, eine Anstellung in der Stadt zu finden und so dem Rat zu dienen …

Doch all meine Zeit an Land zu verbringen? Mich auf politische Ränkespiele einzulassen, wenn es Leute gibt, die gerettet werden müssen? Leute, denen ich tatsächlich helfen kann, statt nur um der Macht willen endlose Diskussionen zu führen?

Die Vorstellung, dass das meine Zukunft sein könnte, sorgt dafür, dass etwas in mir droht, zu verschrumpeln und zu sterben. »Ich habe alles verloren.«

»Tut mir leid.«

Ich drehe mich zu Evelyn herum. Ihr die Schuld für das alles zu geben, ist unheimlich verlockend, aber auch wenn ihre Anwesenheit meine Probleme auf die Spitze getrieben hat, haben sie doch schon lange vor ihrer Ankunft angefangen. Ich habe meine eigenen Entscheidungen getroffen. Ich kann ihr nicht die Schuld für meine Handlungen geben. Hätte ich sie den Wellen überlassen, wäre ich vielleicht ein paar Monate länger Kapitän geblieben, womöglich sogar ein Jahr, irgendwann jedoch hätte Miles seinen Zug gemacht. Evelyn hat das Ganze nur beschleunigt. Bei jeder Entscheidung, die ich seit ihrer Ankunft getroffen habe, habe ich an einem Scheideweg zwischen Gesetz und Herz gestanden. Und ich habe mich jedes einzelne Mal fürs Herz entschieden.

Dieses Chaos habe ich mir selbst zuzuschreiben. Das anzuerkennen bessert meine Laune allerdings nicht. »Lass uns gehen. Wir werden uns fürs Erste ein Zimmer nehmen müssen.« Ich halte inne und mustere ihre arglose Miene. »Das ändert nichts an deiner Situation, Evelyn. Wenn du fliehst, *werden* sie dich jagen.«

»Was für einen Unterschied macht es, wenn du hier gestrandet bist und ich … anderswo gestrandet bin?«

Ich werfe ihr den Blick zu, den diese Frage verdient. »Du kennst den Unterschied verdammt gut. Als Kapitän abgewählt zu werden, ist kein Verbrechen. Deinen Schwur zu brechen, ist *sehr wohl* eins. Ich werde mich der nächsten Besatzung anschließen müssen, auf die wir treffen, zumindest lange genug, um nach Lyari zurückzukehren. Wenn ich mich dafür entscheide, nicht bei dieser Crew zu bleiben, werde ich in der Hauptstadt leben müssen, bis ich ein neues Schiff finde – oder eine Stelle als Mitarbeiter des Rates. Das sind die einzigen Optionen. Ich kann mich nicht auf einer der anderen Inseln niederlassen. Und ich kann ganz sicher nicht durch ein Portal in ein anderes Reich springen. Und für dich gilt genau das Gleiche.«

»Das kommt mir irgendwie wie reine Auslegungssache vor.« Doch sie schließt sich mir an und läuft neben mir her. »Im Augenblick würde ich töten, um ein paar Stunden Schlaf und eine Mahlzeit zu bekommen, also werde ich mich jetzt nicht mit dir streiten. Vielleicht später. Wir werden sehen, was uns die Nacht bringt.«

Sie führt uns zu einem kleinen Gasthaus, das direkt an einer Straße in der Nähe des Dorfeingangs liegt. Da es langsam dunkel wird, haben sich die Massen auf der Hauptstraße größtenteils zerstreut, auch wenn aus zwei verschiedenen Kneipen nach wie vor Musik und lautes Gelächter dringen. Ich bleibe stehen und starre auf das warme Licht, das hinter den Fenstern schimmert. Die Leute dort wirken zufrieden.

Als wäre dieses Ereignis, das nur einmal pro Generation stattfindet, wirklich etwas, das es zu feiern statt zu fürchten gilt. Ich kann das kaum begreifen.

Das Gasthaus wird von einer Person mit heller Haut, dunklem Haar und einem wirklich beeindruckenden Schnurrbart geführt. Sobald wir them mitteilen, was wir brauchen, schüttelt they den Kopf. »Tut mir leid, aber ich habe nur noch ein Zimmer frei. Ihr könnt euer Glück in einem anderen Gasthaus versuchen, aber um ehrlich zu sein, bin ich überrascht, dass wir überhaupt noch ein freies Zimmer haben. Ich bin mir sicher, dass die anderen Unterkünfte komplett belegt sind.«

Meine Frustration droht, mich zu überwältigen. Das ist ein Stolperstein zu viel, der mir heute in den Weg gelegt wird. Die Töpferwaren in den Regalen wackeln, als meine Macht mir entgleitet, während ich sie sonst stets so gut unter Kontrolle halte. Evelyn legt eine Hand auf meinen Arm, und das ermöglicht es mir trotz allem, mich in den Griff zu bekommen. Sie schenkt der Person, der das Gasthaus gehört, ein Lächeln. »Das geht schon in Ordnung. Könnten wir ein Bad und eine Mahlzeit bekommen?«

»Natürlich.« They beäugt mich nervös. Als wäre *ich* das Monster, das they fürchtet. »Das Zimmer ist mit einer heißen Quelle verbunden, die ein Bad speist, und wir haben eine Vereinbarung mit den Betreibern der Kneipe nebenan getroffen, damit sie unseren derzeitigen Gästen Mahlzeiten bringen. Das ist alles im Preis inbegriffen.«

Evelyn drückt meinen Arm. »Perfekt. Mein Freund hatte einen harten Tag, aber wir sind dankbar für den Service.«

»N… Natürlich.« They schiebt einen Schlüssel über die Theke und zieht dann hastig die Hand zurück, als würde they befürchten, dass ich them erwürgen könnte.

Das Schlimmste daran ist, dass ich mir nicht sicher bin, ob es an meiner offensichtlichen Verärgerung oder doch eher an dem roten Mantel liegt, den ich trage. Als wir vorhin über den Marktplatz gelaufen sind, habe ich keinerlei Macht zur Schau gestellt. Evelyn mag denken, mir sei nicht aufgefallen, dass uns die Leute hektisch aus dem Weg gegangen sind, aber es ließ sich unmöglich ignorieren. Ihre Angst hat mir zu schaffen gemacht. Sie macht mir *immer* zu schaffen.

Evelyn führt mich in den hinteren Teil des Gasthauses zu einem überraschend geräumigen Zimmer, das mit einem recht großzügigen Bett und dem versprochenen Becken mit dampfendem Wasser ausgestattet ist. Es ist ein schönes Zimmer, ich bin jedoch nicht in der Stimmung, mich daran zu erfreuen. Evelyn läuft umher, fasst alles an und summt leise vor sich hin. Selbst ihr Anblick reicht nicht aus, um die schrecklichen Gefühle zu verscheuchen, die in mir vor sich hin gären. Mein gesamtes Leben, alles, wofür ich gearbeitet und gekämpft und woran ich geglaubt habe … Es fühlt sich an, als würde es auf der Kuppe einer gewaltigen Welle balancieren. Eine falsche Bewegung könnte dafür sorgen, dass ich untergehe und vielleicht nie wieder auftauche. »Wag es ja nicht, hier irgendwas zu stehlen.«

Sie wirft mir einen strengen Blick zu. »Normale Leute, die einfach nur versuchen, ihr Geschäft am Laufen zu halten, beklaue ich nicht. Das ist böse.«

»Mich bestiehlst du ständig.«

»Ja, das stimmt.« Sie kommt zu mir und stellt sich vor mich. »Du bist keine normale Person, Bowen. Du bist in den Geschichten sehr vieler Leute der Bösewicht. Und wir Bösewichte müssen zusammenhalten.«

»Ich will nicht der Bösewicht sein«, sage ich leise. Ich weiß nicht, was ich fühlen oder denken soll. Vor meinem inneren Auge sehe ich wieder und wieder, wie mein Schiff ohne mich dem Horizont entgegensegelt und die Leute mitnimmt, die für mich so etwas wie eine Familie waren. Dia ist nicht fort, ich bin jedoch nicht so dumm zu glauben, dass Dia bei mir bleiben wird.

Sie ist schon immer ihrem eigenen Rhythmus gefolgt, und das könnte dafür sorgen, dass sie sich von mir entfernt. Und selbst wenn das nicht der Fall sein sollte, ist sie nicht unsterblich.

Irgendwann wird sie auf ein Meer hinaussegeln, das ich nicht erreichen kann.

Evelyn streckt die Hände nach oben und umfasst zaghaft mein Gesicht. »Die meisten Leute wollen nicht der Bösewicht sein. Das bedeutet aber nicht, dass sie nicht zufällig in dieses Leben hineinstolpern. Ich weiß, dass du versuchst, Gutes zu tun, und dass das jetzt gerade sehr schmerzt, vielleicht solltest du es jedoch als Gelegenheit nutzen, dich umzuschauen und zu erkennen, wie die Dinge wirklich sind.«

Das ist zu viel. Ich verstehe, was sie sagt und worauf die Beweise der letzten paar Tage hindeuten, dennoch ist das alles zu groß, um es zu begreifen. Und hinzu kommt der schreckliche Verdacht, dass Ezra sehr genau wusste, was alle von den Cŵn Annwn halten, und diese Einzelheiten bei seinen Lektionen ausgelassen hat. Darüber darf ich nicht nachdenken. Ich gerate immer wieder unter die Oberfläche, und wenn ich anfange, in eine Richtung zu schwimmen, könnte es durchaus sein, dass ich mich von der Luft, die ich dringend brauche, wegbewege, statt darauf zuzuhalten.

Also denke ich nicht darüber nach.

Das mag der Ausweg eines Feiglings sein, in diesem Augenblick hingegen ist mir das egal. Morgen früh werden all meine Probleme immer noch da sein.

Ich werfe einen Blick auf das Bett. Ich war so sehr mit meinem Elend beschäftigt, dass mir erst jetzt klar wird, was unsere derzeitige Situation bedeutet. Wir befinden uns zu zweit in einem Zimmer in einem Gasthaus. Es gibt nur ein einziges Bett – das ich mir mit Evelyn teilen muss, die ich nicht mehr aus dem Kopf bekomme, seit ich sie gekostet habe.

Abrupt weiche ich einen Schritt zurück. Meine Ehre hat mich zuvor nicht davon abgehalten, sie zu berühren, im Grunde genommen sitzt sie allerdings hier mit mir fest. Ich räuspere mich. »Du kannst das Bett haben. Ich werde auf dem Boden schlafen.«

»Bowen.« Der Tadel in ihrer Stimme reicht beinahe aus, um mir ein Lächeln zu entlocken. »Das kann nicht dein Ernst sein.«

»Also, ehrlich gesagt …«

»Wenn du mir dieses Angebot machst, weil du den Kuss im Wald bereust und ein paar Grenzen ziehen willst, dann ist das eine Sache.« Sie bewegt sich mit mir, als ich mich umdrehe, und erlaubt es mir nicht, meinen Blick vor ihr zu verbergen. »Wenn du stattdessen auf dem Boden schlafen willst, weil du dank deines Edler-Ritter-Komplexes irgendwelche fehlgeleiteten Schuldgefühle hast, dann werde ich das nicht zulassen.«

»Ich empfinde *keine* Schuldgefühle.«

»Seit deine Besatzung davongesegelt ist, geißelst du dich so heftig selbst, dass ich überrascht bin, dass du nicht auf dem Boden liegst und verblutest.« Sie verschränkt die Arme vor der Brust. Nun ja, *unter* ihrer Brust. Ihre Brüste sind nicht besonders groß, aber sie sind sehr präsent und drücken sich auf sehr attraktive Weise gegen den dünnen Stoff ihres Oberteils und …

Götter, ich starre ihr schon wieder auf die Brust.

Um ein Haar weiche ich einen weiteren Schritt zurück, kann mich jedoch gerade noch davon abhalten, denn das würde bedeuten, dass ich vor ihr weglaufe, und ich bin nicht in der Lage, das zu tun. Das *will* ich gar nicht. »Du hast keine andere Wahl, als dir ein Zimmer mit mir zu teilen.«

»Um Himmels willen …« Sie verdreht die Augen. »Du magst mich kirre machen, doch das bedeutet nicht, dass ich dir nicht die Klamotten vom Leib reißen und mich auf dich stürzen will. Verdammt noch mal, Bowen, du hast mich zum Höhepunkt gebracht, ohne mir irgendwas auszuziehen. Würde ich dich nicht wollen, wäre ich nicht hier.«

»Ich will dich seit dem Moment, als du diese Flasche von meiner Hüfte gestohlen hast. Dieser Kuss im Wald war kaum mehr als ein Appetithappen. Solange ich noch dein Kapitän war, konnte ich es mir nicht erlauben, mehr zu unternehmen. Aber mein Schiff ist fort, und wir sind bloß zwei gestrandete Seelen.« Ich streife meinen Mantel ab und werfe ihn über den Stuhl, der neben dem Schreibtisch steht. »Denk niemals, dass ich dich nicht will, Evelyn.«

Sie verzieht die Lippen zu einem Lächeln, und Hitze sammelt sich in ihrem Blick. »Ihr Schiffskapitäne liebt eure Seefahrermetaphern.«

»Evelyn.« Im Verlauf eines einzigen Tages hat sich alles geändert. Ich wäre ein Narr, wenn ich jegliche Vorsicht in den Wind schlagen und mit ihr ins Bett steigen würde. Doch das ist mir egal. Alles ist im Begriff, völlig außer Kontrolle zu geraten, und sie mag eine chaotische Kraft sein, die dazu beiträgt, zugleich ist sie die Person, der ich mich immer wieder zuwende, ohne dass ich es beabsichtige.

Auch jetzt wende ich mich ihr zu. »Küss mich.«

»Das ist keine gute Idee.« Trotz ihrer Worte macht sie einen Schritt auf mich zu. »Je näher wir uns kommen, desto heftiger wird es wehtun, wenn alles den Bach runtergeht. Wenn du mit mir schläfst, wirst du nicht in der Lage sein, mich zu jagen.«

Sie hat nicht unrecht, dennoch entgeht ihr eine ganz bestimmte Tatsache. Ich strecke ihr meine Hand entgegen. »Ich wäre ohnehin nie in der Lage gewesen, dich zu jagen.« Selbst wenn mich die Verweigerung dieses Befehls zum Verräter macht.

Sie ergreift meine Hand und erlaubt mir, sie dicht an mich zu ziehen und die Arme um sie zu legen. Ich werde niemals darüber hinwegkommen, wie perfekt sie sich an mich schmiegt. Ihr Körper ist weich und zart, und – *verdammt* – ich will sie so sehr, dass ich kaum an mich halten kann, während sie mich betrachtet.

»Das weiß ich doch.« Sie küsst mich.

Es ist sogar noch besser als beim letzten Mal. Nun kenne ich ihre Gestalt. Ich kenne die Art, wie sie sich bei der ersten Berührung ihrer Zunge an meiner an mich lehnt. Ich kenne das Gefühl ihres Körpers, der sich an meinen drückt. Ich kenne …

Das ist nicht genug.

Ich schlinge die Arme fester um sie, und es kommt mir vor, als würde ich die Welt selbst in Händen halten. Ein komischer Gedanke, vollkommen unverdient. Das ändert jedoch nichts an der Tatsache, dass es sich wahr anfühlt. Seit Evelyn in mein Leben getreten ist, hat sie dafür gesorgt, dass ich Dinge hinterfrage, von denen ich niemals gedacht hätte, dass ich sie je anzweifeln würde. Und nun, da die Wahrheit meine Welt in Stücke geschlagen hat, ist sie das Einzige, was sich noch stabil anfühlt.

Dieser Gedanke reicht aus, um mich den Kuss unterbrechen zu lassen. »Ich versinke in den Fluten, und zwar unheimlich schnell. Ich will nicht, dass du mit mir ertrinkst, nur weil ich mich an etwas klammere, das Sinn ergibt.«

»Bowen.« Sie zieht so fest an meinem Haar, dass es fast wehtut. »Wir ertrinken alle. Jeder Einzelne von uns. Jeder, der etwas anderes behauptet, ist ein götterverdammter Lügner.« Sie tritt zurück. Sosehr ich den Verlust ihrer Berührung bedaure, ist es das mehr als wert, denn nun kann ich zuschauen, wie sie sich ihr Oberteil über den Kopf zieht und dann aus ihren Stiefeln und ihrer Hose schlüpft. Ich fand Evelyn schon schön, als ich sie das erste Mal gesehen habe, doch nichts hätte mich auf den Anblick vorbereiten können, den sie bietet, wenn sie nackt ist und ihr zerzaustes blondes Haar ihr ins Gesicht fällt.

Wie sich herausstellt, errötet sie tatsächlich *überall*.

»Du solltest besser etwas sagen, sonst laufe ich Gefahr, mich in die Badewanne zu stürzen und nie wieder aufzutauchen, um Luft zu holen.« Die Röte, die sich über ihre Brust stiehlt, nimmt zu, aber sie hält vollkommen still und hat die Augen fest auf mein Gesicht gerichtet, während ich ihren Anblick in vollen Zügen genieße.

Ich bin kein Mann, der stets die richtigen Worte findet. Meistens weiß ich nicht mal, wie ich mich in einer bestimmten Situation richtig verhalte. In diesem Moment dagegen weiß ich es. Ich gehe zu ihr und lasse mich auf die Knie sinken.

Sie stößt ein nervöses Lachen aus. »Was machst du da?«

»Das Einzige, was ein Mann tun kann, wenn er einer Göttin gegenübersteht. Ihr huldigen.«

»*Bowen*. So einen Quatsch darfst du nicht sagen. Falls Aphrodite existiert, wirst du dafür sorgen, dass sie ihren Zorn auf mich richtet.«

Ich packe ihre breiten Hüften und ziehe sie mehrere Zentimeter näher an mich heran. Mir läuft das Wasser im Mund zusammen. Ich kann mich nicht davon abhalten, mich nach unten zu lehnen und ihre mit sanften Dellen übersäten Schenkel küssen. Perfekt. Alles an ihr ist perfekt. Ich hebe eins ihrer Beine behutsam über meine Schulter und öffne sie für mich. Sie ist wunderschön und rosig und bettelt förmlich um meinen Mund. »Soll ich aufhören?«

»Wenn du jetzt aufhörst, werde ich mich möglicherweise in eine echte Göttin verwandeln und dich zerschmettern.«

Das entlockt mir ein überraschtes Lachen. »Das wollen wir natürlich nicht.« Ich küsse mich an ihrem Schenkel entlang nach oben, beschränke mich aber vorerst darauf. Ich kann den Gedanken, ihr so nah zu sein und sie nicht mit meinem Mund zu berühren, kaum ertragen, befürchte jedoch gleichzeitig, dass ich mich auf sie stürzen werde wie ein Verhungernder, wenn ich jetzt eine echte Kostprobe von ihr erhalte. Für mich ist das alles eine ganze Weile her, und Evelyn ist keine beiläufige Bettgeschichte. Sie hat recht damit, dass das hier nicht von Dauer sein kann, und doch stelle ich fest, dass ich auf keinen Fall etwas tun will, das sie verscheuchen könnte.

Die ganze Zeit über starre ich zu ihrem umwerfenden Körper hoch. Ich liebe die Tatsache, dass sie so heftig errötet. Ich will sehen, wie sich ihre Haut nicht vor Verlegenheit, sondern vor Verlangen pink färbt. Ich will derjenige sein, der diese Farbe auf ihre Züge malt.

Und dann küsse ich mich zu ihrem Zentrum vor und denke an nichts anderes mehr. Sie schmeckt nach dem Meer, was ein seltsamer Gedanke ist und sich dennoch so anfühlt, als würde man nach Hause kommen. Ich weiß, dass diese Frau nicht wirklich für mich geschaffen wurde. So funktioniert das Leben nicht. So funktioniert *mein* Leben nicht, verdammt noch mal.

Aber ich weiß nicht, wie ich sie je wieder gehen lassen soll, wenn das hier endet.

18

Evelyn

Seit ich Bowen kennengelernt habe, habe ich mehr Fantasievorstellungen von ihm gehabt, als ich je laut zugeben werde. Vor allem nach diesem Kuss. Der Mann hat mich zum Höhepunkt gebracht, während wir uns komplett bekleidet aneinander gerieben haben, als wären wir zwei Teenager, die heimlich im Wald knutschen. Das Erlebnis war demütigend und heißer, als es hätte sein dürfen. Und natürlich hat es dazu geführt, dass ich mich gefragt habe, wie es sein würde, tatsächlich mit ihm zu schlafen.

In keiner dieser Fantasien hat er sich auf die Knie fallen lassen, um mich zu einer Göttin zu erklären und mir dann mit seinem Mund zu huldigen.

Und er *huldigt* mir.

Er küsst mich mit dem gleichen gründlichen Eifer zwischen meinen Beinen, mit dem er auch meinen Mund, meine Zunge und meine Lippen geküsst hat, und schenkt jedem Teil von mir seine ganze Aufmerksamkeit. Ich liebe Oralsex. Das war schon immer so. Aber es gibt definitiv Partner und Partnerinnen, die sich verhalten, als wäre es entweder eine lästige Pflicht oder eine Aufgabe, die sie abhaken müssen, wenn sie mich oral befriedigen. Seltener, allerdings nicht weniger frustrierend sind die Leute, die sich ihrer Fähigkeiten so sicher sind, dass sie sich mehr darauf konzentrieren, sich damit zu brüsten, als darauf herauszufinden, was mir tatsächlich gefällt.

Bowen zählt zu keiner dieser beiden Kategorien. Fast meine ich, dass er sich im Geschmack und Gefühl der Erfahrung verloren hat, doch als ich nach unten schaue, stelle ich fest, dass sich der Blick seiner dunklen Augen förmlich in mich hineinbrennt. Er ist voll und ganz bei der Sache und scheint sich gleichzeitig irgendwie von der Empfindung mitreißen zu lassen.

Ich vergrabe meine Finger in seinem langen Haar und neige die Hüften. Er folgt meinem Drängen ohne Zögern und verlagert seine Aufmerksamkeit nach oben auf meine Klitoris. »Sanfte, vertikale Bewegungen. Benutz den flachen Teil deiner Zunge«, murmle ich.

Er knurrt an meinem Körper und gehorcht. Unsere Küsse eben haben bereits ausgereicht, um mich an den Rand eines Höhepunkts zu bringen – als er nun seine Zunge an meiner Klitoris bewegt, fangen meine Beine an zu beben. Ich beiße mir auf die Unterlippe. Heilige Scheiße, fühlt sich das gut an. »Wenn du nicht aufhörst, werde ich kommen und als schlaffer Haufen auf dem Fußboden enden. Vielleicht werde ich mir auch noch eine Gehirnerschütterung zuziehen.« Ich habe keine Ahnung, warum ich das sage. Ich sollte einfach in der Lage sein, das hier zu genießen und den Orgasmus anzunehmen, aber die Vorstellung, dass er mich so sehen könnte ...

Ich weiß nicht, was mit mir los ist.

Ich rechne damit, dass er aufhören oder langsamer machen wird – oder ihn schiere Arroganz womöglich dazu treiben wird, schneller zu werden. Ich hätte es besser wissen sollen. Bowen legt seine Macht um mich, und sie umfängt mich so sanft wie eine Sommerbrise. Sie schlüpft unter das Bein, auf dem ich stehe, und schlingt sich um meine Taille. Dabei verteilt sich die Kraft der Berührung so perfekt, dass ich nicht zu fest gedrückt werde, als er mich hochhebt. Er steht mühelos auf. Ich kreische, aber er ignoriert mich. Er bringt uns zum Bett und legt mich mit so großer Behutsamkeit darauf ab, dass ich beinahe auf der Stelle komme. Und die ganze Zeit über hört er nicht auf, mich zu lecken.

Das alles ist so gut, dass es beinahe peinlich ist. Was ein wirklich seltsames Gefühl ist. Lust sollte nichts mit Scham oder Verlegenheit zu tun haben, es sind jedoch gerade einmal zwei Minuten vergangen, und meine Schenkel beben bereits; immer wieder geht ein leichtes Zittern durch meinen Körper, während sich die Lust in meinem Unterleib fester zusammenzieht. Wie in aller Welt macht er das? Die einzige andere Person, die in der Lage gewesen ist, mich so schnell zum Höhepunkt zu bringen, ist Lizzie, und das auch nur, weil sie buchstäblich Macht über mein Blut hat und es allein mit ihrem Willen nach Belieben in meinem Körper umherwandern lassen kann.

Er bewegt sich und verlagert seine Position, dann presst er plötzlich zwei seiner stumpfen Finger in mich. Er dringt damit behutsam in mich ein und tastet sich offenbar Stück für Stück voran, um zu sehen, wie ich reagiere. Er ist kein kleiner Mann und zwei seiner Finger reichen aus, um mich beinahe unangenehm weit zu dehnen. Ich liebe die Empfindung. Vor allen, als er die Finger in mir krümmt und die Stelle streift, die dafür sorgt, dass sämtliche meiner noch verbliebenen Gedanken schlagartig verpuffen.

Eine Sekunde später schaue ich an meinem Körper hinab und stelle fest, dass er seine Finger gar nicht benutzt. Seine Magie mag mich nach wie vor weit gespreizt halten, seine Hände aber liegen flach auf meinen Schenkeln.

Was bedeutet, dass das in mir seine Magie ist.

»Bowen …«

Dieser teuflische Kerl findet den perfekten Rhythmus und passt die Bewegungen seiner Zunge an die magische Berührung in meinem Körper an. Vielleicht ist es aber auch genau andersherum. Es fühlt sich an wie der Moment, in dem ein Tsunami sämtliches Wasser aus der Bucht saugt und man einfach nur dasteht und weiß, dass die Welle kommt, während man gleichzeitig begreift, dass man niemals in der Lage sein wird, ihr zu entkommen. Ich will dieser Welle nicht entkommen. Selbst wenn sie mir schreckliche Angst einjagt.

»Hör nicht auf!« Der sich ankündigende Orgasmus könnte mich womöglich umbringen, doch was wäre das für ein Abgang!

Bowens einzige Reaktion besteht aus einem weiteren verheerenden Knurren, das an meiner Klitoris vibriert. Das stößt mich letztendlich über die Kante. Doch es ist gar keine Kante. Es ist ein freier Fall, dessen Ende nicht in Sicht ist. Dies ist kein niedlicher kleiner Orgasmus, der zwischen zwei keuchenden Atemzügen kommt und geht. Dies ist das Ende der Welt. Das Gefühl schwillt immer weiter an, und ich drücke den Rücken durch, bis meine Muskeln versteinern.

Und er hört trotzdem nicht auf.

Nicht, bis ein Schrei über meine Lippen kommt, eine unfreiwillige Reaktion, die ich kaum verarbeiten kann, bevor sich mein ganzer Körper zusammenzieht und ich explodiere. Erst dann ändert er sein Tempo. Bowen zieht seine Magie jedoch nicht komplett zurück. Er vögelt mich langsam damit und lässt mich zur Ruhe kommen, ohne mir etwas vorzuenthalten. Als er den Kopf hebt, um in meine geschockten Augen zu schauen, ist die komplette untere Hälfte seines Gesichts tropfnass.

Er beobachtet meinen Körper aufmerksam, als würde er sich jede physische Reaktion auf diesen Orgasmus einprägen. Ich zittere wie Espenlaub, während das Gefühl seiner Magie in mir sich von etwas Angenehmem zu etwas Dunklerem und Heißerem verändert.

Ich hole tief Luft. »Was *machst* du mit mir?«

»Soll ich aufhören?« Er klingt ebenso verzweifelt wie ich.

Ich weiß nicht, ob das beruhigend ist oder nicht. Einer von uns sollte das Schiff steuern, stattdessen sind wir zwei ertrinkende Seeleute, die sich an ein Stück Treibholz klammern und auf das Beste hoffen. Ich will lachen, doch mir fehlt die Energie dazu. »Vergiss nicht, dass ich dich zerschmettern werde, wenn du aufhörst.«

»Das wollen wir nicht«, murmelt er. Er schaut nach unten zu der Stelle, wo er mich nach wie vor in bedächtigem Tempo mit seiner Magie vögelt. »Wenn du mehr ertragen kannst, kann ich dir mehr geben.«

Ja. Dieser Mann wird mich definitiv umbringen. Ich werde jeden Augenblick davon willkommen heißen. Er wird mich mit einem Lächeln auf dem Gesicht in die Unterwelt schicken. Viel mehr kann eine Hexe wohl nicht verlangen, oder? »Gib mir alles.«

Bowen gibt einen Laut von sich, der beinahe ein Lachen ist, aber nach der Hälfte klingt es erstickt. »Ich habe keine Verhütungszauber dabei. Ich habe schon länger keinen mehr gebraucht.«

Ich weiß, dass es nur daran liegt, dass mir die Lusthormone das Hirn vernebeln, aber ich muss mir auf die Zunge beißen, um mich davon abzuhalten, ihm meine unsterbliche Liebe zu gestehen. Morgen kann ich mich wieder daran erinnern, wie unendlich nervtötend ich ihn finde. Jetzt gerade ist er zu gut, um wahr zu sein.

Als ich mir sicher bin, dass ich sprechen kann, ohne mich lächerlich zu machen, räuspere ich mich. »Ich habe einen aktiviert. Eine Hexe kann nie vorsichtig genug sein, weißt du?«

Er streicht mit seiner großen Hand an meinem Oberschenkel entlang nach oben und über meine Hüfte, um sie schließlich auf meinen Bauch zu pressen. Ich würde es als beruhigende Berührung bezeichnen, wenn er nicht weiterhin das magische Äquivalent zweier Finger tief in mir vergraben hätte. »Schenk mir ein paar weitere Orgasmen, Evelyn. Sobald ich in dir bin, werde ich nicht lange durchhalten. Ich muss noch mal spüren, wie du kommst.«

Oh nein, damit wird er nicht durchkommen. Ich zwinge meinen Körper dazu, sich in Bewegung zu setzen, und stemme mich hoch, um seine Hand zu packen und ihn zu mir heranzuziehen, bis sein Körper mich bedeckt. »Wirst du dich wegdrehen und einschlafen, nachdem du gekommen bist, Käpt'n?«

Sein Mund klappt auf. »Verdammt, nein. Ich will dich schon zu lange, um mit einem einzigen Mal zufrieden zu sein. Ich will dich immer und immer wieder, bis wir beide zu erschöpft sind, um weiterzuvögeln.«

Ich hatte gehofft, dass er das sagen würde. Ich küsse ihn und schmecke mich selbst auf seiner Zunge. Ich presse die Schenkel zusammen, was nur dazu führt, dass seine Magie noch tiefer in mich eindringt. »Ich will deinen Schwanz. Mittlerweile will ich ihn nicht nur, ich *brauche* ihn. Bitte gib ihn mir.«

Er stützt sich auf, damit ich sein Gesicht sehen kann. »Du bist eine Plage.«

»Schuldig im Sinne der Anklage.« Ich winde eine Hand zwischen unsere Körper und lege sie um seinen dicken Schwanz. Und er *ist* dick. Dieser Mistkerl ist wirklich überall groß. Ich ziehe an ihm, und er erlaubt mir, ihn an seinem Schwanz zu führen, bis er zwischen meinen Schenkeln ruht.

Er vögelt mich immer noch mit seiner Magie. Ich erschaudere. »Ist es ...?«

Das Gefühl in mir verändert sich. Später werde ich mich über allen Maßen von der Tatsache beeindrucken lassen, dass er Magie in mich eingeführt hat und sie mir nur Lust verschafft, weder Schmerz noch Angst auslöst. Die Kontrolle, die das erfordert, wird dafür sorgen, dass ich einen kleinen Zusammenbruch erleide ... später.

In diesem Augenblick kann ich nicht aufhören zu wimmern, während er seine Magie benutzt, um mich zu spreizen. Er macht den Weg für seinen Schwanz frei. Unterdessen massiert er auf diese köstliche Weise meinen G-Punkt, ohne innezuhalten.

Wenn man bedenkt, wie wir diese Begegnung begonnen haben, wirkt es so verdammt sexy, wie er vollkommen stillhält, während ich seinen Schwanz nach unten drücke, bis er gegen mich stößt. Ich streiche mit einem einzelnen Finger über seine Länge und lege meine Hand dann so gut es geht um ihn. Diesen Griff benutze ich, um ihn näher an mich heranzuführen, ihn *in mich* hineinzuführen, Zentimeter für verheerenden Zentimeter. Er ist so breit, dass es sich beinahe ein wenig unangenehm anfühlt, aber ich höre nicht auf. Nicht wenn mein Körper bereits für ihn dahinschmilzt.

»Evelyn.« Seine Stimme ist ein heiseres Keuchen. »Evie, du bringst mich um.« Bevor ich ihn fragen kann, ob ich langsamer machen soll, presst er hervor: »Wag es ja nicht, aufzuhören.«

Ich höre nicht auf. Ich mache ohnehin nicht den Großteil der Arbeit. Er ist derjenige, der auf meinen Befehl hin sanft zustößt und mich so vollständig ausfüllt, dass ich mir sicher bin, dass ich in Flammen aufgehen werde. Ich brauche ewig und nicht mal ansatzweise lange genug, um ihn bis zum Anschlag in mich aufzunehmen. Bowen, mein leidenschaftlicher ehrenhafter Pirat, ragt schließlich vollkommen reglos über mir auf, während sein Körper von kleinen Beben erschüttert wird.

Seine Miene wirkt beinahe gequält. »Du bist wirklich eine Hexe.«

Ich würde lachen, wenn ich noch Luft zum Atmen hätte. Er mag denken, dass er mich mit einem Zauber belegt hat, aber das Gefühl beruht absolut auf Gegenseitigkeit. Ich kann nicht genug von ihm bekommen. Selbst jetzt kämpfe ich darum, stillzuhalten und ihn nicht derart vollständig zu umfangen, dass ich nicht mehr weiß, wo ich anfange und er aufhört. Mein Verlangen nach ihm ist so verdammt groß, dass ich wirklich hoffe, dass er es ernst meinte, als er gesagt hat, dass wir die ganze Nacht so weitermachen würden. Denn ich weiß nicht, ob selbst diese Art von Marathon ausreichen wird, mich zufriedenzustellen. »Bowen.«

Ganz plötzlich erstarrt sein bebender Körper. »Sag das noch mal.«

Ich greife nach oben, und er lässt seine Schultern weit genug nach unten sinken, um mir die Möglichkeit zu geben, seinen Nacken zu umfassen und ihn ganz zu mir herunterzuziehen. Als ich seinen Namen erneut ausspreche, tue ich es an seinen Lippen »Bowen.«

Er gibt einen grollenden Laut von sich, halb Stöhnen und halb Knurren. Dann erobert er meinen Mund und fängt an, sich zwischen meinen Schenkeln zu bewegen. Obwohl er die ganze Zeit über behauptet hat, dass er nicht zu schnell machen darf, damit er länger durchhält, bin nun ich diejenige, die die Kontrolle verliert, als er mit seiner gesamten Länge immer wieder langsam in mich eindringt. Er hat vorhin dafür gesorgt, dass ich zu heftig gekommen bin. Ich weiß nicht, ob ich mich seitdem überhaupt wieder richtig beruhigt habe.

Es ist die reinste Ekstase.

Ich bewege mich instinktiv, tue alles, um näher an ihn heranzukommen und ihn fester an mich zu drücken. Offensichtlich geht es ihm ähnlich, denn er zwängt seine Arme zwischen mich und das Bett und presst mich an seinen Körper, während er in mich hineinhämmert. Jede Bewegung ist kaum noch ein richtiger Stoß. Es ist, als würde er versuchen, einen geheimen Teil tief in meinem Körper zu erreichen, als könnte er es nicht ertragen, sich weiter zurückzuziehen als unbedingt nötig, um den nächsten Stoß auszuführen.

Ich stöhne. Vielleicht wimmere ich auch. Verdammt, möglicherweise spreche ich in einer geheimnisvollen Sprache, die nur Liebende kennen.

Es spielt keine Rolle, denn er versteht mich. Er gibt mir genau das, was ich brauche. Bowen benutzt seinen Arm unter meinen Hüften, um mich gerade weit genug anzuheben, damit er die richtige Stelle ... »*Ja, da.*«

Und dann komme ich erneut, und heilige Mutter aller Götter, es ist genauso heftig wie beim ersten Orgasmus, während er immer und immer wieder gegen diese Stelle stößt und jedes bisschen Lust aus meinem Körper melkt. Das ist zu gut. Alles daran ist zu gut. Wie soll ich jetzt noch von hier verschwinden?

Du weißt, wie, Vögelchen. Indem du einen Fuß vor den anderen setzt.

19

Bowen

Ich bin nie ein Mann gewesen, der seinen Daseinszweck hinterfragt. Als ich auf dem Deck der *Crimson Hag* aufgewacht bin, hätte ich ebenso gut ein Neugeborenes sein können, denn ich habe keinerlei Vergangenheit mitgebracht. Ezra wurde so etwas wie ein Vater für mich, und der Rat der Cŵn Annwn wurde zu meinen Göttern. Man durfte sie niemals hinterfragen und musste ihnen stets gehorchen, und das mit einer Ergebenheit, die mehr als verdient war. Zumindest dachte ich das.

Innerhalb dieser Weltanschauung gibt es keinen Platz für *Lügen*.

Ich verstehe immer noch nicht, warum die hiesigen Dorfbewohner die Todesfälle nicht gemeldet haben. Sobald eine Bestie ein Menschenleben beendet, ist ihres verwirkt. Es sei denn …

»Worüber denkst du so intensiv nach?« Evelyn streicht mit einem Finger über meine Brust. Sie liegt halb auf mir, ihr Körper wirkt entspannt und schläfrig.

»Mir war nicht klar, dass du wach bist.« Wir haben unser Wort gehalten und stundenlang Sex gehabt, bis wir schließlich irgendwann mitten in der Nacht vor Erschöpfung eingeschlafen sind. Dem Licht, das durch die Fenster fällt, nach zu urteilen, ist der Morgen schon vor einer Weile angebrochen.

Sie schmiegt sich dichter an mich, bis ich einen Arm um sie lege. Das ist sehr, sehr niedlich. »Das ist keine Antwort.«

Ich will nichts lieber tun, als sie auf den Rücken zu rollen und mich für ein paar weitere Stunden in der Lust ihrer Gesellschaft zu verlieren. Doch selbst wenn ich das mache, werden diese Gedanken dennoch anschließend auf mich warten.

Ich seufze. »Wenn humanoide Wesen in Threshold landen, werden sie vor die gleiche Wahl gestellt wie du. Wie sie hierhergelangt sind und was für eine Art von Person sie sind, ist dabei egal. Sie können sich uns anschließen oder sterben.«

Evelyns Finger erstarrt. »Ja?«

»Diejenigen, die wir für Monster halten, erhalten diese Option nicht. Wir werden immer dann herbeigerufen, wenn sich ein Tod ereignet hat … zumindest dachte ich das. Was, wenn wir sie abgeschlachtet haben, nur weil sie sich an einen Ort begeben haben, an dem sie nicht hätten sein sollen?«

Sie stützt ihr Kinn auf meine Brust, ihre grünen Augen wirken ernst. »Würde es eine Rolle spielen?«

Die Frage versetzt mir einen Stich. »Natürlich würde es eine Rolle spielen.«

»Für die menschlich wirkenden Eindringlinge spielt es keine Rolle. Warum sollte es also bei jenen anders sein, die ihr als Monster erachtet?«

Sie spricht lediglich meine eigenen Gedanken aus, dennoch muss ich gegen den tief sitzenden Drang ankämpfen, ihr zu widersprechen. Als ich meine Position noch für unanfechtbar gehalten habe – als ich dachte, dass ich *recht* hätte –, ist mir das so leichtgefallen. »Es spielt eine Rolle.«

»Deine Gesetze sind nie gerecht gewesen, Bowen.« Sie küsst meine Brust und schenkt mir ein trauriges Lächeln. »Ich glaube jedoch, dass ich deine Beweggründe nun ein bisschen besser verstehe. Dein Schiff und deine Besatzung waren deine Familie. Sie sind alles, was du je gekannt hast.«

Ihr Verständnis schmerzt. Es fühlt sich zu sehr nach Mitleid an. »Ezra, der letzte Kapitän, war im Grunde genommen wie ein Vater für mich. Aber das Machtungleichgewicht zwischen mir und der Besatzung war mir nur allzu bewusst. Ich weiß nicht, ob ›Familie‹ der richtige Begriff ist.«

»Ich persönlich bin froh, dass du ihn hattest. Sich verloren zu fühlen und ziellos in der Welt umherzuirren, ohne jemanden zu haben, der einem Halt gibt, ist schrecklich.« Sie setzt eine nachdenkliche Miene auf. »Das bedeutet allerdings nicht, dass er nicht dazu beigetragen hat, ein korruptes System aufrechtzuerhalten. Theoretisch sollen Gesetze den Frieden wahren und gerecht sein, doch ich habe immer wieder festgestellt, dass beides nicht zutrifft. Sie neigen dazu, allein den Mächtigen Vorteile zu bringen – alle anderen müssen sehen, wo sie bleiben.«

Wieder muss ich gegen den Instinkt ankämpfen, ihr zu widersprechen. »Die Cŵn Annwn – die ursprünglichen, uralten – sind Götter. Oder zumindest etwas, das Göttern in der Realität am nächsten kommt.«

»Und Götter sind gegen Korruption immun? Sie können nicht selbstsüchtig und machtgierig sein und jene, die schwächer als sie selbst sind, zertrampeln?« Sie schmunzelt. »Offenbar habt ihr hier nicht viele Mythen. In *meinem* Reich haben viele der Opfer, die die Cŵn Annwn jagen, dieses Schicksal gar nicht verdient. Und das scheint mir hier ähnlich zu sein.«

Ich streiche mit meinen Fingern durch ihre Haare, hauptsächlich, weil ich es kann. Weil sie mit mir im Bett liegt und ich die Erlaubnis habe, sie zu berühren. Weil das hier nur vorübergehend ist und ich jede Einzelheit genießen will, die ich finden kann, um mich für das zu stärken, was als Nächstes kommt. »Sie werden dich jagen.«

»Wir reden gerade nicht über mich.«

Das stimmt. Trotzdem würde ich unsere Diskussion lieber in diese Richtung verlagern, als weiterhin an dem Fundament unter meinen Füßen herumzugraben. Ich weiß nicht, was ich von alldem halten soll. Oder wie ich mit dem Verlust meines Schiffes und meiner Besatzung umgehen soll. Wir waren nicht immer einer Meinung, doch selbst wenn ich ihre Gunst verloren habe, dachte ich, dass ich mehr verdient hätte, als an irgendeinem Strand zurückgelassen zu werden, während sie ohne Abschied davonsegeln. Das schmerzt. Nein, dieses quälende Gefühl in meiner Brust, als würden sich kalte Klauen um mein Herz legen, kann man nicht mit einem so banalen Wort wie ›Schmerz‹ beschreiben.

»Gib mir ein wenig Zeit, um zu Atem zu kommen.« Ich umfasse ihren Kiefer. »Ich weiß, dass du losziehen wirst, um nach dem Portal zu suchen, das dich nach Hause bringen kann. Ich wünschte, du würdest es nicht tun, aber ich werde dich nicht aufhalten.« Ich habe keine Kraft, mit ihr darüber zu streiten, nicht mehr, nicht wenn sie recht damit hatte, alles zu hinterfragen, und ich der Narr bin, den man an der Nase herumgeführt hat.

Doch ich bin nach wie vor nicht bereit zuzugeben, dass ich nicht wenigstens *ein bisschen* Gutes bewirkt habe. Nicht jede Kreatur, die wir getötet haben, war unschuldig, und in meiner Besatzung – das ist nicht länger *meine* Besatzung, verdammt – befinden sich jede Menge Leute, die nirgendwo anders hinkonnten. Leute, die wie ich waren, ohne Vergangenheit, der sie nachtrauern konnten. Sie haben den Neuanfang willkommen geheißen und waren auf der *Crimson Hag* glücklich.

Zumindest dachte ich, dass es so wäre.

Evelyn richtet sich auf und setzt sich rittlings auf mich. Götter, sie bietet einen wunderschönen Anblick. Ihr Körper ist weich und rund und so verdammt perfekt, dass ich *sie* für den Rest meiner Tage anbeten könnte. Dennoch durchschaue ich sie sofort. »Auch wenn ich nichts dagegen habe, dass du mich mit Sex ablenkst, wird das letztendlich nichts ändern.«

Sie streicht mit ihren Fingernägeln über meine Brust. »Was, wenn du dich irrst?« Sie lässt die Hüften kreisen und reibt sich an meinem schnell härter werdenden Schwanz. »Du hast dich in Bezug auf so manches geirrt. Was, wenn du auch in diesem Fall falschliegst? Es gibt so viele Reiche, Bowen. Selbst wenn sie mich irgendwann finden, bin ich sehr gut darin, abzuhauen und unterzutauchen. Ich kann in der Zwischenzeit ein langes, glückliches Leben führen.«

Ich schlinge einen Arm um ihre Taille und rolle uns herum. Evelyns Lachen geht in ein kleines Stöhnen über, als ich mich zwischen ihre dicken Schenkel sinken lasse. Ich liebe es, dass sie nicht zögert, ihre Hände in meinem Haar zu vergraben und mich zu sich herunterzuziehen, um mich zu küssen. Das ist gut. Zu verdammt gut. Ich will sie für immer, auch wenn für immer für uns nie zur Debatte stand.

Dieser Gedanke reicht aus, um mich den Kopf heben zu lassen. »Ich werde dich vermissen, Evelyn.«

Sie kaut auf ihrer Unterlippe herum. »Du könntest mit mir kommen, weißt du? Mir ist klar, dass das ganz schön verrückt klingt, immerhin kennst du mich erst seit einer Woche. Aber ich mag dich sehr, und die Vorstellung, dass du dich zum Verräter brandmarken lässt und ermordet wirst, nur weil du versuchst, das Richtige zu tun, gefällt mir *ganz und gar nicht*.«

Ich glaube, dass ich sie in diesem Augenblick ein klein wenig liebe. Für das Angebot, aber auch dafür, dass sie sich Gedanken um meine Zukunft macht. Diese Frau treibt mich in den

Wahnsinn und sorgt dafür, dass ich alles hinterfrage, was ich bislang als Tatsache angesehen habe, und ... sie bedeutet mir etwas. Eine Menge. Ihre Güte, ihre Leidenschaft und ihre unersättliche Neugier bezaubern mich. »Ich kann dich nicht begleiten, Liebes. Mein Platz ist hier.«

»Ich dachte mir, dass du das sagen würdest.« Ihr Lächeln zittert ganz leicht, doch noch während ich nach den richtigen Worten suche, um ihre Traurigkeit zu vertreiben, reißt sie sich zusammen und strahlt wieder. »Tja, dann können wir uns wenigstens einen verdammt guten Abschied gönnen. Wann wird hier deiner Meinung nach das nächste Schiff vorbeikommen?«

»Schwer zu sagen. Diese Insel liegt direkt in der Mitte mehrerer Handelsrouten, also wird es wahrscheinlich nicht länger als ein oder zwei Tage dauern.«

Ihr Lächeln verblasst kurz, bevor sie es zurückgewinnt. »So schnell? Tja, dann sollten wir die Zeit, die uns noch bleibt, wohl besser nutzen.«

»Evelyn.«

»Bowen.« Sie ahmt meinen ernsten Tonfall nach. »Hast du in den nächsten ein oder zwei Tagen etwas Besseres zu tun? Musst du dringend irgendwohin, wo du etwas anderes unternehmen kannst, als grüblerisch am Strand auf und ab zu tigern, während du aufs Meer hinausstarrst?«

Wenn man bedenkt, dass ich vorhatte, genau das zu tun, kann ich nicht umhin zu erröten. »Sich einen Plan zurechtlegen zu wollen, ist nichts Schlechtes.«

»Nein, das ist es nicht.« Sie hakt ein Bein um meine Taille. »In diesem Fall ist dein Plan allerdings recht einfach. Du besorgst dir eine Mitfahrgelegenheit auf dem nächsten Schiff, das vorbeikommt. Begibst dich zu deinem Rat, um ihm Bericht zu erstatten oder was auch immer, und dann suchst du dir eine Besatzung, der du dich anschließen kannst.« Sie knabbert an meinem Kiefer. »Du wirst wahrscheinlich als Schiffsjunge anfangen und dich erneut zum Kapitän hocharbeiten. Und vielleicht wirfst du Miles ja einen großen Stein an den Kopf, wenn du ihn das nächste Mal siehst.«

Das entlockt mir ein überraschtes Lachen. »Miles hatte jedes Recht, nach einer Abstimmung zu verlangen. Er hatte das Vertrauen der Besatzung.«

»Das bedeutet nicht, dass das, was er getan hat, richtig war.« Sie bewegt sich unruhig hin und her. Ich habe sie zu gut unter mir fixiert, um meinen Schwanz in ihr zu vergraben, doch ich kann spüren, wie unglaublich erregt sie ist. Wie *bereit*. »Wie dem auch sei, ich will gerade nicht über ihn reden.«

Ich will ebenfalls nicht über ihn reden. Aber eine Sache muss ich noch sagen, bevor ich ihrem Verlangen nachgeben und die nächsten ein oder zwei Tage tief in ihr verbringen kann. »Bevor ich gehe, werde ich dir helfen, das Portal zu finden.«

Sie erstarrt. »Das musst du nicht tun.«

»Doch, das muss ich.«

»Bowen, ich bin mir ziemlich sicher, dass es Verrat ist, jemandem dabei zu helfen, seinen Schwur zu brechen. Wenn sie das herausfinden …«

Ich streiche ihr das Haar aus dem Gesicht und bringe sie damit zum Schweigen. »Wenn du gehst, dann werde ich dafür sorgen, dass du dieses Reich sicher verlassen kannst, bevor ich weiterziehe. Du kannst so viel diskutieren, wie du willst, doch das wird nichts ändern.«

»Du bist ein sturer Esel.«

»Das höre ich nicht zum ersten Mal.« Meine Stimme wird vor Lust tiefer. Ich muss mich enorm zusammenreißen, um nicht weiter nach unten zu rutschen, bis mein Schwanz gegen sie stößt. Erst muss sie meinem Vorschlag zustimmen. »Versprich es mir, Evelyn. Versprich mir, dass du nicht versuchen wirst, ohne mich loszuziehen. Ich gebe dir mein Wort, dass ich dich sicher zum Portal bringen werde, das dich nach Hause führt.«

»Oh, um Himmels willen. Musstest du mir unbedingt dein Wort geben? Jetzt werde ich wie ein Riesenarschloch wirken, wenn ich mich heimlich davonschleiche.« Sie klingt empört, aber in ihren grünen Augen schimmert Belustigung. »Wenn du darauf bestehst, mich durch das Portal zu bringen, dann werde ich wohl darauf bestehen müssen, dir einen Blowjob zu geben.«

Ich blinzle. »Was?«

Statt zu antworten, drückt sie gegen meine Schultern, um mich dazu zu bringen, mich auf den Rücken zu rollen. Evelyn rutscht zurück, bis sie zwischen meinen Schenkeln kniet. Sie streicht über die gewundene Narbe an meinem rechten Oberschenkel. »Was ist da passiert?«

»Ein Krake.«

Sie zieht die Augenbrauen hoch. »Ernsthaft?«

»Ernsthaft.« Das war ein hässlicher Kampf, der mich und alle anderen an Bord beinahe das Leben gekostet hätte. Allein durch unsere Zusammenarbeit ist es uns damals gelungen, das Ungetüm in die Tiefen zu schicken, und nicht einmal dann konnte ich mir sicher sein, dass wir es getötet hatten.

Wenigstens sind danach keine weiteren Tode mehr auf sein Konto gegangen.

Sie lässt ihre Hände zu meinen Hüften weiterwandern und tänzelt mit den Fingerspitzen über die empfindliche Haut an meinem unteren Bauch. Für einen Augenblick sieht es so aus, als wolle sie mir eine weitere Frage stellen, stattdessen senkt sie den Kopf und nimmt meinen Schwanz in ihren Mund.

Die letzte Nacht war die reinste Ekstase, erfüllt von dem drängenden Wunsch, ihr nahezukommen und nichts zwischen uns zu haben, um den schrecklichen Gedanken in meinem

Kopf zu entkommen und endlich – *endlich* – diese verruchte kleine Hexe zu vernaschen.

Das hier ist anders.

Nun, da das warme Licht des Morgens durch die schmalen Fenster fällt, gibt es keine Schatten mehr, in denen ich mich verstecken kann. Es gibt nur diese Frau, deren grüne Augen zu viel sehen, während sie mich mit ihren Lippen, ihrer Zunge und, ja, auch mit ihren Zähnen um den Verstand bringt. Sie legt nicht direkt mit voller Kraft los. Sie … spielt mit mir. Evelyn lässt ihre Zunge über die Unterseite meines Schwanzes schnellen und verteilt dann auf meiner ganzen Länge großzügige Küsse.

Ich bin nur noch Sekunden davon entfernt, die Kontrolle zu verlieren, das ist jedoch *immer* der Fall, wenn ich mit dieser Frau zusammen bin. Mein Körper ist komplett angespannt und weil sie ein hinterlistiger Fuchs ist, lacht sie leise vor sich hin, als sie mich umfasst und mir damit ein heftiges Zucken entlockt. »Entspann dich.«

»Wenn ich mich entspanne, wird das hier zu schnell vorbei sein.«

»Hm.« Sie arbeitet sich wieder hoch. »Wir haben den ganzen Tag Zeit, Bowen. Komm in meinem Mund, verwöhn mich mit deinen Lippen, danach können wir uns ein wenig in der Badewanne entspannen, und wenn wir uns beide erholt haben, kannst du mich über die Bettkante beugen und es mir von hinten besorgen.«

Ich kralle mich in die Laken und werfe ihr einen bösen Blick zu, auch wenn dieser bestenfalls halbherzig ist. »Du bist keine Hexe, du bist ein Sukkubus.«

»Mag sein.« Sie fährt mit den Lippen über meine Spitze. »Aber die letzte Nacht hat mir nicht gereicht. Wenn ich nur noch einen oder zwei Tage mit dir habe, will ich keine Sekunde davon verschwenden.«

Da ist sie wieder, diese Verzweiflung, wie ein Spiegelbild des Gefühls, das in mir selbst brodelt. Ich bin nicht so dumm, zu glauben, dass ein paar Runden Sex es mir ermöglichen würden, genug von Evelyn zu bekommen. Das wusste ich bereits, als ich sie vor ein paar Tagen geküsst habe, und die letzte Nacht hat diese Gewissheit nur verstärkt.

Hier ist allerdings kein Platz für meinen Selbsterhaltungstrieb. Diese Brücke haben wir längst überquert und hinter uns in Brand gesteckt. Es gibt nur noch den Schmerz, der damit einhergeht, sie zu verlieren, und der wird kommen, ob wir die Zeit bis dahin nun mit Lust auspolstern oder nicht.

Mit diesem Gedanken im Hinterkopf zwinge ich mich dazu, mich zu entspannen. »Also gut. Mach mit mir, was du willst, Hexe.«

»Oh, Käpt'n, das habe ich vor.«

20

Evelyn

Ich hätte diese Sache mit Bowen auf eine Nacht beschränken sollen. Eine Nacht kann eine Person verletzen, sollte sie hingegen nicht bis ins Mark erschüttern und an ihren Grundfesten rütteln. Sie sollte nicht dazu führen, dass die Person ihren sehr vernünftigen Plan hinterfragt, einem Reich zu entfliehen, in dem sie nie hätte landen sollen. Ich bin nicht fürs Leben in der Stadt gemacht, das bedeutet allerdings nicht, dass ich für Threshold gemacht bin.

Aber über all das muss ich jetzt nicht nachdenken. Nicht wenn dieser komplizierte, entzückende Mann ausgestreckt vor mir liegt und mir ausgeliefert ist. Bowen ist … umwerfend. Würde ich das laut sagen, würde er mir widersprechen, doch es ist die Wahrheit. Er verfügt über die Art von Körper, die fürs Arbeiten gedacht ist, stahlharte Muskeln und einen festen Bauch. Und dann sind da noch seine Narben. Götter, ich bin niemand, der bei Anzeichen von Gewalt ins Schwärmen gerät, aber wenn die Landkarte aus Verletzungen, die seinen Körper bedeckt, irgendeinen Hinweis darstellt, muss er schon Dutzende Male dem Tod von der Schippe gesprungen sein.

Ich verwöhne seinen Schwanz, so gut ich kann, genieße seine abgehackten kleinen Atemzüge und die Art, wie er jedes

Mal die Schenkel anspannt, wenn ich ihn lecke. Für jemanden, der so stoisch ist, hält er nichts vor mir zurück. Das sorgt dafür, dass ich mich mächtig fühle und gleichzeitig dahinschmelze. Ich will herausfinden, was ich tun kann, um eine sogar noch heftigere Reaktion hervorzurufen.

Mir war bisher nie so extrem bewusst, wie die Zeit vergeht. Uns bleibt nur so wenig davon. Das sollte gut sein. Das mit uns war nie dazu bestimmt, von Dauer zu sein. Dennoch fühlt es sich an, als würden mir Körnchen von unschätzbarem Wert durch die Finger rinnen.

»Komm her.« Bowen versenkt die Finger in meinem Haar und zieht mich von seinem Schwanz. Ich könnte mich dagegen wehren, aber was sollte das bringen? Er tut genau das, was ich will. Ich setze mich rittlings auf ihn und arbeite mich auf seinem Schwanz langsam nach unten. Egal wie oft wir schon Sex gehabt haben, seine Größe bedeutet, dass ich mich jedes Mal anstrengen muss, um ihn in mich aufzunehmen.

Ich lege meine Hände flach auf seine breite Brust und lasse die Hüften kreisen. *Mehr. Schneller. Härter.* Alles, um den bevorstehenden Verlust auf Abstand zu halten. Doch noch während ich mir selbst befehle, den Mund zu halten, öffne ich die Lippen, und die Worte sprudeln heraus. »Es sollte nicht so gut sein. Es sollte nicht so viel bedeuten.«

Bowen setzt sich auf und zieht mich dicht an sich. Er küsst mich, als wäre das hier unser letzter Tag auf dieser Welt. »Das ist es. Das tut es.«

In diesem Moment liebe ich ihn ein klein wenig dafür, dass er nicht versucht, mich zu beschwichtigen. Das hier wird ihm wehtun, wenn es endet, ebenso wie es mir wehtun wird. Ich war immer schon eine Närrin, wenn es um mein Herz ging. Wieder und wieder habe ich es Leuten zu Füßen gelegt, die mich verletzen würden. In Bowens und Lizzies Fall buchstäblich. An Lizzie will ich allerdings gerade nicht denken. Ich will an nichts anderes als an Bowen und den Orgasmus denken, der sich in mir ankündigt.

Das ist keine Liebe. Nicht wirklich. Aber es fühlt sich an, als könnte es Liebe sein, wenn ich nachgeben und mich fallen lassen würde.

Ich küsse ihn und bewege mich schneller. Solange seine Zunge in meinem Mund ist, kann ich wenigstens keine Dinge von mir geben, die ich besser nicht aussprechen sollte. Allerdings scheint das keine Rolle zu spielen, denn er zieht mich sogar noch enger an sich und hält mich, als wäre ich das Kostbarste auf der ganzen Welt. Als würde er mir wahrhaftig huldigen, so wie er letzte Nacht behauptet hat.

Mein Orgasmus überrollt mich, doch ich finde keinen Frieden darin. Die Lust scheint mit jedem Moment, den ich mit Bowen verbringe, tiefer und stärker zu werden.

Das jagt mir Angst ein. Denn ich erinnere mich an eine von Bunnys Regeln, die weniger eine Regel und mehr eine Warnung war: *Die Frauen in unserer Familie mögen gern so tun, als würden sie ständig ihr Herz verschenken, die Wahrheit hingegen ist, dass sie es nur ein einziges Mal tun. Pass gut auf deins auf, Vögelchen. Denn sobald du es jemandem überreichst, wirst du es nie wieder zurückbekommen.*

Ich werde Bowen mein Herz nicht schenken. Verdammt, das werde ich nicht. Er mag ehrbar und sexy und beschützerisch sein, das trifft allerdings auch auf viele andere Leute zu. Er mag mich küssen, als würde ich ihm alles bedeuten, aber das liegt nur daran, dass er so furchtbar ernst ist.

Er packt mich fester und bewegt meinen Körper über sich, während er von unten in mich hineinhämmert. Ich dachte, dass ich fertig wäre. Ich hätte es besser wissen sollen. Meine Schenkel beben so heftig, dass ich nichts anderes tun kann, als mich einfach an ihm festzuklammern und durchzuhalten. Er braucht meine Hilfe ohnehin nicht.

Als er kommt, stöhnt er meinen Namen an meiner Kehle. Er lässt das Wort wie einen Segen klingen. Wie ein Gebet.

Bowen bedeckt meinen Kiefer mit Küssen, bevor er sich wieder meinem Mund widmet. Als er sich schließlich zurücklehnt, bin ich völlig außer Atem und bebe am ganzen Leib. Er sieht genauso fertig aus, was mich nur ein klein wenig beruhigt. »Ich kann nicht genug von dir bekommen.«

Das Gefühl beruht auf Gegenseitigkeit. Ich sollte mir irgendeine sarkastische, schlagfertige Erwiderung einfallen lassen. Doch ich habe keine auf Lager. Ich starre ihn einfach nur an und zittere. »Es fühlt sich an, als würde die Welt außerhalb dieses Zimmers gerade nicht existieren.«

Er lacht leise. »*Existiert* sie denn? Oder ist die Zeit stehen geblieben, als wir durch diese Tür getreten sind?«

»Ich habe dir doch gesagt, dass du nicht so süß sein sollst. Das ist beunruhigend.« Aber ich lächle, als ich es sage. Ich mag es, wenn er süß ist. Ich mag es, wenn er stur ist. Ich mag es sogar, wenn er sich auf übertriebene Weise beschützerisch verhält.

Oh nein.

Ich lasse mich von ihm heruntergleiten und krabbele an den Rand des Betts, wenn auch nur um meinen eigenen Gedanken zu entkommen. »Ein Bad. Genau das brauche ich jetzt.«

Bowen beobachtet mich mit dunklen Augen, die viel zu viel sehen. »Läufst du vor mir weg, Evelyn?«

»Natürlich nicht. Das wäre lächerlich. Wir hatten gerade schmutzigen Sex, und ich will mich waschen. Das ist alles.« Ich klinge nicht überzeugend, nicht mal in meinen Ohren. Ich laufe vor dem seltsamen Gefühl in meiner Brust davon, vor dem Verdacht, dass es sich tief in mir verwurzelt hat. Es spielt keine Rolle. Es *darf* keine Rolle spielen.

Ich lasse den Blick durch das Zimmer wandern, auf der Suche nach etwas, worauf ich mich konzentrieren kann. Es wirkt auf rustikale Weise gemütlich. Der Steinfußboden ist mit dicken handgewebten Teppichen bedeckt und an den Wänden hängen mehrere bunte Makrameekunstwerke. Das große, stabile Bett beherrscht den Raum, aber *dorthin* werde ich nicht schauen, weil Bowen darin liegt und es außerdem den Beweis dafür darstellt, wie sehr mir diese ganze Sache über den Kopf zu wachsen droht.

Auf der gegenüberliegenden Seite des Zimmers führt eine Tür ins Bad – es gibt eine Innentoilette, den Göttern sei Dank – mit der großen in den Boden eingelassenen Steinwanne, die mit etwas verbunden ist, von dem ich vermute, dass es sich dabei um ein System aus natürlichen heißen Quellen handelt. In Kombination mit der Nähe zur Bucht und zum Strand ist es kein Wunder, dass hier eine kleine Stadt entstanden ist.

In das steinerne Becken sind Stufen eingearbeitet, und ich wate ohne Zögern hinein. Das war zu schnell. Das Wasser ist heißer, als ich erwartet habe, und auch wenn es sich gut anfühlt, versetzt es mir einen Schock. Nicht, dass ich mich davon aufhalten lasse. Nicht, wenn ich zu sehr damit beschäftigt bin, mich wie ein Feigling aufzuführen.

»Hör zu, der Sex ist unglaublich, aber ich glaube, diese heiße Quelle könnte sogar noch besser als Sex sein.«

»Jetzt versuchst du bloß, meine Gefühle zu verletzen.«

Obwohl ich weiß, dass es keine gute Idee ist, spähe ich zu ihm hinüber. Er mag mir vorwerfen, ein Sukkubus zu sein, stattdessen fühlt es sich so an, als hätte *er mich* mit einem Zauber belegt. Ein Blick reicht aus und schon vergesse ich, warum ich überhaupt weggelaufen bin. »Ich werde es dir beweisen. Komm her.«

Für eine Sekunde denke ich, dass er mich für meine widersprüchlichen Signale zurechtweisen wird. Ich sehe den genauen Augenblick, in dem er sich dafür entscheidet, es nicht zu tun. Er streckt sich, und ich schwöre, dass der Mistkerl definitiv eine Schau für mich abzieht. Dann steht er auf, und ich beobachte mit klopfendem Herzen, wie er nackt ins Bad kommt. Er fühlt sich so wohl in seiner Haut. Ich weiß nicht, warum das eine Offenbarung ist, doch das ist es. Obwohl ich wund und müde und erschöpft bin, fängt es zwischen meinen Beinen an zu pochen.

Er lässt sich ins Wasser gleiten und stöhnt leise. »Ich ziehe meine Aussage zurück. Das hier ist besser als Sex.«

Ich grinse. »Wer versucht jetzt, wessen Gefühle zu verletzen?«

»Komm her.« Er streckt mir seine Hand entgegen, macht aber keinerlei Anstalten, den Abstand zwischen uns zu überwinden. Er überlässt die Entscheidung mir. Andererseits tut er das immer. Zumindest nach diesem ersten Mal bei meiner Ankunft in Threshold, wo er mich vor eine unmögliche Wahl gestellt hat.

Ich sollte mich darauf konzentrieren, dafür zu sorgen, dass er begreift, dass das hier bloß Sex ist. Noch dazu vorübergehender Sex. Ich habe die volle Absicht, das Portal nach Hause zu finden und in mein altes Leben zurückzukehren. Oder wenn schon nicht in mein Leben, dann doch zumindest in ein Reich, das mir vertraut ist. Eins, in dem ich die Regeln kenne. Wenn ich fliehen muss, habe ich an einem solchen Ort bessere Chancen zu überleben. Mich in Bowen zu verlieben bedeutet, dass das alles sehr viel schwerer sein wird. Es ist ein törichtes Unterfangen, ein Spiel, bei dem ich nur verlieren kann. Vielleicht habe ich bereits verloren.

Ich lasse eine Hand in seine gleiten und mich von ihm durchs Wasser ziehen, bis ich auf seinem Schoß sitze. Er streicht mir das Haar aus dem Gesicht. »Ich habe das Gefühl, dass sich meine ganze Welt auf den Kopf gestellt hat.«

»Das passiert eben, wenn man Sex mit mir hat.« Der Scherz kommt sehr viel angespannter über meine Lippen, als ich beabsichtigt habe.

Er lächelt, sein Blick bleibt jedoch ernst. »Wir sind wirklich die Bösewichte, nicht wahr?«

Ich kann ihn nicht anlügen. Die Tatsache, dass ich überhaupt darüber nachdenke, spricht für sich. Ich hole tief Luft und bedecke seine Handgelenke mit meinen Händen. »Ich denke, dass es klug wäre, zu überprüfen, woher deine Gesetze stammen und wem sie tatsächlich dienen. Ich werde nicht so tun, als gäbe es dort draußen nicht auch ein paar Kreaturen, die gefährlich sind. Aber sobald wir anfangen, alles, was nicht menschlich aussieht, als Monster zu bezeichnen, wird es heikel.« Eigentlich will ich es dabei belassen, doch ich kann ihm ebenso gut den Rest meiner Vorbehalte nennen. »Und man sollte durchaus die Frage stellen: Wer hat etwas davon, dass bei euch die Regel gilt, dass ihr Leute, die sich hierher verirrt haben, nicht in ihre Heimatreiche zurückbringt, sondern sie dazu zwingt, in eure Dienste zu treten? Es ist beinahe so, als würde der Rat nicht davon ausgehen, dass sich die Leute eurer Truppe jemals freiwillig anschließen würden …«

Er wirkt gequält. Doch er verteidigt die Cŵn Annwn nicht sofort. Das ist ein Fortschritt. Es ist eine verdammte Schande, dass ich nicht mehr hier sein werde, um dabei zuzusehen, wie er sich wahrhaftig von den Fesseln des Rats und seiner Gesetze befreit. Denn das wird er. Bowen ist ein zu guter Mann, um weiterhin für einen Zweck zu kämpfen, der so eindeutig böse ist. Er muss nur in der Lage sein, das Ganze als das Böse zu erkennen, das es ist.

»Ich komme mir wie ein Trottel vor«, sagt er. »Das sind alles Fragen, die ich selbst hätte stellen sollen. Du hättest mich nicht dazu zwingen müssen, die Wahrheit zu erkennen.«

»Und was *ist* die Wahrheit?« Ich weiß nicht, ob eine tiefere Absicht dahinterstecken muss. Tyrannen gibt es in jedem Reich. Vielleicht haben die ursprünglichen Cŵn Annwn alles so eingerichtet, damit niemand ihre Macht anzweifeln würde. Womöglich gibt es einen uralten Grund dafür, der im Laufe der Jahre von Sterblichen verdreht wurde. So etwas passiert in meinem Reich oft genug. Religion und Politik bewegen sich auf einem breiten Spektrum, das meist dazu dient, von den Mächtigen missbraucht zu werden. Wenn es eine universelle Wahrheit gibt, die für alle Reiche gilt, dann ist es vermutlich diese.

»Ich weiß es nicht.« Er lässt die Hände zu meinen Schultern hinunterwandern und streicht dann über meine Arme. Es ist keine sexuelle Berührung, obwohl ich nach wie vor auf ihm sitze. Er sucht offensichtlich nach Trost. »Ich *sollte* es wissen.«

»Quäl dich nicht zu sehr damit, dass du nicht allwissend bist. Du bist als Kind in diese Welt gekommen. Und deinen Bemerkungen zufolge war der letzte Kapitän der *Crimson Hag* keine schreckliche Person, also ergibt es Sinn, dass du zu ihm aufgeschaut und seine Aussagen für die Wahrheit gehalten hast. Du hattest nie einen Grund, seine Worte zu hinterfragen.«

Er schüttelt den Kopf. »Komm mir nicht ausgerechnet jetzt mit einem Vertrauensvorschuss. Ich hatte zuvor schon Zweifel, habe allerdings zugelassen, dass sie von den Gesetzen verdrängt wurden. Das habe ich mir selbst zuzuschreiben.«

Ja, das stimmt schon irgendwie. Aber er fühlt sich bereits so mies, dass ich nicht noch nachtreten will, während er am Boden liegt. Nicht wenn ich bereits vorhabe, von hier zu verschwinden und ihn mit seinen Problemen alleinzulassen. Schuldgefühle überkommen mich, doch ich atme sie weg. Ich bin eine Hexe und eine Diebin, die gerne trinkt und wild herumvögelt. Ich bin nicht die Person, die man an seiner Seite haben will, wenn man eine Revolution startet. Vielleicht hat Bowen das gar nicht vor, wenn ich hierbleibe, bleibt mir jedoch bloß die Wahl zwischen den Cŵn Annwn und der wie auch immer gearteten Macht, die sich erheben wird, um sich ihnen entgegenzustellen. Was keine echte Wahl ist. »Was wirst du jetzt tun?«, frage ich schließlich.

»Ich habe mich noch nicht entschieden. Der erste Schritt besteht darin, auf ein Schiff zu gelangen. Dann werde ich mir etwas überlegen, während ich unterwegs bin. Aber ich will die Zeit, die mir mit dir noch bleibt, nicht damit verschwenden, über das zu reden, was passieren wird, sobald du weg bist.« Er legt die Hände um meine Hüften und überwindet die wenigen Zentimeter, die noch zwischen uns sind, indem er mich mit einem Ruck dicht an sich heranzieht. »Noch eine Runde, Evie. Denkst du, dass du dazu in der Lage bist?«

Vor fünf Minuten hätte ich gesagt, dass ich auf keinen Fall noch einmal Sex haben könnte, ohne mich vorher richtig zu erholen. Vor fünf Minuten wäre ich eine götterverdammte Lügnerin gewesen. »Ich bin nur ein bisschen wund. Aber das ist nichts, was du nicht mit ein paar Küssen wieder in Ordnung bringen kannst.«

Er lächelt und ein paar der Schatten, die seine Miene verfinstern, verflüchtigen sich. »Du musst mir keine Ausrede bieten, damit ich meinen Mund wieder zwischen deine Beine presse.« Er packt mich fester und erhebt sich mit mir aus dem Wasser. Dann dreht er uns herum und setzt mich auf den Rand der ebenerdigen Wanne. Im Zimmer ist es sehr viel kühler als in der heißen Quelle, und meine Brustwarzen verhärten sich sofort.

Ich stütze die Hände hinter mir auf den Boden und spreize die Beine, während sich Bowen ins Wasser sinken lässt, bis sein Gesicht auf einer Höhe mit meiner Hüfte ist. Er muss kein einziges Wort sagen. Ich rutsche sofort bis ganz an die Kante heran. Er verschwendet keine Zeit und legt sofort los. Er bedeckt mich mit seinem Mund und küsst mich zwischen den Beinen, als würde er nie wieder eine weitere Chance dazu erhalten. Es fühlt sich so verdammt gut an, dass ich kaum die Geistesgegenwart habe, die Tatsache zu betrauern, dass es vermutlich das letzte Mal *ist*. Wenn nicht dieses Mal, dann beim nächsten Mal. Die Uhr für unser kleines Zwischenspiel tickt immer schneller. Das hier wird viel zu bald vorbei sein. Wir müssen die Zeit, die uns noch bleibt, unbedingt nutzen.

Ich habe mich noch nie so verloren gefühlt, obwohl ich gerade das beste Lusterlebnis meines Lebens genieße.

21

Evelyn

Niemand hat mich je so berührt, wie Bowen es tut, als würde ich in eine Million Stücke zersplittern, wenn er mich zu fest hält. Wir kommen immer wieder gemeinsam, mal schnell, mal langsam und regelrecht träge. Aber sobald unsere Körper abkühlen, greift einer von uns nach dem anderen und beginnt das ganze Spiel von vorn. Seit unserem Eintreffen im Gasthaus sind kaum vierundzwanzig Stunden vergangen, doch die Zeit fühlt sich wie Toffee an und dehnt sich unendlich weit aus. Das wird nicht von Dauer sein.

Ich will ihm mitteilen, dass ich nicht zerbrechlich bin, ich befürchte jedoch, das wäre gelogen. Dass er sich nicht an mich klammert, als wolle er, dass ich ihn niemals verlasse, ist gut und richtig. Er lässt mir meine Freiheit oder das, was eben als Freiheit durchgeht. Genau das wollte ich. Das ist *alles*, was ich wollte.

Nur dass es sich mittlerweile nicht mehr wirklich so anfühlt, als wäre das wahr.

Ich weiß nicht, was ich mit diesem Gefühl anfangen soll, also verdränge ich es in den hintersten Winkel meiner Gedanken und arbeite daran, mich in dem Gefühl seines Körpers an meinem und seinem Geschmack auf meiner Zunge zu verlieren. Das reicht nicht aus, ich habe allerdings schon vor langer Zeit gelernt, dass *nichts* je ausreicht, um die Leere in mir zu füllen.

Sie ist schon immer da gewesen, solange ich mich zurückerinnern kann. Vielleicht ist sie durch den Tod meiner Eltern entstanden. Ich weiß es nicht. Damals, als Bunny noch da war, um gegen diese Dunkelheit anzukämpfen, ist sie mir nicht so sehr aufgefallen. Doch seit ihrem Tod scheint es mir, als sei sie nur noch größer geworden.

Als würde sie mich eines Tages mit Haut und Haaren verschlingen.

Ein Hämmern an der Tür erschreckt uns beide. Bowen steigt aus dem Bett, bevor ich dazu in der Lage bin, und wirft ein Laken über meinen nackten Körper. Dann stapft er zur Tür. Dabei bietet er mir eine herrliche Aussicht auf seinen Hintern, und für einen Augenblick vergesse ich die potenzielle Gefahr beinahe.

Er verbirgt seinen Körper hinter der Tür und öffnet sie einen Spaltbreit. Dann lässt er die Schultern sinken, was mir alles verrät, was ich wissen muss.

Es ist vorbei.

Sein nächstes Wort bestätigt es. »Dia.«

»Die *Audacity* hat gerade angelegt«, sagt Dia. »Sie werden die Nacht hier verbringen und dann in Richtung Norden weitersegeln, um ihre Jagd zu Ende zu bringen, bevor sie nach Lyari zurückkehren. Wir beide sollten besser an Bord sein, bevor das Schiff morgen früh aufbricht.«

»Wir beide«, wiederholt er.

Ich kann sie nicht sehen, könnte allerdings schwören, dass ich ihre Aufmerksamkeit dennoch auf mir spüre. »Ich habe nicht so lange überlebt, indem ich mich wie eine Närrin aufgeführt habe, Bowen. Dieses Mädchen wird sein Schicksal selbst in die Hand nehmen, ob das nun sein Ende bedeutet oder nicht. Ich hoffe nur, dass du nicht zu verliebt bist, um das Gleiche zu tun. Wir sehen uns morgen früh.«

Bowen schließt die Tür und dreht sich dann um, um sich dagegen zu lehnen. Nicht einmal der Anblick seines prachtvollen Schwanzes hilft mir, gegen die plötzliche Last anzukämpfen, die sich auf mich legt. Es ist vorbei. Ich wusste, dass das Ende bald kommen würde, das hier fühlt sich hingegen viel zu schnell an. Wir hatten kaum vierundzwanzig Stunden miteinander. Das ist nicht mal ansatzweise genug Zeit.

Dennoch hat er mir nie mehr versprochen, außerdem bin *ich* diejenige, die von hier verschwinden wird. Ich wäre ein unfassbares Arschloch, wenn ich ihm das vorhalten würde. Ich versuche mich an einem strahlenden Lächeln, aber es fühlt sich falsch an. »Bitte sag mir, dass ich das richtig verstanden habe und es tatsächlich ein Schiff namens *Audacity* gibt.«

»Du hast richtig gehört.« Er reibt sich mit einer Hand übers Gesicht. »Jedes andere Schiff wäre mir lieber. Quartiermeister Nox ist gar nicht so übel, aber der Kapitän ist …« Er seufzt. »Er verkörpert das Schlimmste von allem, was du über die Cŵn Annwn zu wissen glaubst. Das Schlimmste von allem, was wir tatsächlich *sind*. Der Kapitän gibt den Ton für den Rest der Besatzung vor. Wenn du nicht bereits anderswohin unterwegs wärst, würde ich den Zorn des Rats riskieren und auf das nächste Schiff warten, statt dich dazu zu drängen, dich *dieser* Crew anzuschließen.«

Ich könnte ihn darauf hinweisen, dass er meine Sicht auf die Cŵn Annwn als Ganzes bestätigt hat, doch das tue ich nicht. Bowen weiß Bescheid. Rom wurde nicht an einem Tag erbaut, und eine lebenslange Konditionierung wird sich ebenfalls nicht so schnell rückgängig machen lassen. Aber nun hinterfragt er alles, was er je gelernt hat. Und er wird es weiterhin hinterfragen. Das könnte ihn eines Tages umbringen, er wird jedoch nicht zu dem zurückkehren, was er vorher war. »Bowen ...«

»Zieh dich an.« Er weicht nach wie vor meinem Blick aus. »Es wäre am besten, wenn sie nicht erfahren, dass du hier bist, denn dann können sie nicht fragen, warum du nicht mit an Bord kommst. Dia wird nichts sagen, die Dorfbewohner hingegen könnten es ihnen möglicherweise erzählen. Ich werde dich heute Abend zum Portal bringen. Jetzt.«

Jetzt.

Wieder muss ich mir den Drang verkneifen, ihn zu bitten, mit mir zu kommen. Er hat mir seine Antwort bereits gegeben. Er hat seine Entscheidung getroffen. Und ich habe meine getroffen. Wir haben beide unsere eigenen Wege, denen wir folgen müssen, und sie werden sich trennen, sobald wir durch diese Tür hinausgehen. So einfach ist das.

Dennoch fühlt es sich schrecklich an, mich schweigend anzuziehen. Mein Körper ist von unserer gemeinsamen Zeit immer noch gleichermaßen wund und ekstatisch. Dieses Gefühl wird vergehen, egal wie sehr ich mir wünsche, dass ich die Erinnerung an seine Berührung direkt in meine Haut eintätowieren könnte. Ich werde entkommen, und die Jahre werden die kleinen Einzelheiten meiner Zeit mit Bowen auffressen, genauso wie sie so viele meiner Erinnerungen an Bunny verschlungen haben. Mir werden nur vage Eindrücke und ein verklärtes Bild bleiben, dem die wahre Tiefe dessen fehlt, was ich in diesem Augenblick empfinde.

Götter, ich habe es so satt, zurückgelassen zu werden. Selbst wenn ich dieses Mal diejenige bin, die geht und jemanden zurücklässt.

Dennoch kann ich auf gar keinen Fall bleiben. Ich bin eine Hexe und eine Diebin. Ich bin keine rebellische Kämpferin. Die einzigen Kämpfe, die ich mag, sind die, von denen ich weiß, dass ich sie gewinnen kann. Und gegen eine buchstäbliche Marine in den Krieg zu ziehen, ist eine todsichere Methode, ein vorzeitiges Ende zu finden. Das verstößt *definitiv* gegen Bunnys Regeln.

Ein Teil von mir will trotzdem bleiben. Es ist ein kleiner Teil, aber er ist da.

Bowen muss die merkwürdigen Gedanken, die über mein Gesicht huschen, bemerkt haben, denn er schüttelt den Kopf. »Du willst nach Hause gehen. Das wolltest du immer. Sosehr ich mir auch wünsche, dass du bleibst, will ich nicht, dass du diese Entscheidung aus den falschen Gründen triffst und mich dann am Ende hasst.«

Er und sein verdammter *Edler-Ritter-Komplex*. So aufopferungsvoll. Wäre er ein wenig egoistischer, hätte er mich noch ein paarmal gevögelt und mein Herz so komplett an sich gebunden. Stattdessen scheucht er mich in die Dunkelheit hinaus, um mir genau das zu geben, was ich will.

Er ist wirklich zu gut für mich. Na ja, abgesehen davon, dass er im Namen uralter Götter mordet. Aber das ist wirklich bloß ein winziges Detail.

Jedes noble Unterfangen liebt einen Märtyrer, aber dass dein Name als Legende weiterlebt, wird keine Rolle spielen, wenn du Futter für die Würmer bist.

Bunny hat recht. Ich *weiß*, dass sie recht hat. Trotzdem werden meine Schritte langsamer, als wir das Dorf verlassen und uns einen Weg durch den Wald nach Norden bahnen. Hier gibt es keine Sìth-Katze, die uns zwingen könnte, umzukehren. Stattdessen scheinen die Bäume den Atem anzuhalten, während wir zwischen ihnen hindurchstapfen, als würden *sie uns* fürchten.

Und doch sind sie mir so vertraut, dass mir bei ihrem Anblick das Herz wehtut. Ich erkenne den Geruch von Ahorn,

Kiefer und Weißdorn. Wäre der Mann an meiner Seite nicht, könnte ich fast glauben, dass ich tatsächlich wieder zu Hause bin und das alles nur ein Traum gewesen ist. »Bowen.«

»Hm?«

»Wenn du herausfinden könntest, woher du stammst, und dorthin zurückkehren könntest, würdest du das tun?«

Er hält lange genug inne, um mich zu ihm aufholen zu lassen, Dann passt er sein Tempo an meins an. »Die simple Antwort lautet nein. Das hier ist alles, was ich je gekannt habe, und plötzlich etwas über die ersten dreizehn Jahre meines Lebens zu erfahren, löscht die vergangenen zwanzig Jahre nicht aus. Manchmal frage ich mich jedoch, wer meine Mutter war.« Er zuckt mit den Schultern. »Gut möglich, dass sie eine schreckliche Person war und ich deswegen hier gelandet bin. Oder sie ist gestorben. Aber … ich frage mich, was mit ihr geschehen sein könnte.«

»Es ist schwer, sich das nicht zu fragen.« Ich steige über einen umgestürzten Baumstamm. »Bunny war mein Ein und Alles, allerdings war meine Mutter ihre Tochter. Ich denke, dass ihr Verlust … Tja, Bunny hat nicht gern über meine Mutter geredet. Sie ist gestorben, als ich sechs war.« Meine Erinnerungen an die Frau, die mich zur Welt gebracht hat, sind mittlerweile eher vage Eindrücke als irgendetwas anderes. Der Geruch von Rosmarin. Scharlachrote Lippen, die einen Abdruck auf meinen Wangen hinterließen, wenn sie mich küsst. Grüne Augen genau wie meine, genau wie Bunnys.

»Tut mir leid.«

»Mir auch. Für dich, meine ich.« Ich räuspere mich. »Versteh mich nicht falsch. Mir hat es an nichts gefehlt, während ich aufgewachsen bin. Bunny war die beste Großmutter, die man sich wünschen könnte.«

Bowen legt eine Hand auf mein Kreuz und führt mich rechts

um einen Baum herum. »Tut mir leid, dass du Bunny verloren hast. Sie muss eine wundervolle Frau gewesen sein, um dich zu einer ebenso wundervollen Frau zu erziehen.«

Ich gerate ins Stolpern. Ich kann mich nicht auf das Kompliment konzentrieren, nicht wenn sich meine Kehle zuschnürt und meine Brust furchtbar eng wird. Götter, ich liebe und hasse dieses Gefühl gleichermaßen. Ich will nicht jedes Mal innerlich zusammenbrechen, wenn ich an meine Großmutter denke, aber das hier ist *echt*. Ein Beweis dafür, dass ihre Fingerabdrücke auf jedem Aspekt meines Lebens zu finden sind. Dass sie geholfen hat, das Fundament zu errichten, das heute die Basis für meine Persönlichkeit und mein Leben darstellt. »Ich vermisse sie.«

»Ich weiß.« Seinem Tonfall nach zu urteilen, versteht er genau, was ich meine. Natürlich versteht er es. Ezra war seine Bunny. Er trat erst später in sein Leben, dennoch war er sein Nordstern. Ist es ein Wunder, dass er die Cŵn Annwn bis jetzt nie angezweifelt hat, wenn die Person, die ihm auf dieser Welt am meisten bedeutete, sie ebenfalls nie hinterfragt hat?

Bowen wird langsamer. »Wir sind da.«

Ich starre in die Schatten und stoße ein schnaubendes Lachen aus. Ich kann nichts erkennen. »Wo?«

»Hier.« Er tritt vor und macht dann vorsichtig einen Schritt zur Seite. »Ein Bach und Baumwurzeln. Das Portal gibt ein leises Summen von sich, das ich eher spüre als höre. Kannst du es nicht wahrnehmen?«

Nicht ohne es zu versuchen. Das zählt nicht zu meinen Fähigkeiten. Ich sende einen Hauch meiner Magie aus und erschaudere angesichts dessen, was sie mir verrät. Dieses Ding ist *alt*. Der Baum ist ein uriges, riesiges Gewächs, das knorrig und gebeugt über seinen Nachbarn aufragt. Das Portal selbst befindet sich zwischen zwei Wurzeln, die so groß wie Bowens

Oberarme sind. Sie bilden eine Brücke über einen Bach, der kaum mehr als ein Rinnsal ist, und haben sich zu beiden Seiten des Wassers tief ins Erdreich gebohrt.

Diesen Ort hätte ich allein niemals gefunden. Ich kann immer noch nicht mit Sicherheit sagen, ob mich dieses Portal in mein Reich führen wird oder lediglich in eines, das meinem ähnelt. »Ich werde doch nicht auf dem Grund eines Ozeans landen, wenn ich da durchgehe, oder?«

»Nein. Die Portale bewegen sich regelmäßig, aber sie befinden sich alle in einer ähnlichen Atmosphäre wie der, in der wir uns gerade aufhalten.«

Selbst wenn ich wieder in meinem Reich lande, werde ich vermutlich ohne Geld und Pass in einem fremden Land gestrandet sein. Meine Sachen befinden sich alle an Bord der *Crimson Hag*, was bedeutet, dass ich ganz von vorne anfangen muss. Ich werde nur die Zauber haben, die in meine Brust eintätowiert sind, was ausreichen sollte, um mich nach Hause zu bringen. Sollte ich nicht in meinem Heimatreich ankommen, gibt es noch andere Komplikationen, die ich bedenken muss, ich werde allerdings erst wissen, womit ich es zu tun habe, wenn ich durch das Portal trete.

Ich war schon schlimmer dran. Ich weiß nicht, warum ich ausgerechnet jetzt zögere. Genau das hier wollte ich doch. Ich sollte durch das Portal springen, ohne zurückzuschauen.

»Bowen …«

Er dreht sich zu mir herum und zieht mich in seine Arme. »Ich werde dich nicht bitten zu bleiben. So egoistisch bin ich nicht.«

»Wenn du das noch öfter sagst, fange ich womöglich an zu glauben, dass du willst, dass ich bleibe.« Meine Stimme klingt heiser und … heilige Scheiße, was ist das für ein schreckliches Gefühl in meiner Brust? Es fühlt sich an, als hätte er mit einer großen Hand in meinen Brustkorb gegriffen und würde nun mein Herz zerdrücken.

Er küsst mich sanft und tritt dann zurück. »Geh, Evelyn. Lerne, dich vor den Göttern zu verstecken. Führe ein langes und glückliches Leben. Ich hoffe wirklich aufrichtig, dass ich dich nie wiedersehen werde.«

Genau das hier wollte ich.

Ich holte tief Luft, straffe die Schultern und mache einen Schritt auf das Portal zu. Verdammt, ich bin eine Idiotin. Das ist die einzige Erklärung, die ich dafür habe, dass ich mich noch mal zu ihm umdrehe. »Gib mir deine Hand.«

Er widerspricht mir nicht. Er hält mir einfach nur seine Hand hin und schaut zu, wie ich meinen Daumen anritze und einen meiner eher selten benutzten Zauber aktiviere. Ich presse ihn gegen seine Handfläche. Meine Magie flackert kurz violett auf und sinkt dann unter seine Haut, wobei sie sich zu einer Glyphe formt, die genauso aussieht wie die unter meinem rechten Schlüsselbein.

Ich räuspere mich. »Wenn du es dir je anders überlegst und nicht länger hierbleiben willst, musst du nicht in ein fremdes Reich reisen, wo du niemanden kennst, selbst wenn es das ist, in dem du deiner Ansicht nach geboren wurdest. Du kannst in dieses kommen. Wenn du es tust, werde ich dich damit finden.« Ich deute auf seine Hand.

Er schüttelt sie. »Das kribbelt.«

»Ja, Liebster, das ist Magie.« Ich grinse, doch der Ausdruck verblasst rasch wieder. »Mir ist egal, was du sagst. Ich hoffe, dass *ich dich* wiedersehen werde. Lass dich nicht für deine Ideale umbringen, Käpt'n.«

»Lauf und schau nicht zurück, kleine Hexe.« Er beugt sich nach unten und erobert meinen Mund. Der letzte Kuss war ein sanfter Abschied. Dieser hier ist von all den Dingen erfüllt, die wir einander nicht sagen können, weil wir dann Narren wären. *Geh nicht. Bleib bei mir.*

Er endet viel zu schnell. Als ich erst einen und dann noch einen Schritt zurückweiche, schwirrt mir der Kopf. »Leb wohl.«

Ein Grollen ertönt unter meinen Füßen. Ich halte erschrocken innen und starre hektisch zu Bowen, doch er wirkt ebenso verwirrt wie ich. Das ist nicht seine Magie. »Was …?«

Hinter mir füllt sich das Portal mit Macht. Ich habe kaum genug Zeit herumzuwirbeln, als mich Bowen auch schon hinter sich zerrt. Mit aufgerissenen Augen spähe ich um seine breiten Schultern herum und beobachte, wie das Portal die Farbe wechselt und die Schatten zwischen den Wurzeln tiefer und dunkler werden. Zuvor konnte ich durch sie hindurchsehen und den Wald dahinter ausmachen. Doch noch während ich zuschaue, nehmen die Schatten zu, bis alles pechschwarz ist. Und dann werden sie noch dunkler und erwecken den Eindruck, dass sich der Raum verzerrt.

Jemand kommt hindurch.

Eine schlanke Gestalt tritt aus dem Portal, und es fühlt sich an, als würde mein Gehirn einen Kurzschluss erleiden. Das muss Einbildung sein. Zweifellos halluziniere ich in diesem Moment, denn es scheint mir unmöglich, dass Lizzie gerade in legeren Sportklamotten und mit einem riesigen Gewehr auf dem Rücken durch das Portal getreten ist.

Die Realität trifft mich wie ein Schlag ins Gesicht. Das ist keine Halluzination, die ich einem gebrochenen Herzen verdanke. Das passiert wirklich. Was bedeutet, dass wir in ernsthafter Gefahr schweben. Ich packe Bowens Schulter. »Lauf.«

Lizzie richtet ihre dunklen Augen ruckartig auf mich. »Da bist du ja.« Sie klingt so entsetzlich *normal.* »Ich dachte, dass ich dich jagen müsste. Das hier ist einfacher.« Sie schwingt ihr Gewehr mit einer flüssigen, gekonnten Bewegung herum, späht durch das Visier und betätigt den Abzug.

22

Bowen

Zum Nachdenken bleibt keine Zeit. Ich bewege mich rein instinktiv und erschaffe mithilfe meiner Macht einen Schild. Es gelingt mir gerade noch rechtzeitig, aber es war viel zu knapp. Die Kugel verharrt so dicht vor mir, dass ich sie in allen Einzelheiten betrachten kann. Hätte ich den Schild nicht eingesetzt, hätte mir diese Person den verdammten Kopf weggeblasen.

»Ich nehme an, das ist Lizzie.«

»Ja.« Evelyn klingt angespannt. Sie klammert sich nicht direkt an meinen Rücken, viel scheint da jedoch nicht zu fehlen. »Das ist übel. Wir sollten abhauen.«

Da uns mein Schild schützt, nehme ich mir einen Augenblick, um diese neue Feindin zu betrachten. Sie ist drahtig gebaut, so wie jedes gute Raubtier. Alles an ihr ist darauf ausgelegt, ihre Beute auf möglichst effiziente Weise zur Strecke zu bringen. Selbst wenn mir Evelyn nicht erzählt hätte, dass es sich um eine Vampirin handelt, hätte ich es wahrscheinlich vermutet. Die wenigen Vampire, denen ich bislang begegnet bin, besitzen alle eine seltsame, fremdartige Ausstrahlung. Das Ganze ist zu kompliziert, um es als Schönheit zu bezeichnen. Es ist eher eine Energie, die Leute – Beute – anzieht. Selbst während sie dabei ist, auf uns zu schießen, strahlt Lizzie diese Anziehung aus.

Sie ist nach Threshold gekommen, was dem Gesetz zufolge bedeutet, dass sie sich entweder den Cŵn Annwn anschließen oder sterben sollte. Wenn man bedenkt, dass sie soeben versucht hat, mich zu töten, bin ich nicht übermäßig geneigt, ihr eine Wahl zu lassen. Allerdings ... Sie mag mordlüstern sein, dennoch hat sie Evelyn mal etwas bedeutet. Ich kann nicht einfach ihre Ex-Freundin umbringen.

Wie schnell die Gesetze für mich in sich zusammenfallen, nun, da ich angefangen habe, sie zu hinterfragen.

Ich hebe eine Hand. »Kehre dorthin zurück, wo du hergekommen bist, und wir werden so tun, als wäre das hier niemals passiert.«

Lizzies Gesicht ist vollkommen ausdruckslos. Sie zeigt keinen Zorn. Keine Verachtung. Keine Angst. »Niedlich.« Sie mustert mich. »Telekinese. Wie nervtötend.« Ihr dunkler Blick flackert zu Evelyn. »Er wird nicht in der Lage sein, dich zu retten. Wo ist mein Schmuck?«

»Das ist eine witzige Geschichte ...«

»Ich will deine Geschichte nicht hören, Evelyn.« Sie betätigt erneut den Abzug. Wieder verharrt die Kugel in der Luft, bevor sie Schaden anrichten kann. Ich kann nicht beurteilen, ob sie ernsthaft versucht, uns zu ermorden, oder ob sie uns bloß daran erinnern will, dass sie es kann. Sie schwenkt das Gewehr ein Stück zur Seite und zielt auf Evelyn. Als ich ihre Bewegung spiegele, um mich zwischen sie und die Frau hinter meinen Rücken zu schieben, zieht sie eine Augenbraue hoch.

Nun plappert Evelyn beinahe panisch drauflos. »Ich habe nicht nachgedacht. Du weißt, dass ich nicht nachdenke, wenn ich sauer bin, Lizzie. Du wolltest zulassen, dass deine Mutter mich ermordet. Ich habe mir den Schmuck einfach geschnappt und bin abgehauen.«

»*Evelyn.*«

Sie krallt sich von hinten in meinen Mantel. Sogar durch den dicken Stoff kann ich spüren, wie sie zittert. Evelyn räuspert sich. »Dein Schmuck befindet sich auf der *Crimson Hag*. Was ein Problem darstellt, weil das Schiff ohne uns davongesegelt ist, als uns die Besatzung hier zurückgelassen hat.«

Lizzie lässt das Gewehr langsam sinken. Sie schaut zu den Ästen des Baums über uns hinauf. »Das ist sehr ärgerlich.«

»Es tut mir leid.« Evelyn klingt so eingeschüchtert, dass ich vor lauter Wut diesen ganzen Wald dem Erdboden gleichmachen will.

»Ja, mir auch.« Lizzies Augen werden blutrot.

Das ist die einzige Warnung, die ich erhalte, bevor es sich anfühlt, als würde jede Ader in meinem Körper rebellieren. Schmerz, wie ich ihn noch nie zuvor verspürt habe, brennt durch mich hindurch und zwingt mich in die Knie. »Oh, *verflucht.*« Etwas Ähnliches habe ich schon einmal empfunden, als ich vor einer Weile gegen ein Wasserelementarwesen gekämpft habe. Es versuchte, das Wasser aus meinem Körper herauszuziehen. Ich war in der Lage, ihren Angriff abzuwehren. Dieser hier ist tausendmal stärker. Ich greife auf meine Macht zu, doch sie rinnt durch meine Finger. Meine Kontrolle existiert quasi nicht mehr, denn ich kann kaum Luft in meine kreischende Lunge saugen.

»Mist, Mist, Mist!« Evelyn packt meine Schultern, aber ihre Berührung ist nichts im Vergleich zu den Todesqualen in meinem Inneren. »Lizzie, hör auf!«

Lizzie hört nicht auf. Wenn überhaupt, glühen ihre Augen noch greller. Sie streckt eine Hand aus und ballt sie zur Faust, mein ganzer Körper bewegt sich zuckend mehrere Schritte vorwärts. Ich muss etwas unternehmen. Sie konzentriert sich nur deshalb auf mich, weil sie entschieden hat, dass ich die größere Bedrohung darstelle. Wenn sie mich außer Gefecht setzt, wird sie Evelyn töten.

Dieser Gedanke sorgt dafür, dass meine Instinkte das Steuer übernehmen. Ich denke nicht nach. Für Raffinesse habe ich weder die Zeit noch die Energie. Eine gewaltige Welle der Macht bricht aus mir hervor und breitet sich in einem Halbkreis vor mir aus. Sie trifft Lizzie und die Bäume in Form einer Woge, die ich tatsächlich sehen kann und die nichts als Chaos hinterlässt.

Lizzie verliert nicht die Kontrolle, der Schmerz lässt jedoch ein ganz kleines bisschen nach. Ich sacke auf Hände und Knie. »Lauf.«

»Auf gar keinen Fall. Sie wird dich umbringen.« Evelyn lässt sich neben mich auf den Boden fallen und gräbt ihre Finger in die weiche Erde. »Das ist alles meine Schuld. Es tut mir so verdammt leid.«

Ich öffne den Mund, um etwas zu erwidern, aber der Schmerz flammt heftiger auf, und ich kann nur ächzen. Evelyn weigert sich abzuhauen, und sie wird nicht auf mich hören – verdammt, ich weiß nicht, wie ich das ändern kann.

Lizzie stolziert aus der Staubwolke heraus, die meine Zerstörung aufgewirbelt hat, und wirkt vollkommen unverletzt. Ihre Kleidung ist ein bisschen schmutzig, dennoch habe ich mit meinem Angriff, der ein geringeres Wesen getötet hätte, offenbar keinen dauerhaften Schaden angerichtet. Heilige Scheiße, diese Frau ist beängstigend.

»Es tut mir leid, Lizzie!« Evelyn stemmt die Hände auf den Boden, und ein Schwall lilafarbener Magie schießt donnernd rund um den schützenden Kreis empor, in dem wir uns befinden. Lizzie reißt die Augen auf, als sie von der Energie getroffen wird, dann ist sie verschwunden. Es scheint, als hätte eine riesige Hand sie einfach weggefegt. Die Bäume, die ich beschädigt habe, knacken und brechen durch die Nachwirkungen von Evelyns Zauber in sich zusammen.

Das Gleiche gilt für das Portal.

Mein Schmerz lässt so schnell nach, dass mir schwindelig wird. Ich muss mich darauf konzentrieren, einen Atemzug nach dem anderen zu nehmen. Evelyn sackt gegen mich. »Das wird sie nicht lange aufhalten. Wir müssen von hier verschwinden. Diesmal musst du auf mich hören, wenn ich dir sage, dass du laufen sollst.«

Ich drehe langsam den Kopf. Sie ist zu blass und hat die Augen zu weit aufgerissen. Ist ihr klar, was sie gerade getan hat? Weiß sie, welches Opfer sie gebracht hat? »Das Portal.«

»Ich weiß. Ich sehe es.« Sie schüttelt den Kopf und wankt. »Darüber können wir uns später Gedanken machen. Wir müssen verschwinden. Sie heilt schneller als jeder, dem ich je begegnet bin. Wir haben … fünf Minuten. Vielleicht.«

Das ist nicht lange.

Ich fühle mich nach dem Angriff der Vampirin immer noch wackelig, aber wenigstens kommt meine Magie zu mir, als ich sie rufe. Ich hebe Evelyn in meine Arme und schwanke dabei nur ganz leicht. »Halt dich an mir fest.«

»Was hast du …? *Oh Mist.*«

Mithilfe meiner Magie wuchte ich uns vom Boden hoch und schleudere uns nach einer Sekunde in den Himmel. Fliegen kostet viel Kraft und eine beträchtliche Menge an Konzentration. Sollte die Vampirin jetzt angreifen, würden wir beide fallen und den Sturz womöglich nicht überleben. Das ist dennoch ein Risiko, das ich eingehen muss, um Evelyn aus der Gefahrenzone zu bringen. »Wie groß ist ihre Reichweite?«

»Keine Ahnung. Größer als sie sein sollte.« Sie presst ihr Gesicht an meinen Hals und klammert sich an mir fest. »Hatte ich erwähnt, dass ich Höhenangst habe?«

Ich packe sie fester, obwohl das unnötig ist. Meine Magie umgibt uns. Wir werden nicht fallen, es sei denn, ich lasse uns los. *Es sei denn, ich werde gezwungen, uns loszulassen.* »Du bist in Sicherheit.«

»Ich fürchte, dass du feststellen wirst, dass ausgerechnet das gerade nicht auf mich zutrifft.« Sie lacht erstickt auf. »Verdammt. Ich habe das Portal zerstört, das ich brauche, um nach Hause zu gelangen. Das war ein wirklich genialer Schachzug von mir. Bunny wäre so stolz auf mich. Und Lizzie kann es sich jetzt nicht mal mehr anders überlegen und nach Hause zurückkehren – als könnte sie das tatsächlich in Betracht ziehen –, weil es keine offene Verbindung mehr gibt. Sie wird mich wirklich umbringen.«

»Das werde ich nicht zulassen.« Ich bin mir nicht sicher, wie ich es verhindern soll, nachdem sie mich so gekonnt außer Gefecht gesetzt hat. Ich könnte behaupten, ich hätte sie nicht kommen sehen, die Wahrheit ist jedoch, dass ich nicht weiß, wie ich gegen diese Art von Macht ankämpfen soll, wenn ich es mit einer Person zu tun habe, der körperliche Angriffe offenbar nicht allzu viel anhaben können. »Ich dachte, du hättest gesagt, sie sei eine Vampirin. Ich kenne keinen Vampir, der *so etwas* tun kann.«

»Sie ist eine *Blutlinienvampirin*. Lizzie gehört zu einer der sieben Familien von Vampiren, die geboren und nicht verwandelt wurden. Das bedeutet, dass sie auf einen ganzen Hort voller lustiger magischer Fähigkeiten zurückgreifen kann, am liebsten verwendet sie allerdings, nun ja, Blut. Sie kann das Blut anderer Leuten kontrollieren, es nutzen, um physische Gegenstände zu erschaffen, und all so was.«

Ah. Das erklärt es. Sie hat nicht das Wasser in meinem Körper manipuliert, sondern das Blut selbst. Offenbar ist das ein entscheidender Unterschied. Ich weiß, wie man eine Person bekämpft, die über Wasserelementarmagie verfügt, diese Vampirin dagegen ist eine vollkommen andere Art von Bestie. Gern würde ich behaupten, dass ich mir für unsere nächste Begegnung mit ihr etwas überlegen werde – denn mittlerweile wäre ich ein Narr, wenn ich Evelyns Behauptung, dass sie uns immer weiterverfolgen wird, nachdem sie es nach Threshold geschafft hat, keinen Glauben schenken würde –, doch ich weiß nicht mal, wo ich anfangen soll.

Und dann ist da noch das Problem, dass ich Skrupel haben mag, Lizzie zu töten, sie hingegen ist offensichtlich auf Mord aus.

Ich lasse uns so vorsichtig wie möglich in der Nähe des Hafens nach unten sinken. Obwohl ich meine gesamte Konzentration aufbringe, fallen wir den letzten halben Meter bis zum Boden. Beim Aufkommen taumele ich ein wenig. »Tut mir leid. Leute zu tragen ist herausfordernder, als einfach nur Gegenstände zu transportieren.« Ich schaue mich um. Nach diesem Kampf erscheint es seltsam, dass hier alles in Ordnung ist. In der Ferne höre ich den Lärm der Leute, die ihren Tag beginnen, und das Plätschern des Wassers am Ufer. Die Anlegestege knarren bei jeder kleinen Welle, die auf sie trifft. Nur ein Schiff ist dort festgemacht. Die *Audacity*.

Ich war nicht gerade erpicht darauf, unter Hedd zu segeln, aber jetzt bleibt uns keine andere Wahl. Wir müssen an Bord dieses Schiffs gelangen und Sarvi verlassen. Sofort. »Wir müssen von dieser Insel runter.«

»Das sehe ich auch so.« Sie lässt meinen Hals jedoch nicht los.

Das ist in Ordnung. Ich verspüre momentan ebenfalls keinerlei Bedürfnis, sie abzusetzen. Stattdessen ziehe ich sie fester an mich und presse ihr einen Kuss auf die Schläfe. »Alles wird gut werden. Wir werden einen Ausweg finden.«

»Ich befinde mich mitten in einem Schlamassel, den ich selbst verursacht habe. Du solltest mich einfach stehen lassen und in Richtung Horizont davonsegeln. Sie führt keinen Rachefeldzug gegen *dich*.«

»Nein.«

Evelyn stößt ein ersticktes Lachen aus. »Du bist gerade einem Eindringling begegnet, einer Person, die unerlaubt nach Threshold gekommen ist, und du bist abgehauen, statt ihr einen Platz bei den Cŵn Annwn anzubieten oder sie zu töten. Der Rat würde sie vermutlich ebenfalls als Monster betrachten, also hast du gleich gegen zwei Gesetze verstoßen.«

Sie hat nicht ganz unrecht. Der Gedanke löst heftige Übelkeit in mir aus. »Wird sie irgendjemandem im Dorf etwas antun?« Sollte diese Möglichkeit bestehen, habe ich keine Wahl. Dann werde ich Evelyn an Bord der *Audacity* bringen und zurückbleiben müssen, um ihre Vampir-Ex-Freundin zu bekämpfen. Selbst nach der letzten Konfrontation empfinde ich beim Gedanken daran, diese Frau zu vernichten, keine Freude. Falls es mir überhaupt gelingen sollte.

»Nein. Es ist nicht unmöglich, ich kann es mir allerdings nicht wirklich vorstellen.« Evelyn seufzt. »Sie ist zu klug, um sich direkt nach ihrer Ankunft einem Blutrausch hinzugeben. Und sie ist zu sehr Raubtier, um Freude beim Töten von Leuten zu empfinden, die sie als minderwertig betrachtet. Sie mag Herausforderungen. Außerdem ist sie darauf aus, *mich* zu ermorden, was ihre Priorität sein wird.«

Es ist schwer zu sagen, ob das ein Trost oder das schlimmstmögliche Szenario ist.

»Ist das Bowen von der *Crimson Hag*, den ich da sehe?« Die Frage donnert über das Wasser, und ich muss gegen den Drang ankämpfen, kehrtzumachen und davonzugehen. Wäre nicht eine tödliche Vampirin hinter uns her und müsste ich Evelyn nicht in Sicherheit bringen, würde ich einfach auf ein anderes Schiff warten.

Aber das ist keine Option, also muss ich gute Miene zum bösen Spiel machen. Hedd, der Kapitän der *Audacity*, ist ein prahlerisches Arschloch, gleichzeitig jedoch gefährlich genug, um jede Schwäche zu wittern und sie auszunutzen. Am besten bietet man ihm nichts, womit er arbeiten kann.

Ich setze Evelyn ab und schiebe sie behutsam hinter mich, bevor ich mich umdrehe, um mich Hedd zu stellen. Er lehnt an der Reling, ein gewaltiger Mann mit einem wilden Schopf aus rotem Haar, einem Bart, der beeindruckend wäre, wenn er sich die Zeit nehmen würde, ihn zu bändigen, und Haut, die ständig sonnenverbrannt zu sein scheint. Er ist ein Berserker, und es ist so gut wie unmöglich, ihn zu töten. In der Vergangenheit habe ich mir darüber nicht allzu viele Gedanken gemacht, doch mein neues Misstrauen gegenüber allem, was mit den Cŵn Annwn zu tun hat, sorgt dafür, dass ich nicht anders kann, als ihn so zu mustern, wie ich einen Feind taxieren würde.

»Wir brauchen eine Mitfahrgelegenheit, Hedd. Ich hab gehört, dass du in Richtung Lyari unterwegs bist.« Streng genommen ist das nicht das, was Dia gesagt hat, allerdings stirbt die Hoffnung bekanntlich zuletzt.

Er beäugt Evelyn hinter mir, dann verlagert sich seine Aufmerksamkeit, als Dia zwischen den Bäumen hervortritt. Ich kann seine Augen auf die Entfernung nicht deutlich genug erkennen, aber er wirkt schockiert. »Was in aller Welt machst *du* an Land?«

Sein Tonfall sorgt dafür, dass sich alles in mir vor Wut sträubt, Dia zuckt jedoch nur unbekümmert mit den Schultern. »Behalte deine Nase in deinem Gesicht und aus meinen Angelegenheiten heraus, Hedd. Wirst du uns mitnehmen oder nicht?«

»Meinen Gefährten von den Cŵn Annwn das Meer zu verweigern, wäre nicht richtig.« Er deutet mit einer ausladenden Geste auf sein Schiff. »Ihr seid an Bord mehr als willkommen. Wir sind in Richtung Lyari unterwegs, müssen aber erst noch eine Jagd zu Ende bringen. Bei den Three Sisters haben sie es mit einer Meerjungfrauenplage zu tun, und wir müssen uns darum kümmern. Wenn ihr es eilig habt, würde ich vorschlagen, dass ihr noch ein paar Tage wartet, bis das nächste Schiff vorbeikommt. Damit könntet ihr womöglich mehr Glück haben.« Sein Tonfall lässt vermuten, dass er mich ebenso wenig an Bord seines Schiffs haben möchte, wie ich es betreten will.

Leider haben wir nicht wirklich eine Wahl.

Ich werfe einen Blick zu Evelyn, doch sie starrt in Richtung der Bäume, zwischen denen Dia soeben hervorgetreten ist, als würde sie damit rechnen, dass Lizzie jeden Moment aus dem Wald gestürmt kommen könnte. Unser Weg vom Dorf zum Portal hat ein paar Stunden gedauert, allerdings waren wir nicht besonders schnell unterwegs. Ich kenne die Fähigkeiten der Vampirin nicht, muss jedoch davon ausgehen, dass sie sich mit erhöhter Geschwindigkeit fortbewegen kann.

Uns bleibt keine Zeit zum Schwafeln.

Ich wende mich wieder Hedd zu. »Eine Nacht an Land reicht uns. Wir werden den Umweg in Kauf nehmen. Und wir werden euch auch gern bei dem Meerjungfrauenproblem behilflich sein.«

»Tja, je mehr, desto besser, schätze ich.« Hedd beäugt mich argwöhnisch. »Wir werden gleich ablegen, also holt eure Sachen und beeilt euch.«

»Wir haben alles, was wir brauchen.«

Sein Misstrauen ist förmlich greifbar. Aber er tritt zurück und bedeutet uns, an Bord zu kommen. Ich greife nach Evelyns Arm und spreche leise mit ihr. »Achte darauf, nicht allein mit ihm zu sein, wenn du es verhindern kannst. Er wird dir zwar nichts …« Ich räuspere mich. »Er wird dir bloß Unbehagen bereiten, doch das würde ich dir gern ersparen, wenn ich es kann. Aber Quartiermeister Nox ist anständig.« Ich hatte them vor ein paar Jahren einen Platz auf meinem Schiff angeboten, mit der Absicht, them als Quartiermeister einzusetzen, sobald they das Vertrauen der Besatzung gewonnen haben würde. Nox lehnte jedoch ab und meinte, they sei so chaotisch, dass mich das innerhalb weniger Monate in den Wahnsinn treiben würde. They lag damit sicher nicht falsch, dennoch denke ich nach wie vor, dass they mir lieber gewesen wäre als Miles.

Evelyn wirkt viel zu blass, aber meine Warnung sorgt dafür, dass ein vertrautes Funkeln in ihren grünen Augen aufblitzt. »Ich kann auf mich selbst aufpassen, trotzdem danke für deine Sorge.« Sie löst sich aus meinem Griff und klettert aufs Schiff hinauf.

Dia schnaubt. »Sie ist nicht so hilflos, wie du denkst.« Sie versetzt mir einen leichten Schlag gegen den Arm. »Die Liebe macht uns nun mal alle zu Narren.«

»Ich bin nicht … Das ist nicht …«, stottere ich in die Stille hinein, Dia hört mir jedoch längst nicht mehr zu. Sie folgt Evelyn an Bord und bewegt sich dabei so geschickt wie jemand, der nur einen Bruchteil so alt ist wie sie.

Ich werfe einen Blick über meine Schulter und folge ihr dann. Innerhalb weniger Minuten gleitet das Schiff in tieferes Wasser hinaus, und der Wind füllt die Segel. Ich halte meine Aufmerksamkeit auf das Ufer gerichtet und bin bereit zuzuschlagen, falls Lizzie auftaucht. Doch das tut sie nicht.

Irgendwie bezweifle ich, dass wir sie zum letzten Mal gesehen haben.

23

Evelyn

Nach meiner Zeit auf der *Crimson Hag* dachte ich, dass ich eine ganz gute Vorstellung davon hätte, was es bedeutet, ein Mitglied der Cŵn Annwn zu sein. Wie sich herausstellt, lag ich damit falsch. Diese Besatzung ist völlig anders als die der *Hag*. Zumindest im Vergleich zu der Crew, die auf der *Hag* gedient hat, als Bowen noch Kapitän war.

Hedd, der Kapitän der *Audacity*, fühlt sich durch Bowens Anwesenheit offensichtlich bedroht. Er plustert sich auf, stolziert umher und tut alles Mögliche, um seine Überlegenheit zu demonstrieren. Ich warte nur noch darauf, dass er aufs Deck pinkelt, um es als sein Territorium zu markieren. Die Mannschaftsmitglieder nehmen sich ein Beispiel an ihm und kommunizieren ausschließlich über mürrische Bemerkungen mit uns, wenn sie überhaupt mit uns sprechen. Das soll mir nur recht sei. Die meisten von ihnen sind Leute, denen ich nicht in einer dunklen Gasse begegnen wollen würde.

Die einzige Ausnahme stellt Quartiermeister Nox dar. They ist eine schlanke, dennoch kräftig gebaute Person mit platinblondem Haar, das an den Seiten kurz geschoren und oben auf dem Kopf ein wenig länger ist. Their blassen Augenbrauen verleihen them ein beinahe fremdartiges Erscheinungsbild.

Das könnte allerdings auch an dem eleganten Knochenbau liegen. Es ist dieses *merkwürdige* Aussehen, das man zu Hause bei Models auf Laufstegen sieht.

Zu Hause.

Das ist ein Ort, den ich vermutlich nie wiedersehen werde. Das habe ich immer noch nicht richtig verarbeitet. Ich war kaum bereit gewesen zu hoffen, dass das Portal tatsächlich in mein Heimatreich führen würde statt in eins, das ihm lediglich ähnelt. Lizzies Ankunft hingegen hat mir bestätigt, dass ich auf diesem Weg nach Hause hätte gelangen können. Doch nun ist das Portal fort. Meine und Bowens Magie haben es zerstört. Lizzie wollte mich ohnehin bereits tot sehen, weil ich sie bestohlen habe, doch nun wird sie mich definitiv bei lebendigem Leib häuten, weil ich ihr die Möglichkeit genommen habe, nach Hause zurückzukehren.

Ich weiß nicht, wie ich mit dem Verlust von etwas umgehen soll, von dem ich kaum bereit war, zu glauben, dass ich es gefunden hatte. Außerdem habe ich nicht die geringste Ahnung, was das für meine Zukunft bedeutet, aber mir bleibt keine Zeit, das zu verarbeiten, während wir uns an Bord der *Audacity* aufhalten. Ich brauche meine gesamte Energie, um mich darauf zu konzentrieren, der Crew aus dem Weg zu gehen und auf den Horizont hinter uns zu starren, da ich überzeugt bin, dass es Lizzie irgendwie gelungen ist, ein Schiff aufzutreiben, und sie uns bereits verfolgt. Ich bin mir ziemlich sicher, dass sie nicht segeln kann, aber das wird sie nicht aufhalten.

Unwillkürlich rechne ich damit, dass sich das Wetter ändert und kälter wird, während wir immer weiter nach Norden segeln, diese Annahme ist jedoch ein Überbleibsel aus meinem Reich. Ich weiß nicht mal, ob es in Threshold Jahreszeiten gibt. Ich schätze, dass ich das besser herausfinden sollte, da ich mich nun für längere Zeit hier aufhalten werde.

Mein Blick wandert über das Deck, während ich nach Dia Ausschau halte, denn ich frage mich, ob sie bereit wäre, ihren Joint mit mir zu teilen. Jetzt gerade habe ich das Gefühl, das ist das Einzige, was ich tatsächlich *tun* kann, um meine hektisch kreisenden Gedanken zu beruhigen.

»Du bist neu.«

Ich zucke zusammen und verfluche mich dann dafür. Ich habe Nox ein paarmal dabei erwischt, wie they mich beobachtet hat, aber they hat sich mir während der drei Tage, die wir nun schon unterwegs sind, nicht genähert ... bis jetzt. »Ja, ziemlich neu.«

»Schon seltsam, dass Bowens Besatzung ihn im Stich gelassen hat.« They beobachtet mich weiterhin aufmerksam. »Er ist eins der aufrechteren Mitglieder unserer Truppe, und während das manche« – Nox richtet die blauen Augen auf die Stelle, an der Hedd am Steuer lehnt und so aussieht, als würde er im Stehen schlafen – »für eine Schwäche halten, schien er bei der Besatzung der *Hag* recht beliebt zu sein.«

Das war er. Zumindest bei den Crewmitgliedern, die Miles nicht bereits auf seine Seite gezogen hatte. Bowen scheint zu denken, dass Miles irgendwann ohnehin die Oberhand gewonnen hätte, klar ist jedoch, dass meine Anwesenheit diesen Prozess beschleunigt hat. Wäre ich nicht gewesen, hätte er die Jagd auf den Drachen nicht abgebrochen, und dann wäre die Mannschaft nicht wütend genug gewesen, um ihn so schnell abzuwählen.

Irgendwie fühle ich mich deswegen schlecht. Seine Probleme haben nicht mit mir angefangen, doch ihn dazu zu bringen, Gesetze zu hinterfragen, die offensichtlich falsch und scheinheilig sind, kann langfristig nur gut sein. Hoffe ich zumindest. Wenn uns Lizzie nicht vorher beide umbringt.

Ich verdränge den Gedanken und schenke Nox meine volle

Aufmerksamkeit. »Wie es scheint, hast du etwas zu sagen. Du kannst ebenso gut aufhören, um den heißen Brei herumzureden, und es einfach ausspucken.«

They trägt die üblichen Farben der Cŵn Annwn, an them wirken sie dagegen ... anders. Weniger wie ein Matrose, der sich verkleidet hat. Bei Nox sieht die komplett blutrote Kombination aus Lederhose, locker sitzendem Hemd und langem Mantel aus, als wäre sie ein Teil von them. Das ist ein netter Trick. Bowen trägt seinen Mantel mit der gleichen Selbstverständlichkeit und scheint sich damit zu identifizieren, aber selbst er hat die Farbe nicht für jedes seiner Kleidungsstücke angenommen.

Nox lehnt sich neben mir an die Reling und starrt aufs Wasser hinaus. »Wenn es etwas gibt, was du uns nicht erzählst und was das Schiff und die Besatzung in Gefahr bringen wird, werde ich dich eigenhändig töten.«

Ich blinzle. »Einem anderen Mitglied der Cŵn Annwn auf diese Weise zu drohen, ist aber nicht sehr geschwisterlich von dir.«

Nox schnaubt. »Nur Leute wie Bowen glauben an diesem Mist. *Ich* glaube an Konsequenzen, und gegen die Gesetze zu verstoßen, hat Konsequenzen. Für die Person, die gegen sie verstößt, und für jeden, der ihr dabei hilft, egal ob unbeabsichtigt oder nicht.« Nox' Belustigung verblasst. »Also antworte mir ehrlich. Hast du gegen unsere Gesetze verstoßen?«

»Nein.« *Streng genommen* nicht. Vermutlich.

Nox seufzt. »Ihr bedeutet alle nichts als Ärger.«

Meine Nerven drohen, mich zu überwältigen. Instinktiv versuche ich, nach der Metallkette zu greifen, die an their schlanken Taille baumelt. Ich kann nicht anders. Zeug zu stehlen gibt mir das Gefühl, mehr Kontrolle über eine Situation zu haben. Das war schon immer so.

Nox packt mein Handgelenk und zieht die Augenbrauen hoch. »Was hast du vor?«

Heilige Scheiße, they ist schnell. Sogar schneller als Lizzie. Ich blinzle in their perfektes Gesicht hoch und brauche ein paar Sekunden, ehe ich etwas sagen kann. »Was bist du?«

»Das ist eine sehr unhöfliche Frage.« Nox hebt meine Hand zwischen uns hoch und schüttelt sie leicht. »Wenn du noch mal versuchst, mich zu bestehlen, dann werde ich …«

»… mich umbringen. Ja, ich hab's kapiert.«

Nox verzieht amüsiert die Lippen. They ist auf fremdartige Weise wirklich schön. »Nein, dann werde ich dich vielleicht behalten.«

»Wie bitte?«

They dreht meine Hand um und drückt die Finger leicht auf meine Handfläche. »Mir gefällt deine Energie, Evelyn. Du schmeckst nach Ärger – auf die bestmögliche Art. Zusammen könnten wir jede Menge Spaß haben.«

Ich … Wow. Nichts an dieser Unterhaltung ist so verlaufen, wie ich es erwartet habe. Vorsichtig befreie ich mein Handgelenk aus Nox' Griff und lächle. »In einem anderen Leben würde ich auf dein Angebot zurückkommen. Mit dir scheint man wirklich Spaß haben zu können.«

»Ich bin die reinste Definition von Spaß, solange man mich und die meinen nicht verärgert.« Nox hebt den Blick, um über meine Schulter hinwegzuschauen, und their Lächeln wird breiter. »Oh je, ich glaube, dass ich deinen muskulösen Beschützer verärgert habe. Ich denke nicht, dass ich Bowen je dermaßen wütend gesehen habe. Normalerweise ist er so stoisch.« They lehnt sich näher an mich heran. »Was wird er deiner Meinung nach tun, wenn ich …«

Nox wird abrupt in die Luft gehoben und in einigen Metern Entfernung wieder abgesetzt. Die Überraschung auf their Gesicht passt perfekt zu dem Gefühl, das mich durchzuckt. Hat Bowen seine Magie auf Nox angewandt?

Ich erhalte meine Antwort, als der Mann selbst hinter mir auftaucht. Sein Schatten fällt auf mich, er umfasst meine Hüften und zieht mich dicht an seinen Körper heran. Als er spricht, gelten seine Worte nicht mir. »Lass deine Finger von ihr, Nox.«

Nox grinst und wirkt völlig unbekümmert, als hätte they mich nicht erst vor wenigen Augenblicken bedroht und dann gleich darauf angebaggert. »Ich hätte niemals gedacht, dass ich das noch erleben würde. Du *magst* sie.«

»Verzieh dich.«

Nox lacht und macht auf dem Absatz kehrt, wodurch der lange Mantel theatralisch um them herumwirbelt. »Gib die Botschaft weiter, Evelyn. Es ist wichtig, dass ihr mir nicht in die Quere kommt.« They stolziert davon und überwindet den Abstand zwischen uns und dem Steuer mit their langen Beinen mühelos.

Bowen packt meine Hüften fester. »Was für eine Botschaft?«

»Oh, du weißt schon, das Übliche.« Ich kann mich nicht entscheiden, ob ich mich von ihm entferne oder mich enger an ihn schmiegen will. Er ist warm und stark und hat meine Einladung, mich in meiner Kajüte zu besuchen, seit unserer Ankunft auf dem Schiff standhaft ignoriert. Das hat vermutlich etwas damit zu tun, dass wir den Schein wahren müssen, aber ich habe Angst und fühle mich einsam und … Es ist albern, zuzugeben, dass ich ihn vermisse, nachdem wir nur eine Nacht lang das Bett miteinander geteilt haben, doch das ist die Wahrheit.

»Du bist wütend auf mich.« Er dreht uns zur Reling herum und stellt sich so hin, dass mich sein Mantel bedeckt. Mir war zuvor schon nicht kalt, nun hingegen ist mir sofort so warm, dass ich es bis in meine Zehen spüre.

Ich bin nicht bereit einzuräumen, dass er recht hat, hauptsächlich deswegen, weil mir bis zu diesem Moment gar nicht klar war, dass ich sauer bin. »Nox wollte mich nur wissen lassen, dass they uns eigenhändig töten wird, wenn wir irgendetwas tun, um die Besatzung in Gefahr zu bringen. So einfach ist das.«

»Davon rede ich nicht, Evelyn.« Sein Atem streift meine Ohrmuschel. »Hat Nox versucht, dich zu verführen? They ist ziemlich gut darin.«

»Hat they dich schon mal verführt?« Ich will die Frage gar nicht stellen. Doch in Bowens Gegenwart geht es mir immer so. Sie … sprudeln einfach aus mir heraus.

»They hat es versucht.«

Eifersucht schießt so heftig durch meinen Körper, dass ich ein klein wenig taumele. Heilige Scheiße, wo ist das denn hergekommen? Bowen und ich sind weder offiziell zusammen, noch führen wir eine monogame Beziehung. Vor drei Tagen war ich drauf und dran, ihn für immer zurückzulassen. Ganz zu schweigen davon, dass ich vor unserer Begegnung wohl kaum eine Heilige war, daher ist es wirklich mies, das Gleiche von ihm zu erwarten.

Aber Nox ist anmutig und charmant und gefährlich und umwerfend attraktiv. Falls they their Platz in der Welt je angezweifelt haben sollte, tut they das heute ganz sicher nicht mehr. Warum sollte sich Bowen *nicht* von them verführen lassen wollen?

»Warum hast du them den Erfolg nicht gegönnt?«

»Evelyn.«

Götter, ich liebe es, wie er meinen Namen ausspricht. Hier in diesem Moment könnten wir beide ebenso gut vollkommen allein sein. Ich kann hören, wie die Besatzung hinter uns ihrer Arbeit nachgeht, doch sie alle scheinen mir sehr weit weg zu sein. »Was?«

»Warum bist du wütend auf mich? Ist es wegen Lizzie?«

Ich erschaudere. Ich habe angestrengt versucht, überhaupt nicht mehr an Lizzie zu denken. Sie sollte im Nachteil sein, weil sie sich in einem ihr unbekannten Reich befindet und keine Transportmöglichkeit hat. Allerdings hätte sie auch nicht in der Lage sein sollen, so schnell ein Portal zu finden und mich dann direkt aufzuspüren. Sie zu unterschätzen ist eine sichere Methode, den Tod zu finden.

Dennoch …

Ich fühle mich wie ein verdammter Schwächling, weil ich froh bin, dass wir ihr entkommen konnten, ohne sie umzubringen. »Ich will sie nicht tot sehen. Selbst nach allem, was passiert ist. Das ist total albern, oder? Ich werde nicht sagen, dass ich ihr nie etwas bedeutet habe, sie ist jedoch nicht sentimental genug, um zuzulassen, dass ihre Gefühle ihren Zielen in die Quere kommen. Ich wünschte, ich könnte das Gleiche von mir behaupten.«

»Nur sehr wenige Leute sind derart aufrichtig, wenn auf der anderen Seite des Konflikts jemand steht, der ihnen etwas bedeutet.« Er legt seine Arme fester um mich. »Du bist nicht schwach, nur weil du die Leute, die dir einmal was bedeutet haben, in Sicherheit wissen willst.«

Selbst wenn sie dir nicht die gleiche Gefälligkeit erweisen.

Er spricht es nicht aus, aber ich höre die Worte dennoch. Ich will argumentieren, dass Lizzie auf *ihn* geschossen hat, nicht auf *mich*, ich weiß allerdings, dass das nichts bringen wird. Sie ist zu klug, um mich einfach zu töten, ohne vorher in Erfahrung zu bringen, wo sich ihr Familienschmuck befindet.

All das könnte ich sagen, stattdessen kommt etwas vollkommen anderes aus meinem Mund. »Warum meidest du mich?«

»Wovon sprichst du?«

»Tu nicht so, als wüsstest du nicht, wovon ich rede. Sie haben jedem von uns eine eigene Kajüte gegeben, und du hättest mich jederzeit besuchen können, aber du bist nicht ein einziges Mal zu mir gekommen.«

Ein Seufzen grollt durch seine Brust und in meinen Rücken hinein. »Ich war mir nicht sicher, ob du das willst, und ich wollte dir nicht das Gefühl geben, du müsstest weiterhin das Bett mit mir teilen, um dir meinen Schutz zu sichern.«

Oh, was für ein ehrenhafter Schwachsinn. »Bowen.« Ich drehe mich um, und er lässt es zu, weicht jedoch nicht zurück. Ich muss den Hals weit recken, um in seine dunklen Augen zu schauen. »Falls jemand versuchen sollte, sich Zugang zu meinem Bett zu verschaffen, indem er mich unter Druck setzt, würde ich ihn verfluchen. Ich bin ziemlich gut darin, Leute zu verfluchen, und Bunny hatte ein paar unglaublich kreative Flüche auf Lager, die sie mir beigebracht hat. Wie wäre es, wenn du mich in Zukunft fragst, was ich will, statt einfach davon auszugehen, dass du es weißt?«

Er mustert mich mit gerunzelter Stirn, als würde ich mich lächerlich aufführen, dabei ist *er* derjenige, der sich lächerlich aufgeführt hat. Schließlich sagt er: »Würdest du gern das Bett mit mir teilen, Evelyn?«

»Ja. Nächste Frage: Was in aller Welt sollen wir wegen Lizzie unternehmen?«

»Keine Ahnung.«

Das ist nicht die Antwort, die ich hören will, doch es ist die ehrlichste. Das bedeutet nicht, dass sie mir gefällt. »Jedes Mitglied der Cŵn Annwn, das sich ihr in den Weg stellt und versucht, ihr einen Schwur aufzuzwingen, wird sterben.« Ich spreche langsam und taste mich behutsam vor. »Ich vermute, früher oder später wird es darauf hinauslaufen, wie gut sie sich gegen die zahlenmäßige Überlegenheit der Cŵn Annwn behaupten kann. Lizzie ist absurd mächtig, allerdings nicht *allmächtig*. Sie wird nicht unbegrenzt überleben.«

Mir wird klar, dass das bei mir Freude auslösen sollte – oder wenn schon keine Freude, dann doch wenigstens Erleichterung. Sie verdient es nicht zu sterben, nur weil sie meine Gefühle verletzt hat, aber ich werde ihr auch nicht meine Kehle hinhalten, bloß weil ich den Fehler begangen habe, sie zu bestehlen. Es gibt keine guten Optionen in dieser vertrackten Situation.

»Das ist das wahrscheinlichste Szenario, wenn sie den Schwur nicht leisten will.« Bowen hebt den Kopf und späht aufs Meer hinaus. »Ich vermute, dass die Leute auf Sarvi womöglich Mitleid mit ihr haben und sie bei sich aufnehmen werden. Es besteht eine kleine Chance, dass sie so nicht weiter auffallen würde, allerdings weiß ich nicht, ob das dauerhaft retten würde. Es sei denn, du hältst es für wahrscheinlich, dass sie sie ebenfalls töten wird.«

»Nein. Ihre Feinde und gelegentlich auch Mitglieder ihrer Familie schlachtet sie mit Vergnügen ab, aber sie ist nicht der Typ für willkürliches Morden.« Lizzie wird ihre Jagd auf gar keinen Fall aufgeben und sich in einem Dorf auf Sarvi niederlassen, um dort ein gewöhnliches Leben zu führen. Diese Möglichkeit besteht einfach nicht. Und selbst wenn es so wäre … »Überprüfen die Cŵn Annwn die Einheimischen?«

Bowen spannt den Kiefer an. »Wir sollen uns eigentlich nicht in das Leben der Bürgerinnen und Bürger von Threshold einmischen.«

Es fällt mir nicht schwer, zwischen den Zeilen zu lesen. Dass die Cŵn Annwn es übertreiben und ihre eigenen Befugnisse maßlos ausreizen würden, ist nicht mal überraschend. Wann immer Macht im Spiel ist, kann diese Macht auch missbraucht werden. Threshold stellt keine Ausnahme von dieser Regel dar.

Uneingeschränkte Macht korrumpiert auf uneingeschränkte Weise. So ist das eben.

»Dann stellt sie immer noch eine Bedrohung dar. Sie wird nicht lange brauchen, um zu begreifen, dass sie sich nicht mordend zu mir oder dem Familienschmuck an Bord der *Crimson Hag* durchschlagen kann. Sie wird einen anderen Weg wählen.«

»Du klingst beinahe erleichtert.«

Das bin ich, verdammt. Zumindest sollte ich es sein. Ich erschaudere. Bowen legt seinen Mantel enger um mich. Dann schlingt er zusätzlich noch die Arme um mich. Sosehr ich die beruhigende Geste auch zu schätzen weiß, hilft sie kaum dabei, die widersprüchlichen Gefühle in meinem Inneren zu bekämpfen. »Ich werde nicht sagen, dass ich sie geliebt habe, denn so war das zwischen uns nicht. Ich bin allerdings dumm genug, um den Leuten, mit denen ich schlafe, wenigstens einen Teil meines Herzens zu schenken. Ich will sie nicht tot sehen. Wenn sie mich verfolgt, werde ich tun, was nötig ist, um zu überleben, ich hoffe jedoch, dass sie mich nie wieder aufspürt.« Wenn es mir gelingen sollte, ein anderes Portal zu finden, dann würde diese Chance unwahrscheinlicher. Threshold ist voll von ihnen, also muss ich einfach nur durch eins verschwinden, das sie nicht auf dem Schirm hat.

Was bedeutet, dass ich Bowen zurücklassen muss. Diesmal wirklich.

24

Bowen

Nachdem wir Evelyns Sachen in meine Kajüte gebracht haben, lasse ich sie allein, damit sie sich einrichten kann, und mache mich auf die Suche nach Dia. Ich bin nicht wirklich überrascht, als ich sie rauchend in der Nähe des Hecks vorfinde. Ich stütze mich mit den Ellbogen neben ihr auf die Reling und atme langsam aus. »Du warst dabei, als sie mich abgewählt haben. Wie wahrscheinlich ist es, dass Miles versuchen wird, mich als Verräter zu brandmarken, weil ich zugelassen habe, dass der Drache entkommt?«

Sie bläst einen Rauchkringel in die Luft. »Er wird es schon allein aus Gehässigkeit versuchen wollen, aber ein nagelneuer Kapitän befindet sich in einer heiklen Lage. Der Besatzung mag nicht gefallen haben, wie du mit dem Drachen umgegangen bist oder wie du die Sache mit der Hexe geregelt hast, dennoch hast du dir über viele Jahre hinweg ihr Wohlwollen verdient, selbst wenn ihr Vertrauen in dich in den letzten paar Monaten abgenommen hat. Als sie dich abgewählt haben, haben sie ihre Wünsche sehr deutlich gemacht. Sie wollen dich nicht tot sehen – sie wollen dich nur nicht mehr als Kapitän haben. Miles ist zu klug, um etwas zu unternehmen, was die Besatzung gegen ihn aufbringen könnte.« Sie hält inne, um tief einzuatmen.»Ich würde ihm nicht unbedingt ein Messer in die Hand drücken und ihm dann den Rücken zudrehen, aber ich denke nicht, dass du dir Sorgen machen musst.«

Genau das wollte ich hören, dennoch sorgt es dafür, dass ich mich schrecklich leer fühle.»Sie ... sind einfach davongesegelt.«

»Ja.« Dia bietet mir ihren Joint an und zuckt mit den Schultern, als ich den Kopf schüttele.»Das ist eine Sache, die dir Ezra nie beigebracht hat. Die Cŵn Annwn mögen sich in blutrote Gewänder kleiden und sich als wichtig aufspielen, doch im Herzen sind sie eine Piratenflotte. Piraten scheren sich nur um sich selbst, Bowen. Es wird Zeit, dass du das ebenfalls tust.«

Ich will ihr widersprechen. Doch es fühlt sich an, als würde es mir erneut wie Schuppen von den Augen fallen. Wie oft habe ich Kapitäne wie Hedd beobachtet und die Tatsache gehasst, dass sie den Cŵn Annwn einen so schlechten Ruf verschaffen? Sie tyrannisieren die Einheimischen und benutzen den Titel der Beschützenden, um sich das zu nehmen, von dem sie glauben, dass man es ihnen schuldet. Es ist kein Diebstahl, wenn es sich um ein Geschenk handelt, selbst wenn dieses »Geschenk« das Ergebnis von Einschüchterung und unterschwelligen Drohungen war. Manchmal verletzen sie Leute sogar, auch wenn jegliche Gerüchte und Anschuldigungen, die ich gehört habe, klammheimlich unter den Teppich gekehrt wurden, bevor sie den Rat erreichten.

Vielleicht wurden sie aber auch vom Rat selbst totgeschwiegen.

Das wachsende Misstrauen löst Übelkeit in mir aus.»Es gibt nicht viele Schiffe, die so geführt werden, wie Ezra und ich die *Crimson Hag* geführt haben, nicht wahr?«

»Nein.«

Ich nicke. »Danke, dass du immer ehrlich zu mir gewesen bist, selbst wenn ich das, was du zu sagen hattest, nicht hören wollte.«

Dia schnaubt. »Du machst es schon wieder. Du bist einfach der Beste von uns allen. Kehr zu deiner Hexe zurück, Bowen. Egal welchen Weg sie einschlägt, sie wird dich brauchen, bevor das hier endet.«

Genau das habe ich vor. Doch zuerst muss ich noch einen weiteren Zwischenstopp einlegen.

Ich finde Nox am Steuer. They sieht müde aus. Ich kann nur raten, vermute aber, dass they in letzter Zeit deutlich mehr Schichten geschoben als freigehabt hat. Hedd ist kein guter Kapitän, und wenn er nicht aufpasst, läuft er Gefahr, abgewählt zu werden. Andererseits akzeptiert seine Besatzung sein abscheuliches Verhalten. Denn das ermöglicht es seinen Leuten, sich genauso schrecklich aufzuführen, ohne Konsequenzen fürchten zu müssen. Das wäre nicht der Fall, wenn Nox die Stellung des Kapitäns innehätte.

Das kann ich anerkennen und wertschätzen, selbst wenn ein kleiner Teil von mir them nach wie vor den Hals umdrehen will. »Halte dich von Evelyn fern.«

They wirft mir einen Blick zu. »Das war bloß ein harmloser kleiner Flirt, Käpt'n. Moment ... Du bist gar kein Käpt'n mehr, nicht wahr?«

Ich unterdrücke mein instinktives Bedürfnis, them zu erwürgen. »Ich will keinen Ärger, werde mich allerdings nur zu gern darauf einlassen, wenn es um sie geht. Hast du das kapiert?«

Nox' Belustigung weicht nie aus their blauen Augen, doch their Lächeln verblasst. »Ich gehe nicht dorthin, wo man mich nicht haben will. Wenn ich mich nicht irre, ist sie gerade in deine Kajüte gezogen. Das macht sehr deutlich, wen sie bevorzugt, meinst du nicht?«

Ich könnte hier stehen und immer weiter diskutieren, ohne etwas zu erreichen. Letztendlich hat Nox recht. Ich denke nicht, dass they eine aktive Bedrohung für diese Sache darstellt, die Evelyn und ich am Laufen haben, aber zuzuschauen, wie them mir ihr flirtet, hat mir die Tatsache bewusst gemacht, dass ich wirklich keinerlei Anspruch auf sie habe. Sie mag mein Bett geteilt haben, trotzdem gehört sie nicht *mir*. Nicht wirklich.

Selbst wenn sie in Threshold bleiben würde, wie könnte ich sie bitten, bei *mir* zu bleiben? Ich habe sie gefangen genommen, sie gezwungen, einen Schwur abzulegen, der sie das Leben kosten wird, wenn sie versucht, ihre Freiheit zurückzuerlangen. Schon für sich betrachtet sind beides Dinge, die unverzeihlich sind. Und wenn man sie dann noch miteinander kombiniert … Wir haben keine Chance.

Würde Evelyn jetzt gerade neben mir stehen, würde sie mich darauf hinweisen, dass ich Entscheidungen treffe, ohne sie hinzuzuziehen. Schon wieder.

Ich lasse Nox am Steuer zurück und gehe zu meiner Kajüte hinunter. Drinnen treffe ich auf Evelyn. Sie hat mehrere kleine Schalen vor sich stehen, aus denen bunter Rauch und seltsame Gerüche quellen. Ich schließe die Tür leise hinter mir. »Was geht hier vor?«

»Ein bisschen Hokuspokus.« Sie schaut nicht auf. »Ich habe einige meiner Tattoos aufgebraucht, und da das meine wirksamsten Zauber waren, ist mir nicht ganz wohl bei dem Gedanken, dieses Schiff zu verlassen, ohne sie vorher wieder aufzuladen.«

All meine Sorgen und all der Stress von vorhin fallen von mir ab und werden durch Neugier ersetzt. Ich wusste natürlich, dass ihre Tattoos magisch sind, dabei zuschauen zu dürfen, wie sie sie auflädt, fühlt sich allerdings unfassbar intim an. Vielleicht greife ich aber auch nur nach den Sternen.

Sie ritzt sich in den Daumen und hält ihn über die erste Schale. In dem Augenblick, als ihr Blutstropfen auf den Inhalt trifft, spricht sie ein einziges Wort. Meine Haut prickelt angesichts der Magie, die daraufhin aufsteigt. Sie ist ebenso schnell wieder verschwunden und wird von ihrem Zauberspruch aufgesaugt. Sie wiederholt den Vorgang mit den anderen Schalen. »So.« Evelyn lehnt sich zurück und steckt sich ihren Daumen in den Mund. Dann verzieht sie das Gesicht. »Das tut immer heftiger weh, als es sollte.« Sie hält einen kleinen Stab mit einer daran befestigten Nadel hoch. »Da du gerade hier bist, wie ruhig ist deine Hand?«

»Ruhig genug«, erwidere ich vorsichtig.

Evelyn lächelt. »Dann komm her, mein Großer. Tätowier mich!«

Ich weiß, wie es funktioniert, kann jedoch nicht so tun, als besäße ich ein nennenswertes Talent dafür. »Es gibt hier doch sicher jemanden, der besser dafür geeignet ist.«

Evelyn wedelt mit der Nadel in meine Richtung. »Mag sein, aber dir vertraue ich mehr als jedem anderen auf diesem Schiff. Du musst nur den Linien folgen, die bereits da sind. Das wird lustig.«

»Lustig«, wiederhole ich. »Du hast eine seltsame Art, die Dinge zu betrachten.«

»Man sollte meinen, dass dich das nach all der Zeit nicht mehr überrascht.« Sie verdreht die Augen. »Hör zu, streng genommen kann ich es selbst erledigen, aber es ist echt nervig, und ich müsste einen Spiegel benutzen. Ich würde doppelt so lange brauchen wie du. Bitte, Bowen.«

Sie bittet mich um Hilfe. Mehr noch, sie vertraut mir so sehr, dass sie mich ihre Zauber in ihre Haut tätowieren lässt. Ebenjene Zauber, die für ihre Sicherheit sorgen und es ihr ermöglichen, zu kämpfen und sich zu schützen. Wäre ich klug und skrupellos, würde ich sie zwingen, all ihre Zauber aufzubrauchen, damit sie nicht länger eine Bedrohung darstellen würde.

Aber so denken die Cŵn Annwn.

Ohne Evelyns Magie hätte mich die Sìth-Katze wahrscheinlich umgebracht. Ebenso wie Lizzie. Zudem hat ihr Schild mir die nötige Zeit verschafft, um ernsthaft darüber nachdenken zu können, was wir mit dem Drachen anstellen sollen. Die Folge dieser Ereignisse mag dazu geführt haben, dass ich mein Schiff verloren habe; je mehr Zeit vergeht, desto mehr frage ich mich allerdings, ob das nicht womöglich Glück im Unglück war.

Nun ist niemand mehr auf mich angewiesen. Niemand außer Evelyn. Ich muss bei meinen Entscheidungen nicht mehr an das Wohl der ganzen Besatzung denken. Ich bin nicht länger für das Leben Dutzender Leute verantwortlich, die womöglich den Preis für meine Fragen zahlen würden.

Ich wäre ebenso wenig imstande, Evelyn schutzlos dastehen zu lassen, wie ich mein Schwert ins Meer werfen könnte.

»Zeig mir, wie es geht.«

Ihr Lächeln erhellt den ganzen Raum. »Du bist der Beste.« Sie reicht mir die erste Schale und das Tätowierwerkzeug, zieht ihr Oberteil aus und legt sich mit dem Rücken aufs Bett.

Ich halte inne, während sich meine ganze Aufmerksamkeit auf ihre Brüste konzentriert, die mit Spuren von meinem Bart und meinem Mund bedeckt sind. Ihre hübschen rosigen Brustwarzen betteln förmlich um eine weitere Runde der Lust. »Evelyn.«

»Oh.« Sie läuft tiefrot an. »Ach ja. Ich kann mir was überziehen, wenn …«

»Auf gar keinen Fall.« Ich ziehe einen kleinen Tisch ans Bett heran und lege die Materialien darauf. Dann nehme ich mir die Zeit, meine Stiefel abzustreifen und aus meinem Mantel zu schlüpfen. Ich brauche mehrere Versuche, um die beste

Position zu finden. Nach ein paar frustrierenden Misserfolgen setze ich mich rittlings auf ihren Oberkörper. Ich achte sorgfältig darauf, den Großteil meines Gewichts von meinen Knien tragen zu lassen, aber ich kann nichts dagegen ausrichten, dass sich die harte Länge meines Schwanzes bemerkbar macht. Sie kommentiert das jedoch nicht, sondern zieht einfach nur die Augenbrauen hoch. Also sage ich ebenfalls nichts.

Erst als ich die Nadel in die Tinte tauche, wird mir klar, was ich gleich tun werde. »Das wird wehtun.«

»Tattoos tun immer weh.« Sie deutet auf die Glyphe direkt unter ihrem Schlüsselbein. »Diese Schale gehört zu dem hier. Wir werden die Nadel reinigen müssen, bevor du zur nächsten Schale wechselst.«

»Okay.« Ich drücke die Nadel auf ihre Haut. Sie verspannt sich unter mir, und mir rutscht beinahe die Frage heraus, ob sie sich sicher ist, aber sie hat recht: Tattoos tun immer weh. Doch ich kann wenigstens dafür sorgen, dass ihr Schmerz einen Sinn hat – und dass er nicht länger als nötig andauert. Dennoch ist es ein langsamer Vorgang. Die Glyphe ist komplizierter, als es zuerst den Anschein hatte. Um sie abzulenken, frage ich: »Wo hast du all diese Materialien her?«

Evelyn legt vorsichtig die Hände auf meine Oberschenkel, was mich an sich schon ablenken würde, wenn ich nicht so sehr darauf konzentriert wäre, meine Gedanken im Zaum zu halten. Sie zwinkert mir zu. »Ich habe sie einem Mitglied der Besatzung abgekauft. Ich weiß nicht, ob they eine Hexe war oder einfach nur einen kompletten Apothekenbestand als Vorrat dabeihatte, aber they hatte alles, was ich brauchte, um meine eigenen Vorräte wieder aufzufüllen.«

Ich denke darüber nach, während ich weitertätowiere. »Will ich wissen, woher du das Geld hattest, um für diese Einkäufe zu bezahlen?«

»Vermutlich nicht.« Irgendwie schafft sie es zu lachen, ohne sich zu bewegen. »Ich habe weder dich noch Dia bestohlen, falls du dich das fragst. Und Nox auch nicht, wenn wir schon dabei sind. They ist zu aufmerksam, und their Hände sind sogar noch schneller als meine.«

So oft, wie sie mir bereits Sachen stibitzt hat, hätte ich mich vermutlich fragen sollen, ob sie es noch mal getan hat, um ihren Zwecken zu dienen. Doch der Gedanke ist mir nie in den Sinn gekommen. Ich weiß nicht, ob das naiv ist … oder Fortschritt bedeutet. Dennoch, wenn sie sich unter der Crew Feinde macht, muss ich das wissen. »Erzähl es mir trotzdem.«

»Okay, meinetwegen. Ich habe dem Kapitän einen klitzekleinen Ring gestohlen. Den habe ich natürlich längst nicht mehr, also kann es niemand beweisen.« Sie grinst. »Ein Kinderspiel.«

Ich weise sie nicht darauf hin, dass das Besatzungsmitglied, an das sie den Ring verkauft hat, ihn als Beweis für ihren Diebstahl benutzen könnte. Ich vermute, wenn diese Person das vorhätte, wäre es bereits passiert. Unter diesen Leuten hier gibt es keine Ehre – dafür kann Hedd niemandem außer sich selbst die Schuld geben. »Denkst du, dass du es schaffen kannst, dich zurückzuhalten, bis wir auf ein anderes Schiff wechseln können? Hedd ist ein Mistkerl, und wenn man ihn verärgert, reagiert er bösartig. Ich hätte kein Problem damit, ihn zu töten – falls ich überhaupt dazu in der Lage bin –, aber es würde die Dinge komplizierter machen und weitere Aufmerksamkeit auf uns ziehen.« Evelyn schweigt so lange, dass ich innehalte, um in ihre grünen Augen zu schauen. »Was?«

»Bowen«, sagt sie langsam. »Hast du gerade angeboten, den Kapitän für mich zu ermorden? Woher wusstest du, dass man damit mein Herz gewinnt?« Bevor ich mir darauf eine passende Erwiderung einfallen lassen kann – falls es überhaupt eine gibt –, deutet sie auf die zweite Schale. »Mach die Nadel sauber, und fang dann mit dem nächsten Tattoo an.«

Ich beende meine Arbeit an der ersten Glyphe und lehne mich zurück. »Ich will für deine Sicherheit sorgen. Egal was dafür nötig ist.« Ich wasche das Werkzeug ab und nehme dann meine Position wieder ein, um mit der zweiten Glyphe anzufangen. »Ich weiß, dass du scherzt, aber das ist die Wahrheit.«

»Ich weiß.« Sie streicht leicht mit den Fingern über meine Oberschenkel. »Ich weiß dich und die Mühen, die du auf dich nimmst, zu schätzen. Mir ist klar, dass ich einfach so in dein Leben gekommen bin und eine Bombe platzen gelassen habe. Du bist besser damit umgegangen, als ich es hätte erwarten können, und ehrlich gesagt bin ich ein bisschen überrascht, dass du mich nicht hasst.«

Ich runzle die Stirn und konzentriere mich, während ich mich an einem Trio aus feinen Punkten entlangarbeite. »Es wäre unfassbar ungerecht von mir, dich dafür zu hassen, dass du Fragen stellst. Du hast die Cŵn Annwn weder gegründet, noch ihre Gesetze entworfen. Und du hattest ganz sicher nichts damit zu tun, wie Threshold selbst aufgebaut ist.«

»Natürlich nicht. Es gibt da dieses alte Sprichwort, das besagt, dass den Boten keine Schuld trifft und so. Trotzdem ...«

»Ich kann mir zusammenreimen, was du damit meinst, aber ich habe keine Ahnung, worauf du dich genau beziehst.« Ich halte inne. »Ich denke, es wäre besser, wenn du aufhörst, meine Oberschenkel zu streicheln. Das lenkt mich extrem ab, und ich will das hier nicht versauen.«

Evelyns Lächeln nimmt eine schelmische Note an. »Du bist so direkt. Ich liebe das. Vielleicht können wir beim nächsten Mal mit Farbe üben und herausfinden, wie viel Ablenkung du ertragen kannst, bevor du anfängst, alles einzusauen.«

»*Evelyn*.« Ich muss innehalten und tief einatmen, damit meine Hand aufhört zu zittern. »Bitte.«

Ihr Lachen ist Musik in meinen Ohren. Sie beißt sich auf die Unterlippe. »Okay, okay, schon gut. Ich werde brav sein, damit du die Sache erledigen kannst. Wenn ich mich nicht irre, haben wir danach allerdings noch ein paar Stunden Freizeit. Ich denke, wir beide haben eine Belohnung verdient ...«

25

Evelyn

Ich habe Tätowierungen noch nie als Vorspiel betrachtet. Gegen ein paar Klapse und ein wenig Kitzeln hatte ich noch nie etwas einzuwenden, doch die Hexe, die mir diesen Trick mit der Vorbereitung meiner Zaubersprüche beigebracht hat, war ein hutzeliges altes Wesen und durch und durch gemein. Mich damals auf meine ersten Tattoos einzulassen, war eine Feuerprobe. Seitdem habe ich es meistens selbst erledigt, weil es nur wenige Leute gibt, denen ich genug vertraue, um sie mit meinen Zaubersprüchen herumhantieren zu lassen. Und wenn man versucht, sich selbst zu tätowieren, ohne es zu verbocken, dann denkt man ganz sicher nicht an Sex.

Aber jetzt gerade … ist Sex in meinen Gedanken ziemlich präsent.

Ich bin auch nur ein Mensch, und Bowen ist einfach zu verdammt attraktiv für meinen momentanen Gemütszustand. Er kniet über meinem Körper, zwischen seinen dunklen Augenbrauen hat sich vor lauter Konzentration eine Falte gebildet, während er sorgfältig das letzte Tattoo sticht. Das allein wäre schon sexy genug, aber zu allem Überfluss drückt sich auch noch sein großer Schwanz von innen gegen seine Kniehose. Direkt. Vor. Mir.

Dieser Vorgang ist wichtig. Es ist ziemlich entscheidend, dass meine Tattoos nicht falsch gestochen werden, denn ohne sie bin ich so gut wie wehrlos. Und Bowen nimmt die ganze Sache *ernst*. Ich sollte das ebenfalls tun. Ich kann mich jedoch nicht davon abhalten, mit kleinen neckenden Bewegungen über seine Oberschenkel zu streichen. Als ich es zum dritten Mal tue, streckt er einen Arm aus und drückt geistesabwesend meine Hand weg. »Lass das.«

Der Mann könnte ebenso gut mit einem roten Tuch vor einem Stier herumgewedelt haben. Ich schaffe es, mich zurückzuhalten, bis er fast fertig ist. Erst dann lege ich meine Hände auf seine Hüften und streiche mit den Daumen der Länge nach an seinem Schwanz hinauf.

Bowen erstarrt und setzt schließlich eine bedrohliche Miene auf. Er richtet sich auf und räumt sorgfältig die Werkzeuge beiseite. Ich habe bereits mit dem Feuer gespielt, also streichle ich seinen Schwanz erneut durch seine Hose. Seine Reaktion kommt so schnell, dass ich kaum Zeit habe, sie zu verarbeiten.

Er gibt mir einen Klaps, direkt auf eine meiner Brüste.

Ich überlege immer noch, ob mir das gefällt oder ob ich es hasse, als er dieselbe Brust mit seinen großen rauen Händen umfasst. *Das* fühlt sich gut an. Seine Miene ist immer noch finster. »Du bist brandgefährlich.«

»Ist doch nicht meine Schuld, dass du nicht multitasken kannst.« Ich öffne den vorderen Bereich seiner Kniehose und zerre an den Schnüren, bis ich seinen Schwanz beinahe befreit habe. »Tut mir leid, Baby. Das sieht schmerzhaft aus. Ich weiß genau, was da hilft.«

Beinahe reflexartig packt er meine Brust fester. »Wir sollten deine Tattoos verbinden, damit sie sich nicht entzünden.«

»Hm. Oder wie wäre es damit? Wir könnten stattdessen Sex haben.«

»Evelyn.«

Ich lege die Finger um die Spitze seines Schwanzes. Er zuckt zusammen … bewegt sich aber nicht von der Stelle. Ich drücke leicht zu. »Das ist kein Nein.«

»Zieh deine verdammte Hose aus.« Er entfernt meine Hand von seinem Schwanz und steigt aus dem Bett. Offensichtlich bin ich ihm nicht schnell genug, denn seine Magie umfängt mich und hebt mich in die Luft. Ich kann kaum mitverfolgen, was er tut, als er seine Macht auch schon um meine Hose legt und sie von meinem Körper zieht.

Es ist, als hätte sich meine Lust während des Tätowiervorgangs immer weiter angestaut, und jetzt ist das Ganze auf einen Schlag explodiert. Ich muss ihn in mir haben, und zwar sofort. Dennoch bemerke ich, dass er darauf achtet, meine Kleidung nicht zu zerreißen. Götter, manchmal ist er wirklich zu gut, um wahr zu sein.

Bowen packt meine Hüften und zerrt mich zu sich heran. Ich liebe es, wie er mit mir umgeht. Er fasst mich an, bewegt mich nach Belieben hin und her und ist trotzdem die ganze Zeit über extrem behutsam. Er kennt seine Kraft und weiß, wie leicht er mich verletzen könnte. Vielleicht ist es verkorkst, dass mich das erregt, doch mir gefällt eben, was mir gefällt.

Ich schwebe nach wie vor ein gutes Stück über dem Bett, was bedeutet, dass ich perfekt auf einer Höhe mit seinen Hüften bin, wenn er steht. »Dass du beim Sex deine Magie benutzen kannst, ist wirklich praktisch.«

Ich kann sein Seufzen, in dem eine Mischung aus Belustigung und Verärgerung mitschwingt, gar nicht richtig wertschätzen, denn er wählt genau diesen Moment, um meine Hüften zu packen und zwei Finger in mich hineinzuschieben. Ich will nicht kreischen, aber auch wenn ich gerade extrem erregt bin, erfolgt dieses Eindringen sehr plötzlich – und ich heiße es willkommen. Nicht, dass mir Bowen die Zeit gibt, mich an dieses Gefühl zu gewöhnen. Er bearbeitet mich grob mit seinen Fingern und zwängt dann noch einen dritten in mich hinein, bevor ich mich an die zwei gewöhnt habe. Ich liebe es. »Gib mir deinen Schwanz«, stöhne ich.

»Ich … versuche es ja. Verdammt.«

Er bemüht sich, mir nicht wehzutun, obwohl wir beide so wild aufeinander sind, dass es mich nicht mal kümmern würde. Ich will das Becken heben, seine Magie bildet jedoch keinen Tisch, auf dem ich liege. Sie ist komplett um mich herumgewickelt. Sie hält mich mitten in der Luft an Ort und Stelle. Ich kann mich nicht davon abhalten, einen frustrierten Laut von mir zu geben, obwohl das Wissen, dass ich mich nicht bewegen kann, mein Verlangen nur noch verstärkt. »Ich kann es aushalten, Bowen. Bitte lass mich nicht warten. Ich brauche dich.«

»Du wirst mich noch vor meiner Zeit ins Grab bringen.« Dennoch tut er, was ich verlange. Er zieht seine Finger aus mir heraus und verändert seine Position, bis ich spüre, wie sich sein breiter Schwanz gegen mich drückt. »Ich nehme dich beim Wort«, murmelt er.

Mit einem langen, unerbittlichen Stoß dringt er in mich ein. Ich schreie erneut. Bowen hält inne, zweifellos, um sicherzustellen, dass es mir gut geht, aber ich gebe ihm keine Chance nachzufragen. »Hör nicht auf!«

Sein Zögern hält nicht länger an, als es dauert, diese drei Wörter zwischen meinen Lippen hervorzupressen. Er packt meine Taille und die Magie, die mich umgibt, dreht meinen Körper, bis ich mich genau in dem Winkel befinde, in dem er mich haben will. Dann macht er sich daran, mich richtig zu vögeln. Er stößt immer wieder in mich hinein und verlagert meine Hüften bei jedem Mal ein bisschen, bis er die Stelle findet, die dafür sorgt, dass ich schreie und mich winde. Ich kann nicht denken. Ich kann seinen Stößen nicht entgegenkommen. Ich kann nur annehmen, was er mir gibt.

Wieder und wieder stößt er gegen diese Stelle. Und dann verändert sich die Magie, die meinen Körper umgibt. Sie hält mich nicht länger bloß an Ort und Stelle. Kleine Ranken aus Energie streichen über meinen Bauch, meine Oberschenkel, meine Brüste. Bowen behält die Hände an meinen Hüften, die Ranken an meinen Schenkeln bewegen sich derweil nach unten, um mit meiner Klitoris zu spielen, während sich die anderen auf meine Brüste konzentrieren, sie kneten und streicheln und mit meinen Brustwarzen spielen. Meine Lust schießt so rasant an die Decke, dass mir der Kopf schwirrt. Meine ganze Welt besteht nur noch aus seinem Schwanz in mir und seiner Magie auf meiner Haut, die mein Verlangen in ungeahnte Höhen treibt. Und die ganze Zeit über verschlingt er mich mit seinem dunklen Blick.

Ich weiß nicht, ob ich es noch länger hinauszögern oder lieber den Orgasmus willkommen heißen will, der sich in mir ankündigt. Am Ende wird mir die Entscheidung abgenommen. Ich vergrabe mein Gesicht in den Laken und schreie Bowens Namen, während ich zum Höhepunkt komme. Ich komme so heftig, dass ich gar nicht mitbekomme, wie er sich aus mir zurückzieht, bis seine Knie hinter mir auf dem Boden landen. Und dann ist sein Mund zwischen meinen Beinen. Der Mistkerl hält mich weiterhin mit seiner Magie in der Luft und spielt immer noch mit meinen Brüsten. Doch die Ranken an meiner Klitoris ziehen sich zurück, um seiner Zunge Platz zu machen … und gleiten nach unten, um sich in mich hineinzuzwängen. Es fühlt sich an, als würde sich seine Berührung in meine Haut hineinbrennen – und ich würde es nicht anders haben wollen. Mir bleibt keine Gelegenheit, zu Atem zu kommen. In der Zeit, die wir miteinander im Gasthaus verbrachten, hat er gelernt, was mir gefällt, und sich alles offenbar bestens eingeprägt.

Er vögelt mich mit seiner Magie, während er sich mit seiner Zunge auf meine Klitoris konzentriert, als hätte er nichts anderes zu tun. Als könnte er mich bis in alle Ewigkeit in dieser Position halten. Das ist sexy und mehr als ein kleines bisschen beängstigend. Also komme ich natürlich sofort auf seinem Gesicht.

Erst danach steht er wieder auf, ohne mich aus dem Griff seiner Magie zu befreien. Er sieht aus wie ein Besessener. Sein Blick ist regelrecht wild, jeder Muskel in seinem Körper wirkt angespannt, während er meine Schenkel weit auseinanderdrückt und erneut mit seinem Schwanz in mich eindringt.

Ich mag vor Lust völlig von Sinnen sein, das hält mich jedoch nicht davon ab, den Kopf zu heben, damit ich nach unten zu der Stelle schauen kann, an der wir vereint sind. Zu sehen, wie mein Körper ihn in sich aufnimmt, wie mich sein breiter Schwanz dehnt, ist so verdammt sexy. Es ist versaut und in hohem Maße unanständig. Ich liebe es. »Das fühlt sich so gut an.«

Er reagiert darauf, indem er meine Beine noch weiter spreizt, bis meine Hüften schmerzen. Das ermöglicht es mir, ihn noch tiefer in mich aufzunehmen, und wir beide stöhnen bei seinem nächsten Stoß. »Ich bekomme nie genug von dir«, murmelt er. »Ich kann nicht tief genug in dir sein, kann dich nicht oft genug kommen lassen. Kaum bin ich in dir gekommen, denke ich schon wieder daran, noch mal von vorne anzufangen.«

Ich könnte keine Worte finden, um darauf etwas zu erwidern, selbst wenn er die Fähigkeit zu sprechen nicht gerade aus mir herausvögeln würde. Mir geht es genauso. Ich will es auf die Ekstase schieben, aber Ekstase habe ich schon mit früheren Partnerinnen und Partnern erlebt. Das hier ist anders. Selbst während er in mich hineinhämmert, als wolle er sich tief in mich einprägen, hat das Ganze etwas Liebevolles, das ich nicht definieren kann.

Bevor ich mich entscheiden muss, ob sich womöglich Liebe so anfühlt, komme ich erneut. Das soll mir nur recht sein. Ich mag in der Lage sein, Liebe zu erkennen, wenn es um Familie geht. Romantische Liebe hingegen habe ich noch nie empfunden. Also wer würde behaupten, dass das hier keine Liebe ist?

Bowen zieht mich zu sich heran, passt mit meinen frischen Tattoos auf und küsst mich, während er tief in mir kommt. Er liebt das Gefühl, seinen Mund auf meinen zu pressen, während er seinen Höhepunkt genießt. Um die Wahrheit zu sagen, liebe ich es ebenfalls. Das ist nur ein weiterer Punkt auf einer langen Liste von Intimitäten, die ich gern mit ihm erlebe.

Er zieht sich behutsam aus mir zurück, und wir beide schauen nach unten, um den Beweis unserer Aktivitäten aus meinem Körper heraustropfen zu sehen. Ich erschaudere, und Bowen küsst mich erneut. Dann sind seine Finger da, und er presst sie langsam wieder in mich hinein. Ich brauche eine Sekunde, um zu verstehen, was er tut.

»*Bowen.*«

Er haucht einen Kuss auf meinen Mundwinkel und wiederholt die Berührung dann auf der anderen Seite. »Soll ich aufhören?«

Mein aktiver Zauber sorgt dafür, dass ich nicht schwanger werden kann. Hier geht es allein darum, dass er eine Schau abziehen und seinen Besitzanspruch geltend machen will. Er verfolgt kein endgültiges Ziel und hegt auch keine Hintergedanken. Das Beängstigende ist, dass ich mir nicht sicher bin, ob es mich überhaupt kümmern würde, wenn ich nicht verhüten würde. Ich küsse ihn heftiger und spreize die Beine. »Lass nicht zu, dass auch nur ein einziger Tropfen verschwendet wird.«

Er stöhnt an meinen Lippen und erobert meinen Mund, als würden wir nicht beide immer noch am ganzen Körper beben, weil wir so heftig gekommen sind. Als würden wir gerade erst anfangen. Er drückt seine Finger zunehmend tiefer in mich, als könnte er einen Punkt erreichen, an dem es kein Zurück mehr gibt. Er senkt den Kopf, um über meine Kehle zu lecken. »Du bringst mich um den Verstand, Evie. Ich fühle mich nicht wie ich selbst. Ich weiß, dass du nach Hause willst, aber ich muss meine ganze Willenskraft aufbringen, um dich nicht zu irgendeiner Insel zu schleppen und all deine Klamotten zu verbrennen. Wir könnten den Rest unseres Lebens so verbringen. Ich könnte dir bis in alle Ewigkeit auf diese Weise huldigen.«

Ich versuche, mir einzureden, dass da nur die Lust aus ihm spricht, glaube es allerdings nicht mal für eine Sekunde. Bowen sagt nie Dinge, die er nicht so meint, und ich bezweifle stark, dass er jetzt damit anfängt.

Er will mich behalten.

Und die Götter mögen mir beistehen, ein Teil von mir will von ihm behalten werden.

Ich küsse ihn, um mich davon abzuhalten, ihn anzuflehen, genau das zu tun, mich von hier fortzubringen und mir die Fähigkeit zu nehmen, ihn zu verlassen. Er lässt mich aufs Bett sinken und drückt mich auf den Rücken. Und das alles gelingt ihm, ohne seine Finger aus mir herauszuziehen. »Hast du genug?«

»Nein. Niemals.« Ich greife nach unten und packe sein Handgelenk, um ihn davon abzuhalten, sich zurückzuziehen. »Hör nicht auf, bis wir es müssen.«

Bowen schaut mir in die Augen, in seinem Blick erkenne ich den gleichen Fatalismus, der sich momentan in meiner Brust breitmacht. Das hier ist nicht für immer. Sosehr ich auch will, dass er mich bei sich behält, bin ich kein Vogel, den man in einen Käfig stecken kann. Meine Freiheit bedeutet mir mehr als alles andere. Es mag mir durchaus gefallen, für eine gewisse Zeit gefangen zu sein, irgendwann würde ich jedoch anfangen, einen Groll gegen ihn zu hegen. Ihn zu hassen. Und *das* darf ich nicht zulassen.

In diesem Moment des perfekten Verständnisses zwischen uns gestehe ich mir selbst ein, dass das hier Liebe ist. Und dass Liebe manchmal nicht ausreicht. Wir befinden uns auf zwei unterschiedlichen Wegen, die sich für kurze Zeit überschnitten haben, aber das wird nicht von Dauer sein. Irgendwann, ob nun in ein paar Tagen oder in ein paar Wochen oder sogar erst in ein paar Monaten, werde ich ihn verlassen.

Und er wird mich gehen lassen.

Er nickt, und ich kann nicht beurteilen, ob er auf etwas in meinen Augen oder auf etwas in seinem Kopf reagiert. Letztendlich spielt es keine Rolle. »Okay, Evie. Wir werden nicht aufhören, bis wir es müssen.«

26

Bowen

Im Laufe meiner Karriere habe ich mich immer mal wieder draußen an Deck befunden und beobachtet, wie sich am Horizont ein Sturm zusammenbraut. Trotz dieser Warnung und obwohl ich weiß, dass er kommt, geraten wir dennoch hinein. Manchmal sterben dabei sogar Leute, ungeachtet all unserer Erfahrung, all unserer Vorbereitung.

So fühlt es sich an, Evelyn in meinem Bett zu haben. Dieser Moment der Sicherheit, des Glücks, ist nur vorübergehend. Und das liegt nicht daran, dass ihre Ex-Freundin sie ermorden will. Es hat auch nichts damit zu tun, dass der Rat womöglich irgendwann eine Erklärung für die Sache mit dem Drachen verlangen und mich als Verräter brandmarken wird.

Der Grund ist, dass sie es sich immer noch nicht anders überlegt hat und Threshold nach wie vor verlassen will.

Ich bin kein Süßholzraspler. Selbst wenn ich einer wäre, fühlt es sich falsch an, zu versuchen, sie davon zu überzeugen, etwas zu tun, das wider ihre Natur ist. Sie hat mir immer wieder gesagt, wie wichtig es für sie ist, frei zu sein. Ich mag sie an mich binden wollen, der Anker sein wollen, der sie bremst. Doch sogar ich bin selbstkritisch genug, um zu wissen, dass uns das irgendwann ins Verderben treiben wird. *Und was, wenn es nicht so wäre?*

Nein, es bringt nichts, sich an eine nutzlose Hoffnung zu klammern. Ich kenne die Geschichten von Selkies ebenso gut wie jede andere seefahrende Person. Sie kehren stets ins Meer zurück oder müssen sich dem Schicksal stellen, an ihrer Trauer zugrunde zu gehen. Und den Gedanken, dass Evelyns Fröhlichkeit durch meine Liebe aus ihr herausgesaugt wird, kann ich nicht ertragen.

Das hält meinen Mund jedoch nicht davon ab, sich zu verselbstständigen und allerlei Zeug von sich zu geben, wann immer wir Sex haben. Obwohl ich mir schwöre, dass ich *diesmal* nicht zulassen werde, dass meine besitzergreifende Art das Ruder übernehmen wird, erwische ich mich dabei, wie ich die unverzeihlichsten Dinge sage, sobald ich in ihr bin. Ich bin mir fast sicher, dass sie sie heftiger kommen lassen. Meine Lust wird durch solche verbotenen Wörter definitiv gesteigert.

Doch sobald der Schweiß auf unseren Körpern abgekühlt ist und unsere Herzen wieder mit normaler Geschwindigkeit schlagen, tun wir beide so, als hätten wir in der Hitze des Gefechts nicht um etwas Bestimmtes gefleht oder allen möglichen Sachen zugestimmt.

Ich habe keinen Grund, zu denken, dass mich Evelyn verlassen wird, sobald wir die Three Sisters erreichen, doch in meinem Magen macht sich Grauen breit, als Nox kommt, um uns darüber zu informieren, dass Land gesichtet wurde. They kommentiert die Knutschflecke, die den oberen Bereich meiner Brust und meine Kehle bedecken, nicht. Das soll mir nur recht sein. Nichts, was ich darauf erwidern könnte, wäre angemessen.

Ich schließe die Tür und drehe mich zu Evelyn um, die nach wie vor in dem zerwühlten Bett liegt. »Sie jagen Meerjungfrauen. Wenn du damit ein Problem hast …«

»Oh, diesmal musst du dir meinetwegen keine Gedanken machen. Meerjungfrauen sind verflucht bösartig, und mit ihnen kann man nicht vernünftig reden. Sie versperren den Zugang zu diesen drei Inseln. Die Leute werden alle verhungern, wenn keine Schiffe mehr anlegen können, um ihnen Nahrung und Waren zu bringen, und die Meerjungfrauen werden definitiv jeden töten, der den Versuch wagen würde, an ihnen vorbeizusegeln.«

Ich werfe ihr einen langen Blick zu. »Da hat wohl jemand mit der Besatzung geredet.« So gern ich sie auch die ganze Zeit über in meinem Bett behalten hätte, bleibt die Tatsache, dass wir beide Schichten schieben und Pflichten übernehmen müssen, wenn wir an Bord von Hedds Schiff bleiben wollen. In Threshold gibt es keine Gratismitfahrgelegenheiten. Zumindest nicht bei den Cŵn Annwn.

Evelyn zuckt mit den Schultern. »Ich werde die Erste sein, die zugibt, dass nicht jede Kreatur missverstanden wird. Normalerweise würde ich mich für Wiedereingliederung oder Umsiedelung einsetzen, selbst bei einem gefährlichen Wesen, aber Meerjungfrauen tauchen in Schwärmen auf und sind unersättlich. Sie werden einfach woanders landen und dort das Gleiche anrichten. Sie werden sämtliche Nahrung vertilgen und alle Leute umbringen.«

»Es gibt unterschiedliche Arten von Meerjungfrauen.« Ich weiß nicht, warum ich das sage. Sie hat recht. Sobald diese Kreaturen, die im Flachwasser jagen, auftauchen, kann man sie nur loswerden, indem man sie tötet. Die einzige Ausnahme, die ich in all meinen Jahren auf See erlebt habe, ist Atlantis, die Hafenstadt, die sich außerhalb von Zeit und Raum befindet. Streng genommen ist sie ein Teil von Threshold, allerdings gelang es den Bewohnern vor langer Zeit, ein Abkommen auszuhandeln, das es ihnen erlaubt, sich selbst zu regieren. Ohne Genehmigung dürfen die Cŵn Annwn an ihrer Küste keine Jagd durchführen. Vor etwa einem Jahr musste ich die

Stadt besuchen, um ein nicht gesichertes Portal aufzuspüren, das einem unserer Völker gestohlen worden war.

Ich bin mir nicht sicher, wie sie es schaffen, die Meerjungfrauen im Zaum zu halten. Denn auch sie verlieren bei dem Versuch, in die Bucht zu segeln und dort anzulegen, eine beträchtliche Anzahl an Schiffen und Besatzungen. »Die Tiefwasserarten bleiben aus offensichtlichen Gründen unter sich. Es *gibt* eine Schwarmsaison, aber niemand, der klug ist, begibt sich zu dieser Jahreszeit in die Nähe dieser Gewässer. Nicht mal eine vollständige Crew der Cŵn Annwn reicht aus, um das Überleben zu garantieren.«

»Du behauptest also, dass ihr ihren natürlichen Rhythmus respektiert und sie nicht dafür ermordet, dass sie etwas tun, was in ihrer Natur liegt.«

Ich verstehe, was sie meint, kann jedoch nicht anders, als mit einem Gegenargument zu kontern. »Sie töten Leute.«

»Das tun die Cŵn Annwn auch«, sagt Evelyn leise.

Ich öffne den Mund, aber mein Protest verpufft, bevor die Worte über meine Lippen kommen können. »Das tun die Cŵn Annwn auch«, wiederhole ich langsam.

Sie stellt sich auf die Zehenspitzen und küsst mich. »Ich weiß, Baby. Es wird ein langer Prozess sein, das alles zu verarbeiten. Sei nachsichtig mit dir.« Sie tritt zurück, um sich einen langen Mantel anzuziehen. Dann steckt sie ihren Dolch – denn es ist nicht länger mein Dolch, sondern *ihrer* – in die Scheide an ihrer Taille. Diese Scheide ist ebenfalls neu.

Diesmal mache ich mir nicht die Mühe, sie zu fragen, wo sie sie herhat. Evelyn hat oft genug bewiesen, dass sie listig ist und ein gutes Gespür für das richtige Timing besitzt. Wenn sie noch mehr gestohlene Dinge auf diesem Schiff verscherbelt hat, dann ist sie dabei klug vorgegangen. »Bleib in meiner Nähe. Das hier ist Hedds Show, also werden wir uns zurückhalten. Ich habe die Aufgabe, dafür zu sorgen, dass keine Meerjungfrauen an Bord kommen. Versuch, kein Feuer zu benutzen, es sei denn, du zielst damit aufs Wasser.«

»Kein Feuer an Bord eines Schiffs benutzen. Brillant.« Ihre Erwiderung klingt bissig, doch ich kenne sie mittlerweile gut genug, um den nervösen Unterton in ihrer Stimme wahrzunehmen.

Ich lege ihr die Hände auf die Schultern und warte, bis sie zu mir hochschaut. »Ich werde nicht zulassen, dass dir etwas zustößt. Versprochen.«

Evelyn leckt sich über die Lippen. »Ich weiß verdammt gut, dass es in einem Kampf keine Garantie gibt, aber wenn du das so zuversichtlich sagst, glaube ich dir.« Sie schüttelt den Kopf. »Ich werde eine brave kleine Matrosin sein und Befehle befolgen. Ich werde heute nicht versuchen, die Heldin zu spielen.«

»Gut.« Ich führe sie aus der Kajüte und folge einem Strom von Leuten, die die Stufen zum Deck hinaufsteigen. Sie wirken ausgezehrt. Ihre Kleidung ist abgenutzt und schmutzig. Das ist mir zuvor schon aufgefallen, in diesem Augenblick hingegen trifft mich erneut die Erkenntnis, wie sehr die Besatzung ihrem Kapitän ausgeliefert ist. Man kann unmöglich beurteilen, wie viele von ihnen Hedd freiwillig folgen und wie viele es nur tun, weil sie keine andere Wahl haben.

Du könntest das Amt des Kapitäns übernehmen. Du bräuchtest höchstens ein paar Monate, um sie auf deine Seite zu bringen. Sie wären Narren, Hedd dir vorzuziehen.

Für einen Augenblick denke ich tatsächlich darüber nach. Nox frustriert mich ohne Ende, aber they ist bloß nervtötend – keine schlechte Person. Würden wir zusammenarbeiten, könnten wir dieses Schiff im Nullkommanichts so effizient führen wie die *Hag*.

Und dann wäre ich wieder genau dort, wo ich angefangen habe. Ich würde nach der Pfeife des Rats tanzen und nicht länger eigenständig denken. Ich wäre ... der Bösewicht.

Mein Verstand versucht, vor dieser Wahrheit zurückzuweichen, doch es *ist* die Wahrheit. Ich weiß nicht, warum mir das zuvor nie aufgefallen ist, warum es mir bisher nicht in den Sinn gekommen ist, das Ganze zu hinterfragen, nun kann ich allerdings nicht mehr in diesen Zustand der Unwissenheit zurückkehren.

Das Wetter scheint meine düsteren Gedanken widerzuspiegeln. Wolken wirbeln bedrohlich über uns hinweg, verdecken die Sonne und machen es beinahe unmöglich, das Trio aus Inseln zu erkennen, das die Three Sisters bildet. Ich erhasche einen Blick auf Dia, die am Mast lehnt, und gehe zu ihr. Evelyn bleibt mir dicht auf den Fersen. »Was machst du hier oben?« Sie ist keine Kämpferin. Das ist sie nie gewesen. Normalerweise hält sie sich unter Deck auf, wenn es für uns an der Zeit ist, unserer Pflicht nachzukommen.

»Ich habe kein großes Vertrauen in diese Besatzung.« Sie holt einen Joint hervor, starrt zum Himmel hinauf und steckt ihn wieder unter ihr Hemd. »Ich würde lieber nicht mit dem Schiff untergehen, wenn Hedd das hier verbockt.«

»Wenn er es dermaßen verbockt, wird unsere einzige Möglichkeit darin bestehen, ans Ufer zu schwimmen, und *das* ist bei all den Meerjungfrauen im Wasser ein sicheres Todesurteil.«

»Immer noch besser als in meiner Kajüte zu ertrinken, wenn die Taschendimension darin zusammenbricht.« Sie zuckt mit den Schultern und richtet ihren scharfsinnigen Blick auf Evelyn. »Es wäre unklug von dir, noch mal so eine Nummer wie an Bord der *Hag* abzuziehen.«

»Das höre ich nicht zum ersten Mal.« Evelyn legt den Kopf schief. »Was ist das für ein Geräusch?«

Die komplette Crew verstummt. Nur das Knarren des Schiffs und die vorsichtigen Bewegungen der Leute, die ihr Gewicht verlagern, sind noch zu hören … bis ein gedämpftes Kreischen ertönt. Es klingt so hoch und heulend, dass man es beinahe für den Wind halten könnte.

»Es geht los«, murmelt Dia. »Komm hier rüber, Kleines. Stell dich neben mich.«

Evelyn wirft mir einen fragenden Blick zu und ich nicke. »Ich werde euch beide beschützen.« Ich bin mächtig, aber nicht einmal ich weiß, ob ich sie beide und mich selbst zur nächstgelegenen Insel fliegen könnte. Im schlimmsten Fall, angetrieben von Panik und Angst und Adrenalin, würde es mir vermutlich gelingen. Das würde jedoch bedeuten, dass wir die *Audacity* und ihre Mannschaft im Stich lassen müssten.

Es gibt kein Gesetz, das verhindert, dass man als Kapitän abgewählt wird. Aus einem Kampf zu fliehen, ist allerdings etwas vollkommen anderes.

Nein, unsere einzige Option besteht darin, dieses verdammte Schiff auf dem Wasser zu halten, egal wie sehr Hedd den Kampf verbockt. Das ist nicht besonders fair von mir – der Mistkerl hat bis heute überlebt, und das ist ihm nicht gelungen, indem er sich vor seiner Pflicht gedrückt hat –, aber das ist mir egal.

Als hätte ich den Mann allein mit meinen Gedanken heraufbeschworen, taucht Hedd an Deck auf. Er hält eine gewaltige Axt in den Händen, die die meisten Leute nicht mal vom Boden hochheben könnten, und sein nackter Oberkörper ist mit grauen Symbolen bemalt.

Hinter mir stößt Evelyn einen Pfiff aus. »Ein Berserker, was?«

Ich starre sie an. »Gibt es die auch in deinem Reich?«

»Ja, allerdings sind sie selten.« Sie verengt die Augen. »Außerdem brauchen sie die Symbole nicht, um sich in ihre andere Gestalt zu verwandeln.«

»Er braucht sie auch nicht. Er ist bloß ein theatralischer Mistkerl.«

Hedd hebt seine Axt hoch. »Sie kommen! Zeigen wir diesen Monstern, wofür die Cŵn Annwn stehen! Tod ihnen allen!«

Ein Schauer läuft mir den Rücken hinunter. Das ist nicht das, was … Verdammt, ich werde es auch weiterhin tun, nicht wahr? Es ist, als gäbe es in meinem Hirn vorgefertigte Pfade, von denen ich nicht so recht abweichen kann. Zu einem anderen Zeitpunkt würde ich mich daran erinnern, dass es zwanzig Jahre gedauert hat, diese Pfade zu erschaffen, weshalb man sie nicht innerhalb von ein paar Tagen komplett auslöschen kann. Im Augenblick hingegen bin ich nicht in der Stimmung, mir gegenüber Nachsicht zu empfinden.

Ich greife nach hinten und berühre Evelyn. »Bleib hier.«

»Das hast du bereits gesagt«, murmelt sie.

»Das habe ich.« Ich wäge meine Möglichkeiten ab und komme zu dem Schluss, dass ich keinen Grund habe, mein Schwert zu ziehen. Noch nicht. »Und du hast in der Vergangenheit immer wieder bewiesen, dass du meine Befehle gern ignorierst und stattdessen tust, was du willst.«

»Tja … das stimmt.«

»Lass das diesmal bleiben.«

Es bleibt keine Zeit für weitere Worte, denn die Meerjungfrauen sind da. Das Meer besteht nur noch aus aufgewühlten Wassermassen, als sie sich aus den Wellen recken und übereinander hinwegspringen, um ihre Beute zu erreichen. Uns. Sie sind wahrhaftig Monster. Niemand würde die oberen Hälften ihres Körpers für menschlich halten, obwohl sie einen Oberkörper, Arme und einen Kopf haben. Menschliche Finger verfügen nun mal nicht über diesen zusätzlichen Knöchel – und enden nicht in Klauen. Menschliche Zähne gleichen nicht solchen scharfen, spitzen Nadeln, dafür gemacht, alles zu zer-

reißen und zu zerfetzen. Selbst das, was aus ihrer Kopfhaut
sprießt, kann man nicht als Haare bezeichnen. Es ähnelt eher
Tentakeln als irgendetwas anderem. Wenn man dann noch den
kräftigen Fischschwanz hinzunimmt, der es ihnen ermöglicht,
weit über die Meeresoberfläche zu springen, sind sie der Albtraum eines jeden Seefahrenden.

Der kreischende Lärm wird beinahe unerträglich. Es sind
mehr Meerjungfrauen als erwartet, doch das ergibt durchaus
Sinn. Wegen kleinerer Plagen ruft man uns nur selten zu Hilfe.

Beinahe wie eine geschlossene Einheit steigen sie mit einer
Welle auf. Sie haben vor, aufs Deck zu gelangen. Ich beiße die
Zähne zusammen und beschwöre eine Wand aus Energie he-
rauf, um sie aufzuhalten. Der Aufprall rüttelt mich ordentlich
durch. Der Angriff dieser Monster ist heftiger als der des Drachen.

Sobald meine Magie nachlässt, ist die Besatzung mit Har-
punen und Feuer und diversen magischen Attacken am Start.
Das Kreischen nimmt eine gequälte Note an, als diese Angriff-
fe ihre Opfer finden. Das Wasser wird heftig aufgewühlt, und
dunkles, purpurnes Blut verfärbt die blaue See.

Und dann stürzen sie sich auf ihre verletzten Gefährtinnen.
Sie sind Raubtiere, die jede Gelegenheit zum Fressen nutzen –
und ein wenig Kannibalismus stört sie nicht im Geringsten.
Ich wusste, dass es dazu kommen würde, dennoch wird mir
speiübel. Doch das Ganze reicht nicht aus, um den nächsten
Ansturm zu verhindern. Sie sind unersättliche, unergründliche
Zerstörerinnen.

»Los! Schickt sie in ihr nasses Grab!«

Solange ein Teil von ihnen nach wie vor ihre verletzten Ka-
meradinnen frisst, sollte es nicht dazu kommen, dass die Meerjungfrauen sich für eine weitere gemeinsame Offensive sammeln. Trotzdem halte ich die Augen danach offen, während

ich einzelne Kreaturen aus der Luft schlage, bevor sie mit dem Deck in Berührung kommen können. Das kostet mich beinahe ebenso viel Mühe wie der Aufbau der magischen Wand eben, weil ich nun zudem sehr präzise vorgehen muss. Wenn ich nicht aufpasse, könnte ich dabei Besatzungsmitglieder ins Wasser stoßen, und das käme einem Todesurteil gleich.

In dem Chaos erhasche ich auf der anderen Seite des Schiffs einen Blick auf Nox. Their blutroter langer Mantel flattert dramatisch hinter them, während they abwechselnd Ströme aus Feuer und Luft gegen die Meerjungfrauen aussendet. Nur sehr wenige Leute mit elementarbasierten Kräften haben Zugang zu mehr als einem Element. Nox kann auf alle vier zugreifen.

Hedd taucht neben mir auf. Seine Gestalt verändert sich und wächst. Es ist kein schöner Anblick, aber sobald er sich seiner Berserkerwut hingegeben hat, kann er stundenlang weitermachen und ist so gut wie unaufhaltbar. Allerdings bleibt nicht viel Platz für zusammenhängende Gedanken. »Lass sie an Bord!«

Ich runzle die Stirn. »Wie bitte?«

»Ist das hier ein Kampf oder ist es ein *Kampf*?« Er schlägt so heftig gegen meine Schulter, dass ich ins Taumeln gerate. »Lass sie kommen. Das ist ein Befehl.«

»Leute werden sterben!«

»*Du* wirst verdammt noch mal sterben, wenn du dich einem direkten Befehl widersetzt. Lass. Sie. Kommen!« Er hebt drohend seine Axt. »Sonst werde ich diese kleine Hexe umbringen, die hinter dir kauert.«

27

Evelyn

Ich wusste, dass der Kapitän ein übler Kerl ist, aber nicht einmal ich habe dieses Ausmaß an Rücksichtslosigkeit und Leichtsinn vorhergesehen. Bowen ist das Einzige, was diese kreischenden Meerjungfrauen vom Deck fernhält. Selbst von meinem Platz am Mast kann ich erkennen, wie scharf ihre Klauen und wie brutal ihre Zähne sind. Bowen tut sein Bestes, doch sie haben bereits nicht weniger als drei Besatzungsmitglieder in die Tiefe gezerrt.

Und nun will der Kapitän es noch schlimmer machen.

»Tu das nicht.« Die Worte rutschen mir heraus, ohne dass ich es verhindern kann, und Hedd richtet seine boshafte Aufmerksamkeit sofort auf mich. Jetzt ist es zu spät, um den Schwanz einzukneifen. Nun heißt es: Augen zu und durch. Ich hebe das Kinn und versuche, nicht zusammenzuzucken, als jemand in meiner Nähe einen Schrei ausstößt. »Das ist die falsche Entscheidung«, sage ich laut.

Hedd starrt mich einen Moment lang an und verwirft meinen Einwand dann ebenso schnell wieder. »Ich werde mal so tun, als hätte ich diese Meuterei nicht gehört.«

»Wenn jemand einen gefährlichen Befehl hinterfragt, ist das keine Meuterei!«

Bowen ergreift das Wort, ohne mich anzuschauen. »Das reicht, Evelyn.« Er nickt langsam. »Natürlich werden wir deine Befehle ausführen, Käpt'n.«

Hedd grinst und stürmt zur Reling. Ich verschwende keine Zeit und packe Bowens Arm. »Du kannst doch nicht ernsthaft vorhaben, diesen Befehl zu befolgen. Ich dachte, das Thema hätten wir durch.«

»Er ist ein Berserker.« Bowen spricht leise. Ich kann ihn aufgrund des Kampflärms kaum verstehen. »Wenn er dich angreift, wird es trotz all meiner Macht ein Zermürbungskampf werden. Und während wir gegeneinander kämpfen, werden die Meerjungfrauen viel zu viele Mitglieder der Crew töten. Mir bleibt keine Wahl. Erschaffe einen Schild um dich und Dia. Widersprich mir nicht, Evelyn.«

Das alles hat er innerhalb weniger Sekunden in Betracht gezogen? Ich will nicht zugeben, dass er recht hat, kann jedoch keinen Fehler in seiner Logik finden. Ich lecke mir über die Lippen. »Was ist mit dir?«

»Ich werde besser kämpfen können, wenn ich mir keine Sorgen um dich und Dia machen muss.«

Für eine Diskussion bleibt keine Zeit. Ich packe sein Hemd und zerre ihn nach unten, um ihm einen verzweifelten Kuss auf die Lippen zu pressen. »Wag es ja nicht zu sterben.«

»Und mir auch nur einen Augenblick mit dir entgehen lassen? Niemals.« Er führt mich zurück zum Mast. »Ein Schild. Sofort.«

Mit zitternder Hand hole ich ein Stück Kreide aus meinem Oberteil hervor. Dia beobachtet mich interessiert, während ich einen Kreis male, der gerade groß genug ist, um uns beiden Platz zu bieten. Ich zögere, ihn zu schließen, aber Bowen entfernt sich bereits von uns. Er vertraut darauf, dass ich das tue, was ich versprochen habe. Ich muss meinerseits darauf vertrauen, dass er das Gleiche tun wird. Ich presse die Handflächen aufs Deck und spreche die Worte, die den Schild heraufbeschwören. Er baut sich mit einer Kraft auf, die mich erschaudern lässt.

Dia hält vorsichtig eine Hand vor sich in die Luft. »Netter Trick. Die meisten Leute, die ich dabei beobachtet habe, wie sie einen Schild erschaffen, gehen ein wenig extravaganter vor.«

»Ich weiß nicht, wie es bei anderen Arten von Magie läuft, aber wenn eine Hexe viel Brimborium macht, während sie einen Zauber wirkt, dann tut sie das höchstwahrscheinlich nur für ihre Zuschauer.« Ich stehe nicht auf. Von meiner hockenden Position aus kann ich alles gut mitverfolgen. Außerdem werde ich so eine oder zwei Sekunden einsparen, falls ich den Schild auflösen muss. »Warum tut er das?«

»Hedd?« Dia zuckt mit den Schultern. »Er kämpft gerne, und Berserker sind nicht für den Fernkampf gemacht.«

Darauf habe ich nichts zu erwidern. Das egoistische Verlangen dieses Mannes, Gräueltaten zu verüben, wird Leute das Leben kosten. *Seine* Leute. Und niemand kann das Geringste dagegen ausrichten. Ich bin so wütend, dass ich kaum atmen kann. Vielleicht ist es auch die Angst. Momentan fällt es mir schwer, beides voneinander zu unterscheiden.

Ich weiß nicht, ob die Tatsache, dass ich in der Lage bin, Bowen in Aktion zu erleben, die Situation besser oder schlimmer macht. Das ist das erste Mal, dass ich ihn ernsthaft kämpfen sehe, abgesehen von dem Kampf gegen die Sìth-Katze. Mir ist nie zuvor klarer gewesen, wie sehr er dabei in seinem Element ist.

Statt eine schützende Wand aus Energie zu benutzen, bewegt er sich mit gezielten Angriffen durch den Kampf, mit denen er die Meerjungfrauen zurück ins Wasser schleudert. Ich kann nicht beurteilen, ob wir zahlenmäßig die Oberhand gewinnen oder ob es wahrhaftig endlos viele Feinde gibt. Es fühlt sich definitiv so an. Den schäumenden Wellen um uns herum nach zu urteilen sind es in Wahrheit ... vielleicht hundert? Das lässt sich nur schwer abschätzen, weil sie so chaotisch herumwuseln.

Hedd schwingt seine Axt wie wild in Richtung eines Pulks aus Kreaturen. Ich mag den Mann hassen, doch sogar ich kann zugeben, dass ich froh bin, dass er nicht gegen uns kämpft. Er hackt sich durch die Meerjungfrauen, als bestünden sie aus Papier. Ich erschaudere. »Er ist ein Monster.«

Der süße Geruch von Gras weht zu mir herab. »Das sind die meisten der Cŵn Annwn. Du bist noch nicht lange genug dabei, um es bemerkt zu haben, aber die sanftmütigeren Leute, die sie einsammeln, halten nicht lange durch.« Dias Tonfall wirkt recht neutral, als ich jedoch zu ihr aufschaue, entdecke ich Trauer in ihren dunklen Augen. Sie hat jemanden verloren, der ihr etwas bedeutet hat. Womöglich sogar mehrere Personen.

Ich versuche, mir eine angemessene Erwiderung zu überlegen, als mich ein Brüllen herumwirbeln lässt. Eine Meerjungfrau hat sich an Bowens Rücken geklammert und reißt mit ihren Zähnen an der Stelle, wo seine Schulter in seinen Hals übergeht. Ich schreie und stürze instinktiv vor, um den Schild zu durchbrechen. Ich habe nicht die geringste Ahnung, was ich verdammt noch mal tun kann, um zu helfen, allerdings kann ich auch nicht einfach hier sitzen und ihm beim Sterben zuschauen.

Ich bekomme jedoch gar nicht Chance, etwas zu unternehmen.

Ein Schwall aus Macht geht von ihm aus. Er ist so stark, dass ich ihn selbst durch den Schild spüren kann. Er rollt über das Deck, und ich möchte schwören, dass für einen Augenblick absolut nichts passiert.

Dann sackt die Meerjungfrau auf Bowens Rücken zusammen, fällt herunter und landet schlaff und reglos auf dem Deck. Der Anblick verursacht mir Übelkeit. Das Gleiche passiert wieder und wieder und wieder. Alle erstarren und werden mucksmäuschenstill. Der Schock steht ihnen ins Gesicht geschrieben. Doch nicht nur das: Sie starren voller Ekel und Angst auf das hinunter, was von den Meerjungfrauen auf dem Schiff noch übrig ist – und diese Gefühle gelten nicht den toten Monstern zu ihren Füßen. Sie weichen vor Bowen zurück, als würde das irgendetwas bewirken, nachdem er gerade jede einzelne Meerjungfrau an Deck getötet hat.

Nox steigt auf die Reling. They klammert sich mit einer Hand an einem Tau fest und lehnt sich vor. Dann stößt they einen Pfiff aus, der die plötzliche Stille zerreißt. »Soweit ich es beurteilen kann, ist jede einzelne Meerjungfrau tot, Käpt'n.«

Bowen bricht auf dem Deck zusammen.

Nein.

Ich entscheide mich nicht bewusst dafür, mich in Bewegung zu setzen. Im einen Moment schreie ich in Gedanken, während ich dabei zuschaue, wie Bowen fällt, und im nächsten bin ich bereits an seiner Seite. Dass ich den Schild durchbreche, um zu ihm zu gelangen, nehme ich kaum wahr. »Nein, nein, nein, oh, du Mistkerl, wag es ja nicht zu sterben. Du hast es mir versprochen!« Ich hätte das niemals auch nur für eine Möglichkeit gehalten. Vom Augenblick unserer ersten Begegnung an ist Bowen mir stets überlebensgroß erschienen. Unantastbar.

Während ich neben ihm auf die Knie falle, wirkt er viel zu menschlich. Zu blass. Zu reglos. »Bowen!« *Ich kann dich nicht verlieren. Oh Götter, bitte lasst ihn in Ordnung sein.*

»Was habe ich dir gesagt, verdammt?«

Ich schaue auf und entdecke Hedd, der über uns aufragt und flucht und spuckt. Er sieht kaum noch wie der Kapitän aus, den ich so sehr zu verabscheuen gelernt habe. Seine Gestalt ist verzerrt und seltsam disproportional. Außerdem hält er immer noch seine riesige Axt in den Händen. Ihre Doppelklinge trieft vor dunklem purpurfarbenem Blut.

Er ist eine Bedrohung, aber ich kann mich gerade nicht auf ihn konzentrieren. Bowen verliert zu viel Blut, es sickert immer weiter aus seinem Körper heraus und hört nicht auf. Ich presse meine Hände auf seine Wunde, doch das bewirkt gar nichts. Okay. Was mache ich hier eigentlich, verdammt noch mal? Ich verfüge über Magie. Ich habe kein so großes Talent für Heilzauber, wie Bunny einst besaß, doch ich kann ihn am Leben halten, bis wir ihn zu einem richtigen Heiler bringen können. Ich aktiviere die Glyphe über meinem Herzen und drücke meine Hand wieder auf die Wunde. Für einen Augenblick scheint nichts zu passieren. Dann fließt das Blut langsamer. Die verletzte Haut fügt sich nicht wieder zusammen, ich bin mir allerdings ziemlich sicher, dass ich sehen kann, wie sich mehrere Adern neu bilden.

Jetzt muss ich mich um den Kapitän kümmern.

Ich würde wirklich lieber nicht von Bowens Seite weichen, dieser Mistkerl scheint jedoch nur auf Stärke zu reagieren, und ich muss uns hier lebend rausbringen. Einen Kampf gegen einen Berserker kann ich unmöglich gewinnen, aber ich denke nicht nach, als ich mir eine Hand auf die Brust klatsche und um mich und Bowen herum einen Ring aus violettem Feuer heraufbeschwöre. Es davon abzuhalten, in Kontakt mit dem Deck zu kommen, kostet mich mehr Kraft, als ich zugeben will.

Ich stehe auf. Hedd sieht im flackernden Licht des Feuers regelrecht dämonisch aus. Ich kann nur hoffen, dass ich halb so einschüchternd wirke.»Gern geschehen. Wie viele Mitglieder deiner Besatzung sind kampfunfähig? Bowen hat uns gerade alle gerettet.« Ich schwenke eine Hand, um auf die zahlreichen gefallenen Gestalten zu deuten. Ich weiß nicht, wie viele von ihnen noch leben und wie viele tot sind, und später werde ich mich schuldig fühlen, weil ich mir nur Sorgen um Bowen und um niemanden sonst gemacht habe. In diesem Augenblick hingegen ist das nicht der Fall.

»Er hat einen direkten Befehl missachtet.« Er lässt nicht locker. Tatsächlich grinst mich Hedd an, als könnte er es kaum erwarten, zu sehen, wozu ich fähig bin.

Verdammt. Womöglich habe ich gerade einen fatalen Fehler begangen. Ich schaue mich erneut um und suche panisch nach irgendetwas, das diesen Kampf beenden wird, bevor er beginnt. Mein Feuer ist beängstigend, doch es leert meine Energiereserven mit erstaunlicher Geschwindigkeit. Normalerweise benutze ich es nur für konzentrierte Stöße – nicht um Barrieren zu erschaffen.

Meine einzige Hoffnung liegt in der Besatzung selbst. Ich hebe die Stimme.»Ist dein Verlangen nach einem Kampf das Leben deiner gesamten Crew wert? Wir haben das erledigt, weswegen wir hergekommen sind. Wir haben die Meerjungfrauenplage beseitigt.«

Er hebt seine Axt, als hätte er vor, mir den Kopf von den Schultern zu hacken. Ich weiß nicht, was in aller Welt ich machen soll, wenn er angreift. In seiner Berserkergestalt wird ihn mein Feuer wahrscheinlich nicht töten. Vielleicht wird es ihn nicht einmal verlangsamen.

»Ich werde keinen Ungehorsam dulden.« Nox taucht hinter Hedd auf.»Bowen hat einen Befehl erhalten und ist dabei gescheitert, ihn auszuführen. Du forderst gerade in diesem Moment deinen Kapitän heraus.« They verschränkt die Arme vor der Brust und deutet mit dem Kinn in Richtung der Insel in der Ferne. »Auf diesem Schiff ist kein Platz für euch, also werden wir euch an der Küste von First Sister zurücklassen. Von dort aus könnt ihr euch euren eigenen Weg suchen.«

Hedd läuft dunkelrot an, und sein Gesicht wird ganz fleckig, doch er widerspricht seinem Quartiermeister nicht, nicht wenn sich die Besatzung langsam um uns herum versammelt und sich murmelnd darüber unterhält, wie knapp es diesmal war. Nicht jeder hat den Kampf überlebt. Ich sehe den genauen Augenblick, in dem er erkennt, dass ihm Nox einen würdevollen Ausweg verschafft hat. »Nox, schaff sie von meinem verdammten Schiff.«

Danach geht alles ganz schnell.

Dia erscheint und hilft mir dabei, Bowens bewusstlosen Körper zur Reling zu tragen und dann in ein kleineres Boot zu hieven. Sie packt meine Hand, bevor ich reagieren kann. »Kümmere dich um ihn.« Ich öffne den Mund, um sie zu bitten, mit uns zu kommen, doch sie schüttelt den Kopf, bevor ich die Worte aussprechen kann. »Ich muss meinem eigenen Weg folgen, Evelyn. Wir werden uns wiedersehen.«

Da bin ich mir nicht so sicher.

Nicht ein einziges Mitglied der restlichen Besatzung versucht, uns zu helfen. Sie tun alles, um meinem Blick auszuweichen, als ich ihn ein letztes Mal über das Schiff schweifen lassen. Ihre Teilnahmslosigkeit ist mehr oder weniger das, was ich erwartet habe, dennoch ist dieses Verhalten ziemlich mies, wenn man bedenkt, dass Bowen ihnen allen soeben das Leben gerettet hat.

Wir sind nur mit der Kleidung, die wir am Leib hatten, an Bord gekommen, und so verlassen wir das Schiff auch wieder. Wenn man in Betracht zieht, dass Bowen eine Krise hatte, als er von der Crew der *Crimson Hag* zurückgelassen wurde, freue ich mich nicht auf seine Reaktion, wenn er aufwacht und erkennt, dass wir erneut gestrandet sind, diesmal auf einer anderen Insel.

Wir überwinden die Entfernung in Rekordzeit. Eine seltsame Mischung aus Wasser- und Luftmagie, die wir Nox verdanken, treibt uns an. They bringt unser Boot etwa zehn Meter vom Strand entfernt zum Stehen. »Weiter fahre ich nicht.« Ich schätze die Entfernung ein. »Das wird nicht funktionieren. Wenn du uns hier rauswirfst, wird er ertrinken, bevor ich ihn ans Ufer ziehen kann.« Ich starre Nox finster an. »Das ist eine wirklich miese Aktion, nachdem er euch alle gerettet hat. Ihr hättet noch mehr Leute verloren, wenn er diesen Magieschwall nicht losgelassen hätte.« Ich bin immer noch nicht bereit, mich genauer mit der Kombination aus schierem Feingefühl und Macht auseinanderzusetzen, die nötig war, um das fertigzubringen, was Bowen getan hat. Ich bin mir ziemlich sicher, dass ich mir vor Angst in die Hose machen würde, wenn ich zu intensiv darüber nachdenke. Der Mann ist ein verdammtes Monster, und er hat den Großteil der vergangenen Woche in meinem Bett verbracht. Ich will mich nicht mit der Wahrheit beschäftigen, dass dieselbe Macht, die mir so viel Lust verschafft hat, gleichzeitig für so viel Tod verantwortlich ist.

Nox stützt die Ellbogen auf die Knie. »Ich befinde mich in einer besonders heiklen Lage. Ich erwarte nicht, dass du das verstehst, aber solange Hedd Kapitän ist, werden die Dinge auf eine gewisse Weise erledigt. Ja, Bowen hat einem Großteil der Besatzung das Leben gerettet. Aber ich rette euch beiden gerade das Leben.«

Ich will them widersprechen … muss mir jedoch eingestehen, dass they recht hat. Hedd hatte vor, mich auf der Stelle zu töten. Ich hätte ihn vielleicht ein paar Minuten lang aufhalten können, doch letztendlich hätte ich diesen Kampf verloren. Danach hätte er Bowen erledigt, und ich hätte nicht das Geringste dagegen ausrichten können. Dennoch. »Du bist eindeutig der bessere Kapitän und die bessere Person. Warum hast du nicht das Kommando?«

»Du warst lange genug an Bord, um die Antwort zu kennen. Ich habe nicht genug Stimmen. Viele Mitglieder der Besatzung sind damit zufrieden, wie er die Dinge regelt. Bis sich das ändert, kann *ich* lediglich den extremeren seiner Impulse entgegenwirken.« Nox seufzt. »Mach dich auf den Weg, Evelyn. Ich bin nicht so undankbar, dass ich ihn ertrinken lasse. Vertrau mir.«

Nach dem Kampf gegen die Meerjungfrauen will ich mich auf gar keinen Fall in das tintenschwarze Wasser begeben, das unser Boot umgibt. Unter der Oberfläche könnte alles Mögliche lauern, und ich hätte keine Ahnung, bis es viel zu spät wäre. Ganz zu schweigen davon, dass ich mir nicht ganz sicher bin, ob ich Nox genug vertraue, um wirklich zu glauben, dass they uns nicht ertrinken lassen wird. Das wäre eine praktische Möglichkeit, sich eines Problems zu entledigen.

Leider habe ich keine Wahl.

Ich nehme einen tiefen Atemzug, der nicht dazu beiträgt, mir Kraft zu verleihen, und lasse mich über den Rand des Boots ins Wasser gleiten. Es ist kälter, als ich erwartet habe, bedeutend kälter als das, in dem ich bei meiner Ankunft in Threshold gelandet bin. Ich überlege noch, wie ich Bowen zu mir ins Wasser holen soll, als Nox ihn einfach über die Seite des Boots rollt.

Ich fluche und versuche, ihn zu packen. Trotz des nahen Ufers habe ich keinen Boden unter den Füßen und muss mich enorm anstrengen, um Bowens Körper über Wasser zu halten, damit er nicht ertrinkt. Für einen Augenblick denke ich, dass es vorbei ist. Was für ein armseliger Abgang, nach allem, was ich überlebt habe. Bunny wird so enttäuscht sein, wenn ich sie im Jenseits treffe.

Doch dann verändert sich das Wasser um mich herum und scheint beinahe fest zu werden. Es hebt mich an die Oberfläche und verringert Bowens Gewicht beträchtlich. Ich keuche und huste und schaue in Nox' amüsiertes Gesicht hoch. »Ich habe dir doch gesagt, dass ich euch nicht ertrinken lassen werde. Nach etwa dreißig Minuten Fußmarsch Richtung Norden die Küste entlang solltet ihr auf einen sicheren Unterschlupf treffen. Er ist in einer Felsspalte verborgen, die wie ein X aussieht. Dort findet ihr Nahrung und Kleidung. Pass auf dich auf, kleine Hexe.«

Das Wasser um uns herum verändert sich erneut, dann werden wir von dem Boot und dem Elementarwesen, das darin sitzt, weggetrieben. Innerhalb von Sekunden landen wir am felsigen Strand. Dies ist einer der surrealeren Momente in meinem Leben. Natürlich bin ich zuvor schon Leuten begegnet, die die Kraft der Elemente nutzen können, Nox hingegen ist ein ganz anderes Kaliber. Jetzt gerade mag they uns helfen, ich kann den Schauer der Angst jedoch nicht abschütteln, wenn ich daran denke, wie es wäre, wenn ich them je als Gegnerin im Kampf gegenüberstehen würde. Mit their Kontrolle könnte they die Luft in meiner Lunge stocken lassen oder eine Aktion wie Lizzie abziehen und mir das Blut direkt aus dem Körper reißen. Oder besser gesagt das Wasser in meinem Blut. Solche Einzelheiten werden keine Rolle spielen, wenn ich tot bin.

Nox ist nicht auf unserer Seite, doch wenigstens will they uns nicht tot sehen.

Das ist der Moment, den Bowen wählt, um aufzuwachen. Er hustet leicht, also drehe ich ihn auf die Seite, damit er nicht erstickt. Sein Hals sieht ziemlich mitgenommen aus, aber er hat nicht wieder angefangen zu bluten. Wenigstens hält mein

Zauber. Das sollte weiterhin funktionieren, bis sein Körper genug verheilt ist, dass er nicht stirbt, wenn der Zauber nachlässt.

»Evelyn.«

»Ich bin hier.« Ich drehe mich um, damit er mich sehen kann, ohne den Hals recken zu müssen. Er ist zu blass, seine Augen wirken wie dunkle Teiche in seinem Gesicht. Sorge überkommt mich, aber ich schlucke sie so gut ich kann herunter. »Willst zu zuerst die gute oder die schlechte Nachricht hören?«

Er flucht und lässt sich auf den Rücken sacken. »Die gute Nachricht.«

»Anfängerfehler. Man verlangt immer zuerst nach der schlechten Nachricht. Dann fühlt sich die gute Nachricht optimistischer an.«

Er verzieht die Lippen zu einem schwachen Lächeln, aber das ist das einzige Anzeichen für seine Belustigung. »Gib mir die gute Nachricht, Evelyn.«

»Wie du willst.« Ich lasse mich neben ihm auf die Felsen sinken und versuche, in meinen kalten, nassen Klamotten nicht zu zittern. »Wir sind am Leben. Hedd wollte uns beide umbringen, nachdem du zusammengebrochen bist, doch Nox ist dazwischengegangen – auf sehr clevere Weise, wie ich hinzufügen darf – und hat uns gerettet.«

Er stößt einen langen bebenden Atemzug aus. »Okay. Und die schlechte Nachricht?«

»Das ist eine witzige Geschichte. Wirklich, du wirst lachen.« Verdammt, ich schinde Zeit, und das nicht mal auf besonders geschickte Weise. »Wie es scheint, sind wir erneut gestrandet und werden einmal mehr zusehen, wie ein Schiff der Cŵn Annwn davonsegelt.«

»Das ist so ungefähr das, was ich erwartet habe.« Er presst eine Hand auf seine Wunde und verzieht das Gesicht. »Was ist passiert? Das Letzte, woran ich mich erinnere, ist eine Meerjungfrau auf meinem Rücken.«

Ich schlucke schwer. Ich will die Ereignisse, die zu diesem Kampf geführt haben, wirklich nicht noch mal durchleben, er hat jedoch ein Recht darauf, es zu erfahren. Je schneller wir diese Unterhaltung hinter uns bringen, desto eher können wir einen warmen und trockenen Ort aufsuchen. Hoffentlich. »Sie hat dich gebissen. Ziemlich heftig. Du hast eine Energiewelle ausgesandt, die, soweit ich es beurteilen kann, jeden Knochen im Körper einer jeden Meerjungfrau verflüssigt und ihre Körper in Fleischsäcke verwandelt hat. Das war wirklich beeindruckend – auf entsetzliche, albtraumhafte Weise.«

Bowen schweigt ein paar Sekunden zu lange. »Habe ich sonst noch jemanden getötet?«

28

Bowen

Eis breitet sich in meiner Brust aus, während ich darauf warte, dass Evelyn meine Frage beantwortet. Mein letzter Kontrollverlust ist lange her, und ich glaube nicht, dass es je in diesem Ausmaß passiert ist. Außer ... Da lauert etwas in meinem Hinterkopf, das sich beinahe wie ein Echo einer Erinnerung anfühlt, eine Gewissheit, dass ich durchaus schon einmal auf diese Weise die Kontrolle verloren habe und dadurch jemand, der mir etwas bedeutete, sein Leben verloren hat. Das muss geschehen sein, bevor ich nach Threshold gekommen bin. Das ist die einzige Erklärung für diese tief sitzende Angst, die als Reaktion darauf in mir aufsteigt.

»Ich glaube nicht.« Ihre Miene wirkt bekümmert. »Ich würde dir wirklich gern versprechen, dass du kein Mitglied der Besatzung verletzt hast, aber in diesem Moment und direkt danach herrschte das reinste Chaos. Ich habe nicht mit eigenen Augen gesehen, dass einer von ihnen von deiner Magie erledigt wurde, aber ich will dich auch nicht anlügen, nur weil ich mir nicht sicher bin.«

Ich atme einigermaßen erleichtert aus. Mein Körper fühlt sich kaum wie mein eigener an. Meine Kehle und meine Schulter pochen schmerzhaft. Ich bin mir nicht sicher, dass ich gerade die Kraft habe, mich zu bewegen. Was ein verdammtes Problem darstellt, denn wir müssen von diesem Strand weg. »Lass uns aufbrechen.«

»Nox meinte, dass es etwa dreißig Minuten die Küste hinauf einen sicheren Unterschlupf gebe. Wenn du keine bessere Idee hast, denke ich, dass wir uns dorthin auf den Weg machen sollten.«

Ein sicherer Unterschlupf? Wovon hatte Nox da wohl geredet? So etwas haben die Cŵn Annwn nicht. Es gibt bestimmte Orte, an denen sich unsere Leute ausruhen und erholen können, aber sie sind allgemein bekannt, zumindest unter den Besatzungen und Kapitänen. Ein sicherer Unterschlupf ist ein Geheimnis.

Kanghri auf der Insel First Sister liegt im Westen. Dabei handelt es sich um eine Hafenstadt, die sich gegenüber der Wasserstraße befindet, die sie mit ihrer Zwillingsstadt Mairi auf Second Sister verbindet. Zusammen bilden sie eine der größten Gemeinschaften in diesem Teil von Threshold. Sie ist nicht ganz so groß wie Lyari, was die Größe angeht, kann es allerdings keine andere Stadt in diesem Reich mit der Hauptstadt aufnehmen.

Ich habe schon oft genug in Kanghri Station gemacht, um ein paar der Einheimischen zu kennen. Dorthin müssen wir gehen, wenn wir ein Schiff finden wollen, das in Richtung Süden nach Lyari segelt … Mit ist jedoch nicht wirklich klar, ob ich momentan klar denken kann. Kanghris Größe bedeutet, dass dort jede Menge Gefahren lauern. Bislang hat mir die Tatsache, dass ich ein Mitglied der Cŵn Annwn bin, stets genug Schutz gewährt, doch ich habe die Stadt noch nie zu Fuß und ohne die Unterstützung einer Besatzung betreten. Das macht mich schwach und angreifbar. Womöglich würde ich dort zurechtkommen, aber ich kann es nicht garantieren.

Andererseits hat uns Nox gerettet. Vielleicht sollten wir them vertrauen.

»Lass uns zu dem sicheren Unterschlupf gehen. Kanghri ist weiter weg, und Hedd und seine Crew werden vermutlich heute Nacht dort anlegen, bevor sie zurück gen Süden reisen. Es wäre besser, wenn wir ihnen nicht über den Weg laufen.«

»Ich hätte absolut nichts dagegen, wenn wir diesen Idioten nie wiedersehen.«

Der Fußmarsch zum sicheren Unterschlupf mag für eine gesunde, körperlich fitte Person dreißig Minuten dauern, wir brauchen stattdessen gute zwei Stunden, um uns mühsam und stolpernd an der Küste entlangzukämpfen. Und selbst dann übersehen wir das Zeichen, nach dem wir laut Evelyn Ausschau halten sollten, beinahe. Die Felsspalte führt durch eine enge Schlucht und in einen offenen Bereich hinaus, in dem sich die … Ehrlich gesagt erscheint mir die Bezeichnung »Hütte« ein wenig zu großzügig.

Ich starre die verrotteten Bretter und Wände an und bin mir fast sicher, dass sie in sich zusammenfallen würden, wenn sie nicht zwischen zwei Felswänden eingeklemmt wären. Das Dach hängt gefährlich durch, und wenn es regnet, wird es im Inneren auf jeden Fall nass werden. Hätte ich diesen Unterschlupf zufällig entdeckt, hätte ich kehrtgemacht und wäre wieder davongegangen. Ich hätte ganz sicher nicht Leib und Leben riskiert, indem ich durch die Tür getreten wäre, die allein von Hoffnung und ein paar einfallsreichen Flickarbeiten zusammengehalten wird.

»Dafür, dass Nox das hier als sicheren Unterschlupf bezeichnet hat, wirkt es nicht besonders sicher.« Nur gut, dass der Schuppen von allen Seiten abgeschirmt ist, denn ein laues Lüftchen könnte ihn garantiert zum Einsturz bringen.

»Das wollte … ich auch … gerade sagen.« Evelyn klemmt

unter meinem Arm und tut ihr Bestes, um mich zu stützen. Dass ich so schwach bin, beschämt mich, doch egal wie stur ich bin, selbst ich kann mich nicht über meine körperlichen Einschränkungen hinwegsetzen. Ich kann nicht mal meine Magie anwenden, weil ich so viel davon verbraucht habe, dass meine Reserven gefährlich knapp sind. Mein Körper zittert, was allerdings nichts mit meiner Wunde zu tun hat, sondern allein damit, dass ich mich maßlos überanstrengt habe.

Wir haben keine andere Wahl. Wir können nicht umdrehen und die Wanderung zurück nach Kanghri auf uns nehmen. Auch wenn ich wirklich nicht durch diese Tür treten will, ist das vermutlich besser, als in feuchten Klamotten im Freien zu schlafen. »Lass uns den Unterschlupf mal ansehen.«

Als ich die knarrende Tür aufschiebe, rechne ich damit, auf Spinnweben und vielleicht ein paar Mäuse zu treffen. Stattdessen betrete ich ein gemütliches kleines Wohnzimmer. Die Möbel sind alle ein wenig ausgeblichen, aber sauber. Das Gleiche gilt für den Fußboden und die maritimen Gemälde an den Wänden.

»Eine weitere Taschendimension?« Evelyn stößt ein gequältes Lachen aus. »Ich dachte immer, so was wäre eher ein Mythos, und hier findet man sie praktisch überall.«

»So häufig sind sie gar nicht«, sage ich geistesabwesend. Ich bin immer noch damit beschäftigt, die Tatsache zu verarbeiten, dass meine Erwartungen bezüglich des Zimmers, in dem wir stehen, so sehr von der Realität abweichen. »Sie sind unfassbar teuer, weil es nur eine gewisse Anzahl an Leuten gibt, die sie erschaffen können. Aber das hier ist keine Taschendimension. Stattdessen haben wir es mit cleverer Bauweise und ein wenig Verschleierungstaktik zu tun.« Dieser Ort scheint nicht verlassen zu sein. Es fühlt sich beinahe so an, als wäre jemand nur mal kurz nach draußen gegangen, als würde das Zimmer mit angehaltenem Atem auf die Rückkehr seines Bewohners warten. »Hallo?«

»Es ist leer. Kannst du es nicht fühlen?«

»Ich fühle mich einfach nur erschöpft.«

Evelyn stößt ein müdes Lachen aus. »Warum setzt du dich nicht hin? Ich wirke derweil ein wenig Magie, um sicherzustellen, dass wir wirklich allein sind.« Sie hält inne. »Vermutlich solltest du vorher deine nassen Klamotten ausziehen.«

Ich will nicht zugeben, dass mir die Kraft fehlt, mich auszuziehen, doch Evelyn spürt es ohnehin. Sie nimmt meinen Arm von ihren Schultern und schafft es innerhalb von ein paar Minuten, mich sämtlicher Kleidungsstücke zu entledigen und mich in eine gestrickte Decke einzuwickeln. Sie bugsiert mich zur Couch und betrachtet mit gerunzelter Stirn meine Kehle. »Vielleicht hätten wir doch den Weg in die Stadt einschlagen und dich zu einem Heiler bringen sollen.«

Wir werden dafür sorgen müssen, dass ich anständig verarztet werde, bevor wir den Versuch unternehmen können, die Three Sisters zu verlassen. Aber selbst wenn wir es in die Stadt geschafft hätten, fehlt mir momentan die Kraft, mich mit Cato abzugeben, der einzigen Person mit Heilfähigkeiten in Kanghri, der ich vertraue. »Führ deine magische Überprüfung durch, und dann werden wir uns unterhalten.«

Dass ich nur dasitzen und auf ihre Rückkehr warten kann, ist mehr als unangenehm. Dieses Gebäude wirkt größer, als ich vermutet hätte. Mehrere Räume scheinen in die Klippe selbst hineingehauen worden zu sein. Das ist wirklich clever. Alles am Äußeren dieses Hauses ist auf eine Art und Weise gestaltet worden, die Leute davon abhalten soll, ihm zu viel Aufmerksamkeit zu schenken. Damit erfüllt es den Zweck eines sicheren Unterschlupfs … doch für wen genau ist es eigentlich gedacht? Die Cŵn Annwn benutzen derartige Einrichtungen nicht. Sie – wir – handeln nicht im Verborgenen, sondern erledigen alles in der Öffentlichkeit. In Threshold gibt es keine Gruppierung, die mächtiger ist als wir, also müssen wir uns nicht aus Sicherheitsgründen verstecken.

Einige Minuten später kehrt Evelyn mit einer weiteren Decke zurück. Sie zieht sich mit zitternden Händen aus und wirft ihre nasse Kleidung auf einen Haufen neben meiner. »Darum werde ich mich gleich kümmern ...«

»Komm her.«

Erneut widerspricht sie nicht. Sie lässt sich behutsam auf meinen Schoß gleiten und breitet ihre Decke so aus, dass wir beide vollständig bedeckt sind. Ihre Haut fühlt sich klamm und kalt an, und ich halte sie dicht an mich gedrückt, während sich unsere Körpertemperatur langsam wieder normalisiert. Ich weiß nicht, ob wir uns in einer schlimmeren Lage befinden als auf Sarvi, besser ist sie jedoch ganz sicher nicht. »Sobald wir uns ein wenig aufgewärmt haben, werde ich ein Feuer machen.«

Sie deutet mit einem zitternden Finger auf den Kamin, und eine lilafarbene Flamme entspringt zwischen den Holzscheiten, die darin aufgeschichtet sind. »Schon erledigt.«

Ich ziehe sie näher an mich heran. »Das war unnötig. Spar deine Kräfte.«

»Nein, spar *du deine* Kräfte.« Sie vergräbt ihr Gesicht an meiner Brust. »Hinter dieser Tür verbirgt sich eine funktionstüchtige Küche. Die Vorratskammer ist komplett gefüllt. Nicht alle Nahrungsmittel kommen mir bekannt vor, die meisten von ihnen scheinen allerdings nicht verderblich zu sein. Außerdem gibt es eine Kühltruhe voll mit unterschiedlichen vorgekochten Suppen. Ich denke nicht, dass in den letzten paar Tagen jemand hier gewesen ist, aber länger als ein paar Wochen kann es auch noch nicht her sein.«

Streng genommen sind wir nicht auf der Flucht. Ja, ich habe einen Befehl verweigert, das geschah jedoch in Ausübung dessen, was uns der Rat zu tun befohlen hat. Wir sollten die Meerjungfrauen töten. Ich bin mir fast sicher, dass das nicht reicht, um mich als Verräter zu brandmarken, doch mittlerweile haben mich schon zwei Schiffe innerhalb einer knappen Woche ausgesetzt. Wenn das so weitergeht, wird das jemandem auffallen, und ich kann mir kein Szenario vorstellen, in dem das *nicht* so weitergeht. Ich verfüge nicht länger über die Fähigkeit, blind zu gehorchen, ohne mich dagegen zur Wehr zu setzen.

Nein, es muss eine andere Möglichkeit geben. Einen anderen Weg. Irgendwas. Denn wann immer ich einen Fehltritt begehe, bringe ich Evelyn in Gefahr. Das ist *inakzeptabel.* »Ich weiß noch nicht, wie ich dich nach Hause bringen kann, aber wir werden eine Lösung finden.«

Sie hebt den Kopf und starrt mich an. »Glaubst du ernsthaft, dass ich mir darüber gerade Gedanken mache? Du wärst fast *gestorben.* Mehrmals. Und zwar innerhalb kurzer Zeit. Wenn ich jetzt verschwinde, werde ich den Rest meines Lebens damit verbringen, mir Sorgen zu machen, dass du dich edelmütig in den nächstbesten Konflikt gestürzt hast, um dir von irgendjemandem deinen dummen, ehrenvollen Kopf abschlagen zu lassen.« Ihre Unterlippe bebt. »Verlang das nicht von mir, Bowen. Komm entweder mit mir ... oder ...«

Ich kann es nicht ertragen, sie traurig zu sehen. Etwas, das beinahe an Panik erinnert, steigt mir auf, und ich spreche den ersten Gedanken aus, der mir in den Sinn kommt. »Weißt du, ich glaube, dass eine gute Chance besteht, dass ich durch das Portal auf der ersten Insel hierhergereist bin, auf der du deinen ersten Fluchtversuch unternommen hast.« Ich hatte eigentlich nicht vor, diesen Verdacht, der in mir aufgekommen ist, laut auszusprechen. »Ich wusste zu viel über die Sìth-Katze.

Sogar ihren Namen. Dieses Wissen kommt nicht daher, dass ich ein Mitglied der Cŵn Annwn bin. Es stammt aus der Zeit davor.«

Sie starrt mich an. »Wenn das stimmt ... willst du dann durch das Portal gehen? Um herauszufinden, was du damals zurückgelassen hast?«

»Nein«, sage ich langsam. »Da ist etwas in meinem Hinterkopf ... etwas Übles. Ich vermute, dass ich mich irgendwann darum werde kümmern müssen, ich habe es allerdings nicht eilig, mich dieser Sache zu stellen. Ich denke nicht, dass das, was an Bord der *Audacity* passiert ist, mein erster derartiger Kontrollverlust war. Ich glaube, dass ich beim letzten Mal, als es zu so etwas gekommen ist, Leute verletzt habe, die ich nicht verletzen wollte.«

»Aber es wäre ein Reich, das dir vertraut ist. Das ist mehr, als wir von den meisten anderen behaupten können. Wenn wir dorthin entkommen ...«

»Dann ändert sich nichts.« Ich spreche die Worte sanft aus, dennoch fühlt es sich so an, als wäre ein gewaltiger Felsbrocken mitten in einen stillen Teich gefallen. Das ist die Wahrheit, auf die ich hingearbeitet habe, die Wahrheit, der ich mich zuvor nicht stellen konnte, weil ich noch nicht bereit war. Welchen Zweck hätte es, zu den ersten dreizehn Jahren meines Lebens zurückzukehren, wenn ich mich auf nichts weiter konzentrieren kann als die schlimmen Taten, die ich in den vergangenen zwanzig Jahren begangen habe? Denn das sind sie. *Schlimme Taten.*

Selbst jetzt versucht ein Teil von mir noch, das zu leugnen. Doch das spielt keine Rolle. Es ist die Wahrheit. »Ich wollte nie jemandem schaden. Ich wollte die Leute immer nur beschützen. Aber welche Rolle spielen meine Absichten, wenn ich einem ungerechten System diene, verdammt? Ich war bloß ein Werkzeug, das aus Gründen benutzt wurde, die ich noch nicht verstehe.« Ich schaue sie an und weiß, dass meine nächsten Worte jene sein werden, die die Sache mit ihr endgültig beenden. »Ich kann das, was ich getan habe, nicht ändern. Aber ich kann entscheiden, was ich als Nächstes tue. Ich will Antworten. Und mehr noch als das will ich die Dinge in Ordnung bringen.«

In ihren Augen schimmern unvergossene Tränen. »Das wird dich das Leben kosten. Du bist nur ein Mann, der gegen wie viele verdammte Cŵn Annwn antritt? Und dabei rechne ich noch nicht einmal den Rat oder die alten Götter mit ein, die möglicherweise nach wie vor irgendwo herumlungern. Was könntest du allein gegen eine solche Übermacht ausrichten?«

»Keine Ahnung.« Ich streiche ihr das Haar aus dem Gesicht und umfasse ihren Kiefer. »Aber wenn sie mich jagen wollen, dann werde ich ihnen einen verdammt guten Grund dafür geben. Nicht indem ich davonlaufe. Sondern indem ich kämpfe.«

Ihre Unterlippe bebt immer heftiger. »Das ist der dümmste, aufopferungsvollste Quatsch, den du mit deinem verdammten Edler-Ritter-Komplex je von dir gegeben hast.« Eine einzelne Träne rinnt aus ihrem Augenwinkel. »Bunny schlägt im Jenseits gerade vermutlich vor lauter Schadenfreude Saltos. So muss es sein, denn ich habe dich nie mehr geliebt. Ich schätze, das macht mich zu einem ebenso edelmütigen Dummkopf wie dich.«

Sagt sie das, was ich denke? Ganz sicher nicht. »Aber du willst doch nach Hause.«

»Natürlich will ich das. Jenes Reich ist das Einzige, das ich je gekannt habe. Es ist das Einzige, in dem es Orte gibt, an denen ich Zeit mit Bunny verbracht habe.« Sie holt tief Luft. »Doch wenn hier nicht irgendwo ein weiteres Portal herumsteht, das nach Hause führt …«

Ich wünschte, ich könnte ihr etwas Positives mitteilen. Ich schüttle langsam dem Kopf. »Soweit ich weiß, gibt es auf jeder Insel nur ein einziges Portal.«

»Ein Portal, das nun zerstört ist. Und die Schuld dafür kann ich nur mir selbst geben. Aber selbst wenn es noch offen wäre, würde ich mich in der gleichen Lage wiederfinden, in der du steckst. Ich kann den Rest meines Lebens damit verbringen, meiner Vergangenheit hinterherzujagen ... oder ich kann mich auf die Zukunft konzentrieren.«

»Threshold ist ein Reich voller Magie, deren Ausmaß sich nicht mal erahnen lässt. Dieses Portal muss nicht zwangsläufig dein einziger Weg nach Hause gewesen sein. Es könnte noch andere geben. Es ist schließlich nicht so, als würden wir jedes Geheimnis dieses Ortes kennen.«

»Das mag sein, allerdings werden wir das womöglich nie herausfinden.« Sie schüttelt den Kopf. »Nein. Ich werde nicht weiter einem dummen Traum nachjagen, wenn uns hier ein sehr realer Kampf bevorsteht. Ein Kampf, bei dem ich vielleicht helfen kann. Und der mir möglicherweise die Chance auf eine Zukunft bietet.«

Hoffnung ist eine schreckliche, verworrene Sache. Wenn ich die Frage nicht stelle, kann ich in diesem Zustand der Unwissenheit verweilen. In der Ahnungslosigkeit liegt eine gewisse Magie. Habe ich diese Lektion mittlerweile nicht schon mehrere Male gelernt, immer und immer wieder? Doch wenn ich mir nun vornehme, mutig zu sein und nach Antworten zu suchen, dann werde ich jetzt damit anfangen müssen. »Eine Zukunft mit mir?«

In der zunehmenden Dunkelheit lässt es sich nur schwer beurteilen, ich bin mir allerdings fast sicher, dass Evelyn knallrot anläuft. Sie will mir nicht so recht in die Augen schauen. »Ich weiß nicht, ob du mich wirklich an deiner Seite haben willst, wenn du eine Revolution anzettelst. Ich bin nur eine Hexe, die zufällig auch noch recht gut darin ist, Leuten Sachen zu stibitzen.«

Die Hoffnung in meiner Brust entfaltet sich mit einer Kraft, die dafür sorgt, dass ich den Mond anheulen will. Ich hätte nicht mal im Traum gewagt, darauf zu hoffen, dass sie das sagen würde. Sie *bleibt*. In Threshold. Bei mir.

Behutsam drehe ich ihr Gesicht zu mir herum. »Da gibt es kein ›nur‹. Ich will dich an meiner Seite haben. Keine Vereinbarungen. Keine Bedingungen. Keine Vorbehalte. Trotzdem darfst du nicht unterschätzen, wie kostbar du bist, Evie. Du hast Fragen gestellt, die gestellt werden mussten, und das ist Gold wert. Außerdem mögen dich die Leute. Vor mir haben sie Angst, du hingegen bist ihnen sofort sympathisch.« Sie öffnet den Mund, zweifellos, um mir weiter zu widersprechen, und ich presse einen Finger auf ihre Lippen. »Ich habe Verständnis dafür, wenn du nicht kämpfen willst. Dies ist nicht deine Schlacht. Aber sag niemals, dass du wertlos bist. Denn für mich bist du es nicht.«

»Du machst es schon wieder. Du sagst einfach immer die richtigen Dinge.«

»Ich sage nie die richtigen Dinge.« Mein Lachen klingt erstickt. »Oder zumindest bist du die Einzige, die das so sieht.«

Sie legt eine Hand um mein Handgelenk und drückt es ganz leicht. »Bowen, das hier zwischen uns fühlt sich wie eine große Sache an. Eine *wirklich* große Sache.«

»Ich weiß.« Mit dieser einen Unterhaltung hat sich alles verändert. Mein Herz weiß nicht, ob es sich verkrampfen oder geradewegs aus meiner Brust herausspringen will. Ich bekomme kaum noch Luft. »Aber wenn du es dir anders überlegst – irgendwann –, werde ich dir helfen, einen Weg nach Hause zu finden. Versprochen.«

»Das weiß ich.« Sie lässt meine Hand los und steht langsam auf.

»Mich in dich zu verlieben, ist die größte Dummheit, die man sich vorstellen kann, und doch kann ich nichts dagegen ausrichten.«

Ich schüttle energisch den Kopf. Hat sie gerade das gesagt, von dem ich denke – hoffe, Götter, von dem ich *hoffe* –, dass sie es gesagt hat? »Sag das noch mal.«

»Bowen.«

»Sag das noch mal, Evie. Bitte.«

Sie leckt sich über die Lippen und errötet heftig. »Ich bin dabei, mich in dich zu verlieben. Diese Erkenntnis bereitet mir großes Unbehagen, also mach bitte nicht so viel Wind darum.«

Ich soll nicht so viel Wind darum machen? Götter, ich liebe diese Frau wirklich. Nur sie würde mir etwas so Weltbewegendes gestehen und mich dann bitten, so zu tun, als wäre es etwas ganz Gewöhnliches, mit so etwas herauszurücken. Als es mir schließlich gelingt zu sprechen, klingt meine Stimme rau. »Ich bin ebenfalls dabei, mich in dich zu verlieben. Glaub niemals, dass du das alles allein durchmachst.«

»Oh. Tja. Gut. Ähm. Ja, okay.« Sie fährt sich mit einer Hand durchs Haar und verzieht das Gesicht. »Hör zu, ich weiß, dass das nicht romantisch ist, aber ich flippe gerade irgendwie ein bisschen aus, und wir stehen kurz davor, einen verfluchten Krieg mit der mächtigsten Gruppierung in Threshold anzuzetteln. Und meine Ex-Freundin will uns immer noch umbringen, also sollten wir das alles vielleicht erst mal sacken lassen, oder was meinst du?«

Ich muss mich enorm zusammenreißen, um nicht aufzuspringen, sie hochzuheben und herumzuwirbeln, bis uns beiden schwindelig wird. »Okay.«

»Okay. Gut.« Sie weicht langsam zurück. »Ich werde jetzt duschen gehen und mir etwas anziehen. Lass die Finger von deiner Wunde. Abgesehen von dem, was ich bereits getan habe, verfüge ich nicht über die nötige Magie, um dich schneller heilen zu lassen. Dieser Zauber wird nicht verhindern, dass sie wieder aufreißt, wenn du daran herumfummelst.«

Erst als sie das Zimmer verlässt, sacke ich auf der Couch in mich zusammen. Ich habe mich noch nie im Leben schwächer und hilfloser gefühlt, gleichzeitig erwische ich mich dabei, dass ich wie ein Volltrottel grinse. *Hoffnung.* Ist das die eine Sache, die mir mein ganzes Leben lang gefehlt hat? Nun ja, Hoffnung und Evelyn. Sogar ein Perspektivwechsel hätte nicht ausgereicht, um mich auf diesen Weg zu führen, wenn sie nicht ins Ohr geflüstert und Fragen gestellt hätte, auf die ich keine Antworten hatte.

Nun werden wir die Antworten gemeinsam finden.

29

Evelyn

Ich kann den genauen Augenblick, in dem ich beschlossen habe, in Threshold zu bleiben – bei Bowen zu bleiben –, nicht bestimmen. Vielleicht habe ich die Entscheidung sogar schon getroffen, bevor mir klar war, dass ich Zugang zu einem Portal hatte, das mich in ein Reich bringen würde, das meinem ähnelt. Ich denke, dass ich angefangen habe, ihn zu lieben, als er ins Dorf gegangen ist, um die Leute zu befragen, statt mich zu übergehen und den Drachen zu verfolgen, um den Auftrag zu Ende zu bringen. Und seit diesem Tag ist das Gefühl nur noch stärker geworden. Und zwar viel zu schnell. Leute sollten sich nicht innerhalb weniger Wochen Hals über Kopf verlieben.

Die Leute in unserer Familie verlieben sich schnell, Vögelchen. Sorg dafür, dass du jemanden wählst, der es wert ist.

Ich habe eine gute Wahl getroffen. Ich mag Bowen noch nicht lange kennen, weiß jedoch genug über ihn, um mir dessen sicher zu sein.

Ich senke den Kopf unter den Wasserstrahl und schamponiere mein Haar ein zweites Mal. Alles an diesem sicheren Unterschlupf ist eine Überraschung. Nachdem ich die magische Kühltruhe voller Essen entdeckt habe, bin ich auf Schränke voller Kleidung in allen möglichen Größen gestoßen. Als würden die Leute, die diesen Ort errichtet haben, damit rechnen, dass man hier mit nichts eintrifft. Dass man auf der Flucht ist. Hier gibt es Nahrung und Kleidung und eine Unterkunft, genau wie Nox versprochen hat.

Es ist eine Schande, dass wir nun keinen Zugang mehr zur *Audacity* haben. Ich habe ein paar Fragen an den Quartiermeister. They hat uns das Leben gerettet, und das hätte bereits ausgereicht. Aber uns hierherzuschicken? Das ist ein weiteres Mysterium, das nur darauf wartet, erkundet zu werden. Ein weiteres Geheimnis, das mich dazu verlockt, es zu enträtseln.

Dies ist kein sicherer Unterschlupf für die Cŵn Annwn. Was mich zu der Frage führt, ob es womöglich ein Geheimversteck *vor* den Cŵn Annwn ist.

Das ergibt Sinn. Nicht, dass Nox damit in Verbindung stehen könnte, sondern dass es womöglich eine Untergrundbewegung gibt. Es ist interessant, dass Bowen dieses Haus nicht als das zu erkennen scheint, was es ist, was bedeutet, dass er nie mit irgendeiner Art von Widerstand in Kontakt gekommen ist. Also leistet diese Rebellion vielleicht gar keinen aktiven Widerstand. Möglicherweise bringt sie Leute heimlich aus Threshold heraus. Wenn Bowens Überzeugung stimmt und man durch den Schwur an die Cŵn Annwn gebunden ist, wodurch sie einen überall aufspüren können, sobald man ihn geleistet hat – und mittlerweile stelle ich alles infrage –, dann müssen die Leute, die hier vorbeikommen, dem Widerstand begegnet sein, bevor die Cŵn Annwn sie in die Finger bekommen und sie zwingen konnten, den Schwur abzulegen.

Schicken sie sie nach Hause? Oder bringen sie sie an Orte in Threshold, wo sie in eine Gemeinschaft integriert werden können, ohne Monsterjäger werden zu müssen?

Das sind zu viele offene Fragen, aber wenigstens geben sie mir Hoffnung. Sich einer bereits bestehenden Widerstandsbewegung anzuschließen, ist sehr viel leichter, als selbst eine aufzubauen. Infrastruktur ist unbezahlbar. Und dem Zustand dieses sicheren Unterschlupfs nach zu urteilen, verfügen Nox' Leute bereits darüber.

Ich stelle das Wasser ab und ziehe mir die geliehenen Klamotten an, die ich in einer Kommode im Schlafzimmer gefunden habe. Sie passen mir nicht besonders gut und sind auch nicht gerade schmeichelhaft für meine Figur, doch das kümmert mich nicht. Die gedämpften Braun-, Grau- und Grüntöne lassen vermuten, dass sie ausgewählt wurden, weil sie nicht groß auffallen und einen mit der Umgebung verschmelzen lassen.

Ich flechte mein Haar und kehre zu Bowen zurück, der auf der Couch döst. Sein großer Körper liegt ausgestreckt da, seine Beine hängen über die Kante. Er ist immer noch zu blass, aber seine Brust hebt und senkt sich regelmäßig, was beruhigend ist. Ein Anfall von Zärtlichkeit bringt mich beinahe ins Taumeln. Er ist so verdammt Furcht einflößend und mächtig, jetzt gerade wirkt er jedoch verletzlich, und er vertraut mir genug, um sich nicht die Mühe zu machen, es zu verbergen. Das führt dazu, dass ich ihn einpacken und irgendwo hinbringen will, wo er sicher ist und nicht mehr kämpfen muss. Außerdem sorgt es dafür, dass ich hinter ihm stehen und ihn unterstützen will, während er tut, was nötig ist, um die Waage in seinem Kopf ins Gleichgewicht zu bringen.

Ich räuspere mich, um meine Anwesenheit anzukündigen. »Die Dusche ist frei. Pass gut auf deinen Hals auf.« Er sieht nicht allzu gut aus. Als er aufsteht, bewegt er sich auf diese vorsichtige Weise, die man nur bei Leuten sieht, die ernsthaft verletzt sind. »Wenn du Hilfe brauchst …«

»Wenn du mir in der Dusche hilfst, komme ich garantiert in Versuchung, dir aus diesen Klamotten zu helfen.«

Ich blinzle. »Du bist ja schon wieder süß. Du hast ein furchtbar schlechtes Gespür für Timing. Schau mich nicht so an. Du hast so viel Blut verloren, dass es deinen Tod bedeuten könnte, wenn du jetzt eine Erektion bekommst. Willst du mein Gewissen wirklich *damit* belasten?«

Er stößt ein schnaubendes Lachen aus. »Es würde mir nicht mal im Traum einfallen, dir so was aufzubürden, Evie. Warum machst du uns stattdessen nicht etwas zu essen?«

»Jetzt lässt du mich also die kleine Ehefrau spielen, was?« Ich grinse, meine Belustigung verpufft allerdings, als ich den hungrigen Ausdruck auf deinem Gesicht sehe. Oh ja, *das* ist es, was er will. Sehr sogar. »Geh duschen, bevor du uns in Schwierigkeiten bringst.« Um mich davon abzuhalten, der Versuchung nachzugeben, ziehe ich mich in die kleine Küche zurück.

Es ist genau wie im Bad: Je mehr ich herumschnüffele, desto mehr Fragen habe ich bezüglich der Magie, die erforderlich ist, um diesen Ort in Schuss zu halten. Sie ist nicht billig, und man würde jemanden brauchen, um sie aufrechtzuerhalten. Was meinen Verdacht, dass dieses Versteck regelmäßig genutzt wird, weiter untermauert. Ich war zu müde, um auf die Umgebung zu achten, durch die wir gestapft sind, um hierherzugelangen, aber sie bestand größtenteils aus Felsen und Klippen und Dreck. Das alles gibt es auch in meinem Reich, nichts davon lässt sich leicht identifizieren. Daher lässt sich nicht viel über das Reich sagen, zu dem das Portal dieser Insel führt.

In der Kühltruhe befindet sich verpacktes Essen in ordentlichen kleinen Stapeln. Jeder Behälter ist peinlich genau beschriftet. Auf den ersten Blick erkenne ich die Sprache nicht, doch die Buchstaben verändern sich vor meinen Augen und formen sich schließlich in meine Sprache um. Ein Übersetzungszauber. Wie ich vorhin schon herausgefunden habe, handelt es sich um eine Menge unterschiedlicher Suppen. Sie sind alle vorgekocht, man muss sie nur aufwärmen. Ich schnappe mir einen Rindfleischeintopf und treibe einen Topf auf, in dem ich ihn erhitzen kann.

Dann begebe ich mich auf die Jagd.

Ich rechne nicht damit, viel zu finden. Kein Geheimversteck ist vollkommen sicher. Sollten die Cŵn Annwn diesen Ort je finden, will ihnen derjenige, dem er gehört, bestimmt keine Liste mit Hinweisen liefern. Aber Leute sind nun mal, wie sie sind, und hinterlassen gerne ihre Spuren. Im zweiten Schlafzimmer werde ich fündig. Die oberste Schublade ist leer, als ich jedoch anfange, sie abzuklopfen, entdecke ich einen falschen Boden. »Ha. Der älteste Trick der Welt.«

In dem verborgenen Fach befindet sich ein altes, abgenutztes Buch, das mit Texten in Hunderten verschiedener Handschriften gefüllt ist. Ich sehe Dutzende unterschiedliche Sprachen, allerdings muss das Buch ebenfalls mit einem Übersetzungszauber belegt sein, denn sie verwandeln sich vor meinen Augen in meine Sprache. Vorsichtig blättere ich die Seiten um. Ich weiß nicht, wie hier in Threshold Zeit gemessen wird, doch diese Einträge reichen eindeutig Jahrzehnte zurück – mindestens.

Ich wende mich dem aktuellsten Eintrag zu und setze mich auf das Bett, um ihn zu lesen.

Ich werde mich kurzfassen, weil ich auf gar keinen Fall jenen schaden will, die mir geholfen haben. Dieses Buch sagt mir, dass ich nicht der Erste bin, und wahrscheinlich werde ich auch nicht der Letzte sein. Eigentlich wusste ich, dass man sich bei Vollmond nicht betrinken soll, und schon als Kind habe ich gelernt, nicht im Wald umherzuwandern. Ein Feenkreis. Was für ein verdammter Witz. Ich hielt sie für einen Mythos, dann bin ich hier gelandet. An einem Ort, an dem die Regeln keinen Sinn ergeben. Es war reines Glück, dass mich einer

von ihnen gefunden hat und ich nicht in die Fänge der Cŵn
Annwn geraten bin. Wäre Letzteres der Fall gewesen, hätte ich
vermutlich keine vierzehn Tage überlebt. Ich bin kein Krieger.
Ich verfüge nicht mal über ein nennenswertes Maß an Magie.
Und jetzt gehe ich nach Hause. Morgen werde ich den
Anweisungen folgen, die ich erhalten habe, und zur nördlichen
Seite der Insel wandern. Dort werde ich mit aller Macht
hoffen, dass meine Retter es gut mit mir meinen, und in den
Feenkreis aus roten Pilzen treten. Wenn alles so läuft, wie es
mir versprochen wurde, wird dieser mich zurück in mein Reich
bringen.
Wenn du das hier liest, müssen sie dir ebenfalls geholfen
habe. Ich hoffe, du wirst in der Lage sein, nach Hause
zurückzukehren.
Gute Reise.
Tom

»Ich *wusste* es!«

»Was wusstest du?«

Ich hebe den Kopf und entdecke Bowen, der am Türrahmen lehnt. Nun, da er geduscht hat, scheint es ihm ein bisschen besser zu gehen, aber er wirkt nach wie vor zu blass. Außerdem hege ich den starken Verdacht, dass er deswegen am Türrahmen lehnt, weil er aus eigener Kraft nicht sicher stehen kann. Ich tätschele das Bett neben mir. »Komm und schau dir das an.«

Er schließt sich mir an und lugt über meine Schulter, während ich mir ein paar weitere Einträge durchlese. Manche von ihnen sind lang, andere kurz. Sie alle stammen von Leuten, die erleichtert sind, durch ein Portal reisen und Threshold verlassen zu können, bevor die Cŵn Annwn sie dazu zwingen konnten, einen Schwur abzulegen. Wenn man bedenkt, wer uns hergeschickt hat, muss ich glauben, dass zumindest ein paar Mitglieder der Cŵn Annwn Teil dieses Netzwerks sind. Nox ist der lebende Beweis dafür, es muss allerdings noch mehr von ihnen geben.

Bowen fährt mit einem Finger über die Seite. »Vor ein paar Wochen hätte ich das hier noch als Verrat bezeichnet.«

»Ich weiß.«

Er schweigt eine ganze Weile lang. Ich lasse ihn nachdenken, während ich die nächsten Einträge lese. Meine Neugier auf diese Leute, darauf, wie sie hergekommen und wie sie zurück nach Hause gelangt sind, ist wie … ein lebendiges Wesen in meinem Inneren. Ich werde nicht so tun, als wäre ich je selbstlos gewesen. Bunny hatte eine seltsame Sichtweise auf derartige Dinge. Vielleicht war sie jedoch gar nicht so seltsam. Sie hat Wucherpreise für ihre Dienste verlangt, aber mehr als einmal habe ich sie dabei erwischt, wie sie Leuten, die sich ihre Preise niemals hätten leisten können, Gratiszauber zugesteckt hat. Ich habe es genauso gehalten.

Das hier ist etwas anderes.

Hier steckt eine … *Absicht* dahinter.

»Da ich ein ehemaliger Kapitän bin, wird niemand, der diesen Leuten hilft, glauben, dass ich ernsthaft und aus reiner Herzensgüte Teil dieser Gruppe sein will. Sie werden davon ausgehen, dass ich ein Spion bin.«

Ich klappe das Buch behutsam zu und schenke ihm meine volle Aufmerksamkeit. »Eine Menge Leute werden dich danach beurteilen, was du in den letzten zwanzig Jahren getan hast. Du wirst eine Weile brauchen, um zu beweisen, dass du mehr bist als dieser Mann von damals.« Ich verziehe das Gesicht. »Allerdings bin ich mir nicht ganz sicher, wie wir das anstellen sollen, ohne das Risiko einzugehen, dass die Cŵn Annwn uns beide töten.«

»Ja … das habe ich ebenfalls in Betracht gezogen.« Er runzelt die Stirn. »Andererseits gehört Nox zu den Cŵn Annwn. Doch wie es scheint, ist they ebenfalls ein Mitglied dieser Bewegung. Ich bin mir nicht sicher, wie they das hinbekommt, während they gleichzeitig als Hedds Quartiermeister dient. Denn *Hedd* kann auf gar keinen Fall darüber Bescheid wissen.«

»Das sehe ich auch so.« Ich erschaudere. Nach allem, was ich über den Mann weiß, ist es wahrscheinlicher, dass er jemanden, der Zuflucht sucht, enthauptet, statt ihm eine Möglichkeit zu verschaffen, in sein Heimatreich zurückzukehren. »Aber wenn es Nox gelingt, diesen Spagat hinzubekommen, dann möchte ich wetten, dass es noch andere gibt. Sonst könnte das Ganze überhaupt nicht funktionieren. Ich kann mir nicht vorstellen, dass Nox das alleine durchzieht. Diese ganze Sache ist so organisiert, dass nicht nur eine Person dahinterstecken kann. Vielleicht gibt es eine Möglichkeit, es so aussehen zu lassen, als würden wir unserem Schwur gerecht werden, während wir in Wahrheit gegen die Cŵn Annwn arbeiten.«

Er tippt mit einem Finger auf den Buchdeckel. »Vielleicht. Ich glaube allerdings nicht, dass ich es nach allem, was passiert ist, noch über mich bringen könnte, Monster zu töten. Wir werden einen anderen Weg finden müssen. Einen, der nicht dazu führt, dass wir uns zur Zielscheibe machen.«

Ich lehne mich vorsichtig an seine Schulter. »Wie wäre es, wenn wir bei dem, was wir tun, einfach richtig schlecht sind. Wir werden uns wirklich große Mühe geben, diese listigen Monster werden uns jedoch immer und immer wieder entwischen. Abgesehen von Meerjungfrauen. Diese elenden Meerjungfrauen können mich mal.«

Bowen lacht in sich hinein. »Wir müssen nicht sofort alle Antworten parat haben. Wir werden die Nacht hier verbringen und uns dann morgen Richtung Stadt aufmachen.«

Ich will nicht in die Stadt gehen. Ich will an diesem seltsamen, magischen Ort bleiben, wo die Möglichkeiten endlos erscheinen und wir keine schweren Entscheidungen treffen müssen. Das ist ein alberner Wunsch. Das Leben ist voller schwerer Entscheidungen, und wenn wir vorhaben, gegen die Cŵn Annwn vorzugehen, müssen wir uns eine Methode überlegen, die funktioniert. Aber er hat recht, wir müssen uns nicht heute Nacht etwas einfallen lassen.

»Lass uns essen.« Ich stehe auf und biete ihm meine Hand an. Dass Bowen sie annimmt und mir erlaubt, ihn sanft auf die Füße zu ziehen, beweist nur, wie wackelig er immer noch auf den Beinen ist. Meine Sorge ist regelrecht greifbar. Er muss zu einem Heiler. Einem richtigen. Die Wunde ist nicht entzündet und blutet auch nicht mehr, doch nun, da er sauber ist, müssen wir sie wenigstens verbinden. »Zuerst werde ich allerdings Krankenschwester spielen.«

Ich führe ihn in die Küche und zwinge ihn, sich auf einen Stuhl zu setzen. Dann rühre ich einmal kurz den Eintopf um und stelle fest, dass er so gut wie fertig ist. Ich habe gerade noch genug Zeit, um diesem Mann einen Verband anzulegen. Bei meiner ersten Durchsuchung des Hauses habe ich mehrere Erste-Hilfe-Sets gefunden – oder zumindest das, was man in Threshold darunter verstehen würde –, und zwar eines in jedem Zimmer. Auch wenn ich es durchaus zu schätzen weiß, dass hier alles so gut vorbereitet ist, frage ich mich dennoch, wie oft wohl Leute hier landen, die im Begriff sind zu verbluten.

Das ist kein angenehmer Gedanke.

Bowen hält still, während ich vorsichtig den Verband an seinem Hals anbringe. Bislang habe ich immer nur die sexy Krankenschwester gespielt, doch hier geht es um einen verdammten Verband. Das ist keine Raketenwissenschaft. Trotzdem kann ich nicht umhin zu befürchten, dass ich es verbocke. Sollte er wegen meiner Unfähigkeit sterben, würde ich mir das niemals verzeihen.

»Evie.« Er bedeckt meine Hände mit seinen und zieht sie sanft von dem Verband weg. »Ist schon gut. Ich komme wieder in Ordnung.«

Ich kaue auf meiner Unterlippe herum. »Mit meiner Magie konnte ich lediglich die Blutung stoppen. Die Zähne dieser Meerjungfrau sahen fies aus. Selbst wenn sie nicht giftig sind, sind auf jeden Fall irgendwelche ekligen Ozeanbakterien in die Wunde gelangt. Vielleicht sollten wir schon heute Nacht in die Stadt gehen. Ich weiß nicht, ob es eine gute Idee ist zu warten.«

»Evie«, sagt er erneut, und ich glaube nicht, dass mir aufgefallen ist, wann er angefangen hat, meinen Namen abzukürzen. Es ist einfach irgendwie passiert – genauso wie die Tatsache, dass ich begonnen habe, mich in ihn zu verlieben.

»Bowen.« Meine Stimme klingt ein wenig zittrig, aber meine ganze Welt ist gerade ein wenig wacklig, also ist das kein Wunder. »Ich mache mir Sorgen um dich.«

»Ich weiß.« In seinem Tonfall liegt so viel Zufriedenheit, dass ich weiche Knie bekomme. Er lächelt. »Das ist nicht der erste Meerjungfrauenbiss, den ich überlebt habe. Die vorherigen haben sich nicht entzündet, und ich bezweifle, dass das bei diesem anders sein wird. Der Verband wird halten, bis wir morgen zu Cato gehen. Ze macht zir Arbeit gut und wird mich problemlos wieder zusammenflicken.«

Die Art, wie er das sagt, lässt mich vermuten, dass ihn diese Person namens Cato schon bei schlimmeren Verletzungen behandelt hat, was nicht gerade hilft, meine Sorge zu dämpfen. Ich habe die zahlreichen Narben auf seinem Körper gesehen. Mir ist klar, dass er eine Menge schrecklicher Verletzungen überlebt hat, das ist allerdings kein Grund, jetzt unvorsichtig zu werden. »Es wäre sehr dumm von dir, an etwas zu sterben, das sich unglaublich leicht verhindern lässt.«

»Ich werde nicht sterben. Zumindest noch nicht.« Er dreht meine Hände um und presst einen Kuss auf jede Handfläche. »Du hast mir das Leben gerettet und mich verbunden. Die Wunde ist sauber. Lass uns essen und schlafen. Das wird mir mehr helfen als alles andere.«

Ich hege den starken Verdacht, dass er sich gerade ein bisschen bevormundend verhält, trotzdem beruhigt es mich ein wenig. Wenn er sich gut genug fühlt, um sich herablassend aufzuführen, dann steht er noch nicht an der Schwelle des Todes.

Der Trick besteht nun darin, ihn davon abzuhalten, etwas Dummes zu tun.

30

Bowen

Das Bett ist kleiner, als ich es bevorzugen würde, aber der Vorteil daran ist, dass Evelyn schließlich halb auf meiner Brust liegt. Sie schläft innerhalb weniger Minuten ein. Ihr Körper ist vor Erschöpfung ganz schlaff, ihr Atem geht regelmäßig. Ihre Anwesenheit reicht beinahe aus, um die Ängste, die mit der Dunkelheit kommen, in Schach zu halten.

Nichts in dieser Welt ist so, wie ich dachte.

Weder die Cŵn Annwn noch die Leute. Nicht einmal die Monster.

Es gibt nur eine Person, die in der Lage sein könnte, mir Antworten zu liefern, und sie befindet sich an Bord der *Audacity*, außerhalb meiner Reichweite. Manchmal dauert es Monate, bis man dasselbe Schiff wiedersieht. Gelegentlich sogar länger. Das Einzige, was bei den Cŵn Annwn einer gewissen Regelmäßigkeit unterliegt, ist die Notwendigkeit, einmal pro Jahr Lyari zu besuchen, um vor den Rat zu treten.

Ich hielt diese jährlichen Besuche immer für Zeitverschwendung, eine unnötige Präsentation all dessen, was wir seit unserem letzten Besuch geleistet haben. Die Einzelheiten jeder Jagd, auf die wir uns begeben, sind dem Rat bereits bekannt, weil wir über das magische Übermittlungssystem, das in den Schreibtisch eines jeden Kapitäns integriert ist, Berichte einreichen müssen.

Nun frage ich mich, was es wirklich damit auf sich hat.

Sollen diese obligatorischen Besuche die Macht des Rates untermauern und uns daran erinnern, wem wir unterstehen – und welche Folgen Verrat hat? Ich habe von Kapitänen gehört, denen man ihre Stellung aberkannt hat, mir ist jedoch noch nie zu Ohren gekommen, dass jemand hingerichtet wurde, weil er Teil einer Widerstandsbewegung gegen die Cŵn Annwn war. Was nicht bedeutet, dass es nie passiert ist … sondern nur, dass der Rat nicht an die große Glocke hängen will, dass eine solche Opposition überhaupt existiert.

Nox würde es wissen, darauf wette ich.

Ich habe keine Ahnung, wohin Hedd unterwegs ist, was bedeutet, dass ich nicht vorhersagen kann, wo sich sein Quartiermeister als Nächstes aufhalten wird. Und Nox ist die einzige Person, die mir verraten kann, was hier verdammt noch mal vor sich geht. Die Tatsache, dass they den Standort des sicheren Unterschlupfs kennt und wusste, dass they uns herschicken kann, lässt darauf schließen, dass they auch schon andere hergeschickt hat. Ich weiß nicht, ob diese Untergrundorganisation einen Anführer oder eine Anführerin hat, aber falls es so ist, dann muss ich diese Person finden.

Das Problem ist, dass sie nicht zulassen wird, dass jemand wie ich sie aufspürt. Zuerst muss ich beweisen, dass ich für sie keine Gefahr darstelle. Und ich habe keinen Schimmer, wie ich das ohne Nox anstellen soll. Wenn ich *them* überzeugen kann, wird they vielleicht für mich bürgen.

Evelyn gibt ein niedliches kleines Schnarchen von sich, und ich ziehe sie fester an mich. Egal was sonst stimmen mag, ich habe sie. Sie hat mich ebenso gewählt, wie ich sie gewählt habe. Jetzt muss ich nur noch alles in meiner Macht Stehende tun, um sicherzustellen, dass ich nicht ihr Todesurteil unterschreibe. Diese Reise, auf der wir uns befinden, wird nicht gerade sicher sein. Andererseits, was *ist* im Leben schon sicher?

Als Evelyn gesagt hat, dass sie den Rest ihrer Tage damit verbringen wird, sich Sorgen zu machen, dass ich den Tod finden könnte ... Mir geht es genauso. Würde sie mich verlassen, würde ich mich in den Jahren, die mir noch bleiben, ständig fragen, ob sie Jahrzehnte voller Freude und Glückseligkeit verbringen konnte, bevor sie schließlich am Ende eines erfüllten Lebens aus dieser Welt scheidet. Das würde mich in den Wahnsinn treiben. Ich hatte bereits meinen Frieden mit dem Wissen gemacht, dass ich mich immer so fühlen würde, als würde ein Teil von mir fehlen, sobald sie aus meinem Leben verschwindet.

Ich hatte noch keine Gelegenheit, den Schock zu verarbeiten, dass sie bleibt. Dass sie hier in meinen Armen ist und nicht vorhat, mich zu verlassen.

Ich will der Liebe dieser Frau würdig sein. Egal was sie sagt oder denkt, das habe ich noch nicht erreicht. Vielleicht werde ich es niemals erreichen. Doch das bedeutet nur, dass ich umso heftiger kämpfen werde, um sie zu ehren.

Ihr gleichmäßiger Herzschlag beruhigt meine rasenden Gedanken, und ich erwische mich dabei, wie ich mich an ihre langsamen Atemzüge anpasse, während mein Körper schwer wird. Ich lege meine Arme fester um sie und lasse mich von dem Gefühl, sie so dicht bei mir zu haben, dazu verleiten, die Augen zu schließen. Ich schlafe ohne konkrete Antworten ein und habe lediglich die Gewissheit, dass ich mich niemals daran gewöhnen werde, ohne Evelyn zu schlafen.

Von ihrem Duft umgeben aufzuwachen.

Als ich die Augen öffne, ist die Frau selbst jedoch verschwunden.

Jede Bewegung tut weh. Ich mache eine kurze Bestandsaufnahme meiner Verletzungen, während ich mich aufsetze, verspüre allerdings keinen unmittelbaren stechenden Schmerz. Nur eine allgemeine Steifheit und Erschöpfung von dem gestrigen Kampf. Mein Hals ist am schlimmsten dran. Er pocht im Gleichklang mit meinem Herzschlag. Ich meinte das, was ich gesagt habe, ernst. Ich bin schon zuvor von Meerjungfrauen gebissen worden, und die Wunden haben sich nie entzündet. Aber Evelyn hat recht damit, dass ich zu einem Heiler gehen sollte. Nur für alle Fälle. Zuzulassen, dass Arroganz meinen Untergang bedeutet, wäre unverzeihlich.

Es ist an der Zeit, die Wanderung nach Kanghri auf uns zu nehmen und uns Catos fragwürdiger Fürsorge zu unterwerfen.

Ich entdecke Evelyn in der Küche, wo sie eine weitere Suppe aufwärmt. Als ich die Augenbrauen hochziehe, zuckt sie mit den Schultern. »Es gibt hier nicht viele verderbliche Lebensmittel, und das meiste Zeug in der Vorratskammer kenne ich nicht. Also gibt es Suppe zum Frühstück.«

»Ich beschwere mich nicht.«

»Das liegt daran, dass du ein sehr kluger Mann mit guten Überlebensinstinkten bist.« Sie lässt mich kaum einen Löffel Suppe essen, bevor sie sagt: »Ich habe Verständnis dafür, wenn du nicht darüber reden willst, aber ich will es trotzdem aussprechen. Sich wegen der eigenen Vergangenheit hin- und hergerissen zu fühlen, ist in Ordnung. Sowohl was die Vergangenheit mit den Cŵn Annwn betrifft als auch das, was davor war. Sollte es je dazu kommen, dass du dir mal eine Auszeit vom Kampf für das Allgemeinwohl nehmen willst, um nach Antworten zu suchen, werde ich dich unterstützen. Egal was du tun musst, ich werde an deiner Seite sein.«

»Ich liebe dich.« Es sind nur drei einfache Worte, dennoch stellen sie meine ganze Welt auf den Kopf. Ich halte ihrem

Blick stand. »Ich weiß das Angebot und die Unterstützung zu schätzen, aber ich habe das, was ich gestern Nacht sagte, ernst gemeint. Welche Antworten mein Heimatreich auch liefern mag, letztendlich spielen sie keine Rolle.«

»Vielleicht spielen sie jetzt noch keine Rolle, doch das könnte sich ändern. Dein Beschützerinstinkt ist zu groß, um nicht dafür zu sorgen, dass du dich schuldig fühlst, wenn all deine Fragen anfangen, Vorrang zu bekommen und deinen Lebenszweck in den Hintergrund zu rücken. Ich will dir nur vorsorglich mitteilen, dass es nichts gibt, weswegen du dich schuldig fühlen müsstest. Egal zu welchem Schluss du letztendlich kommst.«

Die Äußerung mit einem weiteren Schulterzucken abzutun, ist verlockend, doch sie hat recht. »Danke, dass du mich vorsorglich von meiner Schuld freisprichst.« Ich grinse.

»Oh, jetzt komm mir bloß nicht so. Du scheinst mir der Typ zu sein, der seine Schuld vergöttert. Du findest sie extrem motivierend. Das ist okay. Das ist eine der Eigenschaften, die dich so liebenswert machen.« Sie rührt in ihrer Suppe herum. »Aber glaub ja nicht, dass du mich mit all dem Süßholzgeraspel ablenken kannst, auch wenn ich es nie satthaben werde, diese drei Worte aus deinem Mund zu hören. Du gehst heute zu einem Heiler. Und damit basta.«

Mir gefällt, wie besorgt sie um mich ist. Ich will nicht, dass sie sich Sorgen macht, dennoch wird mir ganz warm ums Herz, wenn ich sie so erlebe. Sie deswegen zu necken, ist viel zu verlockend, aber ich widerstehe dem Drang. Mit Mühe und Not. »Einverstanden. Es ist eine Weile her, seit ich das letzte Mal in dieser Gegend war, wenn Cato allerdings immer noch in Kanghri lebt, kann ze mich zusammenflicken.«

Sie wirft mir einen langen Blick zu, als würde ich versuchen, sie auszutricksen. »Keine Widerrede?«

»Ich bin ein kluger Mann, Evelyn, auch wenn die kürzlichen Ereignisse eher für das Gegenteil sprechen. Nur um des Diskutierens willen zu diskutieren, ist in dieser Situation albern. Ich muss gesund und bei Kräften sein, damit wir uns unseren nächsten Schritten stellen können.«

»Klar.« Sie schüttelt den Kopf. »Beeil dich, und iss auf. Wir sollten uns bald auf den Weg machen.«

Ganz so schnell geht es dann doch nicht. Bevor wir aufbrechen, nehmen wir den zusätzlichen Aufwand auf uns, dafür zu sorgen, dass wir den sicheren Unterschlupf genauso hinterlassen, wie wir ihn vorgefunden haben. An der Rückseite des Gebäudes befindet sich ein Stapel mit Feuerholz. Auf First Sister gibt es nicht viele Bäume, also müssen sie das Holz zusammen mit den anderen Vorräten herbringen. Das ist ein weiterer Hinweis auf die sorgfältige Planung, die sie darauf verwenden, diesen Ort stets für unerwartete Gäste bereitzuhalten. Ich trage ein paar Holzscheite ins Haus, um den Stapel neben dem Kamin aufzufüllen. Das geht alles von unserer Reisezeit ab, es fühlt sich jedoch sehr wichtig an, das zu tun.

Ich entdecke Evelyn in einem der Schlafzimmer. Sie sitzt auf dem Bett und hält erneut das Buch in den Händen. »Willst du einen eigenen Eintrag verfassen?«

»Nein.« Sie legt das Buch wieder in die Schublade und schiebt den falschen Boden zurück an seinen Platz. »Dies ist für Leute, die nach Hause gehen. Wir werden diejenigen sein, die diesen Leuten helfen. Es ist besser, wenn wir hier keine Beweise für unsere Anwesenheit hinterlassen.«

Sie hat recht. Das bedeutet nicht, dass mir der bittersüße Ausdruck auf ihrem Gesicht gefällt. »Bist du sicher?«

»Ja.« Sie steht auf und streicht sich die Hose glatt. »Ich werde nicht so tun, als würde ich einige Dinge aus meinem Reich nicht vermissen. Aber letztendlich ist es genau wie mit deinem – es liegt in meiner Vergangenheit. Threshold. Du. Diese Rebellion oder was auch immer das verdammt noch mal ist. Das ist meine Zukunft.«

Ich halte mich zurück und verkneife es mir, den verletzten Ausdruck, der in ihren grünen Augen aufblitzt, als sie spricht, zu kommentieren. Ich verstehe, was sie meint. Wir haben beide eine Menge verloren, um an diesen Punkt zu gelangen. Eine Richtung zu haben, in die wir uns begeben können, einen Zweck, den wir verfolgen und für den wir kämpfen können ... Das löscht diesen Verlust nicht aus.

Stattdessen strecke ich ihr meine Hand entgegen. »Lass uns gehen.

»Dann mal los, Käpt'n.«

Nach Kanghri zu wandern, dauert länger, als mir lieb ist. Nach einer kleinen Debatte entscheiden wir uns schließlich dafür, nicht den direktesten Weg einzuschlagen. Der Standort des sicheren Unterschlupfs ist nicht unbedingt schwer zu finden, wenn jemand danach sucht. Es besteht jedoch kein Grund, seine Existenz – oder die Tatsache, dass er aktiv in Gebrauch ist – an die große Glocke zu hängen. Ein Großteil von First Sister besteht aus einer verlassenen Klippenlandschaft. Die Mehrheit der Bevölkerung von den Three Sisters lebt auf Second Sister. Kanghri stellt die einzige Ausnahme dar, doch die Stadt existiert nur, weil es in Mairi zu voll wurde und ein Ort nötig wurde, an den man all die Leute verfrachten konnte, die es sich nicht leisten konnten, auf Second Sister zu leben. Das hat dazu geführt, dass Kanghri voller Geschäftsleute ist und nicht von den Personen bewohnt wird, die in diesem Teil von Threshold als Adel durchgehen.

Ich persönlich ziehe Kanghri Mairi aus genau diesem Grund vor. Die Siedlung ist weniger protzig, und es geht nicht so sehr darum, den schönen Schein zu wahren, was meiner Meinung nach ohnehin eine Verschwendung von Zeit und Ressourcen ist.

Wir folgen der Küste gen Süden und dann nach Westen in Richtung der Meeresstraße, die zwischen First und Second Sister verläuft. Die Sonne geht gerade unter, als wir die Außenbezirke der Stadt erreichen. Ich strecke eine Hand aus und packe Evelyn am Ellbogen. »Bleib dicht bei mir.«

Sie zieht die Augenbrauen hoch. »Ist dieser Ort gefährlicher als die, an denen wir uns bislang rumgetrieben haben?«

»In gewisser Hinsicht schon.« Auch wenn ich Kanghri Mairi vorziehe, sind mir die Makel der Stadt durchaus bewusst. Die meisten Geschäftsleute, die in Mairi arbeiten, wohnen in dieser Stadt, aber es gibt auch eine beträchtliche Anzahl an weniger angesehenen Unternehmen, die hier betrieben werden. Jede Gemeinschaft in Threshold ist streng genommen autonom, die örtlichen Behörden in Kanghri sind hingegen größtenteils Fassade. Die wahren Machthaber agieren hinter den Kulissen und ziehen es vor, in den Schatten zu operieren. Als Mitglied der Cŵn Annwn war es nicht meine Aufgabe, mich mit den örtlichen Verbrecherbossen zu befassen, aber durch die Straßen von Kanghri zu laufen, löst bei mir nach wie vor Unbehagen aus. Der heutige Tag stellt keine Ausnahme dar.

Das Gefühl hat nichts mit der gemischten Gruppe aus Wesen zu tun, die derzeit unterwegs ist. Die Bevölkerung von Kanghri ist vielfältiger als jede andere in Threshold. Hier wohnen nicht nur Leute, die aus dem Reich stammen, das sich auf der anderen Seite des Portals dieser Insel befindet. Sie sind groß und so hager, dass es schon fast unheimlich wirkt. Ihre Haut weist unterschiedliche Grauschattierungen auf, die zu den Felsen passen, die einen Großteil von First Sister ausmachen. Ihre Hände verfügen über ein paar Finger mehr als die eines Menschen, und ihre Gelenke lassen sich in beide Richtungen beugen, damit sie besser klettern können. Unter ihnen befinden sich Leute, die so menschlich aussehen, dass sie aus einem halben Dutzend unterschiedlicher Reiche stammen könnten. Außerdem gibt es kleine Populationen von Minotauren, Satyrn und dem Volk, zu dem Aadi gehört. Der Name für Letzteres besteht aus einer Reihe von Klicklauten und Pfiffen, die man ohne Schnabel nur unglaublich schwer nachahmen kann.

Nein, was meine Instinkte in Alarmbereitschaft versetzt, ist das Gefühl, beobachtet zu werden. Es quält mich von dem Moment an, als ich die Stadtgrenze überschreite. Bislang ist es mir noch nie gelungen, jemanden auszumachen, der mich beobachtet – und auch heute kann ich definitiv nichts dergleichen entdecken –, aber das Gefühl ist da und prickelt auf unangenehme Weise auf meiner Haut. »Bleib einfach in meiner Nähe, und klau nichts.«

»Okay, hör mal, ich weiß, dass ich dich in dem Moment, in dem wir uns zum ersten Mal begegnet sind, direkt beklaut habe, und ja, ich habe auch Hedd ein paar Dinge stibitzt, als wir auf seinem Schiff waren, aber …«

Ich mache ein paar Schritte und merke dann plötzlich, dass sie nicht mehr an meiner Seite ist. Ich fluche. »Evelyn …?«

»Oh, *verdammt.*«

Ich wirbele herum und reagiere sofort auf die Angst in ihrer Stimme. Sie schaut nicht mich an. Sie blickt nicht mal in die Richtung, in die wir unterwegs sind. Sie hat sich halb herumgedreht und starrt dorthin, wo sich der Hafen befindet. So spät am Tag ist der Bereich voller Leute, die von der Arbeit in Mairi zurückkehren. Die Menge bewegt sich in gemächlichem Tempo vorwärts. Niemand schubst oder drängelt. Ich kann nichts entdecken, was *diesen* Tonfall in ihrer Stimme auslösen könnte.

Außer … Als ich ein zweites Mal hinsehe, wird mir klar, was ihre Panik ausgelöst hat. Oder besser gesagt, wer.

Lizzie.

Als könnte sie wahrhaftig meine Gedanken hören, wendet sich die dunkelhaarige Vampirin in unsere Richtung. Sie trägt andere Kleidung als bei unserer letzten Begegnung – die eng anliegende Hose und das Hemd stammen offensichtlich aus Threshold –, hat jedoch immer noch das verdammte Gewehr über der Schulter hängen. Auf diese Entfernung kann ich ihre Augen nicht deutlich erkennen, aber die Haare, die mir im Nacken zu Berge stehen, sind ein eindeutiger Hinweis. Sie hat uns erspäht. *Verdammt.* »Wenn wir in die Stadt laufen …«

»Das wird nicht funktionieren. Wir können nicht sicher sein, dass sie keine Szene machen wird. Und wenn sie es tut, werden Leute zu Schaden kommen.« Evelyn weicht mehrere Schritte zurück und bewegt sich auf die Klippen zu, aus deren Richtung wir gerade gekommen sind. »Wir müssen verhindern, dass Unbeteiligte verletzt werden. Was bedeutet, dass wir von hier verschwinden müssen. Sofort.«

Für Diskussionen bleibt keine Zeit. Nicht wenn Lizzie schnurstracks auf uns zukommt, wobei ihre langen Beine die Entfernung rasch schrumpfen lassen. Selbst das dichte Gedränge reicht nicht aus, um sie zu verlangsamen. Die Leute weichen vor ihr zurück wie kleine Fische vor einem Hai.

Ich bin Evelyn dicht auf den Fersen, als wir aus der Stadt eilen. Das fühlt sich wie ein Fehler an, aber sie hat recht. Ein Massaker können wir uns nicht leisten. Sowohl wegen des Verlusts von Leben als auch wegen der Aufmerksamkeit, die wir damit vonseiten der örtlichen Behörden und der Cŵn Annwn auf uns ziehen würden. Das Problem ist, dass ich nicht mal ansatzweise so stark wie üblich bin, nicht im magischen Sinne und ganz sicher nicht körperlich.

Beim letzten Mal hätte mich Lizzie fast getötet. So gern ich den Ausgang dieses Kampfs auch auf ein ähnliches Maß an Erschöpfung schieben würde, sieht die Wahrheit anders aus. Je mehr ich darüber nachdenke, desto sicherer bin ich mir, dass sie mich sogar dann besiegen könnte, wenn mir meine gesamte Kraft zur Verfügung stünde. Ihre Konzentration ist zu gut, ihre Fähigkeiten sind zu Furcht einflößend.

Wenn sie mich besiegen kann, dann wird sie Evelyn zweifellos umbringen.

Wir biegen um eine Ecke und unterbrechen so den Sichtkontakt. Ich hake einen Arm um Evelyns Taille und schiebe sie in Richtung einer schmalen Schlucht, die aus diesem Winkel beinahe unsichtbar ist. »Da rein. Versteck dich. Erschaffe einen Schild. Ich werde sie von hier weglocken und mich um sie kümmern.«

Ihr Atem geht ebenso angestrengt wie meiner. Wir sind noch nicht mal besonders lange gerannt, aber nach dem gestrigen Kampf und der heutigen Wanderung in die Stadt ist unsere Kondition an einem nie da gewesenen Tiefpunkt angelangt. Das hält Evelyn jedoch nicht davon ab, mich so böse anzustarren, dass ich tatsächlich einen Schritt zurückweiche. Sie deutet mit einem Finger auf mich. »Du hast gestern Nacht und heute Morgen nicht all diese ehrenhaften Reden vor mir gehalten, nur um dich jetzt von meiner Ex-Freundin abmurksen zu lassen.«

»Ich dachte, du hättest gesagt, dass sie nicht deine Freundin gewesen wäre.«

Ihr Mund klappt auf. »Von all den albernen, nutzlosen Dingen, auf die du dich gerade konzentrieren könntest. Ich schwöre bei den Göttern, Bowen …«

Sie erhält keine Gelegenheit, den Satz zu beenden. Eine Welle aus Schmerz trifft mich so heftig, dass ich taumele. Die

Qualen hören nicht auf. Stattdessen wird mein Körper in die Luft gehoben und fliegt mehrere Meter weit, um schließlich gegen eine Felswand zu prallen. Ein Stöhnen dringt aus meiner Kehle, als ich zu Boden sacke.

»Mit Weglaufen ist jetzt Schluss, Evelyn.« Die Vampirin ist kaum außer Atem, und selbst in meinem derzeitigen Zustand bin ich noch geistesgegenwärtig genug, um mich zu fragen, ob sie überhaupt atmen muss. Ich vermute, dass das keine Rolle spielt. Sie muss nicht atmen, um mich zu töten. Sie macht das auch so schon verdammt gut.

»Hör auf, Lizzie!«

Meine Sicht wirkt verschwommen. Ich nehme eine Bewegung wahr, und als die Vampirin erneut spricht, ist sie mir deutlich näher. »Das wird dich nicht schützen. Du verschwendest deine Zeit.«

»Das soll nicht *mich* schützen, du stures Miststück.« Evelyn stößt keifend mehrere Worte aus, und ihre Magie umschließt mich. Von einer Sekunde auf die andere unterbricht sie die Kontrolle, die Lizzie über mich hat. Der Schmerz verblasst zu einem schrecklichen Pochen, doch wenigstens ist er nicht länger akut. Ein Schild. Meine brillante Hexe hat einen Schild erschaffen, um uns zu schützen. Als ich mich auf die Seite rolle, weicht meine Erleichterung Entsetzen. Sie hat in der Tat einen Schild erschaffen.

Um mich. Nur um mich.

Auf der anderen Seite ihrer pulsierenden Magie rappelt sich Evelyn auf und geht auf die Vampirin zu.

31

Evelyn

Seit meiner Ankunft in Threshold habe ich eine Menge törichte Dinge getan, das hier muss allerdings ganz oben auf der Liste stehen. In einem fairen Kampf kann ich Lizzie unmöglich besiegen, und vermutlich würde mir das selbst in einem unfairen Kampf nicht gelingen. Sie ist verdammt noch mal zu mächtig. Und das Schlimmste ist, dass sie nie besser ausgesehen hat als in diesem Moment.

Zu Hause in unserem Reich hat sie sich ausschließlich im Bett gehen lassen. Den Rest der Zeit über wirkte sie stets perfekt gestylt und wie aus dem Ei gepellt. Das ist jetzt nicht der Fall. Sie trägt eine enge Lederkniehose und ein Hemd, das sich an ihren schlanken Körper schmiegt. Ihr dunkles Haar, das sie normalerweise streng zurückgebunden hat, peitscht im Wind, der vom Meer herüberweht, um ihr Gesicht herum.

»Das hier endet jetzt.«

Sie nimmt das Gewehr von ihrer Schulter und wirft es neben sich auf den Boden. »Gib mir einen guten Grund, warum ich dich nicht bei lebendigem Leib häuten und dich in kleine Stücke schneiden sollte.«

Angst überschreibt jegliche noch verbliebenen logischen Gedanken in meinem Kopf. Das ist die einzige Erklärung, die ich dafür habe, dass ich in einem solchen Moment frech werde. »Oh, ich weiß nicht, vielleicht weil ich im Bett die beste Partnerin war, die du je hattest. Vielleicht weil du gerade hauptsächlich deswegen so sauer bist, weil ich dich verlassen habe statt umgekehrt. Was meinst du?«

Sie gibt einen Laut von sich, der wie ein wütender Teekessel klingt. Dann ist ihre Macht in meinem Blut und lässt mich komplett erstarren, während sie näher kommt. Ein paar Zentimeter von mir entfernt bleibt sie stehen und wirft einen Blick über meine Schulter zu der Stelle, wo Bowen etwas Unverständliches ruft. »Vielleicht werde ich dich nicht töten. Vielleicht werde ich einfach das zu Ende bringen, was ich mit diesem kleinen Wurm angefangen habe. Und dann kannst du den Rest deines Lebens mit der Gewissheit verbringen, dass du der Grund für seinen Tod warst. Du hast ein so weiches Herz, dass dich *das* innerlich garantiert auffressen wird.«

Ich habe keine Ahnung, warum sie mich noch nicht ausgelöscht hat. Das ergibt verdammt noch mal keinen Sinn, und mein Draufgängertum sorgt einmal mehr dafür, dass ich spreche, ohne nachzudenken. »Oh, Baby, bist du etwa eifersüchtig? Es ist ja nicht so, als hättest du mich behalten wollen, als du mich für dich hattest.«

Sie packt mein Kinn, ihr Griff ist so fest, dass ich einen schmerzerfüllten Laut von mir gebe, bevor ich mich davon abhalten kann. Sie lässt nicht locker. Natürlich nicht. Lizzie war noch nie eine Person, die Gnade zeigt. Ihre Fingernägel bohren sich in meine Haut. »Wo ist mein Schmuck, Evelyn?«

Klar. Sie hat mich nicht umgebracht, weil sie mich noch braucht. Ihre Rache ist ihr nicht so wichtig wie die Wiederbeschaffung der Gegenstände, die ich gestohlen habe. Die Erkenntnis versetzt mir einen Stich – eigentlich sollte das nicht so wehtun, denn dafür gibt es absolut keinen Grund. Etwas anderes hatte ich schließlich nicht erwartet. Aber verdammt, es *tut* weh. »Haben die verschwundenen Erbstücke deine liebe Mama verärgert? Armes Ding. Du tanzt ständig nach ihrer Pfeife. Ich hätte wissen müssen, dass der Aufenthalt in einem vollkommen anderen Reich nicht genügen würde, um dich von der kurzen Leine zu befreien, an der sie dich hält.« Lizzie schüttelt mich so heftig, dass meine Wirbelsäule protestierend knackt. »Immer machst du Schwierigkeiten!«

Ehrlich gesagt ist es irgendwie erstaunlich, dass sie mir mit ihrer Hand noch nicht den Kiefer gebrochen hat. Ich weiß, dass sie dazu in der Lage ist. Ihr Griff schmerzt, richtet jedoch keinen dauerhaften Schaden an. Dass ich zulasse, dass dieses Wissen mich nur noch mehr anstachelt, spitze Bemerkungen fallen zu lassen, beweist lediglich, wie dumm ich bin. »Was soll ich sagen? Du bringst eben meine perverse Seite zum Vorschein. Das hat dir doch immer an mir gefallen.«

Sie faucht mir ins Gesicht und verhält sich animalischer, als ich sie je zuvor erlebt habe. »Ich werde dir dein verdammtes Herz aus dem Körper reißen und es essen, Evelyn. Fordere mich nicht heraus.«

Um ein Haar rutscht mir heraus, dass sie gerade beinahe einen meiner Lieblingsfilme zitiert hat, aber sie ist abgelenkt, und so eine Chance werde ich kein weiteres Mal erhalten. Ich fahre mit meinem Fingernagel über meine Handfläche, um sie aufzuritzen, und klatsche sie dann auf meine Brust. Sie hat kaum Gelegenheit, sich anzuspannen, da stoße ich bereits die Worte aus, die den Zauber aktivieren.

Es handelt sich um den gleichen, den ich am ersten Tag auf der *Crimson Hag* und dann noch mal auf der Insel benutzt habe, auf der sich das Portal für die Rückkehr in meine Heimat befand. Meine Magie trifft sie mit voller Wucht und schleudert sie davon. Sie reißt ein paar Fetzen meiner Haut mit sich, als ihre Klauen über mein Gesicht kratzen. Das wird nicht ausreichen, um sie zu töten, und ich bin eine Närrin, denn selbst jetzt, da sie sich direkt vor mir befindet und eine Bedrohung darstellt, kann ich mich nicht dazu durchringen, Feuer heraufzubeschwören.

Ich weiß nicht, was verdammt noch mal mit mir los ist. Normalerweise lasse ich nicht zu, dass sentimentale Gefühle mein Verhalten beeinträchtigen. Doch das hier ist *Lizzie* und sie ...

»Du wolltest zulassen, dass deine Mutter mich umbringt! Du hast mir nicht mal einen Fluchtweg zur Verfügung gestellt! Und jetzt bist du sauer, weil ich selbst einen Ausweg gefunden und eine Kleinigkeit mitgenommen habe, um mein *Überleben* zu sichern? Du kannst mich mal kreuzweise, Lizzie!«

Beinahe fünfzehn Meter entfernt rappelt sie sich auf. Sie blutet aus mehreren langen Schnitten an ihren Armen und in ihrem Gesicht. Ich beobachte entsetzt, wie sie das Blut von ihrer Haut zieht und es zu einem Messer formt.

Innerhalb von Sekunden schließen sich die Schnitte, was sie ihren beschleunigten Heilfähigkeiten zu verdanken hat.

Ich bin so was von erledigt.

Ich ziehe Bowens Dolch aus der Scheide an meiner Hüfte. Bunny hat dafür gesorgt, dass ich jede Menge Selbstverteidigungstraining erhielt, aber in den Jahren, die seit ihrem Tod vergangen sind, habe ich es meist vergessen, die speziellen Griffe zu üben. Eine gute Diebin muss sich nicht verteidigen. Sie taucht auf und verschwindet wieder, bevor irgendjemand merkt, dass Wertgegenstände abhandengekommen sind. Der letzte Kampf, in den ich verwickelt war, war eine Schlägerei unter Betrunkenen in einer Kneipe. Und nur sehr wenige Leute versuchen, sich bei solchen Schlägereien tatsächlich gegenseitig zu töten. Das ist bloß ein bisschen Spaß, um etwas Dampf abzulassen.

Das kann ich von *diesem* Kampf nicht behaupten. Wenn ich ihn nicht gewinne, wird sie Bowen umbringen. Das kann ich nicht zulassen. Ich hole tief Luft und bereite mich innerlich vor. Dann stürzt sie sich auf mich.

Einen Herzschlag später ist sie bei mir. Lizzie ist so verdammt schnell. Ich schaffe es kaum, ihre Angriffe abzuwehren, und selbst dann bin ich mir fast sicher, dass sie sich zurückhält. So gut bin ich nicht – das ist schlicht eine Tatsache. Sie hätte mich schon mehrfach ausschalten können. So langsam glaube ich, dass ihre Zurückhaltung nichts damit zu tun hat, dass sie mich am Leben lassen will, um ihren Schmuck zu finden.

Was verdammt noch mal keinen Sinn ergibt. Sie hat sich nicht um mein Leben geschert, als ich das Bett mit ihr geteilt habe. Warum in aller Welt sollte es sie jetzt kümmern?

»Du wolltest mich *sterben* lassen«, wiederhole ich. Mein Atem fühlt sich in meiner Lunge wie Feuer an. Götter, nach all der Zeit, die ich auf dem Schiff gearbeitet habe, hätte ich gedacht, dass ich mehr Ausdauer haben würde. Mit Lizzie konnte ich allerdings noch nie mithalten. Das kann kein Mensch.

»Glaubst du ernsthaft, ich hätte dich sterben lassen?« Sie umgeht meine Abwehr und zieht einen oberflächlichen, brennenden Schnitt über meinen Bauch. »Warum war ich wohl deiner Meinung nach da, um dich dabei zu erwischen, wie du meine Familienerbstücke klaust, Evelyn? Weil ich zurückgekommen bin, um dich dort rauszuschaffen!«

»Lüg mich nicht an!« Ich taumele rückwärts. »Du warst wegen des Schmucks in diesem Zimmer. Nicht meinetwegen.«

Bowen hämmert weiterhin gegen den Schild, was meine Magiereserven schneller leert, als mir lieb ist. Ich kann das nicht ewig durchhalten. Wenn ich sie mit Feuer angreife, könnte das ausreichen, um ihre Selbstheilungsmagie außer Kraft zu setzen. Wieder zögere ich, während mich die kleine Stimme in meinem Hinterkopf anschreit, das hier zu Ende zu bringen.

»Ich wusste, dass du es dort rausschaffen würdest. Du bist zu klug, um so etwas nicht hinzubekommen.« Ihre Augen glühen blutrot. »Doch ich hätte nicht gedacht, dass du mich dabei bestehlen würdest.«

Unbeholfen weiche ich ein paar weitere Schritte zurück und führe einen halbherzigen Hieb in ihre Richtung aus. Plötzlich bin ich mir nicht mehr so sicher, dass ich im Recht bin. Sie war in diesem Zimmer, als ich durch das Portal gesprungen bin, und selbst wenn sie wegen ihrer Familienerbstücke gekommen war, bedeutet das, dass sie in ihr Schlafzimmer zurückgekehrt ist.

Es bedeutet, dass sie zu mir zurückgekehrt ist. Meinetwegen.

»Warum hast du das nicht verdammt noch mal einfach *gesagt*, Lizzie? Für jemanden, der sich normalerweise so aufführt, als müsste er für jedes Wort Gebühren bezahlen, hast du heute definitiv eine Menge zu sagen.«

Sie gibt ein weiteres Fauchen von sich, und mir läuft ein Schauer des Entsetzens über den ganzen Körper. Sie ist im Begriff, die Kontrolle über sich zu verlieren, und zwar auf eine Weise, wie ich es noch nie zuvor erlebt habe. Normalerweise wird Lizzie ganz kalt, wenn sie wütend ist. Doch jetzt wirkt sie nicht kalt – sie brennt vor Zorn. Sie stürzt sich rascher auf mich, als ich reagieren kann, und hinterlässt eine Spur aus kleinen Schnitten auf meinem Körper. »Du bist die nervtötendste Person, der ich je begegnet bin. Du bist impulsiv, leichtsinnig und manchmal regelrecht lebensmüde.«

»Aber die Sachen, die ich mit meiner Zunge machen kann, haben dir durchaus gefallen.«

Sie zischt. »Der Schmuck. Wo ist mein Schmuck, verdammt noch mal? Zwing mich nicht dazu, dich zu foltern, Evelyn. Ich werde es tun.«

344

Genau das ist es eben … So langsam kommt mir der Verdacht, dass sie es nicht tun wird. Sie hätte diesen Kampf schon Dutzende Male beenden können, seit er begonnen hat. Götter, sie hätte ihn beenden können, *bevor* er angefangen hat, wenn sie ihre Magie gegen mich eingesetzt hätte. Doch das hat sie nicht getan. Ich mag aus diversen Wunden bluten, aber sie sind so harmlos, dass man sie mit ein paar Pflastern verarzten könnte. Selbst mein Kiefer schmerzt nur leicht. Sie hat sich zurückgehalten. Sie will mich ebenso wenig töten, wie ich sie töten will.

Der Trick besteht darin, sie dazu zu bringen, das zuzugeben.

Erneut klatsche ich meine blutende Hand auf meine Brust und löse den zweiten Angriff aus. Es ist der letzte dieser Art, den ich auf Lager habe. Sie flucht und wird wirbelnd in die Luft gehoben. Dieses Mal prallt sie so heftig gegen einen Baum, dass ich das Gesicht verziehe. Es spielt keine Rolle. Das wird ihr nicht ernsthaft schaden.

Sie rappelt sich mühsam auf. Ihr Haar klebt an ihrem blutverschmierten Gesicht. »Ich werde dich verdammt noch mal *umbringen*.« Sie stürmt auf mich zu.

»Nein, das wirst du nicht.« Ich lasse meinen Dolch zu Boden fallen und breite die Arme aus. Mein Körper zittert von der Anstrengung des Kampfes, weil ich Magie benutzt habe und weil Bowen immer wieder gegen meinen Schild hämmert, trotzdem schaffe ich es, mich auf den Beinen zu halten, als sie schlitternd vor mir zum Stehen kommt.

Sie hebt ihren Blutdolch. Ihre Miene ist mordlüstern. »Ich bluffe nicht.«

»Ich auch nicht.« Langsam bewege ich die Hand und greife an die Vorderseite meines bereits weit offen stehenden Oberteils, um daran zu zerren, bis einer der Knöpfe aufspringt. »Hier ist ein schönes, ungeschütztes Ziel für dich.«

Sie packt mich am Nacken und zieht mich an ihre Klinge heran. Sie zwingt mich immer näher, bis die Waffe in die Haut über meinem Herzen pikst. »Ich bin sehr gut darin, Dinge zu finden, Evelyn.« Ihr Tonfall klingt sanft, beinahe intim. »Ich habe dich zweimal in ebenso vielen Wochen aufgespürt. Glaubst du ernsthaft, dass ich meine Familienerbstücke ohne dich nicht finden könnte? Führ mich nicht in Versuchung.«

Sie droht mir immer noch, statt mich einfach kaltzumachen. Ich habe richtiggelegen. Zumindest hoffe ich das. »Wie lange kannst du den Cŵn Annwn hier deiner Meinung nach aus dem Weg gehen? Die Tatsache, dass es dir bereits so lange gelungen ist, grenzt an ein Wunder.«

Sie flucht und stößt mich zu Boden. Ich lande mit so viel Wucht auf meinem Hintern, dass es mir die Luft aus der Lunge treibt. Als sich Lizzie neben mich fallen lässt, empfinde ich eine gewisse Befriedigung. Sie wirft ihre Blutklinge beiseite, und sie verwandelt sich nahezu augenblicklich in ihre flüssige Form zurück. »Nichts hält mich davon ab, jeden von ihnen niederzumetzeln, der mir im Weg steht. Das könnte Spaß machen.«

Ich schnaube. Das ist die Lizzie, die ich kenne. Ich bin mir immer noch nicht ganz sicher, dass die Bedrohung vorüber ist, aber wenn sie bereit ist zu reden, werde ich mein Bestes tun, um sie nicht weiter aufzustacheln. Vermutlich. »Du würdest eine Menge von ihnen erledigen, bevor sie dich schließlich in Stücke hacken würden. Letztendlich ginge es allerdings nur noch um zahlenmäßige Überlegenheit, und was das angeht, bist du nun mal im Nachteil. Ganz zu schweigen davon, dass dieses ganze verdammte Reich aus Wasser besteht. Deine Chance, ein Schiff zu stehlen und unentdeckt zu bleiben, ist so gut wie nicht vorhanden.« Ich beobachte sie aus dem Augenwinkel. »Aber das wusstest du bereits, nicht wahr?«

»Sag mir einfach, wo mein Schmuck ist, Evelyn.«

Ich seufze. »Das habe ich dir doch schon gesagt, als du durch das Portal gekommen bist. Weißt du, wenn du mir einfach richtig zugehört hättest, statt weiter zu versuchen, uns den Kopf wegzupusten, hätten wir uns allen damit eine Menge Zeit und Energie sparen können. Ich wollte den Schmuck nicht stehlen. Ich war nur so wütend auf dich, und du weißt ja, wie tröstend ich Diebstahl finde, wenn ich sauer bin.«

Sie zieht eine Augenbraue hoch. Der gebieterische Ausdruck auf ihrem Gesicht wirkt umso entsetzlicher, weil sie über und über mit Blut bedeckt ist. »Das ist eine fürchterliche Methode, um Wut zu kompensieren.«

»Dem widerspreche ich nicht.« Ich achte sehr sorgfältig darauf, nicht über meine Schulter zu Bowen zu schauen, der ganz still geworden ist. Den Göttern sei Dank, dass er die Geistesgegenwart besitzt, zu erkennen, dass wir auf Messer Schneide stehen. Eine falsche Bewegung wird den Kampf erneut auslösen. »Wie gesagt, dein Schmuck befindet sich auf der *Crimson Hag*. Sie haben mich rausgeworfen, nachdem ich sie davon abgehalten hatte, einen Drachen zu töten. Ich hatte keine Gelegenheit mehr, meine Sachen zu holen.«

Sie stößt einen leisen Fluch aus. »Das ist aber praktisch. Woher weiß ich, dass du nicht lügst?«

»Ganz einfach.« Um ein Haar lasse ich mich gegen ihre Schulter sacken, erinnere mich jedoch gerade noch rechtzeitig daran, dass wir keine Nicht-Freundinnen mehr sind und sie im Verlauf der letzten paar Wochen definitiv versucht hat, mich auszuschalten. »Du weißt, wie viel Zeug ich mitgenommen habe. Glaubst du ernsthaft, dass ich das alles in meinen Klamotten verstecken könnte?«

»Das würde die Sache einfacher machen.« Sie zwickt sich in den Nasenrücken. »Ich schätze, dann ist es wohl an der Zeit, ein Schiff zu stehlen.«

Ich blinzle. »Das ist aber mal ein gewaltiger Sprung, was deine Logik angeht. Wie in aller Welt willst du damit irgendwo hingelangen? Und hast du vergessen, dass dieses ganze Reich voller feindseliger Mistkerle ist, die Eindringlinge nicht besonders gut leiden können?« Ein Zerren an meiner Magie sorgt dafür, dass ich den Kopf herumdrehe und sehe, dass Bowen einen Arm über den Kopf gereckt und gegen den Schild gelehnt hat. Seine Miene ist finster, sein Blick direkt auf mich gerichtet. *Verdammt.*

»Was meinst du? Wenn ich ihn rauslasse, kannst du dann dem Drang widerstehen, einen Mordversuch gegen ihn zu unternehmen?«

»Evelyn, ich kämpfe nach wie vor gegen den Drang an, dich zu ermorden. Ich werde nichts versprechen.«

Das klingt nicht unbedingt vielversprechend, doch ich denke nicht, dass ich etwas Besseres bekommen werde. Ich atme langsam ein und konzentriere mich darauf, den Kreis zu durchbrechen. Innerhalb von Sekunden ist Bowen an meiner Seite. Er ballt die Hände immer wieder zu Fäusten, als wollte er mich packen und von Lizzie wegzerren, um so viel Abstand wie möglich zwischen uns zu bringen.

Stattdessen lässt er sich neben mich sinken. »Wenn du das je wieder tust, werde ich dich übers Knie legen und dir den Hintern versohlen, bis er grün und blau ist.«

Lizzie lässt ein melodisches Lachen vernehmen. »Oh, für dich ist das alles offensichtlich neu. Wie süß.« Ihr Tonfall macht deutlich, dass sie ihn alles andere als süß findet.

Wenn ich jetzt nicht dazwischengehe, wird das Ganze in einem Blutbad enden. Schon wieder. »Du kannst nicht einfach losziehen und ein Schiff klauen, Lizzie. Jemand wird es den Cŵn Annwn melden, und dann endet die Sache mit deinem Tod.«

»Mag sein.« Sie zuckt mit einer Schulter. »Aber wenn das Schiff, das ich stehle, eins der Cŵn Annwn ist, mit diesen typischen blutroten Segeln …«

»Ohne Besatzung wird es schwer sein, es als eins von unseren – deren – Schiffen auszugeben«, brummt Bowen.

»Ich brauche keine große Besatzung. Bei der Menge an Magie, mit denen diese Planken durchwirkt sind, würde ich wetten, dass sich diese verdammten Dinger praktisch von allein segeln – zumindest lange genug, um mich dorthin zu bringen, wo ich hinmuss.« Sie steht auf, und mein Stolz findet die Tatsache, dass sie ganz leicht torkelt, gar nicht übel. »Eines von denen mit blutroten Segeln befindet sich jetzt gerade direkt vor der Küste. Gerüchten zufolge haben sie bei einem Kampf gegen Meerjungfrauen einiges einstecken müssen. Ich muss bloß genug Mitglieder der Besatzung töten, um den Rest von ihnen davon zu überzeugen, mit mir zusammenzuarbeiten. Ganz einfach.«

Sie hält inne und schaut uns an. »Also?«

»Also was?«

»Kommt ihr mit oder nicht?«

32

Bowen

Ich weiß nicht, ob sich mein Herzschlag je wieder normalisieren wird. Dabei zuzuschauen, wie Evelyn diese monströse Vampirin bekämpft, und zu wissen, dass sie bereit war, ihr Leben zu geben, um mich zu retten ... Ich habe noch nie zuvor so schreckliche Angst durchgestanden. Ich verstehe nicht recht, wie sich der Kampf von einer verbalen zu einer körperlichen und schließlich wieder zu einer verbalen Auseinandersetzung entwickeln konnte, mir wird jedoch zunehmend klar, dass diese beiden ein unglaublich kompliziertes Verhältnis haben. Ein Teil von mir fragt sich, ob Evelyn die Beziehung mit ihrer Ex-Freundin fortsetzen will, nun, da sie sich nicht länger buchstäblich an die Gurgel gehen. Doch sie lässt sich gegen mich sacken und ihren Kopf an meiner Schulter ruhen, während wir dabei zuschauen, wie die Vampirin auf und ab tigert.

»Das ist ein furchtbarer Plan, Lizzie«, sagt Evelyn im Plauderton. »Die Crewmitglieder, die du nicht tötest, werden einfach warten, bis du schläfst, und dir dann die Kehle aufschlitzen. Falls das das überlebst, werden sie dich ins Wasser werfen und dich mit Magie bombardieren – und dann wirst sogar du Schwierigkeiten haben, das auf die leichte Schulter zu nehmen.«

Mir wird gerade erst klar, von welchem Schiff die Vampirin da eigentlich redet. Die *Audacity*. Sie ist offenbar nicht davongesegelt, ich kann allerdings unmöglich beurteilen, ob das daran liegt, dass die Verluste größer waren, als mir bewusst war, oder ob Hedd eine Art feuchtfröhliche Siegesfeier abhält. Bei ihm wäre beides möglich.

Aber das heißt, dass sie nicht außer Reichweite sind. Es bedeutet, dass *Nox* nicht außer Reichweite ist.

Ich räuspere mich. »Das alleine durchzuziehen, wäre eine Herausforderung, doch wir drei zusammen würden das garantiert hinbekommen, sofern es uns gelingt, Hedd auszuschalten. Zumindest bei *diesem* Schiff und *dieser* Besatzung.«

Evelyn richtet sich kerzengerade auf und wirft mir einen abschätzenden Blick zu. »Was willst du damit sagen?«

»Ich weiß nicht, warum Nox immer noch Quartiermeister ist und nicht längst versucht hat, Kapitän zu werden. Vielleicht ist es so, wie they dir gesagt hat, und they besitzt nicht die nötigen Stimmen. Möglicherweise hat they aber auch andere Gründe. Wenn wir Hedd – und seine treuesten Unterstützer – aus dem Weg räumen, dann haben wir es mit einer vollkommen anderen Besatzung zu tun. Eine, die uns Antworten liefern kann.« Ich schaue zu Lizzie. »Eine, die in der Lage sein sollte, die *Crimson Hag* aufzuspüren, um dir dein gestohlenes Eigentum wiederzubeschaffen.«

Evelyn wirkt nicht überzeugt. Sie hat die Lippen zu einer dünnen Linie zusammengepresst. »Meinst du nicht, dass wir viel zu viel Aufmerksamkeit auf uns ziehen werden, wenn wir eine halbe Crew der Cŵn Annwn *und* den Kapitän umbringen? Ich dachte, das wäre das Letzte, was du willst.«

Normalerweise würde ich ihr uneingeschränkt zustimmen. Doch es gibt ein spezielles Detail, das gerade zu unseren Gunsten arbeitet. Eines, das uns eine Chance verschafft, die Sache durchzuziehen, auch wenn wir ansonsten niemals dazu in der Lage wären. »Du hast die Vampirin gehört.«

»Ich habe einen Namen«, schnauzt Lizzie.

Ich ignoriere sie. »Das Einzige, was man auf First Sister weiß, ist, dass die *Audacity* beim Kampf gegen die Meerjungfrauen genug Verluste erlitten hat, dass die Besatzung weder an Land kommen, noch umgehend aufbrechen kann. Also ist die Vorstellung, dass ein großer Teil der Crew ums Leben gekommen ist, gar nicht so abwegig. Das wäre nicht das erste Mal. Tatsächlich passiert so etwas öfter, als mir lieb ist. Wenn die verbliebenen Besatzungsmitglieder einen ... Anreiz bekommen würden, das als Wahrheit anzuerkennen, wer könnte dann etwas anderes behaupten?« Nox müsste den Bericht ein wenig anpassen, aber ich vermute, dass dazu nicht viel Überzeugungsarbeit nötig wäre.

Wäre Hedd irgendjemand anders, hätte er seinen Bericht bereits am Ende der Jagd verfasst und eingereicht. Er ist jedoch berüchtigt dafür, dass er mit so etwas immer zu spät dran ist. Seine Faulheit gereicht uns gerade zum Vorteil.

Ganz zu schweigen davon, dass Nox unseren Fragen nicht ewig ausweichen kann, wenn wir uns in their unmittelbaren Nähe befinden. Wir können mehr über das Netzwerk aus Geheimverstecken herausfinden, das benutzt wird, um Leute nach Hause zu schicken. Wir können für uns die beste Position in der Untergrundorganisation ausfindig machen, damit wir am meisten Hilfe leisten können.

Und so hätten wir auch die größte Chance, am Leben zu bleiben, während wir das tun.

Lizzie verschränkt die Arme vor der Brust und starrt auf uns herunter. »Dieser Plan – mein Plan – ist ja schön und gut, aber keiner von uns ist gerade in tadelloser Verfassung. Ihr wärt für mich bloß ein Klotz am Bein. Du bist kurz davor zusammenzuklappen, Evelyn. Und du …« Sie richtet ihre kalten Haifischaugen auf mich.»Ein gut ausgeführter Angriff würde ausreichen, um dich ins Grab zu befördern. Vielleicht sollte ich dich von deinem Elend erlösen und mich jetzt gleich darum kümmern.« Sie lässt ihre Fangzähne aufblitzen.

»Lizzie, das mit den Drohungen haben wir doch inzwischen hinter uns. Könntest du das hier allein schaffen, hättest du es bereits getan und würdest uns nicht praktisch den roten Teppich ausrollen, um uns dazu einzuladen, uns deiner mörderischen Mission anzuschließen. Du willst deinen Schmuck. Er befindet sich auf der *Crimson Hag*, und du brauchst unsere Hilfe, um ihn zurückzubekommen, ohne die Aufmerksamkeit der Cŵn Annwn auf dich zu ziehen.« Evelyn benutzt meine Schulter als Stütze, um sich aufzurappeln.»Wir werden jetzt in die Stadt gehen, um uns zusammenflicken zu lassen, anschließend werden wir uns im Schutz der Dunkelheit an Bord des Schiffs schleichen.«

Die Vampirin presst die Lippen zu einer dünnen Linie zusammen, zugleich huscht etwas, das an Belustigung erinnert, über ihr Gesicht.»Wie ich sehe, hast du dir das Piratenleben voll und ganz zu eigen gemacht.«

»Natürlich habe ich das. Draufgängertum, Diebstahl und dabei auch noch gut aussehen? So ein Leben ist ja quasi wie für mich gemacht.«

»Klar. Und ich bin mir sicher, dass die Tatsache, dass die Cŵn Annwn alle nichtmenschlichen Wesen ermorden, während sie sie als Monster bezeichnen, dein weiches Herz kein bisschen verletzt.«

»Oh, das?« Evelyn winkt ab.»Wir werden die Cŵn Annwn einfach zu Fall bringen müssen. Ein Kinderspiel.«

Die Vampirin lacht, und ich finde es beunruhigend, dass dieser Laut dermaßen angenehm klingt. Das ergibt allerdings

Sinn, schätze ich. Vampire sind durch und durch Raubtiere. Da ist es nur logisch, dass alles an ihnen darauf ausgelegt ist, arglose Menschen anzulocken. Meine Macht wabert um mich herum, aber ich gebe mir Mühe, sie zu beruhigen. Unser Plan ist nicht narrensicher, es ist hingegen auch nicht der schlechteste Plan, den ich mir je überlegt habe. Sollten Evelyn und ich es allerdings ohne die Hilfe der Vampirin versuchen, würden wir es deutlich schwerer haben.

Außerdem hält mich nichts davon ab, Lizzie ins Meer zu werfen, falls sie eine zu große Bedrohung darstellen sollte.

Ich rappele mich schwankend auf und ignoriere die Tatsache, dass Evelyn versucht, mir zu Hilfe zu kommen und nach meinem Arm zu greifen. Das mag albern sein, doch mir gefällt nicht, wie mich die Vampirin mustert. Es besteht kein Grund, mehr Schwäche zu zeigen als unbedingt nötig. »Cato sollte in der Lage sein, uns alle innerhalb kurzer Zeit zusammenzuflicken. Danach werden wir uns überlegen, wie wir das Schiff am besten erreichen können.« Wenn die *Audacity* bis jetzt noch nicht aufgebrochen ist, bezweifle ich stark, dass sie vor dem Morgen lossegeln wird. Wir haben also noch ein bisschen Zeit.

Während wir uns wieder in Richtung Kanghri aufmachen, kann ich nicht umhin, mich zu fragen, ob ich das wirklich durchziehen werde. Die Gesetze passiv zu missachten, ist eine Sache, aber wir reden hier von Verrat. Daran gibt es keine Zweifel. Selbst wenn es uns gelingen sollte, Nox als Kapitän einzusetzen, wird them nichts davon abhalten, uns auszuliefern. Selbst wenn they *tatsächlich* Teil einer Art Rebellengruppe sein sollte, wäre das eine clevere Möglichkeit, um sicherzustellen, dass der Verdacht nicht auf them fällt. Das wäre skrupellos, they hat diese Stellung jedoch nicht erhalten, weil they ein weiches Herz hat.

Dennoch ist es der beste Plan, den wir haben. Wir brauchen Antworten, und Nox ist die eine Person, die sie uns liefern kann.

Sobald wir erneut die Außenbezirke der Stadt erreichen, übernehme ich die Führung und bringe uns zu einem kleinen Laden in einer Gasse in der Nähe des Hafens. In all den Jahren, die ich nun schon hier vorbeikomme, hat Cato nie den Standort gewechselt, obwohl ze definitiv die finanziellen Mittel dafür hätte. Ich vermute, dass ze zir Dienste oft gratis anbietet, und Kanghri ist der Ort, der sich am besten dafür eignet. Auf der anderen Seite der Wasserstraße bei den reichen Leuten in Mairi wäre das nicht möglich.

»Überlasst das Reden mir«, sage ich leise. Darüber, dass Evelyn eine klugscheißerische Bemerkung von sich geben könnte, mache ich mir weniger Sorgen, denn ich habe das Gefühl, dass Cato sie unglaublich amüsant finden wird. Bei der Vampirin hingegen bin ich mir nicht so sicher.

Ich klopfe an die Tür. Nach nur ein oder zwei Minuten öffnet sie sich und gibt den Blick auf Cato frei. Ze sieht noch genauso aus wie bei unserer letzten Begegnung. Klein und rundlich, mit kurz geschorenen Locken und dunkelbrauner Haut. Ze mustert mich mit gerunzelter Stirn. »Was machst du hier? Ich habe nichts davon gehört, dass die *Crimson Hag* im Hafen eingelaufen wäre.« Cato richtet den Blick auf meinen verbundenen Hals. »Verdammt, was hast du bloß angestellt? Komm rein, komm rein.« Ze tritt zurück und bedeutet mir mit wedelnden Handbewegungen, zir Zuhause zu betreten.

Evelyn bleibt dicht bei mir, und ich kann die Vampirin hinter ihr spüren, die sich ebenfalls nicht weit von unserer kleinen Gruppe entfernt. Das soll mir nur recht sein. Cato führt einen chaotischen Haushalt. Ze ist eine Art Sammler und beschafft sich mit Vorliebe Schnickschnack und kleine Schätze aus allen

Ecken von Threshold und darüber hinaus. Und jeder einzelne Gegenstand scheint sich in diesem einen Zimmer zu befinden. Ein schmaler Pfad führt zwischen all dem Kram hindurch, und ich muss mich darauf konzentrieren, ihm zu folgen, um sicherzustellen, dass ich nicht mit den Schultern gegen die zu beiden Seiten aufragenden hohen Stapel stoße. Es sieht wie das schlimmste Durcheinander aus, aber ich weiß aus Erfahrung, dass Cato sich sehr genau bewusst ist, wo sich jeder einzelne Gegenstand befindet. Es regt zir auf, wenn Leute in der Sammlung herumpfuschen, also achte ich peinlich genau darauf, im Vorübergehen nichts umzustoßen oder auch nur zu berühren.

Catos Arbeitsbereich ist hingegen praktisch leer, abgesehen von zir medizinischen Instrumenten. Ze stößt mich förmlich auf den Stuhl in der Mitte des Zimmers. Das ist der Moment, in dem ze aufzufallen scheint, dass ich mit Begleitung gekommen bin. Ze zieht die Augen zusammen. »Ihr seht beide fast genauso schlimm aus wie er. Setzt euch hin, dann werde ich mich um euch kümmern, sobald ich mit ihm fertig bin.«

Sie nehmen ohne Widerrede Platz.

Für die nächsten fünfzehn Minuten bin ich Catos Gnade ausgeliefert. Ze verflucht mich leise, während ze meine Wunde in Augenschein nimmt. »Tja, wenigstens war jemand so vernünftig, dich zu verbinden, bevor du verblutet bist. Das ist so ziemlich das Einzige, was du richtig gemacht hast, seit du dir diese Verletzung zugezogen hast.«

Ich spähe über Catos Schulter und sehe, wie sich Evelyn vor Empörung versteift. Doch ich begegne ihrem Blick und versuche, sie stumm davon zu überzeugen, dass sie Geduld haben muss. Die meisten Heiler, mit denen ich zu tun habe, können nicht gut mit Patienten umgehen. Aadi hat die einzige Ausnahme dargestellt. Und selbst sie ist oft schnippisch geworden, wenn ihre Patienten ihren medizinischen Rat ignoriert haben.

Nicht, dass ich mir darüber jetzt, da ich mich nicht länger an Bord der *Hag* befinde, noch Gedanken machen muss. Irgendwann wird der Tag kommen, an dem sich diese Erkenntnis nicht mehr anfühlt, als würde mir jemand einen Eimer mit kaltem Wasser ins Gesicht schütten. Aber dieser Tag ist nicht heute.

So dankbar ich auch dafür bin, dass Evelyn die Fragen stellte, die die Wahrheit über die Situation in Threshold ans Licht gebracht haben, vermisse ich meine Besatzung dennoch. Natürlich nicht alle von ihnen. Ich könnte für den Rest meines Lebens darauf verzichten, Miles je wiederzusehen. Ein paar der anderen dagegen schon. Kit und Aadi und sogar Lucky, auch wenn das vielleicht ein bisschen übertrieben ist.

Cato näht meine Wunde und versorgt sie anschließend mit einem magischen Pflaster, das sie innerhalb weniger Stunden komplett versiegeln sollte. Ich weiß aus Erfahrung, dass die Stelle noch eine Weile lang empfindlich und anfällig für neue Verletzungen sein wird, das ist allerdings besser, als mit einer offenen Wunde herumzulaufen.

»Danke.«

»Ich tue das nicht aus reiner Herzensgüte. Du bist nicht so schlimm wie der Rest von denen – meistens –, aber dein Gold hält diesen Laden am Laufen, Bowen. Also solltest du lieber davon ausgehen, dass ich dir für meine Dienste eine saftige Rechnung ausstellen werde.«

Wie jeder gute Seefahrer habe ich eine gewisse Anzahl Goldmünzen in meinen Mantel eingenäht. Hätte ich Zugang zu meiner Kajüte gehabt, bevor man uns von der *Hag* geworfen hat, hätte ich mehr bei mir. So wie die Dinge stehen, vermute ich jedoch, dass mich diese Behandlung in den Bankrott treiben wird. Was die Frage aufwirft, wie in aller Welt ich von nun an für Dinge bezahlen soll.

Aber das ist ein Problem für einen anderen Tag.

Ich werde Cato ganz sicher nicht zu knapp für zir Arbeit entlohnen. Ze wendet sich als Nächstes Lizzie zu, und es dauert bloß ein paar Minuten, bis ze sie für vollkommen gesund, wenn auch über und über mit Dreck bedeckt erklärt. Evelyn erhält ein paar kleine Pflaster für ihre Schnittwunden, doch keine von ihnen muss genäht werden. Das ist eine Erleichterung. Ich habe sie immer noch nicht wirklich auf diese Nummer angesprochen, die sie vorhin abgezogen hat, und mir fehlen die Worte, um das auf angemessene Weise zu tun, ohne ihr erneut damit zu drohen, sie zu erwürgen. Sie hat mir eine Heidenangst eingejagt, und ich weiß nicht, wie ich damit umgehen soll.

Cato deutet auf die Tür, die zur Patientendusche führt, und lässt uns dann allein, nachdem ze uns klare Anweisungen gegeben hat, uns vor unserem Aufbruch zu säubern und keine Aufmerksamkeit zu erregen, mit der sich Cato nicht herumschlagen will. Ich warte kaum ab, bis sich die Tür geschlossen hat, und drehe mich bereits zu Evelyn um. »Was kann ich sagen, um dich davon zu überzeugen, dass du hier bei Cato bleiben solltest, bis diese Sache erledigt ist?«

Lizzie schnaubt, steht auf und reckt die Arme über ihren Kopf. »Viel Glück dabei. Ich werde mich waschen gehen, während ihr zwei euch streitet.« Sie verschwindet durch die Tür und lässt uns allein. Wir starren einander an.

»Ich werde mal so tun, als hättest du mich das gerade nicht gefragt.« Evelyn läuft im Zimmer umher und betrachtet die diversen Tinkturen und Instrumente, die Cato hier aufbewahrt. »Ich bin ebenso sehr an diesem Plan beteiligt wie du. Entweder sind wir gleichberechtigte Partner oder nicht. Du kannst mich nicht jedes Mal auf die Ersatzbank schicken, wenn auch nur der geringste Anflug von Gefahr droht. So funktioniere ich nicht, Bowen. Mir ist klar, dass ich im Gegensatz zu dir keine krassen Telekinesefähigkeiten besitze, aber man sollte meinen, du hättest mittlerweile begriffen, dass ich mich verteidigen kann, nachdem ich dir mehrfach das Leben gerettet habe. Nur weil ich nicht unnötig töten will, bedeutet das nicht, dass ich schwach bin.«

»Mir würde nicht mal im Traum einfallen, dich als schwach zu bezeichnen.«

Sie kommt zu mir herüber und starrt mich mit übertrieben finsterer Miene an. »Außerdem bin ich mir sicher, dass du irgendein Schwert finden wirst, in das du dich auf möglichst edelmütige und ritterliche Art stürzen kannst, wenn ich dich nicht begleite. Dein Hang zur Selbstaufopferung hilft niemandem, und ich werde nicht zulassen, dass du stirbst, nur weil dir das zu dem Zeitpunkt wie eine gute Idee vorkam.«

Das entlockt mir ein widerwilliges Lachen. »Also gut. Ich werde dich nicht mehr bitten zurückzubleiben.« Zumindest werde ich mein Bestes tun, um dem Drang nicht nachzugeben. Momentan kann ich keine Garantie geben. Meine Sorge um sie ist wie ein lebendiges Wesen in meinem Inneren. Es war schon schlimm genug, als ich mir um die Sicherheit und die Zukunft meiner Besatzung Gedanken gemacht habe. So langsam begreife ich, dass ich diese Leute nicht geliebt habe, zumindest nicht so, wie ich Evelyn liebe. Es war nicht dieses alles verschlingende Gefühl, das mich um den Verstand bringt und dafür sorgt, dass ich mich vollkommen untypisch verhalte.

Sie lehnt sich vor, um meinen Verband zu begutachten. »Du hattest recht. Cato ist sehr gut. Ze hat nicht mal halb so lange gebraucht, um dich zusammenzuflicken, wie ich erwartet hatte.«

»Ja.« Ich stehe auf und schlüpfe aus meinem Mantel. »Jetzt

schnapp dir deinen gestohlenen Dolch und hilf mir dabei, diese Münzen aus dem Innenfutter zu schneiden. Die Zeit drängt.«

33

Evelyn

Jeder besitzt ein Gefühl dafür, wie die Zeit vergeht, so als hätten wir eine tickende Uhr im Kopf. Dennoch benötigt jeder brauchbare Plan mehr Zeit und Vorbereitung, als man denkt. Als es Bowen endlich gelungen ist, ein kleines Boot zu besorgen, das dem ähnelt, in dem uns Nox abgesetzt hat, steht der Mond bereits hoch am Himmel. Er starrt zu ihm hinauf, während er rudert. »Das ist praktisch ein Scheinwerfer, der unsere Anwesenheit ankündigt.«

»Wenn uns das Licht nicht verrät, dann wird es dein unablässiges Gemecker ganz sicher tun.«

Das ist der andere Aspekt, den ich an diesem Plan nicht vorausgesehen habe: Meine Ex-Freundin und mein derzeitiger Liebhaber, die beide durchaus zu Mord fähig sind, befinden sich eingepfercht auf engstem Raum. Sie schleudern sich ständig kleine bissige Bemerkungen entgegen, und auch wenn noch keine Gewalt ausgebrochen ist, kann ich die Möglichkeit, dass es dazu kommen wird, nicht ausschließen. Das ist unglaublich nervig. Und stressig. Was mich zickig werden lässt, was das Problem nur verschlimmert, weil sie beide auf meine Gereiztheit reagieren.

Wir alle verstummen jedoch, als wir die relative Sicherheit

der Wasserstraße zwischen First Sister und Second Sister verlassen. Selbst im Licht des Vollmonds kann ich die *Audacity*, die in der Ferne im Wasser sanft auf und ab schaukelt, kaum ausmachen. Das bedeutet doch sicher, dass sie ebenso große Schwierigkeiten haben müssen, uns zu sehen, oder?

Die Wahrheit ist, dass wir an Bord womöglich einer mordlüsternen Besatzung gegenüberstehen werden, die bloß darauf wartet, uns die Kehle aufzuschlitzen und uns direkt wieder zurück ins Meer zu werfen. Wir werden es erst erfahren, wenn es viel zu spät ist, um irgendetwas dagegen zu unternehmen. Nicht, dass ich nervös bin oder so. Das bin ich definitiv nicht. Ich sitze hier ruhig und gefasst und vollkommen entspannt beim Gedanken an das, was wir tun werden.

Wir haben keine Wahl. Dies ist unsere einzige Option. Wir bauen auf die Tatsache, dass uns Nox offensichtlich nicht tot sehen will. Und setzen eine Menge Hoffnung in die Crewmitglieder, die them gegenüber loyal sind. Es ist ein Vertrauensvorschuss, davon auszugehen, dass sie verstehen werden, was wir vorhaben. Wir gehen ein Risiko ein, und unsere Chancen stehen nicht mal besonders gut.

Wir sitzen in angespanntem Schweigen da, während uns Bowen näher an das Schiff heranrudert. Cato hat bei ihm wirklich verdammt gute Arbeit geleistet. Er bewegt sich nicht ganz so, als wäre er nie verletzt worden, aber die Erschöpfung und den Schmerz, die ihn zu belasten schienen, merkt man ihm nicht länger an. Ich fühle mich ebenfalls ziemlich erholt. All meine Schnittwunden sind verheilt, und abgesehen von meinen aufgebrauchten Zaubern und meinen leicht verringerten Magiereserven würde man kaum glauben, dass ich mich vor wenigen Stunden noch in einem Kampf befand. Und gestern ebenfalls. Lizzie sieht natürlich makellos aus.

»Vermutlich solltest du diejenige sein, die rudert«, murmele ich leise. »Du hast weniger eingesteckt als er und bist kein Mensch. Du besitzt vampirische Ausdauer.«

»Du meinst, ich soll den großen starken Mann um die Chance bringen, uns zu zeigen, wie groß und stark er ist?« Sie schaut mich nicht an, während sie das sagt, passt sich jedoch meinem Tonfall an, sodass ihre Worte kaum zu verstehen sind. »Das würde mir nicht mal im Traum einfallen.«

Kleinlich bis zum bitteren Ende. Bowen würde allerdings nicht mal im Traum daran denken, diese Aufgabe jemand anderem zu überlassen. Er hat herumgeschnauzt und gekeift, bis wir auf den Plätzen saßen, die er für uns vorgesehen hatte. Dass er nun die ganze Arbeit hat, geschieht ihm nur recht. *Ich* für meinen Teil habe jedenfalls kein Interesse daran zu rudern.

Wenn ich in Threshold bleiben will, werde ich irgendeine Art Kraft- und Ausdauertraining machen müssen, um mithalten zu können. *Widerlich.* Doch so wenig mir die Vorstellung gefällt, halte ich sogar noch weniger davon, im Kampf besiegt zu werden. Und wenn man meine bisherige Zeit hier als Hinweis für den weiteren Verlauf der Ereignisse nehmen kann, werde ich in Zukunft sicher in eine Menge Kämpfe verwickelt werden. So beeindruckend meine Magie auch sein mag, Bunny hatte recht, als sie gesagt hat, dass ich mich nicht allein auf sie verlassen solle, sondern auch andere Fähigkeiten nutzen müsse, die mir zur Verfügung stehen. Das war ein Thema, über das wir ständig diskutiert haben, hauptsächlich weil ich eine faule Teenagerin war.

Jetzt erkenne ich die Weisheit in ihren Worten … aber das bedeutet nicht, dass mir das Ganze besser gefällt als damals mit sechzehn.

Schon bald sind wir dem Schiff zu nah, um bissige Bemerkungen zu riskieren. Bowen zieht die Paddel ein letztes Mal lautlos durchs Wasser, sodass wir über die ruhige Oberfläche gleiten, bis wir beinahe gegen das Schiff stoßen. Allein die Tatsache, dass Lizzie eine Hand ausstreckt, um unseren Schwung abzubremsen, verhindert das.

»Ich werde mich um Hedd kümmern, wie wir es besprochen haben. Haltet mir die Besatzung vom Leib. Jeder, der noch kämpft, nachdem Hedd tot ist, muss beseitigt werden.«

Mein Magen krampft sich zusammen. Jetzt gibt es kein Zurück mehr. Um die Wahrheit zu sagen, gab es schon in dem Moment kein Zurück mehr, als wir den sicheren Unterschlupf erreichten und begriffen, was seine Existenz bedeutet. Ich bin kein Freund davon, Leute in Massen abzuschlachten, musste jedoch nur ein paar Tage an Bord der *Audacity* verbringen, um zu erkennen, dass viele der Crewmitglieder die Werte des Kapitäns – oder seinen Mangel an Werten – nachahmen. Das sind keine guten Leute. Es sind schadenfrohe Mörder, die sich nicht darum scheren, ob das Wesen am anderen Ende ihres Schwerts wirklich ein Monster ist oder nicht. In der Nacht vor dem Kampf gegen die Meerjungfrauen habe ich mit angehört, wie sich zwei von ihnen lachend über die Ermordung einer Selkie unterhielten. Einer verdammten *Selkie*.

Ohne ihr Robbenfell sind sie praktisch menschlich. Aber das hat diese beiden Besatzungsmitglieder nicht davon abgehalten, das Leben dieser Selkie zu beenden.

Nein, ich werde keine Gnade walten lassen. Nicht gegenüber Leuten, die mich nur allzu gern niedermetzeln würden, bloß weil ich einen Befehl hinterfragt habe. Nicht gegenüber Monstern in Menschengestalt.

Bowen schlüpft leichtfüßig an uns vorbei und klettert schneller, als es irgendjemandem möglich sein sollte, an der Bordwand hinauf. Lizzie beobachtet ihn mit einem undurchschaubaren Ausdruck auf dem Gesicht. »Du bist als Nächste dran, Evelyn.«

»Wenn du mir auf den Hintern starren willst, musst du bloß fragen.« Dass ich mit ihr flirte, beweist nur, wie panisch ich bin. Es steckt ganz sicher keine Absicht dahinter.

Sie schnaubt. »Deine schwachen, kleinen Ärmchen bereiten mir eher Sorge. Wenn du abrutschst und fällst, werde ich dich auffangen müssen, bevor du mit einem lauten Platschen im Wasser landest und damit alle über unsere Anwesenheit informierst.«

»Miststück.«

»Ich habe nicht unrecht, und das weißt du.« Sie bedeutet mir, vor ihr an der Seite des Schiffs hochzuklettern.

Peinlicherweise muss ich mir während des Kletterns eingestehen, dass sie recht hat. Auch wenn ich mich gestern Nacht ganz gut ausruhen konnte, bin ich immer noch erschöpft. Ich will eine gemütliche Decke, einen feurigen Liebesroman und vielleicht ein bisschen heißen Sex zwischendurch, bevor ich mir ein Nickerchen gönne und dann weiterlese. Ich will mir nicht beinahe die Fingernägel abbrechen, während ich mitten in der Nacht an der Bordwand eines Schiffs nach Halt suche.

Bei Bowen sah diese elende Kraxelei so leicht aus. Dieser Mistkerl!

Das Wissen, dass Lizzie hinter mir ist und über mich urteilt, treibt mich an und sorgt dafür, dass ich in Bewegung bleibe. Als ich oben ankomme, zittern meine Arme, und ich bin mir nicht sicher, ob ich stark genug bin, mich über die Reling zu ziehen. Ich erhalte keine Gelegenheit, es auszuprobieren. Bowen lehnt sich über die Reling, dann legt sich seine Magie um mich wie eine sanfte Umarmung. Er hebt mich hoch und setzt mich neben sich ab. Ich öffne den Mund, um ihn anzuschnauzen, dass er das von Anfang an hätte machen und uns so eine Menge Ärger hätte ersparen können. Doch er presst einen Finger auf meine Lippen.

Der Grund dafür wird mir einen Augenblick später klar. Drei Leute schweben in der Luft, mit eng an den Körper gepressten Armen und fest geschlossenem Mund. Ich brauche einen Moment, um zu erkennen, wie sie geknebelt sind. »Bowen«, flüstere ich. »Hältst du ihnen den Kiefer zu?«

»Ja.« Er wartet kaum ab, bis Lizzie auf dem Deck gelandet ist, und setzt sich bereits wieder in Bewegung. »Wie wir es besprochen haben.«

Unser Plan ist nicht sonderlich gut. Vielleicht ist er in seiner Einfachheit aber auch brillant. Bowen wird sich Hedd widmen, Lizzie soll sich um jeden kümmern, der uns angreift. Und ich soll Nox finden und them irgendwie überzeugen, die Dinge auf unsere Weise zu betrachten. Wie gesagt, ein Kinderspiel.

Bevor ich mich auf den Weg machen kann, umfasst Bowen meinen Nacken und zieht mich zu sich heran, um mich grob zu küssen. »Pass auf dich auf, Evie. Du kannst es dir nicht leisten zu zögern. Nicht heute Nacht. Versprich es mir.«

Ich mag das hier hassen, doch ich werde alles tun, um zurück an seine Seite zu gelangen. Ich will, dass wir alle drei bis zum Morgengrauen überleben, und ich weigere mich, der Grund dafür zu sein, dass eine der Personen, die mir etwas bedeuten, zu Schaden kommt. »Ich verspreche es.«

Er lässt mich langsam los, so als würde es ihm körperliche Schmerzen bereiten. Dann ist er fort und marschiert auf die Kapitänskajüte zu. Streng genommen soll ich mich nach unten zu den Quartieren der Besatzung begeben, stattdessen folge ich meinen Instinkten und umrunde das Steuer. In der Zeit, die wir an Bord der *Audacity* verbracht haben, habe ich Nox dort öfter gesehen als Hedd. Wenn der Kapitän den gestrigen Tag mit Feiern verbracht hat, wie Bowen es vermutet, wette ich, dass er Nox das Kommando übertragen hat.

Und tatsächlich entdecke ich them dort. They lehnt mit geschlossenen Augen an der Wand. Schläft they? Oder schläft they nicht? Ich habe gesehen, was they mit their Elementarmagie bewirken kann, und verspüre nicht den Wunsch, es am eigenen Leib zu erfahren.»Nox.«

They öffnet schlagartig die Augen, und der Atem wird mir aus der Lunge gepresst. Es geschieht so schnell, dass ich nicht mal genug Zeit habe, einen erstickten Laut von mir zu geben. Ich taste panisch nach meiner Kehle, aber mein Körper ist nicht für meine Notlage verantwortlich. Das ist Nox' Magie.

»Was machst du hier, verdammt noch mal?« Nox packt mich an der Kehle und wirbelt mich herum, um mich an die Wand zu drücken. Erst dann gestattet they mir zu atmen. Wenn auch nur gerade so.»Du solltest dich in dem sicheren Unterschlupf befinden und dich erholen. Von Bowen hätte ich eine derartige Todessehnsucht erwartet, bei dir hatte ich dagegen den Eindruck, du wärst praktischer veranlagt. Wie schade, dass ich mit dieser Einschätzung falschlag.«

»Das finde ich auch.« Meine Stimme klingt so rau, dass die Worte fast nicht zu verstehen sind.

»Ich werde dich noch ein letztes Mal fragen.« Eine bedrohliche Aura umgibt Nox.»Was machst du hier?« Dies ist nicht der charmante, flirtende Pirat, mit dem ich auf unserer Reise hierher ein paarmal zu tun hatte. Diese Person ist gefährlich. Wenn ich nicht die richtigen Worte finde, hege ich keinen Zweifel daran, dass they mich umbringen wird.

Während unserer Überfahrt habe ich eine Menge Zeit damit verbracht, über all die charmanten, manipulativen Dinge nachzudenken, die ich sagen könnte, um Nox auf unsere Seite zu ziehen. Nun lassen sie mich alle im Stich. Mir bleibt nichts weiter als die Wahrheit. »Wir sind hergekommen, um Hedd und seine Unterstützer zu töten. Wie wollen wissen, wer das

Netzwerk aus Geheimverstecken leitet, denn es gibt ein Netzwerk. Erzähl mir nicht, dass es nicht so ist. Wir wollen helfen – als Teil einer Besatzung, die einer guten Sache dient und nicht den Cŵn Annwn. Mit Leuten wie dir. Mit Leuten wie denen in *dieser* Crew.«

Nox' Miene verrät nichts. »Nicht alle hier denken so wie du.«

»Nicht alle«, stimme ich zu. Meine Lunge fühlt sich endlich an, als würde sie sich wieder ausdehnen. Ich muss mich enorm zusammenreißen, um nicht sofort hektisch nach Luft zu schnappen. »Aber jene, die den Cŵn Annwn gegenüber loyal sind, sind nicht der Grund dafür, dass du das Kommando noch nicht übernommen hast, nicht wahr? Das liegt an Hedd.« Wenn sich Bowen schon nicht ganz sicher war, ob er es in einem Kampf mit dem Kapitän aufnehmen könnte, ohne Verluste zu erleiden, dann hat Nox allein garantiert keine Chance.

They bestätigt meinen Verdacht, als they sich dicht zu mir herablehnt und den Griff um meine Kehle verstärkt. »Egal was du zu wissen glaubst, es ist so gut wie unmöglich, diesen Mistkerl zu töten. Solange er der Kapitän der *Audacity* ist, wird alles so bleiben wie gehabt.« They stößt mich mit einem angewiderten Laut von sich weg. »Ihr seid umsonst zurückgekehrt. Hier erwartet euch nichts weiter als der Tod.«

Ich hoffe wirklich, dass they unrecht hat. »Und wenn wir nicht sterben? Wenn wir Erfolg haben, wirst du uns dann helfen?«

Welche Erwiderung Nox auch auf den Lippen gelegen haben mag, sie geht in einem Brüllen unter, das die Planken unter meinen Füßen regelrecht erzittern lässt. Das ist die einzige Warnung, die ich erhalte, bevor die Tür der Kapitänskajüte aus dem Angeln gerissen wird und krachend im Meer landet. Ein Körper fliegt durch die Luft und prallt hart genug gegen die

Reling, um sie zersplittern zu lassen. Er rappelt sich mühsam auf, und ich muss mir die Hände auf den Mund pressen, um nicht laut aufzuschreien.

Bowen.

Er sieht übel aus. Hedd hat ihm offensichtlich ein paar ordentliche Hiebe verpasst, denn eins seiner Augen schwillt bereits zu, und er blutet aus dem Mund. Doch er steht aufrecht auf beiden Beinen und wankt nicht. Das muss etwas bedeuten. Es *muss* einfach.

Das Wesen, das durch die Tür kommt, ist kaum noch als menschlich zu erkennen. Ich war davon ausgegangen, dass ich beim Kampf gegen die Meerjungfrauen die vollständige Verwandlung in einen Berserker gesehen hätte, aber offensichtlich stimmt das nicht. Hedd ist locker zwei Meter dreißig groß und so breit, dass er seitlich durch die Tür treten muss. Seine fleischigen Arme haben sich vom Umfang her jeweils verdoppelt, sind jedoch nicht perfekt proportioniert. Er wirkt wie eine Lehmfigur, die ein Kind geformt hat, um einen Krieger darzustellen. Dieser Mangel an Anmut sollte ihn verlangsamen, zumindest theoretisch, trotzdem ist er schnell unterwegs. Zu schnell.

Er stürmt auf Bowen zu, und noch während ich schreie, ist es bereits zu spät. Sie prallen in einem Wirrwarr aus Gliedmaßen aufeinander und stürzen durch die zersplitterte Reling ins Wasser.

34

Bowen

Ich hatte damit gerechnet, dass Hedd nach seiner Feierei so gut wie komatös sein würde. Das ließ mich zögern. Selbst jetzt und obwohl ich ihn so sehr hasse, geht die Vorstellung, einen Mann kaltblütig zu ermorden, für mich einfach einen Schritt zu weit. Für diesen Moment des Zögerns muss ich nun bitter bezahlen.

Denn in diesem Augenblick sinke ich mit Hedds Händen an meiner Kehle auf den verdammten Meeresgrund. Sein Griff ist so fest, dass ich ihn nicht abschütteln kann. Ich hämmere auf sein Gesicht ein, könnte jedoch ebenso gut versuchen, gegen die Gezeiten selbst anzukämpfen. Er spürt es gar nicht. Falls ich irgendwelchen Schaden anrichte, ist er so gering, dass ich damit nichts ausrichte.

Den Mistkerl kümmert nicht, dass er zusammen mit mir ertrinkt – oder vielleicht trifft das auf ihn ja gar nicht zu. Ich hatte schon immer den Verdacht, dass er in seiner Berserkergestalt deutlich länger die Luft anhalten kann als ein gewöhnlicher Mensch. Das ist der einzige Grund, der mir dafür einfällt, dass Nox ihn noch nicht aus dem Weg geräumt hat.

Das alles hilft mir allerdings gerade nicht weiter.

Trotz des dünnen Schilds meiner Macht, der ihn davon abhält, mir die Kehle zu zerquetschen, leistet er bei seinem Versuch, mich zu erwürgen, verdammt gute Arbeit. Schwarze Flecken tanzen in meinem Sichtfeld. Das ist ziemlich beeindruckend, wenn man bedenkt, dass wir in dieser Tiefe von reiner Schwärze umgeben sind.

Verzweiflung tobt in meiner Brust. Ich kann es mir nicht leisten, die Kontrolle zu verlieren. Wir befinden uns zu nah am Schiff. Beim letzten Mal mag ich die Besatzung nicht umgebracht haben, aber es gibt keine Garantie, dass ich es vermeiden kann, wenn es erneut geschieht. Selbst in meinem geschwächten Zustand könnte ich sie alle versehentlich abschlachten. Ich könnte *Evie* umbringen.

Ich muss ... Ich sollte ...

Der kalte Druck der Tiefe legt sich ebenso fest um mich wie Hedds Hände. Wir sinken immer weiter. Sein Körper besitzt mehr Masse als der eines Menschen – er wirkt wie ein Anker, der mich nach unten zieht. Hedd kann diesen Druck überleben. Ich denke nicht, dass das auch für mich gilt. Nicht mehr sehr viel länger.

Mir bleibt nichts anderes übrig. Ich muss jetzt zuschlagen.

Ich presse meine Hände auf meine Brust und gebe ein lautloses Brüllen von mir. Dabei leite ich meine Macht in seine Rippen, sein Brustbein und sein Herz, eine Stoßwelle nach der anderen. Es ist, als würde man einen Berg bekämpfen. Aber selbst Berge fallen irgendwann in sich zusammen. Bei meinem fünften Machtstoß wird Hedds Griff an meiner Kehle schwächer. Ich greife ihn noch zwei weitere Male an, nur um sicherzugehen. Es ist meine letzte Attacke, denn sein Körper schwebt bereits von mir weg und sinkt in die Tiefe hinab. Mir bleibt keine Zeit, mich davon zu überzeugen, dass ich ihn tatsächlich erledigt habe.

Meine Lunge schreit nach Sauerstoff, meine Gliedmaßen fühlen sich bleischwer und langsam an, als ich mich daranmache, mich an die Oberfläche zu kämpfen. Aus lauter Verzweiflung benutze ich meine Magie, um mich vorwärtszutreiben, doch ich habe einmal mehr meine Grenzen ausgereizt. Meine Magie gerät ins Stottern und lässt mich immer wieder im Stich. Vielleicht ist es auch mein Hirn, das allmählich die Kontrolle verliert.

Verdammt. Ich wusste immer, dass die Möglichkeit besteht, dass ich irgendwann ertrinken könnte. Das ist für jeden, der sein Leben auf See verbringt, eine schaurige Gewissheit. Doch auf diese Weise will ich nicht abtreten, nicht so kurz nachdem ich Evelyn gefunden habe. Auch wenn ihr bereits die Hälfte meines Herzens gehört, gibt es noch so vieles, was ich nicht über sie weiß. Ein ganzes Leben an kleinen Einzelheiten, von denen jede ein Schatz ist, den es zu entdecken gilt. Nun werde ich niemals die Gelegenheit dazu erhalten.

Das Wasser bewegt sich um mich herum. Ich verspanne mich, denn ich bin mir sicher, dass Hedd irgendwie von den Toten zurückgekehrt ist, um die Sache zu Ende zu bringen. Um mich herum ist jedoch niemand zu entdecken. Nur das Meer, das sich unter meinem Körper bewegt und mich nach oben drückt. Ich werde immer schneller angeschoben, bis mein Oberkörper die Oberfläche durchbricht. Ich pruste und keuche und strample wie wild, um sicherzustellen, dass ich nicht erneut untergehe. Aber das Wasser unter meinen Füßen ist fest.

»Bowen!«

Ich schaue auf und entdecke Evelyn, die über der Reling lehnt. Ihr umwerfendes Gesicht ist vor Angst verzerrt. Neben ihr steht Nox. They hat die Hände ausgestreckt und die Augen konzentriert zusammengezogen. Als they mich sieht, keift they: »Ich kann dich nicht ewig festhalten, du Narr. Komm rauf.«

Nox hat mich gerettet.

Dieses Mal brauche ich doppelt so lange wie vorhin, um die Bordwand zu erklimmen. Meine Lunge brennt, jeder Muskel in meinem Körper bebt. Ich kann nicht umhin, immer wieder über meine Schulter zu schauen, weil ich mir halb sicher bin, dass Hedd doch irgendwie überlebt hat. Doch er taucht nicht mehr auf. Egal wie gut er die Luft anhalten kann, er besitzt keine Kiemen. Er kann nicht ewig unter Wasser bleiben. Er ist tot. So muss es sein.

Evelyn stürzt sich förmlich auf mich, als ich mich über die Reling hieve und erschöpft auf den Planken sitzen bleibe. Sie lässt die Hände über meinen Körper gleiten und sucht nach Verletzungen. Als sie meine Kehle erreicht und mit den Fingern über die empfindliche Haut dort streicht, gibt sie einen schmerzerfüllten Laut von sich. »Oh, Bowen.«

Ich spähe über ihren Kopf hinweg und stelle fest, dass das Deck ein einziges Massaker ist. Ich zähle mindestens zwanzig Leichen. Auf den ersten Blick bin ich mir nicht ganz sicher, wie sie gestorben sind. Ich sehe nur jede Menge Blut.

Und dort am Mast lehnt die Vampirin, als hätte sie nichts Besseres zu tun. Das ist *ihr* Werk. Ich weiß nicht, ob ich mich in ihrer Gegenwart je wohlfühlen werde, allerdings kann ich nicht leugnen, dass sie eine nützliche Verbündete ist – es ist gut, sie auf unserer Seite zu haben.

Nox geht vor mir in die Hocke. Their Miene ist ernst. »Ich denke, es ist an der Zeit, dass wir uns unterhalten.«

»Ja«, stimme ich heiser zu.

»Gib mir zwei Minuten.« Nox steht auf und dreht sich zu den überlebenden Besatzungsmitgliedern herum. Dann hebt they die Stimme, um auf dem gesamten Schiff gehört zu werden. »Wir müssen schnell handeln. Diese armen Seelen waren Opfer des Meerjungfrauenangriffs, und bei diesem Kampf ist leider einiges schiefgelaufen. Wir haben die Plage ausgerottet, mussten allerdings schwere Verluste einstecken. Verschafft ihnen eine Seebestattung und reinigt das Deck. Bei Tagesanbruch segeln wir weiter. Ich werde den Bericht einreichen, sobald wir ein wenig Abstand zwischen uns und die Three Sisters gebracht haben.«

Die überlebenden Crewmitglieder setzen sich hastig in Bewegung. Niemand stellt Fragen oder widersetzt sich Nox' Befehl. Wir hatten recht. Die Leute an Bord dieses Schiffes, die them folgen, folgen *them* und nicht den Cŵn Annwn.

Evelyn hilft mir auf die Beine und schlüpft unter meinen Arm, um mich zu stützen. Während wir uns hinter Nox in Richtung der Kapitänskajüte schleppen, erhasche ich einen Blick auf Dia. Sie wirkt unverletzt und zwinkert mir sogar frech zu, als wir an ihr vorbeigehen. Den Göttern sei Dank, dass es ihr gut geht. Mir war nicht klar, wie besorgt ich um sie war, bis ich mich davon überzeugen konnte, dass sie wohlauf ist.

Lizzie schließt sich uns in der Kajüte an. Sie wirkt nach wie vor gelangweilt. Evelyn bugsiert mich auf einen Stuhl und setzt sich dicht neben mich. Ich kann nicht umhin, die Vampirin anzustarren und mich zu fragen, wie sie angesichts der Tatsache, dass sie beinahe zwei Dutzend Leute ermordet hat, so vollkommen unbekümmert sein kann. Wenn es überhaupt irgendeinen Einfluss auf sie hatte, sieht man es ihrem Gesicht jedenfalls nicht an. Ihr Körper strahlt weiterhin eine gewisse Anspannung aus. Ich vermute, dass das bedeutet, dass sie jederzeit in Gewalt ausbrechen kann. Ich weiß nicht, warum mich das überrascht. Evelyn hat mir immer wieder gesagt, wie gefährlich Lizzie ist.

Doch bei ihrem Kampf gegen Evelyn hat sie sich zurückgehalten. Das hat mir offenbar ein falsches Gefühl von Sicherheit vermittelt. Ich kann es mir nicht leisten, sie zu unterschätzen, auch wenn sie allem Anschein nach auf unserer Seite ist. Für den Moment. Niemand kann sagen, wie lange das anhalten wird. Mittlerweile ist klar, dass sie Evelyn nicht wirklich töten will, das bedeutet jedoch nicht, dass alle anderen in ihrer Gegenwart ebenfalls sicher sind. Wenigstens können wir vermutlich davon ausgehen, dass sie kooperieren wird, bis wir die *Crimson Hag* finden und sie ihre Familienerbstücke zurückbekommt.

Was danach passiert, lässt sich unmöglich vorhersehen.

Nox schaut sich angewidert im Raum um. Er ist nicht besonders dreckig, aber überall befinden sich Spuren von Hedd. Seine Kleidung liegt verstreut auf dem Boden herum. Mehrere Waffen lehnen ungesichert an der Wand. Auf seinem Schreibtisch stehen so viele Schnapsflaschen, dass man die Oberfläche beinahe nicht mehr sehen kann. Ein rascher Blick auf den kleinen freien Bereich enthüllt mehrere Benachrichtigungen wegen verspäteter Berichte.

Nox seufzt und verschränkt die Arme vor der Brust. »Ich weiß nicht, ob ich euch danken oder euch die Kehle durchschneiden und es hinter mich bringen soll.«

»Wenn man bedenkt, dass wir dir gerade das Amt des Kapitäns gesichert haben, empfehle ich dringend, dass du dich für die erste Option entscheidest.« Lizzie spricht ruhig, während sie ihre Fingernägel betrachtet, was ihre Drohung nur noch deutlicher macht. »Gern geschehen übrigens.«

Nox scheint vollkommen unbeeindruckt. They wendet sich der Vampirin zu. »Ich kenne dich nicht.«

»Du musst mich nicht kennen. Du kennst sie.« Lizzie deutet mit einem Finger auf Evelyn. »Also lass uns nicht länger um den heißen Brei herumreden und endlich zur Sache kommen. Wie Evelyn es versprochen hat, haben wir dir geholfen. Im Gegenzug wollen die beiden Informationen. Ich hingegen will eine Mitfahrgelegenheit, bis wir die *Crimson Hag* aufgespürt haben. Das ist ein geringer Preis für deine Beförderung. Wenn du nicht kooperierst, werden wir unter den restlichen Besatzungsmitgliedern sicher jemanden finden, den wir davon überzeugen können, die Dinge auf unsere Weise zu sehen.«

Ich verspanne mich und halte mich bereit dazwischenzugehen, falls die Situation eskalieren sollte. Doch Nox lacht bloß. »Mir ist jetzt schon klar, wie sehr du mir auf die Nerven gehen wirst. Toll.« They wendet sich mir und Evelyn zu. »Wenn ich euch erzähle, was ihr wissen wollt, gibt es kein Zurück mehr. Entweder schließt ihr euch uns an, oder ihr verlasst dieses Schiff nicht lebend.«

»Wir sind bereits zu weit gekommen.« Ich ergreife Evelyns Hand und drücke sie. Sie sitzt so dicht neben mir, als wäre sie davon überzeugt, dass ich jederzeit vom Stuhl rutschen könnte. »Erzähl es uns.«

»Wie ihr wollt.« Nox lehnt sich an die Schreibtischkante. »Es gibt einige Leute, die den Gesetzen, die in Threshold herrschen, nicht zustimmen. Die Cŵn Annwn sind durchaus in der Lage, Leute durch die Portale, die sie in ihre Heimatreiche führen werden, zurückzubefördern. Es gibt keinen Grund für uns, das nicht zu tun – abgesehen von Kontrolle. Der Rat nutzt seine Macht aus, um dafür zu sorgen, dass seine Autorität nicht infrage gestellt wird und die Reihen seiner Jäger stets gut gefüllt sind.«

Das ist die Schlussfolgerung, zu der Evelyn und ich bereits gekommen sind. Sie hat die Risse im System sofort erkannt und musste mir diese Erkenntnis praktisch um die Ohren hauen, damit ich sie ebenfalls begriff. Das erklärt allerdings nicht, wie diese Rebellen vorgehen und wie ihre Mitglieder so lange agieren konnten, ohne dass es jemand bemerkt hat. »Also hat jemand beschlossen, etwas dagegen zu unternehmen?«

»Richtig«, bestätigt Nox und zuckt mit den Schultern. »Ich vermute, dass mitfühlende Leute unter den Cŵn Annwn Eindringlingen bereits seit Generationen gestatten, ihnen durch die Finger zu schlüpfen. Erst als …« They zögert und scheint innerlich mit sich zu ringen. Schließlich fährt they fort. »Die Person, die uns anführt, befindet sich in einer einzigartigen Position, die es ihr ermöglicht hat, ein geeignetes Netzwerk zu erschaffen. They verfügt über die Möglichkeit, die Kommunikation zu kontrollieren und sicherzustellen, dass wir in der Lage sind, unsere Ziele effektiver zu verfolgen.

»Und welche Ziele sind das? Leute nach Hause zu bringen … oder noch mehr?« Wieder bin ich mir fast sicher, was Nox sagen wird, bevor they den Mund aufmacht. Trotzdem will ich hören, wie they es ausspricht. Da ist ein Gefühl in meiner Brust, eine Blase, die immer größer wird, und ich habe schreckliche Angst davor, dass sie zerplatzen könnte. Evelyn meint es größtenteils als Scherz, wenn sie mich als Beschützer oder edler Ritter bezeichnet – zumindest denke ich das. Aber die Wahrheit ist, dass diese Bezeichnung sehr viel besser zu mir passt, als ich je laut zugeben möchte.

Ich brauche etwas, woran ich glauben kann. Einen Zweck im Leben. Ich weiß nicht, ob ich je wieder jemandem allein aus reinem Glauben folgen werde, ohne seine Beweggründe zu hinterfragen, doch vielleicht bekommt meine Loyalität auf diese Weise mehr Bedeutung. Keine Ahnung. Das ist etwas, worüber ich später mal nachdenken sollte.

Wieder zögert Nox. Mir wird plötzlich klar, dass they bisher so sehr aufpassen musste, was they sagt und wie they sich verhält, während they in dieser Besatzung diente. Es muss seltsam sein, auf einmal aufgefordert zu werden, offen zu sprechen. In der *Lage* zu sein, offen zu sprechen. »Wann haben die Cŵn Annwn das letzte Mal wirklich gejagt? Damit meine ich nicht, dass wir alle auf Schiffen mit blutroten Segeln herumfahren, und ich meine auch ganz sicher nicht diese aufgeblasenen Schnösel im Rat. Ich rede über die ursprünglichen Cŵn Annwn. Ich bin mir nicht mal sicher, ob sie überhaupt noch existieren. Der einzige Beweis, den wir dafür haben, ist die Behauptung des Rates.« Nox zuckt mit den Schultern, die Bewegung wirkt jedoch viel zu angespannt. »Das Ganze übersteigt meine Gehaltsstufe. Ich wollte immer nur Freiheit – und das Leben, das wir führen, ist nicht frei. Es sieht bloß von außen so aus.«

Neben mir rutscht Evelyn auf ihrem Stuhl herum. »Du redest um den heißen Brei herum. Wenn du wirklich frei sein willst, dann müssen wir den Rat absetzen und hoffen, dass die ursprünglichen Cŵn Annwn nicht mehr da sind, um sich für das zu interessieren, was in Threshold vor sich geht.«

»Ja.« Nox schaut uns beide nacheinander an. »Aber die Zeit für diesen Schritt ist noch nicht gekommen. Dort draußen gibt es zu viele Kapitäne wie Hedd, zu viele Besatzungen, die nur zu gern die Macht missbrauchen, die die blutroten Segel mit sich bringen. Wenn wir den derzeitigen Rat stürzen, wird ein neuer seinen Platz einnehmen. Sie werden möglicherweise jahrelang nicht in der Lage sein, eine echte Veränderung zu bewirken, vielleicht sogar länger. Einen solchen Schritt in aller Öffentlichkeit zu wagen, stellt ein gewaltiges Risiko dar, und wir werden nur eine einzige Chance haben. Das Ganze wird kein dramatischer Kampf, der schnell vorbei ist. Wenn ihr euch uns anschließt, verschreibt ihr euch einer Sache, deren Ziel sich nicht von jetzt auf gleich erreichen lässt. Das Ganze wird eine lange Reise, die mit jeder Menge Plackerei verbunden ist.«

»Spuck's endlich aus!«, schnauzt Evelyn. »Wir stehen vor der gleichen Entscheidung wie bei unserer Ankunft in Threshold – wir können uns einer Gruppe anschließen oder sterben. Der Unterschied ist, dass wir umhersegeln und so tun werden, als wären wie Teil der Cŵn Annwn. Und gelegentlich werden wir auch echte Monster töten, um Leute zu retten.«

Nox lächelt dünn. »Wie es scheint, muss ich es gar nicht deutlicher sagen. Du verstehst mich auch so ganz gut.« Wenn man uns auf die Schliche kommt, wird man uns auf wahrlich spektakuläre Weise hinrichten. Das hier geht weit darüber hinaus, einen Schwur zu leisten und dann davonzulaufen oder einen direkten Befehl zu missachten. Dies ist eine handfeste Rebellion. Ich lege einen Arm um Evelyns Schultern.

»Und diese Person, die euch anführt? Wer ist they?«

»Nur sehr wenige Leute kennen their Identität, und ihr werdet vermutlich leben und sterben, ohne es je herauszufinden.« They schaut mir direkt in die Augen. »Könnt ihr damit umgehen?«

»Solange du – und they – keinen bedingungslosen Gehorsam verlangt. Ich werde den Rest meines Lebens nicht damit verbringen, mit geschlossenen Augen durch die Gegend zu laufen. Wenn ich einem Befehl nicht zustimme, werde ich ihn hinterfragen, und wenn ich ihm danach immer noch nicht zustimme, werde ich ihn nicht befolgen. Kannst *du* damit umgehen?«

»Ich würde es nicht anders haben wollen.« Nox dreht sich schwungvoll zu Lizzie herum. »Du. Vampirin. Du bist furchtbar still, seit du vor ein paar Minuten den Mund so weit aufgerissen hast.«

»Sollte ich etwa diese mitreißende Rede unterbrechen?« Sie klingt absolut gelangweilt. »Wie ich schon sagte, ich bin nur hier, um mir meine Familienerbstücke zurückzuholen. Ich jage die *Crimson Hag*. Sobald ich dieses Schiff gefunden habe, werde ich in mein Reich zurückkehren. Erwarte keine Schwüre von mir, aber bis dahin bin ich durchaus in der Lage, meinen Beitrag zu leisten und mich zu benehmen.«

Das ist wohl kaum ein verbindliches Versprechen, doch so langsam verstehe ich, dass das alles ist, was wir von Lizzie erwarten können. Und für ihre Verhältnisse kommt es einem Versprechen nah genug. Ich ziehe Evelyn fester an mich und schaue auf sie hinunter. »Also? Was meinst du?«

Sie wirkt ein bisschen blass, ein wenig verängstigt. Aber ihr Lächeln ist aufrichtig. »Ich glaube wirklich, dass dein Edler-Ritter-Komplex allmählich auf mich abfärbt. Lass uns die Guten sein.«

35

Evelyn

Eine von den Guten zu sein, ist verdammt anstrengend. Das Blutbad zu beseitigen, das Lizzie und Bowen angerichtet haben, dauert fast einen kompletten Tag. Eine Seebestattung bedeutet offenbar lediglich, dass man die Leichen über die Reling wirft. Ich würde ja davon ausgehen, dass sie in Kürze an Land angespült werden, aber als ich das Nox gegenüber erwähne, schleicht sich ein merkwürdiger Ausdruck auf their Züge, und they sagt: »Dazu werden sie keine Gelegenheit haben.«

Ich weiß nicht, was das bedeutet, vermute jedoch, dass es etwas mit Seeungeheuern zu tun hat, und in diesem Fall ist Unwissenheit wohl die bessere Wahl. Ich bleibe dabei, dass die Auslöschung der Meerjungfrauen ein Dienst an den Bewohnern der Three Sisters war. Gleichzeitig bin ich froh, dass ich mich bei der Sache mit der Drachenmutter durchgesetzt habe. Ich hoffe wirklich, dass sie und ihr Junges problemlos entkommen konnten. Das bedeutet allerdings nicht, dass ich jedes Raubtier kennenlernen will, das unter der Meeresoberfläche auf Jagd geht.

Nicht wenn ich auf etwas herumsegele, das im Grunde genommen nur ein winziges Boot ist. Ja, das Schiff ist durchaus gewaltig, aber verglichen mit einem Kraken oder irgendeinem anderen Untier, von dem ich noch nie gehört habe … Der Gedanke löst bei mir eine Gänsehaut aus, also beschließe ich, nicht länger darüber nachzugrübeln.

Bowen und ich bekommen dieselbe Kabine wie beim letzten Mal zugeteilt, wir haben jedoch nicht genug Zeit und Energie, um in dem Bett irgendetwas anderes anzustellen, als zu schlafen. Wir schuften den ganzen Tag und verfallen dann bei Anbruch der Nacht in einen Zustand, der Bewusstlosigkeit nicht unähnlich ist. Dennoch ist die Veränderung in Bowen deutlich zu erkennen.

Er bewegt sich leichtfüßiger, beinahe unbeschwert. Er lächelt öfter. Sogar seine Schultern wirken gerader, als hätte er eine Last abgelegt, die er viel zu lange mit sich herumgeschleppt hat. Und wenn er mich umarmt, presst er mich ganz dicht an seinen Körper, als würde er glauben, dass ich ihm jeden Moment entgleiten könnte.

Am vierten Tag findet mich Lizzie in der Vorratskammer, wo ich mich versteckt habe. Sie lehnt sich gegen die Tür und verschränkt die Arme vor der Brust. »Was machst du hier?«

»Ich gönne mir bloß eine nicht genehmigte Pause.«

»Verstehe.« Statt zuzulassen, dass sich peinliches Schweigen zwischen uns ausbreitet, oder einfach davonzugehen, betritt sie die Vorratskammer und lässt sich neben mich auf die verblichene Holzkiste sinken. »Das Portal in unser Heimatreich ist zerstört.«

»Ja.« Schuldgefühle legen sich um meine Kehle, aber das war nicht allein mein Werk. Ich bin leichtsinnig mit meiner Magie umgegangen, und sie war nicht bereit, erst einmal einen Gang zurückzuschalten und Fragen zu stellen, bevor sie uns angegriffen hat. »Ich würde sagen, dass wir beide die Schuld daran tragen.«

Sie schüttelt den Kopf. »Du bist immer so erpicht darauf, jemanden zu finden, dem du die Schuld geben kannst. Es war ein Unfall. Außerdem ist das nicht der einzige Weg zurück nach Hause. Threshold mag der Bereich sein, der alle Reiche miteinander verbindet, das bedeutet hingegen nicht, dass der Rest von ihnen nicht ebenfalls auf irgendeine Weise miteinander verbunden ist. Es wird eine Weile dauern, doch nichts spricht dafür, dass es unmöglich ist.«

Alles, was sie sagt, habe ich bereits selbst in Betracht gezogen, doch das wirft die Frage auf, *warum* sie es sagt. Ich drehe den Kopf, um sie anzuschauen. »Wenn es irgendjemand schaffen kann, dann du.«

»Daran hege ich keinen Zweifel.« Sie tippt mit den Fingern auf ihr Knie. »Was ich damit sagen will, ist: Mir ist bewusst, dass ich womöglich teilweise mit dafür verantwortlich bin, dass wir an diesem Ort und in dieser Situation gelandet sind. Daher biete ich dir an, dich zurück nach Hause zu begleiten. Nachdem ich meine Familienerbstücke wiederbeschafft habe.«

Ich bin so schockiert, dass ich eine ganze Weile lang nichts erwidern kann. Sie hat in letzter Zeit nicht mehr versucht, mich zu ermorden, aber der Verzicht auf offene Feindseligkeit ist nicht ganz das Gleiche wie Vergebung. Und das hier ist es streng genommen auch nicht. Dennoch ist es ein großzügigeres Angebot, als ich mir je hätte erträumen lassen. »Du meinst das ernst.«

»Ich sehe, wie du in seiner Gegenwart strahlst, Evelyn. Du magst das für Liebe halten, aber was passiert, wenn die Lust nachlässt? Du wirst plötzlich erkennen, dass du ein Leben führst, das du nie haben wolltest. Du feierst gern, stiehlst gern Dinge und genießt jeden Augenblick des Lebens in vollen Zügen. Wenn du hierbleibst und an irgendeiner Revolution teilnimmst, wirst du vermutlich dabei umkommen.« Sie starrt auf ihre Finger. »Der Gedanke, dass du für eine Sache sterben könntest, die gar nicht deine eigene ist … bestürzt mich.«

Vielleicht sollte es wehtun, dass sie nicht bereit war, mir gegenüber auch nur das geringste Anzeichen von Zuneigung zu zeigen, bis ich weit außerhalb ihrer Reichweite war. Früher gab es mal einen Moment, in dem ich bereit gewesen wäre, dieser Vampirin mein Herz zu schenken. Ich habe keinen Schimmer, ob es funktioniert hätte, doch das spielt inzwischen keine Rolle mehr. Dieser Augenblick ist vorbei. Sie bedeutet mir immer noch etwas, aber es wird niemals das sein, was ich für Bowen empfinde.

Dennoch wird mir angesichts der Tatsache, dass sie mir diese Möglichkeit anbietet, ganz warm ums Herz. Spielerisch versetze ich ihr einen Stoß mit meiner Schulter. »Du bedeutest mir auch etwas, weißt du? Das, was ich für Bowen empfinde, ist allerdings etwas vollkommen anderes. Es ist mehr als Zuneigung und ganz sicher mehr als bloße Lust. Ich liebe ihn.«

Sie seufzt. »Ich dachte mir, dass du das vermutlich sagen würdest.«

»Du hast recht damit, dass ich bislang nie eine Sache hatte, für die ich kämpfen konnte, diese hier ist jedoch wirklich nobel und gut. Eine, die Bunny befürwortet hätte.« Das stimmt, aber es ist nicht die ganze Wahrheit. »Und selbst wenn sie sie nicht befürwortet hätte … ist es an der Zeit, dass ich anfange, meine eigenen Entscheidungen zu treffen. *Ich* glaube an diese Sache. Was die Cŵn Annwn in Threshold machen, ist falsch. Und ich mag keine große Kriegerin sein, doch ich kann dabei helfen, den Schaden, den sie angerichtet haben, wieder in Ordnung zu bringen. Das Ganze ist gefährlich, aber es ist das Richtige, und ich will wirklich unbedingt ein Teil davon sein.«

»Falls du es dir anders überlegst …«

»Das werde ich nicht.« Ich bemühe mich um einen sanften Tonfall. »Trotzdem weiß ich das Angebot zu schätzen. Wirklich.« Ich stehe auf, und meine schmerzenden Muskeln ächzen protestierend. »Ich mache mich besser wieder an die Arbeit.« Ich lasse Lizzie allein in der Vorratskammer zurück. Ihre Miene wirkt undurchschaubar. Mir war nicht klar, dass ich diese Unterhaltung ebenso nötig hatte wie sie offenbar, aber nun, da wir das hinter uns gebracht haben, fühle ich mich leichter. Als hätten wir dadurch einen richtigen Abschluss für unsere Beziehung gefunden, statt vor der unangenehmen Vorstellung davonzulaufen, dass wir das Ende der Fahnenstange erreicht haben. *Wie originell.*

Ich will Bowen aufsuchen, um mit ihm über die neue Zuversicht zu reden, die sich gerade in mir breitmacht, stattdessen zwinge ich mich dazu, zu warten, bis unsere Schicht vorbei ist. Nox führt ein strenges Regiment und reagiert nicht besonders freundlich, wenn sich jemand um seine Pflichten drückt – vor allem da wir mit einer sehr viel kleineren Besatzung segeln, als eigentlich nötig wäre, damit die *Audacity* ihre volle Leistung erbringen kann. Nox hat etwas davon erzählt, bald neue Leute anheuern zu wollen, aber they hat nicht weiter ausgeführt, was das bedeuten soll – oder was danach geschieht.

They vertraut uns immer noch nicht. Das ist in Ordnung. Wir werden uns their Vertrauen mit der Zeit verdienen.

Ich entdecke Bowen in unserer Kajüte. Er steht unter der Dusche und stützt sich mit den Händen an der gekachelten Wand ab. Mich auszuziehen und mich ihm in der kleinen Kabine anzuschließen, erscheint mir wie das Natürlichste auf der Welt. Ich lasse mich zwischen ihn und die Wand gleiten und schlinge die Arme um seine Taille. »Hey.«

»Hey.« Er küsst meine Schläfe. »Ich schäme mich, es zu sagen, aber nachdem ich so lange Kapitän war, bin ich ein bisschen außer Form geraten. Ich dachte, dass ich wüsste, was harte Arbeit bedeutet, doch das hier macht mich echt fertig.«

»Mich auch.« Ich will diesen friedlichen Augenblick nicht kaputtmachen, es ist jedoch wichtig, dass ich das, was heute passiert ist, mit ihm teile. »Lizzie hat vorhin mit mir geredet.«

Nur weil ich ihn so fest an mich gedrückt halte, spüre ich, wie er sich verspannt. »Ach ja?«

»Sie hat angeboten, mich nach Hause zu bringen – natürlich erst nachdem sie sich das zurückgeholt hat, was ich ihr gestohlen habe.« Ich lehne mich zurück, bis ich sein Gesicht sehen kann. »Ich habe abgelehnt. Ich hoffe, dass sie recht hat und es einen Weg zurück in unser Heimatreich gibt, zumindest um ihretwillen. Aber ich meinte es ernst, als ich gesagt habe, dass ich dich liebe, Bowen. Nicht nur, weil du vögelst wie ein Gott, und nicht nur, weil du mich in deinen Armen hältst, als wäre ich das Wertvollste auf der ganzen Welt. Ich liebe dich für deine Sturheit und deine Ehre und deine Bereitschaft, zu tun, was nötig ist, um den Schaden wiedergutzumachen, den du unbeabsichtigt verursacht hast. Du hast mich jetzt an der Backe, zumindest so lange, wie du mich behalten willst.«

Er streicht mein Haar zurück und betrachtet meine Miene. »Du meinst das ernst.«

Es ist keine Frage, trotzdem antworte ich: »Ich meine es ernst.«

»Ich liebe dich auch, weißt du?« Er fährt mit den Daumen über meine Wangenknochen und an meinem Kiefer entlang bis zu meinen Mundwinkeln. »Ich denke, ich habe schon in dem Moment angefangen, mich in dich zu verlieben, als du mir meine Flasche geklaut hast.« Er haucht einen Kuss auf meine Lippen. »Ich schätze, du hast mir gleichzeitig das Herz gestohlen.«

»Das klingt so kitschig, und ich liebe es.« Ich liebe ihn. Götter, wir haben keinen leichten Weg vor uns, dennoch ist es einer, der es wert ist, dass wir ihn beschreiten. Es ist der, den ich *wähle*. Das ist das Einzige, was zählt.

Wärme durchströmt mich, und für einen Augenblick bin ich mir sicher, dass ich Bunnys Zustimmung spüren kann. Es ist ein Gefühl, das mir ebenso vertraut ist wie ihre Umarmungen. Es ist seltsam, es zu empfinden, während ich nackt mit Bowen unter der Dusche stehe, und mein Blick zuckt tatsächlich zur Tür, als würde ich damit rechnen, sie dort stehen zu sehen. Doch sie ist nicht da. Natürlich nicht. Aber das Gefühl braucht eine ganze Weile, um zu verblassen.

»Stimmt etwas nicht?«

»Nein.« Ich wende mich wieder ihm zu. »Ich dachte nur gerade, dass meine Großmutter dich ziemlich gerngehabt hätte.«

Sein Lächeln ist sanft und so süß, dass es beinahe wehtut. »Wenn man bedenkt, dass sie dafür verantwortlich ist, dass du zu der Frau geworden bist, die du heute bist, denke ich, dass ich sie ebenfalls ziemlich gemocht hätte.« Er schnappt sich das Shampoo und macht sich daran, es in mein Haar einzumassieren. »Es wird eine Weile dauern, bis man uns genug vertraut, um uns die Erlaubnis zu geben, die Person kennenzulernen, die diese Bewegung anführt. Wir haben einen langen Weg und jede Menge Arbeit vor uns.«

»Macht dir das etwas aus? Dich auf einem Schiff zu befinden und nicht der Kapitän zu sein? Dieses Prestige verloren zu haben?«

Er schüttelt den Kopf. »Es fühlt sich ein bisschen so an, als würde ich Abbitte leisten, aber das tue ich gerne. Ich habe noch eine Menge zu lernen.«

»Das ist so *ritterlich* von dir.« Ich stelle mich auf die Zehenspitzen und küsse ihn. »Ich werde nicht versprechen, dass ich stets würdevoll mit der ganzen Sache umgehen und nicht auch mal meckern werde, ich scheue mich jedoch nicht vor harter Arbeit, wenn sie etwas bedeutet. Und *das hier* bedeutet etwas.« Ich presse meinen Körper an seinen. »Also, wenn wir uns beeilen und Orgasmen austauschen, können wir bis zum Beginn unserer nächsten Schicht noch ungefähr sechs Stunden schlafen.«

Bowen umfängt mich mit seiner Macht, lässt sie über meine nasse Haut gleiten und konzentriert sie dann unter meinen Oberschenkeln, um mich in die Luft zu heben. Ich entspanne mich in seinem Griff und liebe es, wie seine dunklen Augen mich durchdringend und mit loderndem Blick fixieren. Mit seiner Magie neigt er meinen Kopf nach hinten, um das Shampoo aus meinem Haar zu spülen. Gleichzeitig fangen zwei Ranken an, mit meinen Brüsten zu spielen.

»Evie.«

»Hm?«

Er lacht in sich hinein. »Wenn wir nur sechs Stunden schlafen, haben wir immer noch vier Stunden zum Vögeln.«

»Ist das so?«, frage ich in unschuldigem Tonfall.

»Ja.« Seine Stimme klingt tief und belustigt. »Das ist kaum genug Zeit. Wir mögen den Rest unseres Lebens vor uns haben, egal wie lang oder wie kurz diese Zeit auch sein mag, aber das wird nie genug sein. Eine Ewigkeit mit dir würde nicht reichen.«

Ich küsse ihn. »Dann sollten wir besser dafür sorgen, dass es sich lohnt.«

DANKSAGUNGEN

Ich muss damit anfangen, meinem Ehemann Tim zu danken, denn dieses Buch würde ohne ihn nicht existieren. Ich war unsicher, ob ich meiner Agentin eine meiner Meinung nach wirklich lächerliche E-Mail-Anfrage schicken sollte, und er sagte: »Schick einfach die verdammte E-Mail raus, Katee. Ich wette, dass dich die Antwort überraschen wird.« Du hattest recht, Babe! Ich hätte niemals vorhersehen können, wozu das führen würde, und allein wäre ich zu feige gewesen, es durchzuziehen. Du bist die beste Ein-Mann-Band, um mich hochzuhypen, und du zweifelst nie daran, dass ich Höhen erreichen kann, die mir Angst einjagen. Ich liebe dich!

Ein riesiges Dankeschön geht an meine Agentin Laura Bradford, weil sie meine »Hey, ich hatte da diese Idee«-E-Mail gelesen und gesagt hat: »Lass mich mal die Fühler ausstrecken.« Ich glaube, dass sich die Sache womöglich schneller entwickelt hat, als wir beide es erwartet hätten, aber schau nur, wie weit wir es gebracht haben! Wie haben endlich ein Piratenbuch verkauft!

Große Anerkennung geht an Cindy Hwang und Kristine Swartz, die mir dabei geholfen haben, dieses verrückte kleine Buch auf Hochglanz zu bringen. Die Geschichte ist dank eurer

Kommentare und Vorschläge tausendmal besser geworden. Ich bin so aufgeregt, weil ich Piraten für euch schreiben darf und die Reise weitergeht!

Vielen Dank an das Team bei Berkley! Danke an Kristin Cipolla, Jessica Mangicaro und Kim-Salina I, dass sie dieses Buch in so viele Hände und so viele Regale gebracht haben! Das Konzipieren eines Romans mag in einem Vakuum stattfinden, das gilt allerdings nicht fürs Formatieren, Verschönern und Drucken. Danke an Mary Baker, Christine Legon, Megan Elmore, Janine Barlow und [PROOFREADERS TK]. Ebenso gilt mein Dank Rita Batour für das *phänomenale* Titelbild!

Eine große Umarmung geht an meine Freund:innen, die während dieses gesamten Vorgangs die Stellung gehalten haben. An Jenny Nordbak, die stets für mich da ist, wenn ich bei der Arbeit »Ach du meine Güte!« und »Was zur Hölle?« rufe. Außerdem danke ich dir dafür, dass du immer Werbung für mich machst und ganz allgemein einfach existierst. Dein »JA, KATEE« gibt mir so viel Energie zum Weitermachen, und ich schätze dich sehr. An Melody Carlisle, die dermaßen positiv ist, dass sogar ICH mich optimistisch fühle, selbst dann, wenn ich gerade extrem zynisch bin. An Asa Maria Bradley, die nie daran gezweifelt hat, dass ich das schaffen kann. An Hilary Brady, die an den Tagen, an denen das Leben zu überwältigend wurde, jederzeit nur einen Anruf weit entfernt war. An Melissa Taylor, die mit mir im Schützengraben hockt und mit mir durch gute und schlechte Zeiten geht.

Und zu guter Letzt danke ich meinen Kindern. Ihr müsst mit eurer geistesabwesenden Mutter eine Menge aushalten, und ich weiß eure Geduld, wenn mich die Abgabetermine mal wieder vergesslicher als normalerweise machen, extrem zu schätzen. Ich liebe euch!

Er ist ein Mythos. Doch vom ersten Augen-
blick an gehört er ihr ...

Katee Robert
NEON GODS –
HADES & PERSEPHONE
Aus dem amerikanischen
Englisch von
Anika Klüver
432 Seiten
ISBN 978-3-7363-1891-5

Als ihre Mutter Persephone auf einem Ball überraschend Zeus verspricht, bleibt der jungen Frau keine Wahl: Sie flieht über die Brücke des Styx in die Unterstadt, wo sie plötzlich dem geheimnisvollen Hades gegenübersteht. Seit Jahren hat ihn niemand mehr gesehen, er ist ein Mythos, ein Monster – und ihre einzige Chance, Zeus und ihrer Mutter zu entkommen. Vom ersten Augenblick an übt Hades eine Faszination auf Persephone aus, der sie sich nicht entziehen kann. Und so bietet sie ihm einen Deal an, der ihrer beider Leben für immer verändern wird ...

»Wunderbar originell und unfassbar heiß!« PUBLISHERS WEEKLY

LYX

Sie kann ihm nicht wiederstehen. Doch er soll sie töten ...

Katee Robert
NEON GODS - EROS
& PSYCHE
Aus dem amerikanischen
Englisch von
Anika Klüver
448 Seiten
ISBN 978-3-7363-1911-0

Psyche weiß, dass alles in Olympus seinen Preis hat. Und als sie Aphrodites Zorn erweckt, verlangt diese einen unbezahlbaren Tribut: ihr Herz. Ausgerechnet Aphrodites Sohn soll es ihr überbringen. Eros ist als gewissenloser Auftragskiller bekannt. Kalt, berechnend und gefährlich. Doch als er Psyche gegenübersteht, bringt er es nicht über sich, sie zu töten. Fasziniert von der wunderschönen jungen Frau, tut er das Einzige in seiner Macht Stehende, um sie zu retten: Er bietet ihr an, sie zu heiraten, um sie vor seiner Mutter zu schützen ...

»Süchtig machend und prickelnd.« *OPRAH DAILY*

LYX

Sie sind ihre grössten Gegner. Doch sie sind auch unwiderstehlich ...

Katee Robert
NEON GODS - HELENA
& ACHILL & PATROKLOS
Aus dem amerikanischen
Englisch von
Anika Klüver
448 Seiten
ISBN 978-3-7363-1981-3

Um ihrem goldenen Käfig zu entfliehen, ist Helena fest entschlossen, der nächste Ares von Olympus zu werden. In einem Turnier soll entschieden werden, wer den Platz unter den Dreizehn einnimmt. Gewinnen bedeutet Macht und für Helena vor allem eines: Freiheit. Doch dann verkündet Zeus, dass der Sieger des Turniers auch Helena zur Frau erhält. Plötzlich muss Helena alle schlagen, um sich selbst zu retten. Sie findet sich in einem Wettstreit wieder, in dem sie niemandem vertrauen sollte. Besonders nicht dem unwiderstehlichen Duo Achill und Patroklos ...

»Schwelende Leidenschaft, feurig und sündhaft sexy!« *WHAT'S BETTER THAN BOOKS*

LYX

ENTDECKT UNSEREN LYX-PODCAST!

Was gibt es Schöneres, als Bücher zu lesen? Richtig: sich mit anderen über alles rund ums Lesen auszutauschen. Deshalb nehmen euch die LYX-Lektorinnen Katharina und Sabrina alle zwei Wochen mit hinter die Kulissen des LYX-Verlags, dem Ort, an dem all unsere wunderbaren New-Adult-Geschichten entstehen.

Es erwarten euch:

- Interviews mit Autor:innen und LYX-Kolleg:innen
- Insights & Behind the Scenes-Geschichten aus dem LYX-Verlag
- Ganz viel Buchliebe und gemeinsame Team-LYX-Zeit

Den LYX-Podcast findet ihr überall, wo es Podcasts gibt:

https://lnk.to/lyx-podcast

IHR ALLE SEID #TEAMLYX!

@LYX_VERLAG